SENHORES DA ESCURIDÃO

Da trilogia O Reino das Sombras

Legião, volume 1

Senhores da escuridão, volume 2

A marca da besta, volume 3

casa dos espíritos 

SENHORES DA ESCURIDÃO

Robson Pinheiro

pelo espírito

Ângelo Inácio

13ª reimpressão | agosto de 2023 | 1.000 exemplares
12 reimpressões | 34.000 exemplares
2ª edição | agosto de 2008 | 10.000 exemplares
1ª edição | junho de 2008 | 20.000 exemplares

CASA DOS ESPÍRITOS EDITORA
Avenida Álvares Cabral, 982, sala 1101
Belo Horizonte | MG | 30170-002 | Brasil

Tel.: +55 31 3304 8300
www.casadosespiritos.com
editora@casadosespiritos.com.br

Dados Internacionais de Catalogação na Publicação [CIP]
[Câmara Brasileira do Livro | São Paulo | SP | Brasil]

Inácio, Ângelo (Espírito).
Senhores da escuridão / pelo espírito Ângelo Inácio; [psicografado por] Robson Pinheiro. – Contagem, MG: Casa dos Espíritos Editora, 2008.

ISBN 978-85-87781-31-4

1. Espiritismo 2. Psicografia 3. Romance espírita I. Pinheiro, Robson. II. Título.

08-05521 CDD: 133.9

Índices para catálogo sistemático:
1. Romance espírita: Espiritismo 133.9

Pois não temos de lutar contra a carne e o sangue, e, sim, contra os principados, contra as potestades, contra os poderes deste mundo tenebroso, contra as forças espirituais da maldade nas regiões celestes.

Efésios 6:12

EDITOR, PREPARAÇÃO *de* ORIGINAIS *e* NOTAS
Leonardo Möller

PROJETO GRÁFICO, DIAGRAMAÇÃO, CAPA *e* ILUSTRAÇÕES
Andrei Polessi

FOTO *do* AUTOR
Douglas Moreira

REVISÃO *e* NOTAS
Laura Martins

IMPRESSÃO *e* ACABAMENTO
Lis Gráfica

Os ideais da Editora, de amor e fraternidade, repudiam a injustiça e os horrores do Holocausto. O símbolo adotado pelo nazismo – a suástica – é empregado em virtude do contexto e do tema em discussão na obra, que pretende trazer novas reflexões e entendimentos sobre a origem e o desenvolvimento do mal na humanidade.

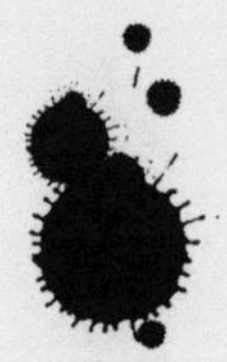

Ao casal de amigos Wanderley e Maria José Soares de Oliveira, minha gratidão pelo apoio e admiração pelo sincero devotamento à causa do Cristo.

SUMÁRIO

PREFÁCIO

pelo espírito
Ângelo Inácio

O MAL...

Muitas vezes ele se mostra abertamente, conforme acreditado pela multidão, sem disfarces, sem procurar mistificar sua presença com aparências de santidade. Sua fealdade mostra-se em toda a sua grandeza.

Sem nenhum escrúpulo, em determinadas situações se apresenta como se algo ou alguém estivesse ameaçando sua "estabilidade política". Mostra-se sem medo nem piedade, numa guerra declarada a qualquer coisa, ser ou situação que se afigure como elemento de progresso.

Em outras ocasiões ele se disfarça, pois precisa imiscuir-se em redutos contrários a seus propósitos. O mal se mascara ardilosamente e pouco a pouco penetra na mente, nos pensamentos, nas emoções dos representantes do progresso e das instituições que patrocinam a evolução do pensamento humano. Silenciosamente faz sua obra, como se fora um inseto imperceptível que vai corroendo certas idéias, basilares à política que lhe é oposta. Escondido sob um manto de aparente humildade, o mal vai se alastrando, tendo como armas as palavras suaves, sutis e os pensamentos dissimulados com o verniz da educação e conceitos distorcidos da verdade, da ética e da moral.

Alguns se encantam com tal artimanha, naturalmente encoberta a fim de produzir uma hipnose momentânea. Outros se assombram com sua desfaçatez e o requinte do disfarce apresentado, escondendo sua essência atrás de toda uma filosofia, aparentemente muito bem elaborada. Muitos se deixam conduzir por sua sagacidade e seus encantos, que sabem, como tentáculos tenebrosos, fixar-se nas mentes de quem se deixa seduzir por palavras, conceitos e vocabulários que escondem sua intimidade.

Mas o mal é sempre o mal. Não importa que nome tenha ou como seja conhecido. Não há disfarce amplo o bastante para encobrir sua natureza destruidora e daninha, desde que haja interesse em conhecer a verdade. Não há encantos que obscureçam sua ação quando há sintonia com os propósitos elevados da vida.

Contudo, nenhum ser o intimida quando está determinado a agir e, como um verme, começa a corroer de dentro para fora, destruindo a imunidade espiritual de qualquer criatura.

Ele vem, de mansinho e lento. Manhoso, como uma célula cancerosa que se aloja no meio de outras sadias. Pouco a pouco corrói, irradia-se e despe-se assim de seus disfarces. Realiza gradativamente sua destruição — programada, organizada, demoníaca. Enfim, mostra-se pleno, vigoroso, insaciável. Seu magnetismo de terrível beleza engana e encanta a quem não lhe conhece as profundezas.

O mal...

Ele esconde-se sob o manto da escuridão — dos senhores da escuridão.

1

Na metrópole espiritual

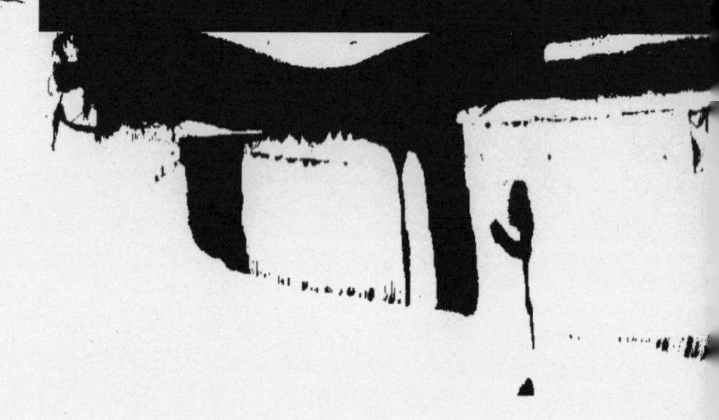

ÉRAMOS OITO indivíduos sentados em torno daquele móvel de *design* moderno, de linhas curvas. Seis desencarnados ou consciências extrafísicas e mais dois seres ligados a seus corpos físicos, portanto, encarnados, em fenômeno de desdobramento. Uma luminosidade suave envolvia o ambiente extrafísico, de tal maneira que parecia penetrar em cada ser ali presente, bem como em todos os objetos estruturados na matéria superior daquele plano. Sobre a mesa transparente, havia vários documentos, evidentemente elaborados a partir do mesmo tipo de matéria que os demais elementos naturais à dimensão onde nos reuníamos. Não havia necessidade de papéis, porém uma estrutura cristalina que chamávamos de luz coagulada formava as folhas onde estava registrado não só gráfica, mas visualmente, com imagens tridimensionais, aquilo que interessava a todos.

Era uma sala elegante e espaçosa, de pé-direito alto, mobiliada sobriamente, apenas com o suficiente para atender aos propósitos daquela assembléia. Havia um móvel semelhante a uma mesa, que flutuava sem pés, além de um ou dois aparadores, que também pairavam nos fluidos ambientes, sem bases para apoiá-los. Aberturas em forma de janela, bastante amplas, altas, enquadravam uma metrópole espiritual fervilhante, onde alguns milhares de espíritos realizavam estudos e trabalhos diversificados, ou simplesmente visitavam a universidade local, na qual nos preparávamos para atividades cada vez mais abrangentes. Emoldurando toda a paisagem, estendia-se um céu de tonalidade azul, extraordinariamente belo, e vez ou outra se viam espíritos bailando ou simplesmente parados sobre a metrópole, como que movidos por uma orquestra sideral invisível. A luz do Sol, o mesmo Sol que abençoava os encarnados, refletia-se no rosto de cada ser ali reunido, causando reflexos policrômicos em todos os corpos, feitos de uma estrutura molecular superior.

Estavam presentes na reunião Joseph Gleber, ex-médico e cientista de procedência alemã, desencarnado na Segunda Guerra Mundial — o representante maior dos Imortais que nos dirigiam de mais alto; e o espírito João Cobú, conhecido como Pai João de Aruanda, nosso amigo e orientador em diversas ocasiões nas tarefas que realizávamos. Além deles, Jamar, o chefe de um contingente de guardiões especialistas no trato com os chamados senhores da escuridão ou magos negros; Anton, representante de um comando superior de guardiões altamente especializados em questões científicas; bem como Saldanha, antigo magnetizador das regiões inferiores, que fora resgatado há anos do domínio impiedoso dos dragões. Além de mim, é claro. Entre os encarnados, Raul, o médium que nos acompanhou em outras atividades — relatadas no livro *Legião*, primeiro volume desta trilogia — e a personagem de outras histórias, Irmina Loyola, que nos auxiliava ocasionalmente. Ambos estavam projetados em nossa dimensão.

Raul não era nenhum ser de formação espiritual superior, no entanto era um médium de capacidades interessantes quando se tratava de locomover-se desdobrado no plano extrafísico. Diligente, possuidor de extrema boa vontade, não rejeitava tarefas em hipótese alguma, por mais que se afigurassem difíceis. Em nome do trabalho, não hesitava um instante sequer colocar-se em situação de risco, caso necessário. Irmina, por sua vez, era excelente sensitiva e, como Raul, não temia desafios nem desprezava oportunidades de trabalho. Ela não era espírita, tampouco religiosa. Muito pelo contrário. Porém, era pessoa de muita ação, determinada e extremamente consciente da realidade extrafísica. Em tarefas fora do corpo mostrava-se bastante lúcida e conduzia-se com grande sensatez, mantendo estreita ligação com os guardiões nas atividades em nossa dimensão.

O assunto que se discutia na reunião era sério por demais. Em excursão anterior, realizada na subcrosta, havíamos encontrado fartas evidências de atividades de cientistas, magos negros e dragões que se afiguravam como crimes contra a humanidade. Anton e Jamar haviam deixado um destacamento de guardiões para observar a movimentação nas regiões inferiores. Penetrando através de uma abertura magnética localizada no Mar de Sargaços, acabaram por descobrir um misterioso projeto, que, aos poucos, assumiu proporções assustadoras no que se refere às obsessões complexas, mas, acima de tudo, configurava-se numa investida geral contra as obras da civilização.

Joseph Gleber fez um resumo da situação:

— Não há dúvida alguma de que os seres das sombras estão preparando algo que, levado a efeito, os capacitará a realizar investidas de grau de complexidade ainda mais alto contra as conquistas da civilização, além de servir a planos mesquinhos de entidades malévolas. Recebemos autorização do Alto para intervir imediatamente, com o objetivo de impedir que as experiências realizadas em alguns laboratórios da subcrosta cheguem a termo, tanto quanto para encaminhar as entidades envolvidas à administração da justiça sideral. A missão foi programada e partirá em breve.

"Os casos que encontramos fogem aos processos conhecidos de obsessão, no sentido mais clássico de interpretação do termo, segundo a definição espírita. Lidamos com seres que intentam crimes hediondos contra a humanidade — e não somente contra pessoas em particular. Os habitantes do submundo astral com os quais vocês se envolverão diretamente nos próximos dias planejam alguma coisa de dimensões bem mais amplas que as perseguições aos encarnados, individualmente. Intentam uma ação direta contra as obras da civilização, do progresso e dos valores adquiridos pela humanidade. Em sua empreitada de terrorismo extrafísico, pretendem desenvolver uma ciência destituída de ética, forjando instrumentos com os quais possam interferir no destino das nações e dos governos da Terra.

"Com exceção do companheiro Saldanha, todos estão bem informados sobre as ocorrências nas dimensões do astral inferior ou abismo. Convoquei pessoalmente Saldanha devido a sua experiência nessas regiões no passado recente, em que ainda se sintonizava com as forças da escuridão. Por certo poderá ser muito útil à equipe, especialmente porque João Cobú não poderá compor a próxima caravana de imediato, devido às tarefas que assumiu anteriormente."

Após breve pausa, o elevado mentor continuou com o relato, a fim de inteirar a todos a respeito dos graves acontecimentos:

— Durante as operações destinadas a conhecer mais profundamente a estrutura de poder dos dominadores do abismo, alguns guardiões da equipe de Anton e Jamar descobriram uma estranha conjunção de laboratórios, que foram identificados e catalogados pelos guardiões. São seis centros de pesquisa das entidades sombrias que irradiam tremenda força magnética, como se estivessem ligados entre si. Além disso, de maneira ainda pouco clara para nós, absorvem intenso magnetismo dos campos de força do próprio planeta, o que resulta em imensa dificuldade para localizar suas bases. Com a formação desse hexágono de forças, os laboratórios oscilam permanentemente entre dimensões inferiores de natureza distinta, comportando-se, juntos, como um pêndulo interdimensional de grandes proporções.

Neste momento, Joseph fez sinal para que Anton continuasse com as explicações:

— Os dados fornecidos por nossos técnicos a princípio pareciam escassos; no entanto, quando fomos analisá-los mais detidamente em nossa base, constatamos informações preciosas, que evidenciaram a gravidade dos processos em andamento e dos planos de ataque das regiões abissais. Chegamos à conclusão de que os laboratórios encontrados e mapeados são os únicos com esta especialidade existentes em todo o globo. Dedicam-se a experiências baseadas na manipulação de corpos mentais degenerados por meio da hipnose profunda, entre outras técnicas que agem sobre o pensamento, algumas das quais ainda desconhecidas dos encarnados. Em resumo, o objetivo é associar tais corpos ao magnetismo sombrio visando acentuar ou ampliar o domínio mental sobre os líderes das nações mundiais. Os cientistas a serviço do lado negro contrariam o sistema evolutivo atualmente em curso na Terra; contam com grande número de especialistas em suas fileiras, sem considerar os auxiliares vinculados à existência intrafísica — encarnados, portanto, que cooperam em desdobramento e, em certos casos, até mesmo durante a vigília.

— Segundo os documentos que estão à disposição de vocês — interferiu Pai João, apontando para o material em cima da mesa —, nesses laboratórios desenvolve-se uma atividade febril com o intuito de tornar peritos no uso da hipnose alguns espíritos altamente intelectualizados. Como se não bastasse, elaboram instrumentos[1] para conseguir a chamada *hipnose mecânica*, cujo alcance será bem maior do que a capacidade inerente às mentes envolvidas.

Retomando a palavra, Joseph Gleber continuou:

— Esses seis laboratórios agem de forma conjugada; caso suas experiências satisfaçam os detentores do poder no grande abismo, certamente difundirão largamente o resultado de suas pesquisas, partilhando-o com outras forças do submundo oculto. Temos razões para acreditar que todo o sistema desenvolvido pelas entidades das trevas procura agir diretamente sobre o corpo mental de suas

1. Ao longo da obra serão fundamentadas as informações sobre as largas possibilidades que detêm os espíritos das sombras, no que concerne ao avanço técnico e aos recursos materiais à sua disposição, se bem que as obras de Allan Kardec por si sós esclarecem a situação. Por ora, vale reproduzir um trecho da codificação espírita sobre o assunto: "Têm todos os Espíritos, no mesmo grau, o poder de produzir objetos tangíveis? 'É fora de dúvida que, quanto mais elevado é o Espírito, tanto mais facilmente o consegue. Porém, ainda aqui, tudo depende das circunstâncias. *Desse poder também podem dispor os Espíritos inferiores*'" (*O livro dos médiuns*, item 128, 15ª questão — grifo nosso).

vítimas, o que os leva a manter prisioneiros milhares de espíritos em seus campos experimentais.

"Como devem imaginar, a presença de vocês aqui visa a uma nova empreitada, para a qual as experiências anteriores os capacitaram. A missão é intervir no que está em curso nas bases das sombras — além, é claro, de transmitir o conhecimento aos encarnados que tenham interesse em se instrumentalizar para o enfrentamento de graves processos de obsessão coletiva."

— Infelizmente não poderei acompanhá-los no início dessa jornada — falou Pai João de Aruanda —, pois, como disse antes nosso Joseph, tenho compromissos que preciso atender. Assim que me for possível prometo estar à disposição. Vou auxiliar Irmina no retorno ao corpo físico, além de deixá-la inteirada dos demais aspectos de nossa atividade.

Diante da necessidade de contarmos com grande volume de ectoplasma, fora permitida a presença do médium Raul, que seria nosso doador mais direto e, conforme a ocasião, um agente da equipe. Trabalharíamos ligados diretamente a seres extracorpóreos, porém extremamente materializados, o que tornaria necessário um mediador com componentes intrafísicos, como Raul e Irmina Loyola. Suas energias mais densas, animalizadas formariam a base de sustentação para nossas ações num ambiente tão adverso e sobremodo materializado. Ela seria convocada para auxiliar nas situações em que Raul não pudesse comparecer ou que lhe fossem impróprias. Pensando melhor, talvez precisássemos de mais um apoio em algum momento de atuação junto às criaturas residentes no grande abismo. Irmina era a pessoa certa: destituída de falso moralismo, de conceitos religiosos ultrapassados e ortodoxos, que pudessem atrapalhar a intervenção dos guardiões.

Retomando a palavra, Joseph Gleber nos falou, modificando um pouco o foco de nossa atenção:

— Creio que o médium Raul demonstra algumas inquietações a respeito da vida extrafísica — comentou — e, como ele, também a maioria dos nossos irmãos espíritas alimentam certas dúvidas que merecem esclarecimento. Você, Ângelo — continuou Joseph, dirigindo-se a mim, agora —, aproveite a oportunidade e, ao mostrar a Raul a paisagem extrafísica e o funcionamento da vida em nossa dimensão, colha material para levar mais elementos a nossos irmãos encarnados. Creio que já é hora de desmistificar certas crendices alimentadas pela desinformação.

"Consciências superiores distribuíram, há algumas décadas, certas mensagens para que espíritos de nossa dimensão as retransmitissem aos seus tutelados na Terra. Contudo, tais mensagens não tiveram o alcance desejado ou não foram interpretadas segundo a expectativa do Alto. Recentemente, recebemos a incumbência de reunir o que já foi levado ao conhecimento dos meus irmãos encarnados por diversos medianeiros, conforme foi apresentado pelo Alto. Agora se pretende unificar esse material disperso com vistas a fomentar o surgimento de um campo mais vasto de pesquisas a respeito da dimensão extrafísica."

Joseph Gleber fora direto ao cerne da questão. Com efeito, Raul me havia pedido anteriormente para que lhe mostrasse aspectos do funcionamento de nossa sociedade no invisível — a metrópole espiritual na qual estagiávamos. Queria detalhes acerca de como viviam os habitantes e as comunidades abaixo da superfície.

Creio que, assim como Raul, muita gente boa ainda alimenta idéias fantasiosas quanto às manifestações da vida fora da realidade que lhe é própria, sustentando uma visão distorcida da maneira como se organizam as sociedades além da fronteira vibratória da matéria. Há uma lacuna a ser preenchida com contribuições de ordem sociológica e antropológica, vamos assim dizer, ao examinar os espíritos e o universo em que se inserem. Eis aí um terreno fértil e inexplorado. Afinal de contas, nem ao menos a relevante descrição da realidade extrafísica feita por André Luiz por meio da mediunidade foi totalmente compreendida.

Certos mecanismos e matizes da vida na dimensão próxima à Terra devem ser abordados com algumas minúcias e em linguagem diferente. É fundamental que tais informações venham a público, principalmente para que as pessoas possam entender melhor movimentos e atitudes das inteligências opositoras ao bem. Compreendendo a vida astral superior, talvez os estudiosos da dimensão física pudessem desmistificar um pouco seu pensamento a nosso respeito, os desencarnados.

Joseph Gleber deixara claro: a intenção era aproveitar o interesse de Raul, desdobrado em nossa esfera de ação, e simultaneamente ser porta-voz de informações frescas, novas, temperadas com o ingrediente da dimensão superior. Neste início de século XXI, já passa da hora de levantar o véu que nubla o entendimento de revelações tocantes aos costumes e ao funcionamento da máquina da vida além das fronteiras vibratórias da morte.

Estava radiante frente à oportunidade e aguardaria ansiosamente o momento adequado. Mas não podia me furtar ao seguinte pensamento, ao meditar sobre a questão. Se as informações anteriores a respeito da vida na subcrosta haviam rendido tamanho burburinho nos meios ortodoxos, uma visão ainda mais dilatada da vida e dos sistemas vivos do lado de cá teria o impacto de um terremoto para muitos religiosos e defensores da verdade vinculados à matéria. De todo modo, como a permissão viera de seres mais esclarecidos e competentes, a mim caberia tão-somente cumprir minha parte, conduzindo Raul na excursão e aproveitando as observações para esboçar mais um livro. Depois disso, as fogueiras da nova inquisição que nos aguardassem — ao médium e a mim.

— Bem, meu caro Raul — dirigi-me ao nosso pupilo desdobrado —, temos um vasto continente a ser reconhecido, mas, diante da urgência, creio que você verá apenas uma amostra pálida das comunidades do lado de cá da vida, da sociedade humana parafísica. E já será o bastante. É melhor começarmos logo.

Saímos do ambiente em que nos reuníamos com Joseph Gleber e os demais companheiros e dirigimo-nos imediatamente ao chamado parque industrial da metrópole. Era o local onde os espíritos construíam os equipamentos utilizados por nós em nossos empreendimentos.[2] Permito-me utilizar palavras já consagradas pelo uso entre os habitantes do mundo físico a fim de me referir à nossa vida aqui, nos círculos fora da matéria, evitando o trabalho de cunhar termos e procurando ser o mais simples possível.

Uma de minhas preocupações era evitar que Raul e alguns dos companheiros religiosos entrassem em estado de choque diante da realidade que veriam. Além de Raul, convidei os guardiões Anton e Jamar, já que eram mais familiarizados com o psiquismo do nosso amigo, que estava desdobrado. Nas experiências anteriores, Jamar desenvolvera

2. Apesar de chocar o senso comum e mesmo as concepções de grande parte dos espíritas, as afirmativas de Ângelo — bem como as de Jamar e Anton, logo em seguida — quanto à tecnologia e aos artefatos extrafísicos em nada contrariam os postulados apresentados por Allan Kardec, o codificador do espiritismo. "Sobre os elementos materiais disseminados por todos os pontos do espaço, na vossa atmosfera, têm os Espíritos um poder que estais longe de suspeitar", responde o espírito São Luís, referindo-se ao elemento material em suas mais diversas gradações (*O livro dos médiuns*, item 128, 4ª questão).

Para aprofundar-se no assunto, no âmbito teórico, vale consultar as referências a seguir. Em *O livro dos espíritos*, os tópicos: "Espírito e matéria", "Propriedades da matéria", "Mundo normal primitivo", "Espí-

um relacionamento de amizade e confiança com o médium; Anton, igualmente. Que fazer? Eu dividiria a responsabilidade com esses dois — bem como a atenção de nosso parceiro. Ademais, a presença dos guardiões seria bastante agradável nessa etapa de trabalho. Enquanto Saldanha se desincumbia de algumas atividades antes de prosseguirmos para as regiões inferiores, seria possível compartilhar com esses amigos uma experiência que há muito eu desejava levar também aos encarnados.

Primeiro levei Raul a entrar em contato com o dia-a-dia da maioria dos seres da nossa metrópole. Misturamo-nos à multidão que se dirigia às atividades habituais. Era enorme a quantidade de cons-

ritos errantes" e "Mundos transitórios" (itens 21 a 28, 29 a 34, 84 a 87, 223 a 233 e 234 a 236, respectivamente). Em *O livro dos médiuns*, o texto fundamental a esse respeito denomina-se "Do laboratório do mundo invisível" (II parte, cap. 8), com destaque para o item 128, composto por 18 questões endereçadas ao espírito São Luís. No que se refere ao aspecto prático, ressalta-se, na obra de Kardec, a *Revista espírita*, farta de exemplos e comunicações que ilustram os preceitos doutrinários apontados. Por fim, não se pode deixar de citar as obras do espírito André Luiz, que, em seu conjunto, representam esforço ainda não excedido de descrição pormenorizada da realidade extrafísica (de Francisco Cândido Xavier, ed. FEB).

ciências corporificadas, em vestimentas ou psicossomas apropriados às suas necessidades evolutivas. Chegamos a uma estação onde os seres da nossa dimensão, em sua maioria, seriam transportados aos respectivos ambientes de trabalho. Em vez de tumulto, havia ordem e um quase-silêncio no ar.

— Noto que praticamente não há conversa articulada entre as pessoas por aqui — observou Raul, estranhando a multidão silenciosa de quase 10 mil seres aguardando nas diversas plataformas da estação de embarque.

— Por aqui, Raul — falou Anton, que nos acompanhava. — Nem sempre a palavra articulada é o principal elemento da comunicação. Embora os espíritos mais esclarecidos se comuniquem pelo pensamento, numa espécie de telepatia, a maioria destes que você vê ainda não disciplinou o pensamento nem exercitou essa faculdade mais ampla de comunicação. Não obstante, conseguem perceber emoções, sentimentos ou apenas preferem usar as palavras como recurso último de entendimento, numa escala muito menor do que a utilizariam se estivessem na dimensão física. Na verdade, a maior parte dos que se encontram na estação neste momento são alunos da universidade, que aproveitam o tempo para treinar habilidades de percepção sensorial, de leitura corporal e de expressões da face, bem como de imagens impressas na aura, entre outras.

Notei que as palavras de Anton tiveram forte repercussão em nosso companheiro desdobrado. Sobretudo porque ele não imaginava espíritos freqüentando uma estação de passageiros para embarcar em algum veículo.

— Não fique ensimesmado, meu caro — disse Jamar. — O problema dos médiuns, quando se projetam em nossa dimensão, é que esperam encontrar situações radicalmente diferentes daquilo que encontram em seu dia-a-dia. Há uma idéia tão fantasmagórica a respeito do mundo dos espíritos; julgam-nos de tal maneira desmaterializados, esvoaçantes, que nem ao menos se dão ao trabalho de pesquisar-nos o modo de viver.

Enquanto Jamar falava com Raul, estendendo o braço sobre seus ombros num gesto afetuoso, o aeróbus aproximou-se, pairando num colchão de ar, a aproximadamente 50cm do solo. Raul observava os detalhes do enorme comboio flutuante, que era elegante e silencioso. Sem qualquer tumulto, a população extrafísica organizou-se imediatamente em fileiras para entrar nos compartimentos do aeróbus. Anton tomou a palavra enquanto eu observava e anotava as reações de Raul.

— O aeróbus foi uma invenção e tanto — começou, tentando despertar a atenção de Raul. — Antes de sua invenção, os espíritos que não sabiam levitar utilizavam os mesmos recursos que vocês possuem na Terra. Caminhavam, literalmente. Como não possuíam a habilidade da levitação desenvolvida ou devidamente exercitada, eram obrigados a enfrentar o ambiente extrafísico apenas com os recursos arquivados na memória. Uma vez construído o aeróbus, obedecendo a um planejamento maior, aqueles espíritos em transição para um *modus vivendi* superior passaram a economizar energia mental, percorrendo distâncias vibratórias imensas com pouco ou nenhum desgaste individual.

— Muita gente encarnada pensa que todo espírito sabe levitar ou flutuar... — falou Raul, enquanto nos acomodávamos num dos compartimentos do veículo astral.

— Pois é, meu amigo, muitos se decepcionarão ao chegar nesta dimensão ou em outra semelhante. Toda tecnologia conhecida é pesquisada e desenvolvida primeiramente nos planos extrafísicos. Depois é que algum ser encarnado, ou mesmo quem a desenvolveu do lado de cá, após reencarnar, capta os registros da dimensão além-física e leva ao conhecimento dos seres da Terra aquilo que chamam de invenção. Esse princípio vale para quase tudo no mundo.

— Então não existe nada concebido e originado exclusivamente no mundo físico?

— Não é isso que eu quis dizer, Raul. Mas de uma coisa você pode ter certeza: mais de 90% das chamadas descobertas e invenções procedem de pesquisas realizadas do lado de cá. Quando pesquisadores, cientistas e demais estudiosos estão projetados fora do corpo, durante o sono, eles têm acesso aos registros e pensamentos ligados ao campo de pesquisa de seu interesse. A título de exemplo, veja que do lado de cá já desfrutamos do aeróbus desde a primeira metade do século XIX. Somente após a metade do século XX é que o projeto do aeróbus se materializou na Terra. Primeiramente, cientistas japoneses desdobrados em nosso plano tiveram acesso aos projetos do modelo original, que se encontra deste lado. Mais tarde, construíram o trem-bala, que se desloca a mais de 500km/h. Repare que conseguiram captar as idéias e projetos com tal fidelidade que o exemplar hoje em uso, até mesmo o modelo europeu, movimenta-se sob efeito magnético semelhante ao que temos do lado de cá. O trem-bala igualmente fica suspenso durante o transporte de passageiros, como se nada o sustentasse. A tecnologia empregada para obter esse efeito é uma extensão da tecnologia sideral.

— Incrível! — exclamou Raul, extasiado. — E, mesmo assim, o povo lá embaixo fica pensando que por aqui não existem bombas, veículos, armas e outros artefatos semelhantes aos que existem na Terra...

— Nem me fale, amigo — comentou Jamar, o outro guardião. — A maioria nem imagina que do lado de cá da vida existe um verdadeiro parque industrial, naturalmente baseado na matéria da nossa dimensão. Aliás, para muitos, isso soa como heresia.[3] É claro que por aqui não há como matar os corpos

3. Faz todo sentido afirmar que a visão católica da vida após a morte — seja no inferno ou, principalmente, naquele paraíso monótono e diáfano — é fator determinante, ainda hoje, a influenciar a concepção generalizada acerca do mundo espiritual. Tal visão está tão presente no imaginário popular, que gera sérias dificuldades quando o indivíduo tem contato com um relato mais acurado do mundo além da matéria, quanto mais se a descrição se assemelha, ainda que parcialmente, à da vida na Terra. Nossa outra raiz cultural não traz contribuição menos distante da realidade: vem dos gregos, com os deuses no Olimpo a se desentenderem entre si e punirem os mortais, segundo conta a mitologia. Quem encarna melhor a caricatura de Deus senão o próprio Zeus, aquele homem de barbas brancas a se regozijar com sua ira, em seu trono majestoso?

psicossomáticos ou perispíritos, como diriam nossos amigos espíritas. Mas você se assombraria com o que é possível fazer com os elementos que temos à disposição nesta e em outras dimensões parafísicas.

Aproximamo-nos do local onde desembarcaríamos. Era um distrito enorme, com vários pavilhões que mais pareciam palácios, devido à beleza da arquitetura e à elegância das formas. Ao redor, vastos jardins de contornos exuberantes formavam um quadro muitíssimo diverso do que encontraríamos, por exemplo, na maior parte dos parques industriais dos encarnados.

Raul sentiu-se atraído pela notável variedade de

Do ponto de vista reencarnacionista, é sensato concluir que os espíritas da atualidade desenvolveram maior ou menor familiaridade com a cultura helênica e judaico-cristã ao longo de suas existências pretéritas. Caso contrário, o próprio espiritismo lhes seria estranho. Não obstante, isso acarreta complicações no tocante aos elementos fantasiosos que emergem desse passado, às vezes de modo imprevisto, e misturam-se às revelações espíritas propriamente ditas. Afinal, o espiritismo é produto da civilização dita ocidental, pois repousa sobre os pilares do judaísmo e do cristianismo, mas sucede-os filosoficamente (em *O Evangelho segundo o espiritismo*, na Introdução, ver o texto "Sócrates e Platão, precursores da idéia cristã e do espiritismo", bem como, no cap. 1, os itens 1 a 7: "As três revelações: Moisés, Cristo e espiritismo").

plantas, diferente de tudo aquilo que ele concebia e conhecia na sociedade dos chamados vivos. Cores incomuns à vegetação, além de outras inéditas, em relação ao que havia na Terra. Envolvidos com os diversos espécimes, seres da nossa dimensão ocupavam-se de suas pesquisas.

— São biólogos — esclareceu Jamar. — Estudam e aprimoram, em nossa dimensão, novas espécies que poderão se materializar em breve no ambiente físico da Terra.

— Então por aqui vocês também se ocupam do desenvolvimento de plantas, flores e frutos?

— Claro, amigo — respondeu o guardião, com largo sorriso. — Acaso desconhece o que o homem está fazendo ao meio ambiente, submetendo rios, oceanos e matas a agressões cada vez mais intensas? Enquanto isso, os pesquisadores da vida universal procuram desenvolver novos elementos capazes de resistir às mudanças climáticas, inclusive ao aumento da radioatividade, que o homem vem promovendo com suas pesquisas chamadas científicas. Caso o ambiente da Terra seja afetado de tal modo que muitos seres não possam mais sobreviver, sendo levados à extinção, nossos cientistas acelerarão o processo de materialização dos resultados obtidos do lado de cá. Novas espécies substituirão as antigas, progressivamente, de acordo com o novo ambiente físico que está se esboçando no mundo devido à interferência dos homens na natureza. O certo é que, para o planeta sobreviver, será preciso mover-se em direção a uma nova etapa da vida vegetal e animal, de forma que esses reinos possam resistir àquilo que virá. Por isso, as pesquisas por aqui já se encontram em estágio avançado, procurando antecipar-se às conseqüências amargas do quadro que o homem pinta na morada terrena.

Raul aproximou-se de uma planta que emitia luminosidade azulada. A flor parecia vibrar ao toque de sua mão, emitindo certa sonoridade. Olhando para mim, nosso pupilo perguntou, extasiado:

— Flores que cantam?

— Não é bem isso, Raul — respondi, brincando com sua curiosidade. — É que por aqui algumas coisas são possíveis, contudo a maioria desses recursos, ao menos por enquanto, não são vistos no mundo material. Esta, por exemplo, é uma flor comum do lado de cá. Possui a propriedade de absorver as emoções dos seres que se aproximam dela, devolvendo-as na forma particular de uma vibração, a qual repercute em sua mente como uma melodia. Mas isso é apenas a maneira como sua mente interpreta as emanações da flor.

O médium pôs-se a admirar as espécies vegetais de nossa dimensão até que, depois de certo tempo, foi interrompido pelo agente dos guardiões. Anton chamava-nos a atenção para o objetivo de nossa visita. Precisávamos prosseguir, dirigindo-nos ao interior do pavilhão em forma de palácio.

Adentrando o ambiente, vimos muitos espíritos circulando em meio a um constante fluxo de produção de material extrafísico. Espíritos especialistas ou que estavam estagiando naquele lugar se assentavam em poltronas confortáveis. Diante de si, erguiam-se hologramas, projeções, figuras e objetos que eram modelo para o trabalho que tinham a desempenhar. Raul parecia entrar em êxtase com o que via.

Encontrei um amigo entre os trabalhadores do lugar. Aproximou-se de nossa equipe um velho conhecido, Olimar. Era um dos responsáveis pela condução do parque industrial. Apresentei-o a Raul e aos demais da pequena caravana.

— Aqui trabalham espíritos que já terminaram seu curso de mentalismo na universidade de nossa metrópole — falou Olimar, dirigindo-se a nós quatro. — Lá aprenderam a lidar com a materialização do pensamento, reunindo elementos dispersos no ambiente sutil de nosso plano. Dedicaram-se durante mais de dez anos ininterruptos ao estudo de certas leis da mente, a fim de agora poder colocar em prática o que aprenderam, em nosso setor produtivo.

Os hologramas à frente destes espíritos são projetos elaborados pelos técnicos superiores. Consistem em formas mentais que ilustram cada passo a ser dado para materializar peças e componentes necessários à construção de nossos equipamentos.

— Mas não é só pensar para obter o que desejam, já pronto, diante de vocês?

Sorrindo, Olimar respondeu, de boa vontade:

— Não é bem assim o procedimento. Não temos por aqui nenhum ser dotado de poderes sobrenaturais. Primeiro é preciso conhecer o aspecto teórico dos intricados processos mentais e das leis que regem a materialização do pensamento, e então exercitar-se metodicamente para obter proveito real. Mesmo assim, não é grande o número de espíritos que se sente apto a ingressar em estudos desse calibre. A maioria ainda não conseguiu adquirir a disciplina mental que se requer para organizar as moléculas de antimatéria dispersas em nossa atmosfera fluídica. Observe a linha de produção, Raul — sugeriu Olimar, apontando à sua direita.

À nossa frente, um pequeno grupo de seis indivíduos mostrava-se bastante concentrado. Reunidos em semicírculo, havia entre eles uma imagem projetada holograficamente a mais ou menos um metro do solo extrafísico. Outro ser de nossa dimensão parecia conduzi-los no propósito que os motivava:

— Precisamos formar um tubo constituído de antimatéria com as exatas dimensões expressas na holoimagem — falava o condutor extrafísico. — Concentrem o pensamento para alcançar a vibração da imagem segundo as diretrizes à sua frente.

Notamos que os seis pareciam flutuar à medida que suas mentes absorviam lentamente o projeto ilustrado no holograma. Raul observava com grande interesse o que ocorria. Era como se a imagem multidimensional acima deles se dissolvesse por partes; sem dúvida um fenômeno somente observável em nossa dimensão. À proporção que aumentava a concentração daquele grupo, suas cabeças pareciam crescer, tornando maior seu raio de ação mental e atraindo individualmente partes do holograma; este, por sua vez, dissipava-se e era visivelmente incorporado à aura de cada um dos seres. Eram estudiosos da mente em atividade. Neste momento, surge uma esfera energética de uma dimensão ainda desconhecida para nós, que passa a envolver todo o grupo, inclusive aquele que coordenava o processo. Novamente Olimar toma a palavra:

— Os técnicos da materialização entram num estágio no qual suas mentes se unem a ponto de formar uma entidade única, embora não haja fusão, já que conservam a individualidade durante todo o tempo. Nessa fase, a união das mentes projeta um campo que denominamos *campo oscilante*, porque oscila entre as dimensões astral e mental inferior.

Voltando-se para Raul, falou mais pausadamente:

— Creio que você já ouviu falar a respeito das propriedades do corpo mental inferior, não é, Raul?

Sem esperar a resposta do nosso pupilo, continuou, explicando:

— O corpo mental inferior possui a propriedade de conceber imagens concretas, como figuras e formas, em oposição ao corpo mental superior, que apenas conhece e idealiza conceitos abstratos. Como disse antes, no estágio em que se encontram estes espíritos, em concentração do pensamento, valem-se da paracapacidade de seus corpos mentais. Assimilam as formas expressas no holograma, cada qual se responsabilizando por mentalizar determinada parte da figura. Quem coordena o trabalho, neste caso o amigo e especialista Orthon, além de dar direcionamento a todo o processo, também aglutina as partículas de antimatéria dispersas na atmosfera extrafísica. Dentro do campo mental, que se ergue à semelhança de um campo de força, é que se opera a materialização dessas partículas.

Ao mesmo tempo em que Olimar falava, observamos cintilações ocorrendo no interior do campo energético que envolvia o grupo de técnicos. Os efeitos se assemelhavam aos que são vistos na aurora polar. Enquanto isso, faíscas ou descargas elétricas muito parecidas a relâmpagos percorriam de um ponto a outro a esfera oscilante na qual eles se encontravam.

— Essas cintilações e descargas de energia que vocês vêem são comuns a todo processo de materialização do pensamento. É nessa etapa que as mentes envolvidas condensam as partículas dispersas na atmosfera, as quais obedecem ao comando mental de Orthon e são gradualmente materializadas, segundo as determinações do projeto original, apresentado no holograma.

Era fantástico de se ver o resultado da concentração e da união mental daqueles espíritos que trabalhavam na linha de produção. (Como se pode ver, permaneço usando o mesmo vocabulário da Terra a fim de me fazer compreendido, pois faltam termos que reflitam de modo mais acurado a realidade observada em nossa dimensão.) Aquilo ali era a fiel demonstração daquilo em que consistia nosso parque industrial.

Aumentava gradativamente o entrechoque das partículas mentais e astrais e, aos poucos, podíamos divisar uma imagem pálida diante de todos nós. Raul nem movia os olhos, inteiramente absorto na visão que tinha diante de si. Jamar sorria ligeiramente, ao olhar Raul naquela espécie de semitranse.

Decorrido algum tempo, a imagem mental se estabilizou diante do grupo sob a coordenação de Orthon. Parecia flutuar em meio àquele semicírculo. Orthon se aproximou do objeto, observando cada detalhe. Em seguida, ouvimos sua voz potente ressoar em nossas mentes, como se estivesse dirigindo-se a nós, embora soubéssemos todos, inclusive Raul, que ele falava aos seis ali presentes:

— A antimatéria já se estabilizou; precisamos agora do acabamento. Atenção: vamos nos concentrar e usar a força do som. Todos conhecem o potencial da voz ao repercutir na atmosfera. Busquem na memória o conhecimento adquirido na universidade de nossa metrópole. Inspirem em conjunto e no mesmo ritmo. Atenção — pronunciou Orthon, dando ênfase à voz. — Um! Formando um campo de isolamento em torno do objeto materializado.

Ouvimos um murmúrio suave, que provocava uma modificação visível na superfície da imagem transformada em objeto. Orthon continuou conduzindo o grupo por meio de uma contagem cadenciada:

— Dois! Trabalhemos na superfície do objeto, suavizando as arestas e obtendo maior densidade da antimatéria.

— Três! — Orthon pronunciava cada algarismo com muita ênfase e vigor, mas sem perder a suavidade na emissão sonora, que reverberava dentro do campo de forças mentais na forma de energias palpáveis, convertidas em instrumento de altíssima precisão a fim de concluir o projeto à nossa frente.

— Trabalhemos agora o interior do objeto. Transportem-se em pensamento para dentro do tubo. Observem as propriedades internas, as dimensões, a excelência de sua criação mental. Admitam somente aquilo que é de qualidade. Usem suas paracapacidades para conferir ao objeto o acabamento ideal.

Os seres se esmeravam na finalização do objeto que serviria, segundo explicou mais tarde Olimar, como depósito de combustível para os aeróbus de nossa comunidade. Todo aquele esforço conjunto visava somente produzir um dos inúmeros objetos trabalhados ali, naquela linha de produção e materialização.

Após alguns longos minutos, pudemos ver o objeto finalmente exposto, já plenamente materializado. Orthon, o espírito especialista, confrontava-

-o com o modelo holográfico novamente diante de nossos olhos. O resultado parecia ser intensamente mais vivo, brilhante e natural do que o modelo.

De longe, Orthon percebeu-nos a presença e mostrou em sua mão o resultado do trabalho conjunto. Raul não se continha de curiosidade — mas, claro, jamais admitiria o fato. Estava apenas interessado em aprender. Só isso.

Nossa caminhada não terminara ali. Por todo lado onde olhávamos, grupos e mais grupos de espíritos estavam reunidos com propósitos semelhantes, igualmente coordenados por alguém que os conduzia no processo de materialização. Era a indústria do plano extrafísico. Os seres extracorpóreos trabalhavam intensamente para a manutenção e o aprimoramento da vida da comunidade. Diversos objetos eram preparados naquele pavilhão, de maneira análoga àquela que presenciáramos. Somente nesse local, segundo Olimar informou, havia 3,5 mil consciências extrafísicas colaborando para a produção de peças e artefatos forjados em matéria astral, de acordo com os protótipos elaborados no Plano Superior.

Ante tal realidade, até então desconhecida para Raul, ele resolveu externar suas observações:

— É muito comum que os estudiosos das ciências do espírito de modo geral, mas em especial os espíritas, acreditem que a vida do espírito fora da matéria densa é totalmente diferente da que conhecem no dia-a-dia. Talvez devido a crenças importadas do catolicismo e de religiões místicas, dificilmente concebem que exista todo um sistema, toda uma operação minuciosamente organizada do lado de cá para manter e sustentar uma comunidade extrafísica. Imaginam que tudo é puramente mental e que as coisas aparecem do nada, sem qualquer esforço por parte dos espíritos.

"Este é o mundo de *Jeannie é um gênio*, e não o mundo espiritual", pensei, lembrando meus tempos na Terra. Mas preferi não dar vazão ao comentário, já que ironia não parecia ser o forte dos guardiões, principalmente de Anton. Foi ele, que se mantivera mais quieto, que comentou:

— Aliás, os espiritualistas são os que mais fantasiam sobre a vida do lado de cá. Esperam encontrar um mundo muitíssimo distante daquele onde moram temporariamente. Porém, aqui estamos na mesma habitação planetária, apenas em planos ligeiramente mais sutis. A questão é que, nas dimensões extrafísicas, a vida é mais acelerada e intensa. Os projetos são mais complexos ou "substanciosos" no que diz respeito à sua invenção e concretização. Em suma, há uma civilização extrafísica muitíssimo mais evoluída do que na superfície. Se não fosse assim, o mundo material seria o mais importante, o que de forma alguma corresponde à realidade. Ele é conseqüência da vida extrafísica superior.

Interferindo na conversa de Anton com Raul, é Jamar, o guardião da noite, que chama-nos a atenção para a urgência da hora:

— Desculpem-me a intromissão, mas os garotos aí poderão tecer seus comentários enquanto nos dirigimos para outro pátio de nossa produção — era a maneira descontraída de o guardião expressar-se.

Sem que se dispersasse a atenção de Raul, passamos a outro pavilhão, numa área um pouco mais afastada. À medida que nos deslocávamos, podíamos apreciar outros aspectos da produção local. Raul pôde ver como os seres de nossa comunidade montavam as peças de um aeróbus.

Considerando os padrões dos encarnados, diria que aquele era verdadeiramente um trabalho físico, braçal. Aplico esse termo como a sugerir que a tarefa de produção representa, para os espíritos de nossa dimensão, um esforço nada ameno, de modo algum menor que o enfrentado pelos operários terrenos. Atuar sobre os fluidos dispersos em nossa atmosfera é, para nós, tão dispendioso quanto, para os encarnados, o trabalho com a matéria do plano físico.

Especialistas concentrados em conjunto projetavam na atmosfera circundante as diversas etapas de montagem do veículo astral. Outros espíritos, ainda sem a capacidade de trabalhar diretamente com as matrizes do pensamento, seguravam cada peça com as mãos, literalmente. Em cada passo, eram auxiliados com o impulso mental daqueles que manipulavam energias superiores por meio de habilidades psíquicas. Não podiam vacilar. O equipamento astral que construíam seria utilizado por diversos tarefeiros do nosso plano em atividades sublimes e, por isso, estava submetido a rigoroso controle de qualidade.

Atravessamos o restante do pavilhão enquanto Raul extravasava sua curiosidade formulando perguntas a Anton:

— Em toda fabricação do material utilizado nesta e em outras comunidades, é sempre assim que ocorre? Os espíritos trabalham assim tão intensamente?

— Sem dúvida, amigo — respondeu Anton serenamente. — Afinal, você já conhece muito de nossas atividades e sabe perfeitamente que não há milagres por aqui. Veja com seus próprios olhos! Todos estes trabalhadores extrafísicos estão somente se exercitando para futuras experiências reencarnatórias. Aqui temos futuros engenheiros, ciberneticistas, operadores de equipamentos; técnicos de diversas áreas do conhecimento que se reúnem para pesquisar e praticar, de modo a imprimir em seus corpos mentais os conhecimentos e as experiências vivenciadas do lado de cá. Ao reencarnar, levarão no arcabouço psíquico aquilo que aprenderam em nossa dimensão. Aparecerão idéias, pensamentos e soluções que passarão ao mundo em forma de descobertas e invenções científicas. Veja que tudo isso aqui, na verdade, é uma grande escola de almas, uma universidade estruturada para atender seres em transição entre os dois planos da vida.

Saímos do pavilhão e, após algum tempo deslizando na atmosfera fluídica do nosso plano, chegamos à área de produção e manutenção agrícola.[4]

4. Segundo o autor espiritual, o objetivo das descrições contidas neste capítulo, acerca do dia-a-dia na metrópole espiritual em que vive, consiste em mostrar que a vida extrafísica é muito menos etérea e diáfana do que supõe grande parte das pessoas. Ainda assim, julgamos adequado indagar sobre questões de ordem social que não pôde abordar no texto, a fim de obter mais esclarecimentos, que resumimos aqui.
"Como se dá a partilha dos recursos entre a população residente na metrópole?" foi nossa primeira pergunta. Ângelo explicou que a referida

Raul ficou mais uma vez admirado. Diante de nós, estendiam-se campos e mais campos de cultivo. Eram plantações — grãos, ervas, frutos, flores etc. — destinadas a compor a linha de produção de alimentos dos seres extrafísicos. Antes que Raul externasse qualquer curiosidade, interferi:

— Por certo você já leu em livros espíritas a respeito dos caldos reconfortantes, das sopas e de outros alimentos substanciosos que são ministrados aos seres extracorpóreos, correto?

— É claro, Ângelo! Lembro-me muito bem das descrições do espírito André Luiz, de Yvonne Pe-

metrópole não é uma cidade de socorro espiritual, com espíritos em tratamento. Ao contrário, congrega espíritos em relativo equilíbrio, interessados em crescer. Para tanto, todos, sem exceção, devem trabalhar e estudar regularmente. Essas são condições indispensáveis para ali permanecer; quem decidir deixar de preenchê-las deve transferir-se obrigatoriamente para outra comunidade extrafísica. Atendendo a tais requisitos, todos têm igual acesso aos bens — que não são individuais, mas coletivos.

Como já se ultrapassou o conceito de posse, todos usufruem de tudo, sem desperdício, devolvendo à comunidade sua contribuição em forma de trabalho. Assim sendo, não há sistema de trocas "comerciais" baseadas em bônus-hora, por exemplo, como a situação o exige em outras colônias espirituais. Sem dúvida, um método interessante, que

reira e de outros autores a respeito desse tema, que, aliás, ainda é um tabu nos meios espíritas. Ninguém fala abertamente a respeito da alimentação dos espíritos; até o momento, temos apenas a menção de que existe um processo alimentar, mas não dispomos de detalhes sobre seus mecanismos.

— Pois é, meu amigo. Por aqui ainda estamos todos sob o domínio da matéria: *quintessenciada*, é verdade, como diria Kardec; porém, ainda assim, matéria. Não conhecemos seres completamente desmaterializados. Embora o elemento material[5] da nossa dimensão esteja numa freqüência distin-

funciona justamente porque adentram a metrópole espiritual somente espíritos conscientes do papel que lhes cabe como cidadãos universais. Perguntamos, em seguida: "Todos têm direito ao mesmo padrão de conforto, ou as residências ostentam grandes diferenças entre si? Há uma espécie de igualdade social?". Ângelo esclarece que todos têm acesso aos mesmos bens, não obstante haja sensíveis diferenças. Isso ocorre porque, enquanto para uns ter conforto significa viver numa despojada choupana na região rural da metrópole, outros preferem a vida urbana num sofisticado *loft*. Ambos obtêm o que almejam — portanto, a igualdade é de oportunidades.

5. No capítulo intitulado "Dos elementos gerais do universo" da obra basilar do espiritismo, Kardec fala a respeito dos elementos material e espiritual. Para não deixar dúvidas de que os espíritos não falavam

ta, ainda precisamos de nos alimentar.

— Alguns dizem que os espíritos se alimentam exclusivamente do amor... — falou Raul.

— Com certeza, existem esses seres. Habitam mundos elevados e deles temos notícia através de amigos mais esclarecidos. Mas fique sabendo de uma coisa, meu caro: todas as comunidades circundantes da atmosfera terrestre são constituídas de seres *humanos*, ao menos por enquanto. Apenas se manifestam e se relacionam em corpos mais sutis; entretanto, são corpos constituídos de matéria astral e de elementos da atmosfera *física* do globo terrestre, ainda que em vibração mais sutil. Mes-

somente da matéria como parte da realidade dos encarnados, vale citar o trecho: "(...) a matéria existe em estados que ignorais. Pode ser, por exemplo, tão etérea e sutil, que nenhuma impressão vos cause aos sentidos. *Contudo, é sempre matéria*. Para vós, porém, não o seria". Mais adiante, os espíritos refutam o argumento de que a matéria extrafísica seria, na verdade, fluido, e não exatamente de matéria: "Se o fluido universal fosse positivamente matéria, razão não haveria para que também o espírito não o fosse. [O fluido] Está colocado entre o espírito e a matéria; é fluido, como a matéria é matéria, e suscetível, pelas suas inumeráveis combinações com esta e sob a ação do espírito, de produzir a infinita variedade das coisas *de que apenas conheceis uma parte mínima*" (*O livro dos espíritos*, itens 22 e 27, respectivamente — grifos nossos).

mo em estados diferenciados de existência, eles conservam seus hábitos antigos, arraigados durante milênios e milênios de história, ao longo das sucessivas reencarnações.

— É verdade... Afinal de contas, não se abandonam velhos hábitos em apenas uma existência — tornou Raul.

— Mas não é somente uma questão de deixar antigos hábitos. Há muito mais em jogo aqui. Os seres extracorpóreos não vivem num mundo de fantasia, no país das maravilhas de Alice, tampouco num paraíso celestial ou num conto de fadas. A realidade de múltiplos planos existenciais tem várias implicações, mas a principal conseqüência é que todo o sistema de vida das diversas dimensões é compatível com a vibração e a freqüência da matéria encontrada em cada uma delas. Viver em outra dimensão não significa mudar radicalmente o gosto e perder os desejos, as emoções, o modo de ser e as demais coisas que definem a individualidade. Não se deixa de ser humano. A morte é apenas o descarte definitivo da parte mais grosseira da vestimenta. Sobrevive a ela um corpo mais sutil, que, para manter-se em equilíbrio, precisa também de energias, alimentos e outros processos de manutenção, evidentemente sutilizados, ou seja, afeitos à dimensão em que estiver. Isso significa que não podemos nos manter somente pela força do pensamento ou pelas irradiações sublimes do amor; ainda não chegamos lá. Nossa atividade se processa dentro das vibrações do planeta Terra. Pense nisso.

Após a breve conversa com Raul, passamos a observar a rotina da indústria alimentar de nossa metrópole. Aqui e acolá os seres de nossa dimensão trabalhavam arduamente para produzir os diversos tipos de alimentos necessários à manutenção dos veículos extrafísicos por nós utilizados, isto é, os organismos perispirituais. Passamos por um local onde eram extraídos elementos de flores. Raul, muito curioso, perguntou:

— Os seres dessa dimensão comem flores?

A pergunta não poderia ser mais irônica. Obviamente, fui eu quem respondi a nosso amigo desdobrado:

— Por que não, Raul? Vocês no plano físico não se alimentam de raízes e carnes? É tão inusitado assim?

Ele me olhou ressabiado, e Jamar me socorreu:

— Aqui, meu amigo, extraem-se as essências mais raras das flores que cultivamos em nossos campos. Para alguns espíritos, poucos, aliás, as essências representam alimentos. Seres de estado vibracional mais sutil conseguem absorver das essências e dos extratos florais o alimento de que necessitam para a manutenção do organismo perispiritual mais etéreo. No entanto, a maior parte dos espíritos, menos sutilizados, alimenta-se de outras substâncias. Tudo de acordo com a natureza mais ou menos material de seus corpos espirituais. Veja ali — apontou Jamar para um grupo nas imediações, que mesclava extratos de flores com um caldo preparado a partir da maceração de alguns vegetais. Trabalhavam de modo a extrair destes o máximo de nutrientes, acondicionando o produto em recipientes apropriados.

Perante a variedade tão grande de alimentos da esfera extrafísica, Raul ficou impressionado e não tardou a formular a dúvida que martelava em sua mente:

— Vejo que há alimentos mais densos que outros. E com relação à carne? Algum espírito se alimenta de carne do lado de cá?

— Hummm... Isso é algo que muitos espíritos e médiuns não gostam de falar — respondeu Anton. — Entretanto, a pergunta é pertinente. É preciso considerar, Raul, que todos somos humanos, apenas destituídos de corpo físico, mas dotados de um organismo energético e psicossomático em tudo similar ao antigo corpo. Sendo assim, de acordo com a densidade de cada corpo haverá determinado tipo de alimento compatível com suas necessidades. E não me refiro à densidade no sentido convencional, de coesão das células constituintes da matéria. Quando falamos de alimento extrafísico, entra em cena outro fator importante, que são as lembranças e preferências armazenadas na memória espiritual. Por isso, há quem se alimente de essências; outros, de fluidos mais sutis; alguns preferem extratos, sucos e caldos. Porém, há também aqueles que sentem falta do sabor suculento das carnes. E aí se impõe uma questão: como conciliar isso com o fato de que, do lado de cá, não há como matar animais? Com efeito, os corpos energéticos da fauna extrafísica não morrem como os antigos corpos físicos... Você já pensou nisso?

— Não me diga que terei de adotar uma dieta vegetariana! E virar natureba, logo eu, que adoro carne?

— Não é isso, Raul! — respondeu agora Jamar, interferindo no pensamento do nosso amigo. — Os espíritos aproveitam todo o material disperso na atmosfera extrafísica, todo o manancial de energia e, à semelhança do que ocorre na materialização de algum equipamento, elaboram um elemento sintético que imita a carne. Ou, mais propriamente, simula a sensação provocada por ela em quem a consome, já que é uma ideoplastia. Diga-se de passagem, mesmo sem acrescentar caldos para apurar o sabor, o resultado é bastante parecido. Na verdade, é de paladar bem mais rico do que as duplicatas de que se dispõe na Terra. Evidentemente, tudo dispensando matanças e derramamento de sangue.

— Ufa! Graças a Deus! Assim eu terei um belo filé ao desencarnar...

Todos demos gostosas gargalhadas.

Em seguida, nosso amigo desdobrado soltou mais um comentário irreverente:

— E, já que o mundo extrafísico é o original e o mundo material, a cópia, fico sonhando com o filé legítimo, do lado de cá. Se na Terra filé já é bom, nem imagino como será o original...

— Não se preocupe, Raul. Temos como atender as diversas necessidades dos seres de nossa dimensão. Só não sei se você virá para cá quando desencarnar.

— Como assim, não virei?

— Bem, pelas suas observações, parece-me que sua vibração está mais para o abismo do que para esta dimensão... Dizem por aí que seu elevador funciona apenas em um sentido: para baixo.

Rimo-nos de novo, diante da expressão de Raul. Nossa alegria era contagiante. No fim das contas, nós, os espíritos, nos sentimos muito humanos e estamos todos infinitamente distantes da santidade e da elevação que nos imputam muitos dos encarnados. Graças a Deus.

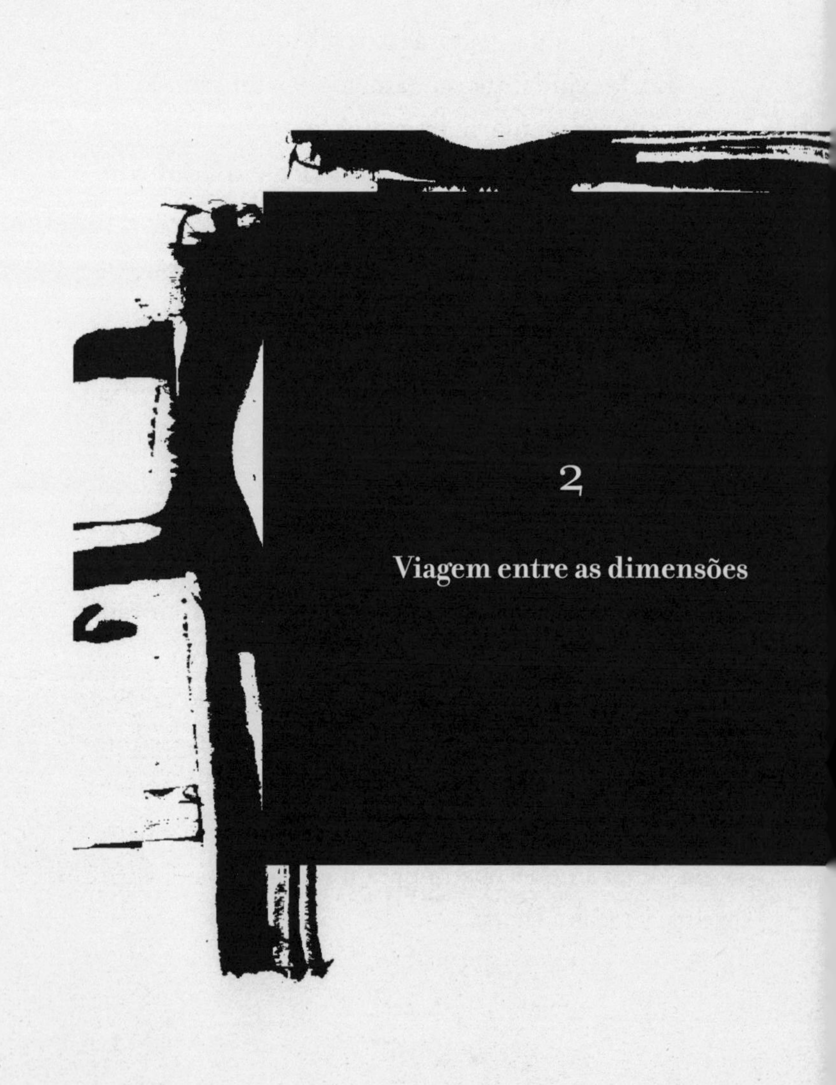

2

Viagem entre as dimensões

A PÓS A VISITA aos pavilhões de produção de nossa metrópole, a princípio seria hora de nos encaminharmos para as regiões densas. Não somente nossa equipe, mas outras deveriam também realizar incursões semelhantes ao abismo, com o objetivo de interferir, de alguma maneira, nos planos daqueles que habitam o lado sombrio da vida. Contudo, diversos eram os preparativos necessários à viagem. Tendo isso em vista, fomos convidados por Anton a visitar uma das bases dos guardiões a serviço dos Imortais, em uma dimensão superior, a fim de acompanharmos de perto algumas pesquisas. Como fiquei sabendo mais tarde, esse programa fora incluído em nosso roteiro a pedido de Joseph Gleber, em virtude de uma sugestão dada por Saldanha. Tratava-se de uma espécie de centro de controle de médiuns ou, mais precisamente, de uma agência onde estavam catalogados médiuns ao redor do mundo, de acordo com suas diversas especialidades e disposições.[6] Lá conhecerí-

6. Na verdade, esclarece o autor espiritual que o centro dos guardiões congrega muito mais informações do que aquelas que dizem respeito apenas aos médiuns e sensitivos encarnados — tão-somente uma das muitas categorias lá encontradas. O banco de dados em questão catalo-

amos como funciona parte do moderno sistema de comunicação a cargo dos guardiões, que serve aos planos mais sutis da vida.

Desta vez, o médium Raul não nos acompanharia, pois teria de retornar ao corpo físico para suas atividades habituais durante a vigília. Mais tarde, lhe seria dada ciência dos fatos por nós vivenciados. Na região astral para onde rumamos estão os registros oficiais de sensitivos, médiuns e paranormais, em que poderíamos nos basear para recrutar mensageiros, conforme as exigências do trabalho. Além

ga todos os indivíduos sintonizados com os ideais superiores ao redor do mundo, especialmente aqueles resolutos quanto à sua definição em favor do bem. De políticos e líderes influentes, seja no âmbito religioso ou comunitário, a pessoas e instituições representativas, contém particularidades sobre quem pode ser convocado ao serviço pelos espíritos que administram os destinos planetários, com que finalidade está apto a contribuir, de que maneira e quais seus limites e suas qualidades. História pessoal, localização, formação cultural e, no caso dos encarnados, situação socioeconômica — tudo está armazenado nos "servidores" da rede sideral. Como se pode deduzir, trata-se de uma base de dados gigantesca, de altíssima complexidade e sofisticação, muitíssimo detalhada, que não somente cobre todos os países e territórios do globo, sem exceção, como o faz sem nenhum traço tendencioso, sem prejuízos de natureza ideológica, partidária ou qualquer outra.

de oferecerem energia animalizada, indispensável em tantos momentos, são bastante adequadas diversas habilidades desenvolvidas por alguns deles para desempenhar atividades em nosso plano. Por outro lado, Saldanha, o amigo que nos acompanha, insistiu com os representantes da vida maior para arregimentar determinados servidores da dimensão física a que estava familiarizado. Segundo ele, tais pessoas, uma vez desdobradas, constituiriam apoio seguro nas tarefas que tínhamos pela frente.

A despeito de sua opinião, que era contrária à de Saldanha, o benfeitor Joseph Gleber pediu-nos apenas para entrar em contato com o centro de apoio dos guardiões antes de decidirmos a respeito de quem convocar. Segundo instruiu, deveríamos estudar, juntamente com os representantes da instância superior dos guardiões — Jamar e Anton —, as habilidades dos sensitivos candidatos a nos auxiliar. Diante das opções, teríamos liberdade para tomar a decisão que melhor nos conviesse. Contudo, ponderou Joseph, era crucial atentar para as características dos agentes sugeridos por Saldanha ao selecionar quem trabalharia conosco nas atividades planejadas, a se desenrolar no abismo.

Um aeróbus foi colocado à nossa disposição. O veículo era bem diferente dos que eu vira até então.

Tinha forma esférica e dimensões muito maiores do que as dos veículos habituais, que nos serviam de transporte às regiões inferiores. Alguns instantes após embarcar, estranhei também a direção que demandava nossa comitiva, composta por Saldanha, Jamar, Anton e eu. Foi o próprio Anton quem esclareceu minha natural curiosidade, antes mesmo que pudesse formular a pergunta:

— Existem bases de apoio dos guardiões espalhadas por diversos pontos do planeta, naturalmente dispostas em dimensões distintas, conforme a função de cada uma e a natureza da tarefa a que se destinam. No entanto, dirigimos-nos a um posto localizado no satélite natural do planeta Terra, a Lua. Lá, nas profundezas do subsolo lunar, está o mais importante centro de apoio dos guardiões a serviço da humanidade.

Ao ouvir a explicação de Anton, minha curiosidade deu um salto quântico, de tanto que me impressionou a situação:

— Não me diga que sairemos da atmosfera terrena e que fica na Lua a base principal dos guardiões! Entendi bem?

— Certamente é assim, Ângelo! — afirmou Jamar, o guardião da noite e especialista no trato com os magos negros. — Mas não pense que todos os guardiões têm acesso à nossa base principal. A localização fora da atmosfera terrestre não é casual; muito pelo contrário, é uma necessidade. Você não ignora que atividades de âmbito planetário, como as realizadas pelos guardiões superiores do primeiro comando, devem estar ao abrigo de certas influências de ordem inferior. Mais propriamente do que isso, até: em hipótese alguma podem estar sujeitas às vibrações mentais e emocionais de espíritos que, mesmo bem intencionados, oscilam quanto às suas convicções íntimas concernentes ao compromisso com a ética cósmica. Além disso, há um pré-requisito para ser admitido como trabalhador nessa base. Impreterivelmente, o candidato deve ter desenvolvido uma visão altruísta, global e genuinamente humanitária a respeito da vida. Nada de rótulos religiosos, nada de preferências nacionais nem de favorecimentos culturais ou de outra natureza qualquer. A preocupação deve ser atinente ao planeta e à humanidade, sem concessões.

— Por que a Lua? E como se dá o deslocamento dos guardiões da Crosta para a base lunar? Sempre em naves como esta que nos conduz? — uma avalanche de questionamentos me vinha à mente.

— Os espíritos que militam no centro de apoio são levados por veículos ao satélite natural da Terra, coisa que os seres ainda prisioneiros de situações aviltantes ou indesejadas não podem realizar. Além do que já expus, a escolha da Lua foi motivada também pelo fato de que de nossa base, obviamente localizada na dimensão extrafísica desse astro, fica justamente num ponto estratégico, bastante precioso e com características ímpares para a observação planetária. Isto é, de lá podemos contemplar todo o planeta — e o planeta como um todo. Ao mesmo tempo, qualquer visitante extrafísico ou eventuais seres corpóreos de outros orbes que estejam em visita à Terra necessariamente devem passar pelo controle dos guardiões superiores. Ninguém entra ou sai da órbita e da atmosfera psíquica da Terra sem ser submetido a essa espécie de inspeção fronteiriça.

— Jamais poderia imaginar uma ação tão ampla para os guardiões como a que você acaba de descrever...

— Pois é, meu amigo Ângelo — interveio Anton. — Há muitos que acreditam poder simplesmente sair do planeta, desdobrados, como bem lhes aprouvesse, gozando de liberdade irrestrita e sem transgredir qualquer sistema ou passar por nenhum controle. Pior do que tamanha ingenuidade é o que ocorre em algumas reuniões mediúnicas. Há dirigentes e médiuns que julgam deter autoridade para enviar espíritos para a Lua ou de despachá-los definitivamente para outros planetas, envolvidos em cápsulas, como se fosse a coisa mais trivial do mundo. Quanta pretensão... Não imagina você o enredo ficcional que criam em torno de questões espirituais absolutamente sérias. Como disse nosso amigo Jamar, nada ou ninguém pode entrar ou sair do raio de ação magnética da Terra como quiser, sem ser catalogado, observado e, sobretudo, sem obter a permissão dos guardiões superiores.

"Levando isso em conta, você pode mensurar o grau de responsabilidade desses servidores cósmicos, bem como a necessidade fundamental de ter-se erguido uma base situada exatamente na zona de demarcação vibratória do planeta. Essa *zona neutra*, como denominam alguns guardiões, está numa região onde se interpenetram forças magnéticas de grande intensidade. A equipe de espíritos que atua nessa base central dos guardiões está subordinada diretamente ao conselho diretor do mundo; portanto, está ao abrigo de investidas perpetradas por seres sombrios, que ameacem a estabilidade extrafísica lunar."

Após breve pausa para efetuar meus registros e absorver as informações, Anton continuou:

— Também há outro motivo para que uma base

de apoio tão importante seja localizada na lua do nosso planeta. É que lá, no lado escuro da Lua, estão sendo reunidos milhares e milhares de espíritos já em processo de expurgo planetário. Seres que não mais encontram sintonia com o ambiente evolutivo da Terra são circunscritos às dimensões inferiores do astro lunar. Naturalmente, por processo de sintonia vibratória, acham-se limitados ao lado escuro do satélite terrestre.

— Mas não consta dos ensinamentos trazidos por diversos benfeitores que, na ocasião do degredo planetário, tais seres seriam inexoravelmente subtraídos do psiquismo do planeta e então arrastados por um astro intruso a outros mundos inferiores?

— Tirando certa dose de euforia que alguns sensitivos emprestam ao fato, podemos dizer que a idéia procede — respondeu Anton. — Entretanto, é tolo pensar um evento de tal monta ocorrerá de forma simplista. À medida que as respectivas inteligências extrafísicas obtenham suas últimas oportunidades no planeta e as desperdicem, devem submeter-se à averiguação de seu *status* vibratório, se assim podemos dizer. Enquanto o referido astro não se aproxima da Terra o suficiente para atrair os milhares de seres que já vivenciam o processo de expurgo, estes devem ficar circunscritos a um lugar no qual lhes seja vedado influenciar as questões sociais, políticas e espirituais do planeta. Dessa maneira, recebemos a incumbência do governo oculto do mundo de reuni-los no lado escuro da Lua. Lá, ficam prisioneiros do campo gravitacional lunar até que sejam definitivamente banidos do ambiente psíquico da Terra.

— Sem contar o trabalho que os guardiões têm com essas inteligências — observou Jamar.

— Mesmo prisioneiros da gravidade da Lua, eles continuam dando todo esse trabalho?

— Você nem imagina, Ângelo!

— O que Jamar quer dizer é que tais espíritos não estão simplesmente confinados, como habitualmente se vê nos cárceres terrenos. Os guardiões planetários têm a incumbência de catalogar a história de vida desses seres, arquivar sua identidade energética em nossos registros e esclarecê-los quanto ao seu destino, que muitos ignoram. Considerando a população numerosa desses espíritos aliado ao quadro energético nada harmonioso que apresentam, é natural que o trabalho seja profundamente complexo e desafiador para os guardiões planetários.

— Daqui também se coordenam as reurbanizações extrafísicas operadas nos ambientes próximos à Crosta — informou Jamar. — Observe o exemplo da Segunda Guerra Mundial, Ângelo. A partir de 1940 e principalmente após a assinatura dos tratados que encerraram as batalhas, o governo oculto do mundo encomendou um mapeamento da psicosfera do planeta Terra, devido à necessidade de redistribuição e reencarnação do grande contingente populacional afetado pelo conflito. Mas não só ele: por causa da magnitude do evento e suas conseqüências, os novos planos deveriam considerar os habitantes da esfera extrafísica como um todo. Logo no início dessa operação, realizada pelos guardiões planetários em sintonia com espíritos mais evoluídos, ficou patente que o continente europeu deveria ser o primeiro alvo do trabalho de reurbanização extrafísica, por razões óbvias. Foi exatamente em sua contraparte astral que ocorreram as atividades inaugurais desse intenso ciclo global de reurbanização e migração dos habitantes da dimensão astral. Inicialmente, visaram-se os seres enquistados nos bolsões astrais de sofrimento e nos espaços dimensionais destinados à contenção de indivíduos que perpetraram crimes contra a humanidade.

— Apesar de você ter dito que os motivos são óbvios, além das guerras mundiais recentes algo mais atuou como fator para que as atividades começassem pela Europa?

— Primeiramente, junto com suas imediações, é o continente mais antigo, se se considerar a civilização nos moldes do que se conhece hoje em dia. Em segundo lugar, reúnem-se ali os seres mais cristalizados mentalmente, devido às largas experiências vividas em seu passado espiritual, no seio de povos antigos. São espíritos mais experientes, porém fossilizados na maneira de pensar e agir. Além disso, possuem razoável nível de responsabilidade, em virtude desse mesmo passado milenar, nos quais representaram papéis mais ou menos importantes nas civilizações que desembocaram na Europa atual.

— Como ocorreram essas tais reurbanizações extrafísicas, como vocês as chamam? Entendo o conceito geral, mas me faltam detalhes para aprofundar a compreensão.

— Durante mais de 25 anos consecutivos, os espíritos orientadores da evolução no continente estabeleceram parcerias com humanos encarnados, que, em desdobramento, durante o sono físico, colaboraram para a consecução dos planos do mundo superior. Imensas áreas do plano extrafísico foram remodeladas e reformadas mesmo, a fim de serem mais bem aproveitadas. Trata-se de reurbanizar, isto é, aprimorar as condições oferecidas pelo local, de modo análogo aos projetos dessa natureza que são vistos atualmente no plano físico, principalmente nas zonas de deterioração e nos bolsões de miséria das grandes cidades. O objetivo era construir locais que pudessem abrigar espíritos cujas mentes cristalizaram-se numa forma arcaica e retrógrada de ver a vida. Comunidades astrais que congregam almas rebeldes e criminosas, as quais denominamos *biomas*, foram desfeitas, e, em seu lugar, ergueram-se centros de recuperação e hospitais-escola no plano extrafísico correspondente. É claro que isso representou enorme trabalho para os guardiões, contudo foi útil a fim de se prepararem para as reurbanizações planetárias ainda mais abrangentes, que em breve ocorreriam entre os habitantes da Terra e de outros mundos da imensidão.

"Todo o trabalho de reorganização do panorama astral europeu foi realizado plenamente até a década de 1980, atravessando períodos de atividade ininterrupta. Milhões de consciências deixaram a atmosfera extrafísica da Europa e foram dispostas ao redor do globo, em comunidades de amparo e assistência fundadas e mantidas por elevados orientadores evolutivos. Não só aqueles que morreram em campos de concentração, mas populações inteiras que aportaram do lado de cá da vida nos dois últimos grandes conflitos mundiais encontravam-se muito apegados magneticamente aos locais que serviram de cenário às torturas infligidas ou sofridas. Todos aqueles que apresentavam condições foram admitidos nesses centros de recuperação, hospitais e comunidades de socorro de grandes proporções. A maior parte dos que foram vitimados pelos eventos infelizes foi conduzida para as regiões ligadas ao continente sul-americano, o que fez aumentar significativamente o número de partos nos países desse continente. Por sua vez, a África recebeu em seu seio o contingente de espíritos em alguma medida responsável pelos eventos dramáticos das duas grandes guerras. Generais, soldados e dirigentes políticos que marcaram a trajetória do mundo com a destruição de muitas vidas e o aniquilamento de tantas obras da civilização foram encaminhados para o continente africano, onde esperavam futuras reencarnações.

"Dia a dia, seres esclarecidos das duas dimensões da vida encontraram-se nos ambientes da esfera astral do planeta para coordenar as transferências populacionais e a elaboração de paisagens, colônias e metrópoles, principalmente na atmosfera extrafísica da América do Sul e Antártida. Evidentemente, os milhões de espíritos concorriam para um objetivo final: a retomada de novos corpos físicos através da reencarnação ou, em certos casos, a preparação para a migração planetária, quando muitos deles seriam transferidos da atmosfera terrestre de maneira definitiva."

— Parece que os guardiões tiveram um trabalho gigantesco...

— Pois é, amigo. Mas não terminou por aí. Essa operação de relocação coletiva atingiu proporções dificilmente cogitadas pelos humanos encarnados. Após as primeiras reurbanizações extrafísicas, mais precisamente a partir de 1950, fomos abordados por comunidades de outros mundos que ofereceram ajuda, embora sem entrar em contato direto com os encarnados. Com toda a atividade em curso, já estávamos nos preparando para as transferências planetárias, isto é, dos espíritos que seriam encaminhados a outros orbes. No entanto, alguns problemas exigiam solução a fim de se efetivarem as migrações extraplanetárias, naturalmente de âmbito bem maior. Teríamos de estudar cada caso, dar assistência às multidões de seres que seriam alocados em outros mundos e conduzi-los de modo que não se ocasionasse prejuízo aos conteúdos evolutivos acumulados em seus corpos mentais. Requisitamos assessoria de técnicos de orbes superiores, especializados nos altos estudos do psicossoma e do corpo mental, com o objetivo de capacitar-nos a administrar com seriedade e sabedoria o deslocamento do montante de almas que começaria a sofrer os imperativos da transmigração. Ainda que num estágio mais acanhado, como ocorria no panorama terreno da época, a tarefa constituía esforço extremamente complexo. Desde então, temos a cada dia realizado mais e mais estudos, a fim de intensificar também as transmigrações entre mundos.

— E qual o destino dos espíritos inseridos no contexto dessas chamadas reurbanizações extrafísicas?

— Pois bem, meu caro Ângelo — antecipou-se Jamar. — Ao ser detectada determinada patologia no âmbito mental desses indivíduos, eles são encaminhados para o ambiente mais adequado, conforme o quadro que apresentam. Esse processo de seleção ilustra a dedicação dos guardiões ao mapear cada caso e definir, sob orientação técnica superior, o local de acomodação da consciência extrafísica. Há que se estudar, inclusive, o meio físico, social e espiritual onde esses seres reencarnarão, a fim de evitar tanto quanto possível o impacto corrosivo sobre as comunidades para onde foram ou serão encaminhados, resultado de suas próprias patologias espirituais.

"De acordo com o caso examinado, podemos dizer que existem três alternativas básicas para os indivíduos cujo quadro reclama relocação. Primeiramente, há a situação talvez mais comum, em que o renascimento de algumas consciências é a providência imediata, seguido pela reencarnação progressiva de um grupo cármico de indivíduos, todos vinculados a alguma nação que reúna as condições ideais para recebê-los, segundo avaliação dos orientadores evolutivos. Outro destino provável para esses seres reurbanizados são comunidades do próprio plano astral, que detêm responsabilidades, perante a justiça divina, de manter um tratamento à altura da necessidade dos seres ali congregados. Em terceiro lugar, como solução mais radical, há o renascimento compulsório em algum outro planeta. Essa opção demanda estudo particularizado, com vistas a evitar perturbações no mundo para onde se conduz o referido espírito, bem como a fim de prevenir maiores desconfortos ou desequilíbrios no próprio ser que sofre os ditames da transmigração.

"Não se pode esquecer que toda consciência que passa pelo exílio planetário está num estágio severo de crise da personalidade e da individualidade e que, ao ser transferida e inserida num novo contexto evolutivo, precisa ser amparada e auxiliada nas questões mentais, psicológicas e sociais. Afinal de contas, não haverá proveito a menos que se integre ao novo panorama social. Essa abrangente tarefa é realizada pelos guardiões planetários a partir de nossa base aqui, no satélite natural do planeta Terra."

Pensando nos elementos que Jamar e Anton ofereceram para apreciação a respeito das atividades incessantes levadas a efeito nos bastidores da vida, uma dúvida me provocou para a próxima pergunta ao guardião da noite:

— Diante do aumento exponencial do número de espíritos renascendo na Terra a partir de determinado momento histórico, principalmente na segunda metade do século XX, poderíamos pensar em algumas conseqüências sociais para a população encarnada, ao receber através da reencarnação um contingente tão grande de almas?

— Sem dúvida, Ângelo. Com o planejamento das reurbanizações espirituais na Crosta através do processo reencarnatório, a população encarnada deu um salto em termos numéricos. A partir da década de 1950, os umbrais assistiram a um esvaziamento, num crescente fluxo reencarnatório. O ambiente astral despejou sua população de almas nas entranhas do planeta, de maneira que, com 2,5 bilhões de almas reencarnadas até então, a população aumentou significativamente, pulando para aproximadamente 6 bilhões de habitantes no final do século. É claro que a reencarnação em massa, composta principalmente por espíritos de considerável atraso evolutivo, trouxe com essa maioria proveniente do astral inferior a liberalidade dos costumes para as comunidades terrestres de encarnados, as quais não estavam preparadas para resistir a essa verdadeira invasão de almas. De todo modo, era inadiável promover o esvaziamento dos núcleos de sofrimento e desequilíbrio na esfera próxima à Terra.

"Depois das primeiras reencarnações, após a década de 1950, a liberalidade que buscavam acabou por atingir a permissividade sexual, que o mundo conheceu largamente logo no início da década seguinte. E essa mesma liberalidade serviu como canal para receber mais e mais espíritos, que renasciam pelas portas da reencarnação. Uma vez que a maioria dos espíritos era advinda de furnas umbralinas e de cistos de alta toxidez no mundo inferior e nos abismos, a promiscuidade sexual manifestou-se em seguida, como resultado da promiscuidade mental e emocional. Firmou-se como a marca da próxima década. Os anos 1970 chegaram com a avalanche de idéias liberais a respeito de drogas, sexo e excessos variados, reflexo da característica inerente à população de almas que aportava aos montes nos laboratórios do mundo através da reencarnação. A promiscuidade sexual somada às idéias difundidas e a outros comportamentos desses espíritos formou o quadro mórbido adequado para a sociedade terrena conhecer o ultravírus HIV. Com ele, nos anos 1980, além da aids outras enfermidades reapareceram, justamente devido ao ambiente propício oferecido pelas mentes em desequilíbrio.

"Repare, a partir dessa breve retrospectiva, que a população proveniente do astral inferior trouxe consigo elementos tóxicos e viróticos encontrados nas cavernas umbralinas e nos redutos densos enquistados no planeta. A materialização da aids no mundo foi uma conseqüência da própria situação de risco em que viviam aquelas almas, que trouxeram consigo suas enfermidades sociais, paragenéticas e psicofísicas. Espíritos mais intelectualizados, acostumados ao poder e ao domínio autoritário através do mando e da manipulação das massas, encontraram no clima vigente a oportunidade de dar vazão a seus instintos, instaurando no ambiente físico e social do planeta os métodos adotados na política sombria das grotas umbralinas. Ressurgiam nesse momento os regimes ditatoriais, que ofereceram ao mundo uma pálida idéia da truculência com que se governa e se faz política nas regiões subcrustais, de onde vieram seus expoentes reencarnados.

"Por outro lado, a partir dessa época, entre as décadas de 1970 e 80, o mundo conheceu um período profícuo em pesquisas e métodos reeducativos voltados para toda a humanidade. É que do Plano Superior também mergulharam na esfera física inteligências comprometidas com a educação em massa, com a sapiência e a ciência ética e com a vivência de um estado superior da consciência. O objetivo? Fazer frente à turba que o mundo recebia das regiões de sofrimento.

"Paralelamente a essa invasão de almas no plano físico, os bolsões astrais foram esvaziados e reurbanizados, tais como o antigo vale dos suicidas, por exemplo, que foi completamente reformulado. Onde havia uma população de almas em sofrimento, foram construídas instituições socorristas e regenerativas, baluartes de uma proposta educativa superior, endereçadas àqueles que vieram para o lado de cá de maneira antinatural, através do auto-extermínio. Hoje, em vez dos vales de sofrimento, encontramos hospitais-escola dedicados a trabalhar os conteúdos traumáticos de seres desorganizados consciencialmente. Todo esse trabalho de reurbanização extrafísica, com impacto direto sobre a dimensão física, deu-se sob a supervisão dos guardiões e foi patrocinado pelo governo oculto do mundo."

Ao fazer minhas anotações, aproveitando pequena pausa, ocorreu-me que muitos leitores encarnados certamente se espantariam ao saber a que ponto os acontecimentos históricos são conseqüência do que se processa nos bastidores da vida.

Passados alguns instantes para nos dar condição de digerir tamanha quantidade de informação, o amigo continuou:

— Eis por que nossa base principal deve necessariamente localizar-se num ambiente diferente e, ao mesmo tempo, distante vibratoriamente de lugares onde os seres do abismo pudessem interferir — disse Anton. — Também podemos observar que a localização estratégica da Lua é excelente para a reunião de futuros degredados. Digo *futuros degredados* porque, afinal, ainda estão de certo modo vinculados à Terra, embora não possam mais reencarnar nem agir nos limites vibratórios do planeta. Para esses espíritos, a atmosfera lunar e a posição geográfica desse astro situado nos limites de influência do nosso mundo formam a estação perfeita para aguardar a transição definitiva, que se operará em breve. Quando a Terra estiver sob a influência do corpo celeste que será o meio de transporte de milhões de seres exilados, a Lua será, em virtude de sua localização, mais facilmente incluída no raio de ação magnética do astro intruso.

— A Lua também é um lugar favorável ao trabalho dos guardiões quando este se dá num nível cósmico, em aspectos tão importantes e complexos como o que acabamos de mostrar — acrescentou Jamar. — Livres da influência prejudicial de seres presos ao campo astral da Terra, podemos realizar nosso trabalho com certa tranqüilidade. Você nem imagina o grau de complexidade envolvido na tarefa de lidar com seres que já experimentaram todas as oportunidades que o planeta oferece e esgotaram as chances de mudar.

Ouvindo aquela explanação, não podia me furtar ao comentário:

— Diante de tudo que vocês relatam sobre o trabalho dos guardiões ao enfrentar os seres em processo de degredo, posso concluir que não há veracidade nas informações difundidas por certos médiuns e dirigentes de reuniões mediúnicas. Afirmam enviar espíritos para outros mundos por meio de impulsos magnéticos ou mesmo remetê-los para o interior da Terra a bordo de cápsulas, aplicando sua força mental...

— Como eu disse antes — observou Anton —, muita gente mistura ficção com realidade. Ao lidar com as questões espirituais, não se podem ignorar determinados fatos que dizem respeito aos habitantes do planeta Terra. Primeiro, é preciso observar que em tudo existe uma ordem, uma organização que de maneira alguma poderá ser desrespeitada. Os médiuns, quer estejam encarnados ou desencarnados, não receberam as incumbências mencionadas por você, Ângelo, nem tampouco detêm o poder que alguns julgam possuir. Jamais poderão administrar prerrogativas ou responsabilidades para as quais não foram instruídos, treinados e experimentados. Muitos acreditam que basta estalar os dedos e fazer uma contagem progressiva ou regressiva para, de repente, derrogarem todos os procedimentos e despacharem seres em viagens intergalácticas ou entre mundos... Ignoram a ordem e o equilíbrio de forças que impera no universo. Aos médiuns foram concedidas outras atribuições bem diferentes.

— Vejo como falta em muitos agrupamentos mediúnicos o bom senso que tanto caracterizava Allan Kardec, até mesmo entre seus seguidores, os espíritas.

— É verdade, amigo — concordou Jamar. — Falta mesmo bom senso e uma boa dose de razão. Há diversos agrupamentos mediúnicos envolvidos com idéias que, em sua origem, são mesmo sérias. Entretanto, sem identidade espiritual definida, são infelizmente manipulados por pessoas que, embora possam ter boa vontade, querem fazer algo diferente e de maior destaque que os demais, e assim se perdem.

— Vamos dar seqüência a nosso raciocínio anterior, Ângelo, quanto ao expatriamento sideral — tornou Anton. — Para que qualquer inteligência extrafísica seja deportada ou expulsa do ambiente espiritual terreno, há que se levar em conta a organização a que estão sujeitos todos os habitantes do mundo. Será que a Inteligência Suprema confiaria a qualquer indivíduo ou pequeno agrupamento tamanha responsabilidade? Será mesmo que a autoridade para decidir sobre o destino cósmico alheio pode ser algo tão casual?

"Quando se relatam acontecimentos como o que você apontou, isto é, de seres que são excluídos ou confinados em cápsulas e, de modo qualquer, enviados para outros mundos ou para o interior do globo ao cabo de uma reunião mediúnica, pode-se afirmar, seguramente: trata-se de uma encenação, fruto da mais pura ignorância. Aqueles que pensam realizar uma tarefa intricada como essa e de tão graves implicações em apenas alguns minutos ignoram que a maior parte do trabalho de desobsessão se passa no plano extrafísico, e não no intervalo de uma reunião mediúnica. Obviamente, contam com uma platéia crédula, com generosa dose de misticismo em seu conteúdo mental, pois que se sentem à vontade para alimentar idéias absurdas em seu círculo de influência. No que concerne ao envio para o interior da crosta terrestre, em direção ao magma, creio sinceramente que os indivíduos que apregoam tais práticas deveriam estudar mais a própria doutrina espírita, que muitos dizem professar. Talvez tenham se esquecido de certas notícias há muito registradas e discutidas por Allan Kardec em seus preciosos volumes. Que ação o magma planetário pode ter, por si só, em seres desencarnados, ou seja, alheios à matéria densa? Por certo o magnetismo da região há de ser incrivelmente intenso, tóxico até, porém a idéia cheira mais ao desejo de condenar o outro às chamas do inferno cristão que a qualquer alternativa mais séria.

"Ignoram que a administração dos destinos de quem quer que esteja vinculado à Terra está diretamente subordinada ao diretor geral do mundo? Será que desconhecem que somente Jesus e seus prepostos é que detêm autoridade moral para deliberar sobre a ventura dos espíritos que habitam o orbe terreno?"

— É, Anton — dirigi-me ao guardião, que se tornara grande amigo. — Fico impressionado ao ver quão longe vão os companheiros encarnados em suas fantasias. Poderiam ser muito mais úteis caso mantivessem os pés no chão.

Diante de tantas coisas que aprendi naquele curto espaço de tempo junto aos guardiões, comecei a pensar sobre outra das minhas inquietações, também relacionada ao intercâmbio entre habitantes das esferas física e extrafísica. Intrigam-me a complexidade e as inúmeras nuances e sutilezas dos fenômenos agrupados sob o nome de obsessão. Os guardiões, pelo que sei, têm o assunto em alta conta. Consideram-no de máxima importância, reclamando um acompanhamento mais detalhado da parte dos estudiosos da ciência do espírito. Apresentei a ambos minha curiosidade a respeito da diversidade de fenômenos envolvendo o processo obsessivo. Anton se dispôs a falar um pouco enquanto nos aproximávamos da atmosfera lunar:

— Sabe, Ângelo, nós, os guardiões, acreditamos que sejam necessários estudos mais aprofundados acerca da personalidade dos chamados obsessores.

Em grande parte, são casos crônicos, que merecem atenção maior do que aquela oferecida em alguns poucos minutos de uma reunião mediúnica. Em nossos estudos, temos visto obsessores se utilizarem do produto de emoções, pensamentos e idéias dos seres encarnados para incrementar o assédio a suas vítimas dos dois lados da vida, até mesmo usando animais e habitantes subumanos da esfera extrafísica. As especialidades dos obsessores e os artifícios de que lançam mão variam largamente, conforme o escopo de seu planejamento infeliz. Essa importante realidade precisa ser considerada, e a única maneira de atuar de modo eficaz a partir dessa informação é manter-se aberto para detectar o emprego de novos métodos e ao mesmo tempo guardar o bom senso e a cautela que caracterizavam Allan Kardec. Aceitar toda percepção sem questionar é render-se ao domínio do fantástico e do maravilhoso; rejeitar sistematicamente o ineditismo, cedendo sempre à desconfiança, ainda que a pretexto de resguardar o trabalho é condená-lo à mesmice e à obsolescência da terapêutica desobsessiva.

"Alguns obsessores procuram apenas influenciar os encarnados, sem maiores recursos técnicos ou conhecimento do que fazem. Do lado de cá a realidade não é tão diversa da que se vê no plano físico: há uma massa de seres preguiçosos, que não investem tempo nem esforços nem sequer para atingir os próprios objetivos — nesse caso, obter energias de suas vítimas. Enquanto isso, no entanto, especialistas do astral pesquisam inúmeros recursos, que vão desde os conhecidos aparelhos parasitas até alterações bioquímicas levadas a efeito nos corpos físicos de seus alvos encarnados, vampirizando-os de acordo com mudanças hormonais e outras flutuações da dinâmica interna de seu organismo. Procuram elementos que lhes possam suprir as deficiências inerentes à sua condição espiritual e, para tanto, sentem-se à vontade para fazer experimentos no universo de seres desprovidos de qualquer preocupação com a preservação e a segurança íntimas, ou seja, que não oferecem barreira à sua ação criminosa. Ainda no campo fisiológico, adulteram, por exemplo, a produção de adrenalina, endorfinas e outras substâncias para fabricar venenos desenvolvidos em seus laboratórios sombrios. Outros exploram o medo, o pavor e outros traços delicados do psiquismo enfermiço de humanos encarnados. Há verdadeiras escolas de psicologia no mundo inferior, que oferecem 'carreiras' atraentes a um sem-número de indivíduos desavisados, ignorantes da causa hedionda na qual militam, cegos que estão devido às pretensões que alimentam."

— O orgulho é arma indispensável na economia das sombras, e seus legítimos representantes sabem manipulá-lo com maestria — acrescentou Jamar.

— Há também especialistas das trevas que aproveitam encontros de grupos com reles intenções — prosseguiu Anton. — Orgias, gangues e determinados clubes são alvos propícios para se fixarem e extraírem as emanações tóxicas dos que ali se reúnem. Ao examinar tudo isso, não há como se furtar à conclusão, ainda que pesarosa, de que a base dos assédios energéticos e espirituais é mesmo a pessoa que se diz vítima. Ou seja, ela própria é quem alimenta no obsessor a sede de materiais e elementos psicofísicos para a satisfação de seus desejos e instintos. Até que ponto um obseda outro ou, na verdade, ambos se influenciam mutuamente, mantendo-se presos a um círculo vicioso de comportamentos arraigados?

As palavras de Anton repercutiam em mim como um vendaval, pois já acompanhara alguns processos obsessivos de variada complexidade. Houve ocasiões em que me debrucei sobre o assunto, entretanto deparava agora com quanto ainda há por aprender, estudar e refletir.

Entrementes o aeróbus se aproximou do satélite natural do planeta Terra. Contudo, antes de entrar na órbita lunar, tivemos de interromper nosso curso, pois fomos abordados pelo comando dos guardiões. Durante alguns minutos, Jamar e Anton conversaram por radiofreqüência com os responsáveis. Fomos todos corretamente identificados; não obstante, Jamar teve de apresentar nossas credenciais obtidas em instâncias imortais para que penetrássemos a aura magnética da Lua. A rigorosa política de ingresso e permanência no local era amplamente justificada, tendo em vista a relevância daquela base dos guardiões, talvez a mais importante de todas elas.

Após a alunissagem na dimensão extrafísica, penetramos na base de apoio propriamente dita. A entrada para aquela região astral da Lua estava localizada estrategicamente no alto do Monte Pico, num de seus três cumes, bem ao lado do Mare Imbrium.

A estação dos guardiões situada no interior da Lua parecia ser a fusão de diversos pavilhões alimentados pela luz astral, entre outros focos luminosos que surgiam das paredes. Corri os olhos pelas centenas de indivíduos, consciências extrafísicas que povoavam a base, em suas diversas atividades. Descíamos cada vez mais rumo às profundezas do satélite terrestre. Segundo Jamar e Anton, somente espíritos autorizados pelo Alto podiam ali entrar ou trabalhar. Passamos por setores que mais pareciam estaleiros industriais. Fiquei sabendo que ali se construíam diversos aparelhos da tecnologia sideral, utilizados pelos seres imortais em vários setores da vida extrafísica, porém todos invariavelmente ligados à segurança e aos guardiões. Jamar e Anton iam à frente, levando-nos a passar nas imediações de determinadas alas onde havia algo semelhante a escritórios.

O objetivo que nos trazia até a base dos guardiões, principalmente no tocante à consulta dos registros dos sensitivos, relacionava-se com a ação de inteligências perversas que dominavam as regiões inferiores do planeta Terra. Esse centro de controle superior era também conhecido como Ministério de Defesa Planetário.

Absorvido em minhas reflexões a respeito das razões que levavam os espíritos inferiores a investidas contra a humanidade, fiquei a me indagar: quais os propósitos de dragões, magos negros e cientistas ao agir de modo contrário à ética cósmica? Indiscutivelmente, dispunham de tecnologia avançadíssima e de conhecimento científico extraordinário, se comparados aos recursos difundidos entre os habitantes encarnados do mundo.

Em muitos aspectos, surpreendiam os trabalhadores espíritas e espiritualistas com suas criações mentais e seus engenhos tecnológicos. Entretanto, o produto de seu trabalho não denotava nenhuma superioridade espiritual. Muito pelo contrário.

Esse problema me incomodava bastante, pois ainda não podia compreender, em toda a sua extensão, a motivação das inteligências sombrias. Encontrava-me realmente absorto em meus pensamentos, e, provavelmente, Anton e Jamar me observavam, assim como Saldanha, que se mantivera calado até então. Toda a organização e as instalações altamente sofisticadas que me eram reveladas naquela base me levavam a tentar estabelecer um paralelo entre aquele aparato a serviço dos guardiões e a existência de espíritos voltados ao combate declarado às obras da civilização, ao progresso, à evolução, em suma. De resto, não havia como deixar de nutrir gratidão pelo que via e profunda estima pelas inteligências especializadas no trato com seres estacionados consciencialmente.

Despertei de meu transe mental e de minhas divagações quando adentramos a central de registros propriamente dita. As instalações que armazenavam informações a respeito dos mensageiros encarnados, sensitivos e paranormais eram gigantescas — disso o salão à nossa frente já dava mostras.

Penetrávamos num ambiente de formato circular. Junto às paredes estavam equipamentos que armazenavam dados antiqüíssimos, que remontavam a um passado longínquo, segundo pude perceber. Registravam-se informações acerca daqueles que despertavam para atividades psíquicas, com um relatório completo das experiências em vidas pregressas, além de habilidades e tendências pessoais.

O console de controle estava ancorado no centro do salão circular, num patamar acima em relação aos demais instrumentos. Adiante ficava um portal que conduzia a dependências similares, onde se guardavam dados preciosos para a segurança planetária. Do salão anexo partia um vasto e largo corredor, que dava acesso a instalações mais e mais modernas. Incontáveis informações eram armazenadas, uma a uma, nesse cadastro extrafísico de grandes proporções. Jamar requisitou as informações das quais precisávamos, auxiliado por Saldanha, que listava os nomes dos indivíduos que nos interessava pesquisar.

O repertório sobre os sensitivos era metodicamente enfileirado em um material que se assemelhava a cristal multifacetado. As memórias estavam ali, incorporadas a essa estrutura cristalina. Havia registro dos acontecimentos relevantes envolvendo cada uma das pessoas indicadas por Saldanha, bem como estatísticas interpretadas graficamente, tudo nos mínimos detalhes. Entre tantas outras avaliações, constavam características e perfil emocional, tempo de serviço prestado ao Plano Superior, reações esperadas em situação de risco ou em tempos de crise, eventual abandono ou deserção de atividades assumidas, além de um histórico completo do nível de responsabilidade ao administrar as oportunidades concedidas, da conduta perante situações adversas, dos atos marcantes nas dimensões física e extrafísica e, finalmente, um mapa das conexões pretéritas ou atuais com inteligências sombrias. Em síntese, um universo de informações cuja utilidade era inquestionável, tendo em vista as tarefas que nos haviam sido designadas. Saldanha ficou surpreso, pois não esperava tantas minúcias a respeito dos médiuns que indicara.

Anton nos apresentou Sinval, o ser extrafísico que coordenava aquele setor de registro.

— Está aqui o resultado de sua pesquisa — falou Sinval com voz trovejante.

Inseriu o material cristalino numa estrutura à nossa frente, e imediatamente a imagem de uma pessoa se elevou, também translúcida, como uma projeção holográfica. No ambiente ressoou uma voz, que parecia emanar do ar:

— Característica emocional — falava a voz. — Reage a diversas situações da vida com visível sentimentalismo. Absorve as emoções dos outros e somatiza energias com extrema facilidade. Diante do sofrimento alheio, entrega-se por completo a sentimentos de comiseração e é capaz de sofrer com aquele que requer auxílio. Faculdades mediúnicas notáveis; religiosidade muito ativa; dificilmente expressa as próprias emoções e traz imensos conflitos existenciais. Entrega-se à atividade mediúnica completamente, mas foge aos próprios sentimentos, afogando-os no trabalho a que se dedica.

Saldanha olhou para Anton como que pedindo apoio, estarrecido diante da avaliação de uma das médiuns que ele solicitara como auxiliar.

Anton, estimulado pelo olhar do companheiro Saldanha, abraçou-o gentilmente e pronunciou:

—Ainda não acabou o relatório, meu amigo. Veja por si mesmo por que os Imortais discordavam de você quanto à indicação dos nomes que examinamos. Creio que conheciam de antemão as características de cada um deles.

A voz continuava a descrever a médium a respeito da qual consultávamos os registros siderais. Junto com o relato, cenas da vida da pessoa ganhavam movimento e se passavam diante de nós como figuras perfeitamente vivas, em três dimensões, como na esfera física.

— Desistência das tarefas concedidas — falava a voz gravada na substância cristalina, anunciando o tópico seguinte. — Ante provações intensas, enfermidades na família, perdas e dificuldades de subsistência apresentou hiatos na tarefa mediúnica. Hábito de justificar-se diante da interrupção das tarefas. Dificuldade em retomar o trabalho.

Continuando pausadamente, ouvimos mais informações, desta vez sobre o aspecto fenomênico e, por fim, as conclusões:

— Faculdades de extrema sensibilidade, clarividência extrafísica, projetora consciente na dimensão extrafísica; psicofonia e psicografia como tarefas principais, doação de ectoplasma para curas como tarefa secundária. Grau de confiabilidade para atividades de cunho assistencial: médio. Grau de confiabilidade para o serviço de esclarecimento: baixo. Grau de confiabilidade para trabalhos que exijam disciplina mental, empatia, atitude consciente e voluntária: zero ou nulo.

Saldanha ficou nitidamente abatido diante dos relatos da ficha astral da médium que escolhera.

Nesse momento, Jamar interferiu, enquanto Anton dava apoio moral ao nosso companheiro:

— Saldanha, note que nossa companheira, que é médium de faculdades excelentes, é uma trabalhadora e tanto, competente para atividades socorristas. Sua emotividade, se bem administrada, pode ser um traço favorável ao auxiliar seres extrafísicos em sofrimento. Em nossas atividades, no entanto, não haverá assistencialismo extrafísico; nossa ação não será de consolo. Precisamos de indivíduos seguros, resolutos, tarimbados no serviço, que apresentem perfil ativo e obstinado. Médiuns mais reativos ou passivos não servem para a tarefa que nos espera: ainda que tenham potencialidades extraordinárias, emocionalmente costumam ser tão ou mais necessitados do que aqueles que julgam amparar. É o caso analisado aqui: geralmente apresentam nível exacerbado de religiosidade, trazem frases do Evangelho ou de algum livro espírita na ponta da língua e buscam respostas de natureza religiosa para todas as situações da vida. Possuem grande boa vontade e agem de boa fé.

— Com certeza. — interrompeu Anton neste momento. — E podem até ser trabalhadores eficientes para tarefas de consolo, mas definitivamente não se prestam à ação direta junto aos habitantes das sombras, em meio à intricada estrutura das regiões inferiores. Precisamos contar com colaboradores que, acima de tudo, raciocinem, sem se deixar embriagar com o sentimentalismo e o emocionalismo. Não queremos a atitude caricata daquele que adota tom de voz mansinho em determinados círculos, pronunciando termos como *coitadinho*, *irmãozinho* e quaisquer outros, recheados de grande dose de emoção. No fundo, esse comportamento reflete mais aparência do que essência, pois não há como ser manso todo o tempo, nos diversos papéis sociais que cabem a cada um. Na maior parte das vezes, quem age assim esconde-se atrás da religião para fugir de si mesmo e evitar o auto-enfrentamento.

"As tarefas que realizamos no plano inferior do planeta requerem pessoas atuantes, com iniciativa, capazes de tomar decisões certeiras perante situações incomuns, sem recorrer constantemente aos espíritos para orientá-las. Em uma palavra, precisamos de agentes e não de *reagentes* passivos. Ao abordar seres como os que encontraremos, é crucial ter em mente que não se trata de simples obsessores, tampouco *sofredores*, no sentido que se empresta ao termo. Lidamos é com marginais e delinqüentes, com seres conscientes de sua maldade e que praticam crimes hediondos contra a humanidade porque assim o deliberaram, conscientemente. Portanto, é necessário razão aliada à emoção, mas esta sempre subordinada à razão."

Após as explicações, escutadas atentamente, Sinval retirou o objeto cristalino do equipamento à nossa frente e o substituiu por outro.

A imagem que apareceu era a de outro médium indicado para a tarefa. Erguia-se no centro da sala a imagem tridimensional do sensitivo, e ao nosso redor começaram a surgir quadros ligados a várias de suas existências pretéritas, bem como à atual. Eu permanecia atento a tudo.

Transcorridos alguns minutos de silêncio, novamente uma voz originada na atmosfera tênue do ambiente onde nos encontrávamos anunciou mais informações. O semblante de Saldanha novamente ficou nublado diante do que ouvíamos. Após terminar o relato, mais dois outros candidatos foram pesquisados, e, entre todos, apenas um foi aprovado, em vista dos objetivos da tarefa iminente. Creio que o último relato devolveu a Saldanha um sorriso disfarçado no rosto, que logo o transformou completamente. Estava radiante diante da possibilidade de contar com um mensageiro encarnado para auxiliar em nossa jornada.

Jamar mais uma vez se intrometeu em nossos pensamentos:

— Que bom que encontramos alguém habilitado para o tipo de empreitada que nos aguarda. Todavia, devemos ter em mente que mesmo quem se mostra habilitado para a tarefa pode não desejar trabalhar conosco, pois lidaremos com energias densas e especialistas de inteligência invulgar, tudo isso em meio a regiões extrafísicas bastante insalubres. Nem todos os sensitivos de boa vontade sabem se portar corretamente nessas regiões, sem dar trabalho a nossa equipe. Muitos se perdem nos chamados *alvos discordantes*.

Diante das observações do guardião da noite, Saldanha externou a curiosidade que também era minha:

— Fale-nos a respeito desses alvos discordantes, Jamar.

— Pois bem, meus amigos. Nos momentos em que uma equipe se dirige a tarefas previamente agendadas e programadas em qualquer dimensão da vida, deve manter absoluta coerência com os objetivos estipulados. Tanto mais sério isso se torna ao considerarmos as regiões agrestes dos subplanos astrais. Nada pode desviar-se dos planos originais, nem mesmo em razão de fatos que efetivamente reclamem socorro, mas que estão fora da alçada da missão estabelecida. Não há como ser flexível nesse aspecto. Muitos sensitivos encarnados, quando projetados fora do corpo físico, em desdobramento, perdem o foco e se deixam influenciar por distrações e preocupações alheias ao que fora determinado, embora sejam excelentes trabalhadores nas reuniões mediúnicas. Entre outros motivos para tal, o mais comum é a pena de espíritos sofredores ou o afastamento da equipe com a intenção de ajudar algum parente em situação embaraçosa. Desse modo, descuidam-se dos objetivos traçados, comprometendo a tarefa e colocando em risco toda a equipe, que fica enfraquecida e exposta.

— É verdade — interferiu Anton. — Além disso, quando projetados em nosso plano de existência, ficam extasiados ante a realidade extrafísica. Descobrem que, em muitos aspectos, ela diverge do imaginário popular e também não se parece com os relatos romanceados e fantasiosos de livros teoricamente psicografados.

— Agora entendo — disse Saldanha. — Vejo por que as tarefas a nós confiadas demandam cuidado todo especial, não somente da parte de quem as organiza, isto é, dos benfeitores da dimensão superior, como também por parte dos participantes ou dos agentes, isto é, daqueles que as executam.

Segundo as informações que obtivemos, a companheira aprovada pela consulta aos registros siderais dos guardiões havia desencarnado há relativamente pouco tempo[7] e se encontrava numa dimensão próxima à Terra. Recorreríamos a ela em situações específicas, com a certeza de que poderia nos auxiliar com a dignidade de um coração dedicado ao trabalho do Alto.

Aproveitamos a oportunidade no comando dos guardiões para visitar os registros referentes aos

7. Pelo que indicavam as passagens anteriores, o grupo parecia estar à procura de um colaborador encarnado, que pudesse ajudar na doação de recursos ectoplásmicos. Para surpresa de quem lê, acabam por selecionar um médium desencarnado, embora há pouco tempo. Ao apresentarmos esse aparente contra-senso ao autor espiritual, explicou ele que a experiência da sensitiva na doação de energia era tamanha, e seu perfil tão afeito à atividade em vista, que essas características suplantariam o fato de não estar mais de posse do corpo físico. Segundo esclareceu, os recém-desencarnados que exercitaram longamente a doação de ectoplasma — como era o caso dessa médium, que atuou em reuniões de materialização durante décadas — conservam uma cota de fluidos de natureza astral no perispírito, a qual possibilita aos espíritos superiores efeitos análogos aos obtidos com a energia animalizada propriamente dita, pelo menos em âmbito extrafísico.

magos negros dos antigos continentes da Atlântida e da Lemúria. Jamar debruçou-se sobre os arquivos em busca de informações preciosas, que pudessem complementar as que já possuíamos. Anton preferiu um método diferente. Colocou-se debaixo de uma pequena cúpula transparente, semelhante a um capacete, para absorver o conteúdo armazenado nos registros siderais, como se estivesse em transe. Enquanto isso, Sinval dava-nos explicações:

— O aparelho do qual Anton se utiliza tem por finalidade ajudar nos treinamentos mentais e na assimilação de conhecimento através de ondas. Trata-se de uma espécie de auto-hipnose, propiciada pelos métodos mecânicos que temos à disposição. As ondas emitidas pelo aparelho atingem o campo mental ou corpo mental, induzindo o indivíduo a um estado alterado de consciência, que o torna mais receptivo ao conteúdo armazenado em nossa central. De um lado, ondas eletromagnéticas são irradiadas para o corpo mental inferior, formando imagens; de outro, partículas luminosas transportam para a dimensão superior da mente elementos que estabelecem conexão com os arquivos siderais. Dessa forma, o cérebro perispiritual consegue absorver e interpretar os dados registrados na memória extracerebral.

Olhei para Saldanha como que gritando por socorro. Não entendi muita coisa além da expressão *memória extracerebral*. Saldanha deu uma gargalhada, arrastando a mim e Sinval para essa reação tão humana. Descontraímo-nos todos.

Depois de algum tempo, retornamos à área central do comando, onde se reuniam diversos seres ligados ao trabalho dos guardiões Anton e Jamar. Sabíamos agora que não deveríamos contar com muito mais apoio do que o que obtivemos em nossa primeira jornada nas regiões sombrias. Além do mais, recebemos uma indicação preciosa dos guardiões; teríamos à disposição alguém que, particularmente, já conhecia de outras empreitadas. Era uma pessoa ainda em experiência intrafísica, encarnada, mas que não guardava nenhuma ligação com questões religiosas, absolutamente. Apresentava excelente faculdade de lucidez extrafísica e agia com naturalidade e expressividade perante os problemas apresentados nas regiões inferiores. Teríamos esse trunfo na manga, como diria muita gente. Em caso de necessidade, além de Raul, o médium que nos acompanhara em outras situações, poderíamos recorrer a este elemento precioso: Irmina Loyola. Trazíamos conosco a ficha completa dela.

Fora de grande proveito nossa visita ao centro

de comando dos guardiões, até porque me proporcionou farto material para relatar aos estudiosos de um e outro lado da vida.

Quando seu superior entrou no ambiente onde se reuniam, na administração da base lunar, a equipe de espíritos presentes na central dos guardiões olhou-o apreensiva e, ao mesmo tempo, ávida de informações mais detalhadas. Cerca de 60 seres desencarnados ou consciências extrafísicas dedicavam-se à coordenação daquele projeto, à frente de suas respectivas equipes. Muitos deles estavam diante de instrumentos ultra-sensíveis, que continham informações preciosas a respeito de tarefeiros vinculados à esfera física, enquanto encarnados, além de dados importantíssimos relativos ao plano extrafísico próximo à crosta do planeta Terra.

O espírito que coordenava a atuação da equipe de guardiões — ou seja, o responsável por aquele contingente de trabalhadores invisíveis aos olhos humanos — parou no meio de seus subordinados e parceiros, notando que seus semblantes estavam até certo ponto contraídos, devido à total atenção que dedicavam às atividades desempenhadas. A fisionomia daquele espírito também refletia preocupação e elevado grau de concentração nas questões que lhe interessavam mais de perto. Recebera do Alto a incumbência, transmitida diretamente por Joseph Gleber, de interferir na ação dos representantes do abismo, isto é, os responsáveis por determinado sistema de poder nas regiões obscuras do astral. O guardião mais experiente tinha um ar envelhecido ou maduro, e seus cabelos refletiam uma luz suave, que o envolvia de forma discreta. Voltando-se para um dos trabalhadores a seu lado, pronunciou:

— Devemos ter cuidado com nossa próxima tarefa, pois, de acordo com os arquivos dos guardiões mais antigos, o local aonde iremos, ao que tudo indica, é utilizado pelos senhores da escuridão desde a época da Lemúria e da Atlântida. Segundo novas informações, na atualidade uma equipe de cientistas intimamente ligada aos antigos magos negros lá construiu bases para suas experiências.

Atento às observações do chefe dos guardiões daquele destacamento, o espírito comentou:

— A partir dos dados que recebemos de Joseph Gleber e de seus auxiliares, conseguimos determinar o lugar exato de onde, há alguns dias, partiu a irradiação de um tipo ainda não catalogado de energia. Por nossas medições, parece ser algo de extraordinária magnitude, o que nos coloca em alerta quanto ao que está sendo ali desenvolvido pelos cientistas em conluio com os magos negros, os chamados senhores da escuridão.

Dando uma pausa para que o guardião superior pudesse absorver o que dissera, ele continuou, perguntando:

— Por falar nos senhores da escuridão, tenho uma dúvida que considero relevante para nossa tarefa. O senhor tem alguma ordem a respeito dos dois seres capturados anteriormente nas regiões inferiores?

— Designei um grupo de guardiões para cuidar deles. Espero notícias a qualquer instante. Não podemos nos esquecer de que deram imensa contribuição após serem resgatados do sistema a que estavam ligados por processo de simbiose.

— Sim, senhor. Fiquei sabendo de sua excursão aos planos mais densos. De todo modo, fico a imaginar o que de fato ocorreu com esses dois indivíduos. Parece que algum dispositivo ainda não identificado modificou sua mente, pois, de tempos em tempos, sofrem uma espécie de ataque ou crise mental e emocional.

— Com certeza o Plano Superior já sabia o que poderia ocorrer com eles: é a chamada irradiação de loucura. Os magos negros não brincam em serviço. Efetuam uma espécie de implante, se é que se pode denominar assim, que, aos poucos, vai afetando o corpo mental daqueles espíritos que estão sob sua influência. Talvez pudéssemos dizer que é uma espécie de memória implantada, com conteúdo dissociativo da personalidade.

— Não entendi muito bem o que significa essa expressão.

— Digamos que é uma espécie de infiltração na memória espiritual dos seres que se subordinam aos ditames sombrios. Caso algum desses espíritos, por alguma razão, se liberte da influência dos magos, não conseguirá manter por longo período a sanidade mental. Essa infiltração nos arquivos profundos da memória perispiritual é gradativamente transferida para o corpo mental, e, a partir de então, tais conteúdos não podem mais ser acessados, devido ao grau de desequilíbrio a que chegaram as vítimas. Enquanto conversamos, a equipe designada estuda maneiras de reverter o processo, mas, até agora, ainda não chegou a nenhuma conclusão.

— É como se fosse um efeito hipnótico de longo prazo.

— Teremos notícias em breve. Falemos sobre nossa missão. Recebemos a incumbência de descobrir como agem os seres malignos e de erradicar sua base. Como antes, não podemos prescindir da ajuda de um médium encarnado, em desdobramento, no plano em que atuamos.

— E tal médium não corre o risco de ser influenciado pelos detentores do poder nas regiões inferiores?

— Na verdade, meu amigo — respondeu com boa vontade o chefe dos guardiões —, diversos grupos partirão da Crosta em atividades semelhantes à nossa. A assistência do Plano Superior garante a autonomia mental e emocional dos tarefeiros. Contudo, precisaremos de um veículo de transporte que nos leve às dimensões mais densas. Providencie um aeróbus e, assim que estiver tudo pronto, comunique-me, por favor.

— Sim, senhor! — respondeu o guardião.

Anton, o guardião de ordem superior, era o responsável por aquela equipe extremamente organizada e especializada. Embora ele próprio, seus chefes de departamento e demais sentinelas soubessem que a excursão aos planos sombrios era constituída predominantemente por desencarnados mais esclarecidos e comprometidos com a ética cósmica, sabiam de algo mais. É que eventuais participantes encarnados, como era o caso do médium Raul, efetivamente não sofreriam os efeitos sensoriais ou mentais da onda energética que causava imbecilização e loucura nos antigos servidores dos magos negros. A chamada onda de loucura e seus efeitos secundários só poderiam afetar, entre os encarnados, aqueles que tivessem se colocado sob o domínio dos agentes das sombras. Mesmo assim, tendo em vista um empreendimento de tal monta, não era permitido descuidar-se. Além de desvendar os métodos dos seres das sombras, era crucial preservar os trabalhadores de sua influência nefasta.

A tarefa para a qual todos se preparavam poderia auxiliar em muito a humanidade. Era de extrema urgência a descoberta e o estudo avançado dos métodos obsessivos mais complexos. Trabalhadores dos dois planos da vida se beneficiariam com tais informações, o que, com certeza, significaria mais uma vitória sobre as forças do mal.

— Preciso me dedicar aos dois seres resgatados da influência dos magos negros — anunciou Anton, abruptamente. — Acabo de receber um chamado mental. Em breve teremos elementos para liberá-los do efeito da loucura.

— Logo devem aparecer por aqui os demais seres que comporão a equipe que fará a incursão pelo abismo.

— Muito bom — retomou a palavra o guardião Anton. — Sei que eles são confiáveis, e, assim, contaremos com seres especializados nas questões mentais. Isso é mesmo muito bom!

De volta ao aeróbus, conforme requisitado, Anton dirigiu-se à ala onde estavam os dois seres resgatados. Um deles era um antigo *sombra*, isto é, um ex-integrante da milícia dos magos negros. O outro fora classificado como cientista. Ambos estavam sob a tutela dos *especialistas da noite*, os guardiões gabaritados a lidar com essa classe de espíritos. Em breve ambos estariam completamente livres da onda mental de imbecilização, mas, por ora, ainda padeciam, em intervalos mais ou menos regulares de tempo, de certas crises próprias de seres que haviam se colocado sob o domínio dos magos.

A base dos cientistas que inicialmente deveria ser pesquisada e desativada estava na periferia de um hexágono de poder, uma configuração em cadeia formada por imensos laboratórios. A rede localizava-se onde, no plano extrafísico, os magos negros da lendária Atlântida haviam erguido um de seus mais temidos territórios, no passado remoto. Os laboratórios eram, na verdade, um legado dos antigos atlantes, ou melhor, dos revoltosos desse continente, desaparecido nos milênios esquecidos no tempo.

Aproximando-se da zona onde vigoravam as leis e o regime das esferas inferiores, impunha-se um dos maiores laboratórios que servia aos cientistas das sombras, os herdeiros e seguidores dos magos negros na atualidade. Segundo os especialistas da noite, o enorme complexo era composto também por núcleos de experimentação mental e psicossomática, que ocupavam os vértices do hexágono energético. Era uma constelação de poder ou de resistência às forças superiores, unida em seu projeto de desafiar as bases sobre as quais se processa a evolução cósmica em âmbito terreno.

Os cientistas desencarnados, exímios pesquisadores contratados pelos senhores da escuridão, não poderiam ser ignorados. Sobretudo considerando o acesso aos arquivos dos antigos pesquisadores atlantes e lemurianos, formavam uma força nada desprezível a serviço da escuridão, sem nenhum escrúpulo quanto à aplicação dos seus métodos de influenciação.

Entrementes, chegou a nosso conhecimento que Joseph Gleber fora pessoalmente buscar o médium Raul para as atividades fora do corpo. Estaríamos com ele em breve. Embora o benfeitor Joseph não nos acompanhasse diretamente, precisava transmitir pessoalmente algumas instruções ao médium com o qual trabalharíamos. Enquanto isso, era preciso voltar ao palco do planeta Terra, em sua dimensão extrafísica, a fim de concluir os preparativos para nossa jornada rumo à escuridão.

3

Zona de transição

DER OBERPRÄSIDENT
DER PROVINZ OBERSCHLESIEN
(Der Leiter der Treuhandstelle)
Geschäftszeichen B I 10550 - Dr.Hoe/Mb.
Bei Antworten obiges Geschäftszeichen angeben.
Kattowitz, den
Gutenbergstrasse 22
Fernruf Nr. 34960 — 34969
An das
Amtsgericht
Der Standesbeamte

O AERÓBUS DESLIZAVA em meio aos fluidos do ambiente extrafísico como se fosse diretamente para dentro de um inferno de energias descontroladas e desmesuradamente poderosas. Uma leve angústia tomava conta de Raul, que, comigo e com Saldanha, acompanhava os guardiões. Jamar, o outro espírito especialista e comandante dos conhecidos especialistas da noite, também estava presente na empreitada. Creio que o médium Raul estava revendo mentalmente os momentos que conosco vivenciou nas visitas às dimensões mais densas.

Atrás de nós, em outros veículos, um contingente considerável de sentinelas e guardiões vinha também. Por ora, deveriam ficar na retaguarda, policiando as regiões por onde deveríamos passar, mas perto o suficiente, de maneira que pudessem responder com agilidade a um eventual chamado de Jamar e Anton. Eram mais de mil seres a postos, diretamente envolvidos no planejamento superior. Estavam abrigados em vários veículos ou aeróbus, distribuídos segundo a especialidade de cada um.

— Que visão! — observou Raul, atento, a bordo do aeróbus, o veículo que nos transportava ao destino de nossas atividades. — Não me canso de admirar as energias densas desta dimensão, que parecem entrar em ebulição com a presença do aeróbus.

— É muito interessante, parceiro! — expressou Jamar, conservando na esfera do pensamento suas mais secretas deduções acerca de nossa interferência nas regiões ínferas.

— É curioso como durante tantos anos a existência desses seres especializados nas obsessões mais complexas não fazia parte dos estudos dos espiritualistas de modo geral — disse Raul, de repente. — Por aqui os raios de sol não têm acesso direto, como na superfície.

— Por algumas eras — explicou Saldanha —, a humanidade considerou o sol que ilumina a Terra, bem como os demais sóis do universo, apenas como centro gerador de luz e calor para os habitantes do mundo. Quando do advento da ciência nos tempos modernos, os homens identificaram diferentes componentes e irradiações oriundas do Sol, como os raios infravermelhos e ultravioletas, além de outras energias que vibram em freqüências que extrapolam a estreita faixa da luz visível ao olho humano. Entretanto, para nós, os espíritos, existem muitas outras formas de energia liberadas pelo Sol, desconhecidas dos encarnados. Embora os efeitos do Sol observados no aspecto físico, sabemos de uma espécie de radiação hiperenergética que afeta criações mentais de nível inferior. Por isso mesmo é que a maioria das construções que servem de base de operações aos espíritos das trevas se encontra em lugares abaixo da Crosta, onde os raios solares não incidem diretamente.

— Isso explica inclusive a predileção pelo período noturno para realizar os mais diversos tipos de magia e feitiçaria, que observamos ao longo da história, não é verdade, Saldanha?

— Sem dúvida, Raul. É uma bênção a higiene do panorama astral que o nascer do sol promove diariamente na superfície do planeta, por meio de suas emissões. Aqui nas sombras, como todos sabem, isso não ocorre.

Saldanha, o espírito que nos acompanhava, fora no passado um dos seres que estivera sob a bandeira da discórdia. Atento ao seu comentário e observando a paisagem externa, o médium não havia sequer notado a presença de Anton e Jamar. Mesmo sob a proteção dos guardiões, parecia estar um tanto tenso, como se estivesse captando alguma influência externa. Os dois seres resgatados das trevas — tanto o antigo sentinela dos magos negros quanto o cientista — estavam também a bordo do aeróbus, embora reclusos em um compartimento em que eram vigiados de perto por dois guardiões da equipe.

— Ângelo, me acompanhe, por favor, até onde se encontram os resgatados — disse Jamar. — Não podemos correr nenhum risco, sob pena de comprometer a missão.

Num ímpeto deixei escapar uma dúvida, que me consumia intimamente:

— Não consigo entender como esses espíritos podem estar ainda sob o domínio dos magos se eles já foram resgatados há algum tempo. Eu mesmo participei dos eventos nos quais foram liberados do domínio dos senhores da escuridão.

— Nada no universo ocorre sem que cada passo seja dado na hora exata, Ângelo. Mesmo tendo despertado do domínio mental anterior, não podemos ignorar que os espíritos que se assenhoraram de seu pensamento são inteligências invulgares. A classe dos magos negros e dos cientistas é composta por seres altamente especializados, que não deixariam que seus subordinados fossem tão facilmente liberados de sua influência pertinaz. Após o primeiro momento, no qual a ascendência mais direta é interrompida, necessita-se de um período de reajuste mental e emocional. Qual ocorre com esses espíritos recém-libertos, também se observa entre os encarnados que aparentemente romperam o processo obsessivo. No caso que acompanhamos, as matrizes do cérebro perispiritual receberam um influxo de pensamentos que, à semelhança de um dispositivo de segurança, é ativado caso cesse a força coercitiva, instaurando assim o transtorno psíquico ou o quadro de loucura.

— Você disse que isso ocorre também com os encarnados, Jamar, quando se libertam do processo obsessivo?

— Estamos tratando com obsessões complexas, Ângelo, e não com as costumeiras influenciações do dia-a-dia dos encarnados. Nesse sentido, o mesmo que ocorre com desencarnados pode-se notar entre os habitantes do plano mais denso da vida. Após o ato de liberação das amarras psíquicas, que pode ser chamado de desobsessão, é necessário um período de reeducação, no qual a mente afetada e acostumada à ligação mental anterior gradualmente readquirirá a capacidade de agir de modo independente. Não se pode esquecer que, do mesmo modo como o conluio doentio não se estabeleceu da noite para o dia, também a cura do processo não poderá ser obtida num só instante, menosprezando a extensão do prejuízo causado à consciência envolvida.

"O período de recuperação, em que se readquire a liberdade individual e emocional, é crucial para o futuro do ser. É provável que em seu transcorrer venham à tona elementos latentes e sobreviventes ao período obsessivo. Assim sendo, durante os primeiros tempos pós-libertação obsessiva, deve-se observar com cautela o sujeito, encarnado ou desencarnado; embora os laços mais intensos tenham sido rompidos, a mente tende a apresentar danos, viciada que está no processo anterior. Podem eclodir anomalias posteriores e sintomas novos como conseqüência do término da subjugação mental. O caso observado nos seres que resgatamos enquadra-se perfeitamente nessa explicação."

Após as considerações do guardião da noite, fiquei absorto em algumas reflexões e pensamentos. À proporção que nos aproximávamos vibratoriamente das regiões inferiores, inquietava-me mais e mais com certas questões que já haviam despertado minha atenção anteriormente.

Procurei sondar meu interior para detectar as modificações que ocorreriam em meu corpo espiritual no momento de descida vibratória. Como se comportaria o perispírito no transcorrer do movimento de adensamento de suas partículas e moléculas? Concentrei minha atenção, eliminando outros pensamentos, a fim de perceber as mudanças em mim mesmo.

Notei que diversas camadas de fluidos se sobrepunham àqueles que originalmente constituíam meu corpo astral. Sentia-me tolhido em minhas capacidades, que, a esta altura, estavam significativamente reduzidas; meus movimentos pareciam mais lentos se comparados à velocidade com que me movia na dimensão superior. Sentia os fluidos ambientes aderindo-se à minha estrutura psicossomática, causando clara limitação ao meu ser. Durante a descida vibratória, meu corpo se comportava de maneira diferente da habitual em nossa dimensão. Os órgãos que já estavam em desuso pareciam acordar para suas funções, à medida que avançava o adensamento. Não era algo figurativo; realmente acontecia um despertar de funções adormecidas em certos órgãos do corpo espiritual, condizentes com a dimensão em que atuaríamos a partir dali. Parecia que fígado, intestino e estômago se reativavam, preparando-se para funcionar conforme o adensamento das moléculas astrais que os constituíam. A capacidade de levitar tornava-se paulatinamente mais difícil em contato com a atmosfera densa da região astral por onde passávamos. Tornava-me cada vez mais material, em resumo.

Creio que o mesmo ocorria com os demais membros de nosso grupo. Para mim, tanto quanto para eles, o fenômeno se processava de maneira automática, e, se eu percebia as mudanças, era somente em virtude da curiosidade sobre o assunto. Decidi concentrar-me naquelas alterações no comportamento do perispírito, durante o processo de descenso vibratório. Minha atenção estava toda voltada para essas mudanças internas e estruturais, quando fui chamado por meus companheiros.

Anton chamou minha atenção para o que se passava no entorno do aeróbus, que se aproximava do local onde iniciaríamos nossa expedição. Parecia que o tempo se arrastava a passos lentos, enquanto alguns técnicos da equipe comandada por Jamar e Anton faziam pesquisas e coordenavam instrumentos de medição e gravação. O médium Raul aguçava as percepções, auxiliando-nos na localização exata das coordenadas que nos foram transmitidas por ordem direta do Alto. A estrutura do hexágono constituído por laboratórios e bases dos cientistas a serviço dos magos negros fora examinada psiquicamente pelos especialistas. Diversos espíritos, incluindo os coordenadores de nossa incursão às regiões das trevas, participavam ativamente do serviço de reconhecimento — revistavam, examinavam e exploravam cada possibilidade antes de adentrarmos propriamente aquele território extrafísico.

Detectou-se uma estranha radiação que emanava do local para onde íamos. Devido ao aumento dessa radiação mental e emocional, os dois resgatados pareciam mais agitados do que antes. Algo os incomodava intimamente. Inquietude e nervosismo era o primeiro estágio da influência que sentiam, mesmo de longe. Tínhamos segurança de que nenhum deles perderia a consciência e de que os espíritos da nossa equipe não corriam risco de perder o controle, devido à extensa preparação para a expedição nas sombras. Porém, nossa confiança não queria dizer que nos permitíssemos qualquer postura menos vigilante.

Penetramos no setor do aeróbus onde estavam os dois seres liberados da influência direta dos magos. Era um lugar muito confortável. No entanto, parecia que os dois espíritos estavam na iminência de enlouquecer, como se um comando pós-hipnótico funcionasse, mesmo depois de tanto tempo. Os guardiões sob o comando de Anton agiam com extrema habilidade e com a rapidez que era de se esperar num caso desses.

O guardião Watab, um espírito de aspecto africano, estava sentado em silêncio, porém atento aos espíritos sob sua guarda. Observava com relativa curiosidade a reação dos dois seres que Anton lhe confiara. Psiquicamente conectado a Anton, o guardião parecia quase em transe.

— Watab! Você está se deixando influenciar pelos dois seres sob sua guarda? Parece-me que está nervoso — perguntou Anton ao sentinela que lhe era subordinado.

Os outros guardiões estavam distribuídos dentro do aeróbus, mas naquele compartimento parecia haver mais guardiões do que em qualquer outro ponto do imenso comboio que nos transportava às regiões sombrias. Era ali, naquele espaço dimensional, que os dois espíritos passavam todo o seu tempo. Pediram para acompanhar nossa equipe e, ao mesmo tempo, para serem vigiados, em virtude da extrema sensibilidade que demonstravam em face das radiações estranhas. Os guardiões, por sua vez, passavam o tempo inteiro ali e, embora não se sentissem plenamente à vontade em circunstâncias como essas, dispunham de amplas condições de trabalho, além de valorizarem a oportunidade de participar de uma tarefa dessa natureza.

Respondendo à pergunta de Anton, pronunciou-se Watab, o guardião:

— Influenciar? De forma alguma, senhor. Mas posso dizer que certa inquietação permeia as atividades dos guardiões. Não sei exatamente se há relação com os dois espíritos sob nossa custódia ou com o adensamento vibratório que enfrentamos ao operar numa dimensão inferior. De todo modo, creio que essa dupla despertou em mim sentimentos comuns apenas entre amigos. Na verdade, senhor, é uma mistura de situações que geram em nós esta sensação diferente, quem sabe até muito humana.

— Que bom que vocês permanecem humanos. Não queremos santos nesta excursão. Prefiro lidar com seres comuns a conviver com santarrões pretensiosos, que se imaginam superiores após a morte do corpo. Quando fiz a pergunta foi justamente para me certificar de que posso contar com gente normal, com sentimentos, como você e os demais guardiões.

Ao menos à primeira vista, os dois sujeitos sob a responsabilidade dos guardiões não apresentavam sinais de desequilíbrio mais profundo, embora a visível tensão de ambos. Após a intervenção dos especialistas sob o comando de Anton, os movimentos de ambos, ainda intensos e com certa dose de nervosismo, eram creditados ao seu estado psicológico. Diria que sua energia *yang* superava em muito o habitual. Em meio a tudo isso, as emanações de seu pensamento tornavam-se cada vez mais perceptíveis, com uma agitação crescente.

Os guardiões portavam armas, naturalmente diferentes das armas desenhadas e desenvolvidas pelos humanos encarnados. Eram destinadas a concentrar energia elétrica e magnética e poderiam ser utilizadas, se necessário, para conter irrupções maiores de desequilíbrio. A função principal desses artefatos consiste em atingir os corpos perispirituais de determinadas entidades que vibram numa faixa de existência extrafísica inferior, causando uma sobrecarga de magnetismo nos centros de força do psicossoma. Sua ação reflete-se como uma paralisação temporária das atividades motoras inerentes ao corpo espiritual. Cada um dos guardiões sabia com clareza o que devia ser feito e como fazer caso a dupla, o antigo *sombra* e o cientista, viesse a constituir um perigo ou ameaçasse comprometer a missão.

— Encontram-se relativamente conscientes da própria situação e, ao mesmo tempo, conseguem certo domínio sobre si mesmos — afirmou Anton, referindo-se aos dois indivíduos.

Assim que o chefe dos guardiões fez o comentário, os dois espíritos modificaram profundamente o comportamento. Talvez devido ao fato de que o aeróbus se aproximava da fonte daquelas radiações inovadoras, consideradas perigosas. A dupla de espíritos caminhava cada vez mais rápido, de um lado para outro, com movimentos aparentemente descontrolados, ainda que guardassem certa lucidez. Visivelmente incomodados com algo desconhecido, o nervosismo os conduzia a tal estado de excitação que os demais guardiões tiveram de entrar em ação sem delongas.

O aeróbus aproximava-se vibratoriamente do ponto mais crítico do início de nossa jornada. A tensão, o nervosismo e a agitação dos dois espíritos que serviram os magos cresciam paulatinamente. Um dos dois, o cientista Elliah, gritou a plena força para Anton:

— Por favor, guardiões, nos paralisem imediatamente! Estamos prestes a sucumbir. Não demorem ou perderemos a razão.

— Tem certeza de que quer isso, Elliah? Sabe que perderá a consciência temporariamente, não sabe? — perguntou Anton, o chefe dos guardiões.

Quase sem agüentar, o antigo cientista parecia entrar na antecâmara do desequilíbrio. Não conseguia mais articular palavra, pois consumia todas as reservas energéticas a fim de manter parco controle sobre si mesmo. Meneou com a cabeça quase que instintivamente. Ao que tudo indicava, ambos estavam na iminência de perder completamente o controle sobre as faculdades mentais.

Enquanto isso, Anton e eu recebemos um alerta

telepático de Raul, que ficara em outro compartimento do aeróbus:

— Atenção, Anton e Ângelo, o ponto crítico de nossa incursão às sombras está bem perto.

Rapidamente o chefe da guarnição de guardiões deu a ordem e as armas de energia eletromagnética foram acionadas, atingindo simultaneamente a região correspondente ao plexo solar de ambos os espíritos sob custódia. Sem que lhes causasse maior desconforto ou qualquer sofrimento, o efeito foi sentido no ato, pois caíram ao chão do aeróbus, inconscientes. Imóveis, ambos permaneceram sob a tutela de Watab e seus pares.

A situação era insólita para o guardião, que não se sentia nada bem com a situação em que se via mergulhado. Afinal, não era fácil tomar uma decisão como essa, que constrangia a liberdade e os movimentos de alguém com quem tinha bom relacionamento. A dupla de espíritos sob seus cuidados não mais constituía a horda de inimigos da humanidade; não estavam contra a política divina. Mas era impossível ignorar que viviam momentos de intensa crise. Os guardiões tiveram de agir de acordo com suas convicções e superar as emoções que ameaçavam eclodir e prejudicar suas atitudes naquele momento. A razão deveria superar os sentimentos.

Ao disparar os paralisadores sobre os dois espíritos, os guardiões sabiam que não eram inimigos da causa, mas encontravam-se apenas indefesos diante de uma influência estranha, extra-sensorial. Quando as irradiações das armas de pura energia atingiram os dois ao mesmo tempo, um acréscimo de magnetismo percorreu a estrutura de seus corpos espirituais, passando pelos centros de força e sendo distribuído pelos inúmeros filamentos, muito parecidos com a estrutura do sistema nervoso dos encarnados, porém localizados no corpo perispiritual. A descarga eletromagnética fez com que adormecessem, narcotizados pelo efeito da energia externa. Haviam sentido tão-somente um incômodo, comum ao entorpecimento que tomara conta de seus corpos espirituais e os fazia dormir. Os próprios espíritos — o antigo sombra, Omar, e Elliah, o cientista, que permaneciam voluntariamente sob a vigilância atenta dos sentinelas — haviam pedido uma disciplina rigorosa em relação a si próprios, pois conheciam de perto, como nenhum de nós, o império dos magos e dos cientistas aos quais haviam servido. Sabiam que mais cedo ou mais tarde poderiam apresentar um comportamento que colocasse em risco a missão. Mesmo assim, queriam participar, para que, em determinadas circunstâncias, pudessem — quem sabe? — colaborar com informações privilegiadas, "de dentro".

Após caírem em sono profundo, os guardiões aproximaram-se dos dois espíritos. Parecia que a onda de imbecilização e loucura por pouco não os atingira.

Watab observava atentamente cada detalhe, ao mesmo tempo que fazia um esforço tremendo para não chorar. Havia se afeiçoado aos dois espíritos e não podia imaginar como ambos estavam ainda tão sensíveis a um suposto comando de radiação mental tão intenso e maligno. Entretanto, entendia que aquele episódio era a prova dos nove para Omar e Elliah; que enfrentar de novo as vibrações do submundo astral era o suficiente para favorecer a eclosão de seus demônios interiores. "No fundo, são corajosos por ter vindo" — pensou.

De repente, Anton chamou Saldanha. Ao ver os dois dormindo, Saldanha, que fora no passado exímio magnetizador a serviço das sombras, resolveu interceder:

— Somente paralisá-los não será suficiente! É preciso que nos unamos em torno deles e formemos um cinturão de proteção mental e magnética, além de uma superproteção com energias hauridas do ectoplasma. Sem isso, acordarão mais tarde com significativos lapsos de memória e demorarão a recuperar as faculdades normais.

Nesse momento, chamei Raul mentalmente para que se dispusesse a ceder ectoplasma, pois, como encarnado, ainda que em desdobramento, poderia nos auxiliar doando-nos a cota de que necessitávamos. Quando Raul adentrou o recinto, estávamos todos reunidos em torno dos pupilos adormecidos de Anton, preservados por efeito de intensa corrente magnética. Embora toda a boa vontade, como médium Raul captava as emanações mentais e emocionais dos dois seres e se sentia ligeiramente inquieto. Toquei-lhe a fronte lentamente, e ele recuperou de imediato a tranqüilidade que a tarefa exigia. Os guardiões ofereceram-se também para a doação de energias, que formariam um campo de forças potente a envolver os dois espíritos sob a custódia de nosso amigo Anton.

Após certo tempo de reflexão, disse-nos Saldanha, profundo conhecedor das artimanhas dos magos devido a seu passado entre eles:

— Ao atingirmos o local de maior concentração de energia mental de baixa freqüência, os dois tutelados quase sucumbiram perante algo desconhecido, mas que, seguramente, guarda uma ligação estreita com o conteúdo dos corpos mentais de cada um. Os sintomas de desequilíbrio que observamos só vieram à tona devido a seu baixo grau de resistência psíquica. O jugo impiedoso dos senhores da escuridão é cheio de astúcia e não se instala repentinamente, sem o enfraquecimento da vontade. Habituadas ao poderio sinistro, as consciências que dele se afastam tornam-se impotentes ao se verem em situação diversa. Mesmo livres de sua ascendência direta, demoram a adquirir resistência própria para fazer oposição às lembranças e sugestões arquivadas numa camada mais profunda do organismo psíquico, tal qual o corpo mental. Uma vez que agiam predominantemente pelas emoções, próprias do corpo perispiritual, quando recorrem aos atributos do corpo mental não se acham aptas a agir baseadas neles; nem sequer começaram a trabalhar tais atributos. Por isso mesmo, uma radiação de natureza densa, que incida sobre uma faixa dimensional mais profunda, afeta Omar e Elliah além do que era esperado.

Após alguns minutos de concentração e devido à formação de um campo de força atingindo níveis superiores, a influência percebida antes parecia ceder aos poucos. Segundo revelou Saldanha, somente agora os dois espíritos se encontravam efetivamente protegidos das radiações misteriosas.

Esse fato me levou a perguntar:

— Por que não adotamos esse procedimento antes, esperando primeiro que a crise se instalasse para então tomar providências?

— Entenda, Ângelo — falou Saldanha, após trocar olhares significativos com Anton. — Não poderíamos saber com antecipação qual seria reação dos dois tutelados. Eles próprios ignoravam como se comportariam frente ao caudal de energias mentais irradiadas, que eventualmente poderiam captar, em virtude de um antigo processo de sintonia com a fonte das emanações. Eram essenciais o controle dos guardiões e a intensa observação, pois, como disse antes, a reação individual depende do grau de resistência mental de cada espírito, bem como da habilidade de utilizar os atributos dos corpos superiores. O episódio é, inclusive, um termômetro de sua recuperação, que demonstra a condição na qual se encontram.

Calei-me diante da resposta de Saldanha, observando, com Raul, como a radiação de loucura e imbecilização estava diminuindo seu efeito sobre os dois protegidos. Apesar de tudo, o médium Raul novamente dava sinais de tensão. Quando notei isso, era o exato momento em que ele recebia uma espécie de advertência de seu mentor ou um comunicado proveniente de uma esfera superior:

"Este tipo de reação te é familiar. Em teu passado espiritual, já lidaste com situações como esta. Apressa-te em manter o equilíbrio mental e emocional antes que te indisponhas para o trabalho".

Raul prontamente se recompôs. Lancei um olhar significativo para ele, porém não consegui esconder um sorriso meio irônico, que ele soube interpretar muito bem.

Aos poucos os espíritos daquela expedição retomavam o humor habitual; afinal, éramos todos humanos, e não robôs. Gostávamos de sorrir, relembrar os casos estranhos ou pitorescos com os quais tínhamos contato, e havia uma expressão de carinho misturada à alegria contagiante, mesmo diante de tarefas aparentemente mais árduas. Muitos médiuns pintam seus mentores com palavras empoladas, como se falassem sem se comunicar, com um vocabulário difícil de entender ou mesmo incompreensível, porque já ultrapassado. Apresentam-nos ranzinzas, mal-humorados, sisudos, como se houvesse uma proibição de ser descontraído e alegre. Como espírito, no entanto, não me acanho de dizer que, na maior parte das vezes, tudo isso não passa do esforço de certos médiuns para serem reconhecidos como sérios e dignos de crédito, eles e seus mentores. Infelizmente, o que conseguem é estampar a imagem de mal-humor, emprestando à espiritualidade tons cinzentos que afugentam quem procura estar de bem com a vida. Somos ainda espíritos humanos e nos alegramos, nos divertimos e sorrimos, como qualquer ser encarnado. Apenas estamos em outra dimensão da vida, sem os corpos físicos, porém ainda humanos, graças a Deus.

Algo se apresentava à nossa frente. Assemelhava-se a uma nuvem de poeira intensa, deixando revelar em seu interior contornos que lembravam uma edificação. Nos últimos minutos, o aeróbus tomara a rota do local identificado. Dirigíamo-nos diretamente ao lugar que se destacava em meio à poeira de matéria extrafísica, a estranha construção. Diante de nossos olhos emergia uma pontinha do *iceberg* que constituía o misterioso hexágono de forças dos cientistas desencarnados.

Certa perturbação energética podia ser percebida ao nos aproximarmos do local, naquela dimensão quase material. Todavia, quando o aeróbus aumentou levemente a velocidade, pareceu romper a barreira invisível, naturalmente apenas energética, e os efeitos magnéticos logo ficaram para trás. A chamada zona ecológica, ou seja, aquela onde havia condições viáveis de existência extrafísica, estava no entorno. Outras paragens do mundo invisível eram tão desoladamente enfeixadas numa energia densa ou em desequilíbrio que, mesmo para os habitantes de tais esferas, afigurava-se remota a condição de construir bases nesses lugares. Os corpos espirituais estariam à mercê de intenso magnetismo, natural desses sítios.

Finalmente, a perturbação vibracional cedia, logo após o aeróbus estacionar em determinado platô.

— Não vamos incorrer em nenhum risco para a expedição! — disse Anton aos membros da equipe. — Este parece ser o lugar onde teremos contato com alguns daqueles que detêm o poder nestas regiões.

Saldanha, expressando seu ponto de vista e o de Raul, logo se pronunciou pelo pensamento, que atingiu a todos:

— Anton e Jamar — afirmou de modo enfático, um tanto apressado. — Caso pretendam fazer algo nestes sítios e realizar observações, sugiro que levem a mim e ao companheiro Raul, neste primeiro momento da expedição. Já atuei junto às falanges que agem sob o signo do mal, e Raul, antes de reencarnar, esmerou-se em aprender bastante a respeito da geografia astral e dos métodos de trabalho das sombras. Acredito que nossos conhecimentos lhes poderão ser úteis.

Jamar sorriu para Anton, expressando sua ironia particular, e retrucou:

— Vamos penetrar a zona mais densa e realizar uma investida. Sem problemas, Saldanha, não os trouxemos conosco para ficar de braços cruzados ou meditando. Que venham imediatamente. Ângelo também nos acompanhará, pois já está familiarizado com os tipos espirituais habitantes de regiões assim.

Jamar deu sinal a um dos guardiões, transmitindo-lhe uma tarefa bem definida. Este retrucou:

— Evidentemente, Jamar, estaremos atentos à reação dos dois tutelados, que ainda se encontram desacordados. Talvez não demorem a retomar a consciência, e, assim que isso ocorrer, comunico pessoalmente a você.

— Ótimo! O aeróbus ficará aqui. Não se esqueçam dos procedimentos de segurança em torno do veículo; sabemos que as entidades das trevas desejam a todo custo tomar um exemplar do aeróbus para estudá-lo e replicá-lo. Vocês sabem o que fazer nesse caso. Também nós estaremos atentos, pois temos certeza de que os antigos magos negros que descendem dos atlantes e lemurianos não se descuidam em matéria de segurança de seu patrimônio. Levando em conta que nossos mapas das instalações dos cientistas são muito antigos, como as próprias estações onde trabalham, não é possível prever quão bem ou mal tais instalações estão funcionando. Sinceramente, não queremos arriscar a expedição sem necessidade, nem mesmo a segurança do médium Raul, que nos acompanha de bom grado. Estejam atentos e tomem todas as precauções éticas cabíveis para a segurança de todos.

A equipe saiu do aeróbus após fazermos uma prece em conjunto e, cada um à sua maneira, fortalecendo a conexão com a fonte superior de nossas atividades. Estávamos entregues a nossos próprios recursos, uma vez que a maioria dos guardiões ficara no ambiente do aeróbus, aguardando futuras instruções. Havia aparente calma entre os membros da equipe. Digo *aparente* porque todos sabiam da responsabilidade e, ao mesmo tempo, do perigo que constituía uma investida desta proporção nas bases dos representantes das sombras. É certo que a chamada irradiação de imbecilização e loucura deixara de agir sobre os dois resgatados, que permaneceram no aeróbus, sob a tutela dos guardiões; contudo, a situação era similar à de uma patrulha bem no meio do deserto ou de um pequeno contingente encravado em território inimigo. Contávamos com o apoio do Alto, mas nenhum de nós deixara de ser humano pelo simples fato de estar desencarnado. Experiência semelhante fora vivida por nós em outra ocasião, sob a batuta de Pai João de Aruanda (conforme está descrito no primeiro volume desta trilogia, intitulado *Legião*). Agora, a coisa era outra, embora os motivos fossem de igual matiz.

Tinha outra origem o desconforto que dominava parte da equipe. Não sei se *desconforto* é o melhor termo, porque era algo quase palpável. Dependeríamos, no fim das contas, de uma atitude mental decidida e da capacidade de reação diante daquilo que veríamos pela frente.

Raul parecia sob pressão, aventurando-se em regiões sombrias nada tangíveis, nem ao menos cogitadas por simples mortais encarnados. Era um dos membros de nossa equipe, mas, ainda assim, exalava preocupação, pois não sabia ao certo qual seriam as próprias reações diante dos eventos que estava prestes a presenciar.

Um pensamento de nossos instrutores numa dimensão superior atingiu como um raio a mente de Raul, alertando-o e esclarecendo-o. O médium tinha conhecimento de que sempre estaria envolvido em situações como a que vivenciávamos. O que a maioria dos médiuns almeja é entrar em contato com as dimensões superiores ou o chamado céu;

Raul, ao contrário, parecia estar fadado a se envolver com o trabalho nas regiões mais densas. Pelo visto, sua participação nos planos sublimes era completamente dispensável naquele momento. Não obstante, considerava a situação bastante excitante, de tal maneira que se acostumara conosco e fazia de tudo para ser eleito à tarefa. Não havia retorno agora. Recebêramos uma incumbência de mais alto e não poderíamos recuar. Aliás, tal pensamento não passava pela cabeça de nenhum de nós.

— Quem sabe encontraremos o rastro dos cientistas nestas regiões?

— Não acredito que esses elementos criminosos sejam encontrados assim, tão facilmente — resmungou Raul, rabugento.

— Quem sabe?! — deixou escapar Jamar, embora totalmente concentrado no que viria a seguir.

Raul usava um traje que lhe fora dado pelos guardiões e que, até certo ponto, o preservaria, conferindo alguma proteção contra emanações magnéticas daninhas. Mas a peça carecia de estilo e *design*, para dizer pouco. Era cômico olhar para ele; esforçava-me para conter um sorriso de deboche. Raul olhava vez ou outra para mim, como que desconfiado:

— Espero que não esteja pensando nada esquisito a meu respeito...

— Que é isso, Raul?! — respondi num ar de sofrida seriedade. — Estamos todos nesta tarefa, e não há lugar para esse tipo de coisa. Ah! Como eu desejaria estar em seu lugar...

Raul parou, olhou-me atentamente, mas não resistiu às gargalhadas de Jamar e às minhas, que se seguiram logo após. Ele entrou no clima de descontração e ficou mais acessível. Reconhecia que estava realmente horrível naquele traje dos guardiões.

Watab parecia ter sido talhado exatamente para aquele trabalho dos especialistas da noite. Apresentava características essenciais para compor uma expedição a certos lugares exóticos ou perigosos do abismo. Alto, esguio, deslizava furtivamente entre os fluidos mais densos, como se fora um habitante da própria escuridão, tamanha familiaridade com aquela paisagem. Quando sorria, o que fazia facilmente e com certa regularidade, mesmo perante situações constrangedoras, demonstrava seu bom humor, que ajudava muito na manutenção de um estado superior de ânimo entre seus pares. Aqueles que compunham a equipe de Jamar e Anton eram especialistas na técnica sideral. Foram admitidos como parte da equipe somente após atravessarem longa preparação, que consistia em cursos e estudos realizados com afinco, bem como na prática, durante mais de 10 anos, como *trainees* em tarefas de alto risco e significativa importância. Jamar não permitia, de maneira alguma, que espíritos menos experientes fizessem parte de sua guarnição. Watab era um dos colaboradores mais astutos e tarimbados; durante toda a expedição era consultado com freqüência acerca de situações singulares observadas ao longo do percurso, inclusive a respeito do lugar onde se presumia estar ancorada uma base das sombras.

— O que você acha daquele lugar, Watab?

Olhando para onde Jamar apontava, uma planície cheia de matéria densa e moléculas quase materiais, que a tornavam pouco convidativa, o guardião avaliou bem antes de opinar. Parecia que uma eternidade transcorrera até que, lentamente, Watab respondeu, numa reação tipicamente sua:

— Por enquanto não tenho nenhuma idéia, Jamar. Prefiro observar melhor e colher mais informações.

Era do tipo de espírito que sentia graves impedimentos em emitir sua opinião, bem como em se comunicar pelo uso da palavra. Diria até que era o mais humano dentre todos nós, especialmente ao considerar suas emoções, pois estava fortemente impregnado das características de sua última experiência física. Era calmo demais — "uma lesma", diria meu amigo Raul — e normalmente não se precipitava com conclusões ou comentários desnecessários. Entretanto, para a surpresa geral, quando resolvia ou conseguia falar, gostava de ser detalhista e de modo bastante inteligente demonstrava o quanto era observador e perspicaz. As poucas opiniões que emitia eram muito abrangentes. Mas parecia irritar outros guardiões com tantos detalhes, beirando o perfeccionismo.

Diante do primeiro objetivo de nossa expedição, ele tinha muitas idéias, porém ainda estávamos no início das atividades; por isso mesmo, todos deparávamos com um problema: dispúnhamos de poucos elementos para estabelecer as devidas conexões e deduções. O mapeamento da região era deficitário e antiquado. Sendo assim, Watab preferiu calar-se ante a insistência do chefe dos especialistas da noite.

— Esta é uma região muito densa, magneticamente complexa e aparentemente perigosa. Seguramente, oculta muitos perigos para pessoas despreparadas para lidar com a geografia astral — declarou Jamar.

Possuíamos grande volume de dados referentes àquela área do plano inferior, que nos foram entregues pelo comando supremo dos guardiões. Apesar disso, desde o primeiro momento ficou claro que a distância entre as informações que possuíamos e a realidade mais palpável era considerável.

— As coisas não vão ser muito fáceis, como disse o nosso amigo Raul! — aventurei-me a dizer.

— Nada é fácil num estado em que enfrentamos uma guerra espiritual — falou Anton, esboçando um sorriso tranqüilizador para nós. — Os encarnados muitas vezes se distraem das questões espirituais mais graves. Inclusive aqueles que dizem possuir conhecimento mais detalhado sobre a vida oculta precisam deixar de brincar de espiritismo ou de espiritualidade com a máxima urgência. Estamos em meio a uma batalha espiritual de grandes proporções e graves conseqüências. A situação requer inadiável definição de valores — pronunciando essas palavras, Anton dava mostras da relevância da tarefa sob sua coordenação.

Aquela região do astral era constituída de uma espécie de fuligem ou matéria extrafísica densa, embora não estivesse concentrada de forma tão espessa como nas regiões abaixo da crosta. A associação de formas mentais transtornadas tanto de encarnados quanto de desencarnados fazia com que os elementos dispersos na atmosfera astral gerassem núcleos ou remoinhos, que rodopiavam por todo lado. Visualmente, o local por onde passávamos parecia imerso numa nuvem de gases densos ou na fuligem poluente de alguma chaminé das fábricas terrenas mais arcaicas. O ar era pesado, difícil de respirar. No entanto, apesar da densidade molecular das partículas dispersas na atmosfera, havia algo que parecia reluzir ao longe, irradiando uma tonalidade alaranjada. Rajadas de vento não muito forte irrompiam vez ou outra, mas apenas conferiam ao lugar aspecto ainda mais desolado. Víamos vultos se esforçando por vencer a resistência da matéria astral, procurando se dirigir ao ponto de origem da estranha luz. Jamar foi quem primeiro falou:

— Esta parte do terreno já foi catalogada pelos comandos de guardiões quando de incursões às regiões sombrias do astral. O mais sensato, portanto, é começar por aqui nosso trabalho.

— É verdade — acrescentou Anton. — Temos a incumbência de dar ciência de todo e qualquer tipo de organização ou reduto que reúna seres das sombras e que possa representar perigo para as obras da civilização. Os demais grupos e comandos que realizam tarefas semelhantes à nossa com certeza encontrarão lugares incomuns como este.

— Algo me diz que este local tem alguma coisa a mais do que uma simples concentração de matéria astral — falou o médium Raul. — Sinto algo diferente no ar, como se um perigo iminente estivesse rondando esta região do astral. Certamente, reserva-nos uma surpresa.

— E olhe que não podemos ignorar o faro do nosso médium — adiantei-me, antes que Saldanha emitisse sua opinião sobre o assunto. — Raul é conhecido pela atração sistemática por perigos e desafios.

Naquele instante, nem imaginávamos que a poucos passos de nós estava valiosa descoberta, que muito contribuiria para a concretização dos planos que nos haviam sido confiados. A concentração de nuvens espessas de matéria astral, da forma como se dava ali, não era algo assim tão comum; insinuava algum segredo, que por certo não era obra de espíritos superiores. Além da poeira astral densa e pegajosa, o ambiente era cercado por tempestades energéticas. É seguro afirmar que a condição incomum daquela região astral servia a seres das sombras como perfeito esconderijo. Não era à toa que os guardiões haviam classificado o lugar como de difícil acesso e locomoção restrita, apresentando concentração incomum de moléculas de matéria extrafísica. Em suma, era um ponto de alta carga tóxica e radioativa dos componentes astrais.

Possivelmente devido à situação reinante, aliada às emanações mentais de encarnados e desencarnados, sentíamos poderosa força gravitacional, que tornava difícil a locomoção das entidades atraídas para ali. À medida que nos aproximávamos da região central daquele aglomerado de fluidos pesados, a temperatura aumentava sensivelmente, embora não nos afetasse os corpos espirituais. Após observarmos atentamente em torno, Raul pronunciou:

— Sinto emanações mentais vindo daquela direção — apontou para a origem da estranha luminosidade.

Saldanha, o antigo magnetizador, acrescentou:

— Algo muito forte irradia do local. Parece que o tipo de vibração não me é estranha. Sinto também uma aura maligna, no verdadeiro sentido da palavra.

O plano astral permeia toda a esfera física terrena, como ocorre em todos os mundos do universo. Mesmo no que se refere a espíritos especializados e esclarecidos, muitas são as surpresas que lhes aguardam as incursões pelas paisagens densas do mundo extrafísico, entre outras razões, porque a população fora do corpo supera numericamente a de encarnados com larga vantagem. Tendo isso em vista, é natural deduzir que há incontáveis situações complicadas e estranhas nessa região que vibra além das fronteiras de âmbito físico. Vários cuidados devem ser tomados para que as equipes de socorro ou defesa encontrem meios de realizar suas atividades em total segurança. Para isso, nada como contar com o auxílio de guardiões especializados como Anton e Jamar e seus subordinados. Quando ainda estava acompanhado desses pensamentos, Anton interferiu novamente:

— As irradiações magnéticas observadas não são fruto exclusivamente de mentes desencarnadas ou encarnadas.

— Então fale logo, Anton, se você sabe algo mais a respeito — pediu Raul, curioso.

— Este tipo de vibração me é familiar e com certeza procede de equipamentos mecânicos similares a diversos outros que encontramos antes.

— Magnetizadores e hipnos... — deduziu Raul.

— Certamente! São irradiações peculiares a projeções ilusórias que afetam a mente dos espíritos que têm a freqüência mental sintonizada com uma faixa vibratória específica.

— Só posso concluir que estamos próximos de alguma base comandada por seres intelectualizados ao extremo.

— Veremos o que será lá encontrado — disse Jamar. — Decerto não viemos parar aqui por acaso, pois somos guiados de mais alto por aqueles que nos tutelam as tarefas.

Avistamos algo incrível depois de pouco tempo literalmente caminhando por aquela paisagem. Bandos de espíritos estavam como que paralisados momentaneamente diante de algo mais anacrônico do que aquela região em si. Uma cidade, certamente produto de uma ilusão criada por cientistas e magnetizadores desencarnados, erguia-se diante de nós. A luminosidade alaranjada, junto com outros elementos exóticos, mostrava tratar-se de uma projeção, conforme suspeitávamos antes. Os grupos de desencarnados que tiveram forças para vencer as dificuldades do ambiente astral e ali estavam pareciam seduzidos pelo lugar. Uma irradiação mental poderosa atraía aqueles seres e penetrava profundamente em seu psiquismo, causando uma espécie de fascínio. Estavam perplexos diante da projeção criada por alguma mente que arquitetava planos sombrios. Mais uma vez foi Raul quem nos chamou a atenção para a natureza dos pensamentos emanados. Talvez por sua condição de encarnado, embora desdobrado no plano extrafísico, pudesse ser mais sensível à freqüência vibratória das ondas mentais que se propagavam no local. Entramos em sintonia momentânea com as vibrações que hipnotizavam vários grupos ali presentes. Palavras eram pronunciadas de forma a inebriar aquelas almas já desligadas da indumentária carnal:

Felicidade... satisfação plena... gozo sem fim. Deixe aflorar seus mais secretos desejos e venha se deliciar conosco neste paraíso.

Essas frases eram repetidas constantemente numa cadência melodiosa; paralelamente, imagens eram projetadas na mente dos espíritos, que estavam embriagados diante do enganoso paraíso.

— É algo assustador o que fazem com esses pobres seres! — pronunciou Jamar.

— Agora reconheço a natureza da operação que estão realizando — completou Saldanha. — É óbvio que a turba está sob a ação hipnótica de algum magnetizador, que detém tanto o conhecimento necessário quanto a destreza para atingir, por meio da hipnose, tão largo espectro. Quem quer que seja, sabe empregar suas habilidades com maestria. São mensagens hipnossugestivas transmitidas numa freqüência baixíssima, porém com grande potência.

Aproximei-me de um dos espíritos e convidei Raul a me acompanhar na tentativa de auscultar o panorama íntimo de alguém que recebia a influência hipnótica. Entramos no contexto mental do espírito e pudemos perceber a sedução a que ele se entregara, mediante a profusão de idéias que captava. Estava deslumbrado com a mensagem repetitiva e as imagens que lhe eram sugeridas. Via e ouvia apenas coisas que estavam bem distantes da realidade à nossa frente.

Desconectamo-nos da mente daquele ser e procuramos observar o que ocorria com outros mais. A situação era semelhante. As imagens visualizadas pelos espíritos pareciam obra de artista, de tão bem elaboradas, repletas de requinte. Algo estava sendo inserido naquelas mentes. Ou melhor, talvez lhes estivesse sendo extraído. Fato é que aqueles seres estavam sob o completo domínio da estranha força. Paralelamente aos conceitos individuais de felicidade, emergia da intimidade de cada ser os desejos mais secretos, mesclados com uma aura de sexualidade que, sorrateiramente, parecia dominar a consciência desprevenida de todos por ali.

Raul e eu auscultamos as mentes de muitos outros espíritos, enquanto Jamar, Anton e Saldanha faziam medições com aparelhos trazidos pela equipe de guardiões.

De repente, como que induzidos pela mesma fonte que difundia as mensagens hipnóticas, todos os grupos de espíritos se puseram a andar, dirigindo-se para a entrada da cidade. Pareciam enfeitiçados pelos encantos de algum Zéfiro.

Assim que adentramos o espaço dimensional da cidade, Raul sentiu-se particularmente atraído por uma construção. Uma cúpula se erguia à nossa frente. A mim interessava o aspecto paradisíaco da cidade e em saber como os detentores do poder naquela região conseguiam manter a aparência astral da comunidade que visitávamos. Procurei Saldanha e os guardiões para conversarmos a respeito e também sobre os objetivos reais de quem estava por trás daquele projeto.

A cúpula era a construção mais alta entre todas da estranha cidade. Uma edificação desse porte, juntamente com a manutenção do conjunto arquitetônico que compunha aquela cidade no astral inferior, naturalmente exigiam tremenda cota de energia mental. Acima de tudo, a existência da comunidade extrafísica em uma região tão densa e de energias tão oscilantes e complexas afigurava-se como um paradoxo da natureza. Muita coisa não combinava por ali, era incoerente.

Raul estava extasiado diante de tudo. O prédio imponente parecia ter sido feito de um material semelhante a cristal, embora a opacidade que lhe caracterizava. Uma luz fantasmagórica de tonalidade vermelha irradiava da estrutura gigantesca, cuja ausência de janelas ou de qualquer orifício tornava o lugar ainda mais misterioso, segundo pôde observar nosso médium colaborador. Banhava o ambiente uma luminosidade artificial, que de forma alguma se igualava à luz do Sol, que parecia apagado naquela região.

"Quem usa esta construção como base de apoio e com qual objetivo?" — era a indagação que inquietava Raul ao contemplar a imponência da cúpula.

As pessoas ou espíritos encontrados na cidadela reverenciavam aquele lugar como se fosse o templo sagrado de alguma divindade. E, ao que tudo indicava, a população inteira periodicamente se apresentava na praça onde víamos a redoma cristalina. Os espíritos para lá se dirigiam em completo silêncio e se lançavam ao solo diante do domo enigmático, num misto de veneração e prostração, como se estivessem desvitalizados. Somente depois de bastante tempo prosseguiam em direção a um local ainda ignorado por nós. Raul queria descobrir o segredo de tudo aquilo a qualquer custo, enquanto dávamos andamento aos planos que nos foram confiados pelos guardiões e técnicos do Mundo Maior.

No que parecia ser o centro da cidade, com a praça principal construída em torno da cúpula, haviam se reunido mais de 500 espíritos com a roupagem fluídica de homens e mulheres; entretanto, não se via nenhum ser na forma perispiritual infantil. Mais e mais espíritos chegavam, constantemente, como se respondessem a algum chamado telepático — inclusive encarnados em fenômeno de projeção da consciência, como Raul, o que não havíamos visto até então. Entre os que estavam desdobrados, havia alguns que conhecíamos de outras experiências e que estavam inseridos no contexto da vida social do mundo físico. Lentamente a multidão seguia para a redoma, e, a todo custo, cada qual procurava ficar o mais perto possível da edificação, que irradiava algo inusitado, desconhecido por nós.

Raul propôs que nos misturássemos à massa; talvez assim pudéssemos ficar sabendo mais a respeito do que ocorria ali. Minha atenção voltou-se para o local onde o médium se encontrava, cuja estranha emanação afetava a visão dos espíritos, inclusive de elementos de nossa equipe. Saldanha, notando minha preocupação, interferiu em meus pensamentos:

— Não se preocupe, Ângelo. Enquanto os guardiões estiverem a postos, estamos ao abrigo de perigos maiores. O máximo que poderá ocorrer é alguma tentativa, por parte de alguém que aqui se esconde, de aprisionar nosso amigo. Porém não esqueça que Anton está atento, com sua equipe, além de Jamar, é claro, que já está a caminho.

— Sei disso, Saldanha, no entanto você ainda não conhece a atração incurável que Raul tem pelo perigo e por situações complicadas. Adora adrenalina e... sabe aquela história de viver perigosamente? Acho que é o lema dele. Pessoalmente, sinto-me responsável por ele, devido à parceria desenvolvida ao longo dos anos. O controle mantido por nós sobre ele deve ser constante, pois, embora seja de inteira confiança, é bem conhecido em nossa equipe por sua atitude destemida e impetuosa. Em conjunto com os guardiões, constitui precioso instrumento de trabalho; contudo, requer nossa atenção especial.

— Sei alguma coisa a seu respeito, pois fui instruído pelo amigo Joseph. Porém compreendo sua preocupação. Ficarei atento também, mas acredito firmemente que, qualquer que seja a experiência vivenciada, será de grande proveito para todos nós e para o cumprimento dos desígnios do Alto.

Raul percebeu que era cada vez mais difícil aproximar-se do edifício central e que algo o impedia, alguma coisa ocorria, embora não conseguisse ver direito da posição em que estava. Observava, no entanto, que grupos e mais grupos de espíritos afluíam à praça, enquanto outros se levantavam após algum tempo e desapareciam misteriosamente em meio às outras construções da comunidade bizarra.

— Do jeito lento que as coisas acontecem aqui, levarei uma existência inteira para chegar defronte à cúpula. Isso já está me dando nos nervos — pensou Raul, em voz alta. — Tenho de continuar. Não há como retornar agora, devido à multidão que vem de todos os lados — continuou Raul, agora sussurrando, para não ser ouvido por algum dos habitantes da cidade. — Creio que temos tempo para pesquisar mais apuradamente, senão Ângelo ou Anton já teriam me chamado de volta. Afinal de contas, preciso descobrir alguma coisa que explique o funcionamento e a existência desta cidade esquisita.

Após perceber que somente ele estava conversando dentre todos os espíritos ali presentes, Raul resolveu silenciar suas inquietações. Alguma coisa, algum acontecimento parecia iminente. Enquanto isso, aproximei-me dele furtivamente, também interessado na redoma singular que se erguia em meio à cidade, a qual, sem sombra de dúvida, era fruto da projeção mental de algum magnetizador muito hábil — ou de vários deles.

Raul e eu sentimo-nos atraídos pela cúpula incomum, que sobressaía do ambiente astral. Mesmo desprovida de qualquer acesso visível, notamos uma falha estrutural em sua base, e para esse ponto nos dirigimos. Assim que apalpamos mentalmente aquela área, notamos que surgia uma fresta ao concentrarmos o pensamento. Tendo em vista a facilidade de abrir essa brecha, bastando para isso certo vigor mental, olhamos de relance um para o outro e, entendendo-nos, resolvemos convergir nossa atenção para o intento. A falha estrutural logo demonstrou ser uma espécie de passagem energética, que era acionada à medida que a pessoa disciplinava o pensamento, de tal maneira que sua energia mental pudesse romper a aparente estabilidade da construção fluídica.

Entramos num ambiente totalmente diferente daquele onde estávamos até então, do lado de fora da redoma central na cidade de aspecto paradisíaco. O novo local era surpreendente, quase surreal, tamanha sua diversidade em relação ao cenário externo. Recebemos um choque também no tocante à densidade vibratória e molecular, que era ainda maior. Na verdade, era quase etérica, semimaterial. Tínhamos a impressão de haver sido transportados para outro espaço dimensional, como se a brecha oferecesse acesso não à intimidade da cúpula, e sim levasse a um portal dimensional. Começávamos a suspeitar seriamente disso quando nos distraímos em razão das mensagens hipnóticas, que passamos a ouvir de outra maneira. Não mais convidavam os seres extrafísicos a rumar em direção ao paraíso; mostravam-se bastante diferentes agora. Ganharam apelo sexual bem mais intenso, o que se tornara evidente nos pensamentos irradiados não se sabe de onde. De onde estávamos, a construção se assemelhava a uma casa noturna qualquer da dimensão material. No entanto, os espíritos que para ali se deslocavam eram seres extrafísicos, em sua maioria, apesar da presença de alguns ainda ligados a corpos físicos, desdobrados. Imagens mentais contundentes apelavam para os desejos mais secretos daqueles que respondiam à convocação mental e propagavam-se constante e insistentemente, como se alguma mente poderosa estivesse determinada a executar um plano escuso, concebido com fins específicos.

— E agora, Ângelo, o que faremos? — indagou Raul, de repente, subtraindo-me da realidade daquela região astral de extrema densidade.

— Creio que devemos enviar um chamado mental para Jamar ou Anton, dizendo de nossa experiência na base da cúpula — respondi convicto — e do que ocorreu logo em seguida, ao cruzarmos a fresta. Acredito ser o mais prudente, antes de continuar, para então descobrirmos algo que interesse aos propósitos de nossa excursão.

Assim que remetemos um sinal aos guardiões, direcionamos o pensamento ao que ocorria no entorno. Rumavam para aquele ambiente diversas entidades da esfera astral e outras desdobradas, conforme observáramos antes. O lugar parecia concorrido. Notamos que tais espíritos não podiam nos registrar a presença, em virtude de não estarmos tão adensados vibratoriamente quanto eles. Apenas iniciáramos nossa descida vibratória, portanto nossos corpos espirituais ainda se encontravam numa dimensão ligeiramente superior àquela em que se encontrava a massa de seres que se movimentava por ali. Isso nos facilitaria as observações.

Penetramos no ambiente mantendo um acoplamento áurico,[8] Raul e eu, de modo que pudéssemos nos apoiar um no outro, evitando assédios conscienciais indesejáveis. Era definitivamente uma espécie de casa noturna. Ao entrar, vimos algo que merecia atenção.

— Raul, repare o comportamento das pessoas ao ingressar neste lugar.

Ficamos parados por uns instantes a observar os espíritos que adentravam o ambiente astral. Assim que se identificavam, recebiam cápsulas, que en-

8. O livro *Energia: novas dimensões da bioenergética humana*, de Robson Pinheiro (Altos Planos Editora, 2008, p. 125-127), explica detalhes a respeito do acoplamento áurico.

goliam sofregamente, como se fossem entorpecentes. Fechavam os olhos momentaneamente, talvez dando tempo para ocorrer algum efeito esperado. Logo depois, dirigiam-se progressivamente ao interior da construção. Impossível não fazer correlação daquelas cenas com as *raves*, festas tão em voga na dimensão física, geralmente regadas a *ecstasy*, o narcótico da moda.

Aproximei-me de um dos espíritos para verificar de perto os efeitos da absorção daquela substância astral administrada a cada freqüentador. Quando aumentei minha atenção, notei que a tal cápsula, ao ser ingerida, desfazia-se lentamente no interior do psicossoma ou perispírito, na área correspondente ao estômago. Do invólucro saíam milhares de seres microscópicos, que, tão logo liberados, migravam para vários departamentos do corpo espiritual, alojando-se nas moléculas astrais. Vorazes, essas entidades microscópicas começavam a sugar energias preciosas acumuladas na estrutura molecular do perispírito. Era mesmo a versão original do *ecstasy*, ou seja, sua matriz astral. Os seres — que, a essa altura, já se haviam rendido ao poderoso controle mental e aos anseios manipuladores de algum habilidoso magnetizador — agora eliminavam definitivamente qualquer resistência remanescente. Com a ingestão daquela espécie de droga viva, elaborada nos porões do mundo oculto, recebiam o derradeiro empurrão para se colocar inteiramente à disposição de seus novos senhores, que permaneciam invisíveis.

— Ângelo, conte-me o que vê.

— Você nem imagina, meu caro. Por aqui se passa algo muito mais inquietante do que supúnhamos. São vampirizações energéticas operadas na intimidade do corpo astral e patrocinadas pelos dirigentes locais.

— Vampiros comandam este lugar?

— Penso que somente os guardiões terão maiores recursos para determinar o que de fato ocorre aqui — respondi. — Uma coisa é certa, porém. Está em andamento um método de controle de pensamentos e emoções de tamanha força e intensidade como jamais presenciei. As cápsulas distribuídas são, na verdade, colônias de bacilos psíquicos, que acarretam terrível prejuízo para aqueles que as ingerem.

— Como se fosse algum entorpecente ministrado aos espíritos, que vicia gravemente quem o recebe. Muitos acabam por se transformar em dependentes "químicos"...

— Exatamente, Raul. Não poderia me expressar melhor.

Após nossas observações, entramos definitivamente na área central, na qual havia música intensa e inquietante. Ensinei a Raul como se preservar das ondas de pensamento que eram difundidas através do som. Assim que o médium utilizou os recursos de autopreservação da integridade psíquica, notamos uma mensagem subliminar inserida nas ondas musicais:

Venha, abandone seus escrúpulos morais. Deixe-se inebriar pelos desejos. Libere as emoções e viva plenamente suas fantasias. Você merece o melhor. Deixe que a sensualidade, a sedução e a libido sejam seu guia, sem culpas ou remorsos...

A mensagem era um estímulo aos excessos de toda natureza; um apelo inequívoco à liberalidade dos sentidos e das sensações.

Raul olhou-me como que a pedir socorro. Ele procurava amparar-se em mim.

— Sei, meu amigo, que temos em nós muitos elementos que merecem ser reciclados urgentemente — disse eu, em tom de companheirismo. — Principalmente no que concerne às emoções e à sexualidade. Mas isso não pode constituir obstáculo agora. Não percamos de vista o objetivo que nos traz até aqui. Mantenhamos a atenção focada na tarefa a desempenhar e resguardemos os pensamentos na oração. Tanto quanto você, tenho minhas limitações, mas juntos podemos ter êxito se nos mantivermos unidos como estamos.

Cada espírito, ao entrar, fosse desencarnado ou em desdobramento, recebia uma senha, através da qual era identificado. Numa das salas que visitamos, vimos um ambiente nos moldes de uma boate ou de uma discoteca. Diversos espíritos pareciam competir por espaço em meio às luzes de efeito estroboscópico e ao som de conteúdo hipnótico. Entre os freqüentadores do lugar, havia espíritos que destoavam completamente da multidão. Portando microaparelhos, dedicavam-se a fazer medições nos presentes. Seria cômico, se não fosse trágico: indivíduos trajando uniformes modernos, com ar científico e compenetrado, transitando em meio a *clubbers*, que, de tão alucinados, não pareciam notá-los. Realmente destoavam muito, tanto no aspecto exterior quanto na forma de agir. Apontei em direção a eles, procurando chamar a atenção de Raul para o fato.

—Vamos segui-los, Ângelo. Creio que os demais espíritos não são o foco de nossas observações; estão totalmente embriagados com a música estridente. Estes, vestidos de verde e roxo, são os que nos interessam. Agem de maneira suspeita.

Realmente, os espíritos que portavam aparelhos pareciam interessados em bem menos gente do que havia ali. Os aparatos tecnológicos que manuseavam tinham a função de identificar as vibrações dos presentes, de modo a selecioná-los e examiná-los de alguma forma. Estranho era passarem despercebidos pelos demais, imersos na euforia dos sentidos que reinava na espécie de boate. Logo concluímos que a dificuldade de percepção da maioria era resultado da ilusão a que estavam sujeitos.

Os três espíritos que portavam aparelhos se colocaram próximos a um rapaz que se contorcia, como que drogado, em meio aos acordes estridentes da música hipnótica. Passaram os aparelhos em torno de seu cérebro, o que disparou um tipo de alarme ao se acender uma luz vermelha em determinada parte do engenhoso instrumento. Logo trataram de induzir o espírito — que, na verdade, era um encarnado em desdobramento extracorpóreo — a adentrar outro ambiente. Raul anotou o lugar exato para onde conduziram o rapaz, como se fora um autômato. Entrementes, o trio se dirigiu a outra sala. Fiz um sinal para Raul, com o intuito de o acompanharmos, a fim de conhecer e mapear o local com vistas a facilitar o trabalho dos guardiões, mais tarde.

Ingressamos num lugar totalmente diferente,

porém de aspecto ainda muito mais agressivo. Assemelhava-se a um hotel decadente, cujos quartos eram decorados com cores fortes, sobressaindo o vermelho intenso. Era excêntrico, mesmo para um imóvel assim: não havia corredores largos; ao contrário, eram tortuosos e labirínticos, ligados por inúmeras escadas bastante estreitas, várias delas com poucos degraus. Também ali se viam os efeitos da luz estroboscópica, que era explorada intensamente por quem comandava o inferninho. Por todo lado, espíritos em atitudes de completa lascívia e depravação. Tocavam-se como se estivessem a descobrir-se sexualmente, mas de maneira desrespeitosa, sem o mínimo pudor, trocando carícias grosseiras e insaciáveis. Acima de suas cabeças, imagens mentais de intenso conteúdo libidinoso ficavam bailando na atmosfera psíquica, formando um clima pesado e sufocante. O trio de técnicos repetiu o rito de antes, percorrendo seus aparelhos pelo córtex das pessoas ali reunidas, a fim de identificá-las.

Raul ressaltou como aqueles espíritos da casa de orgias estavam em absoluto estado de dominação mental, aparentemente hipnotizados de maneira mais profunda que os do ambiente anterior, na discoteca. A música era narcótica, porém em menor volume e muito menos estridente que o som retumbante da pista de dança. Era uma melodia que controlava fortemente as emoções, talvez similar ao canto mitológico das sereias.

Aproximei-me de um dos espíritos que estavam se acariciando para perscrutar-lhe a intimidade mental. O quadro com o qual deparei era desolador. O ser extrafísico estava realmente aturdido, sob o efeito de alguma droga que o tornara escravo ou mero refém dos instintos. Notei que os bacilos psíquicos que foram tragados por aquele infeliz se comportavam com apetite voraz, alojados principalmente na região do córtex cerebral psicossomático, e não somente na região estomacal. Consumiam larga cota das energias mentais, razão pela qual o espírito sob minha observação parecia perdido, distante e maquinal, com o aspecto e o comportamento de alguém durante o transe produzido por droga. Os bacilos mentais infeccionavam a mente e o cérebro astral, devorando a matéria mental exsudada pelo indivíduo.

Meus olhos se encheram de lágrimas ao presenciar a situação mental daquele ser. Era um rapaz que aparentava cerca de 30 anos de idade, no entanto sua aparência perispiritual abatida e enfermiça dava-lhe uma expressão de mais 20 anos acrescidos à sua realidade. A mulher com a qual estava envolvido era assustadora. Verdadeira vampira psíquica, sugava-lhe os fluidos de maneira sôfrega, insana. Algo semelhante a vapor emanava da boca do rapaz, de seu nariz e das cavidades das orelhas e era absorvido pela mulher doentia.

Os olhos do infeliz pareciam vidrados, e sua casa mental refletia apenas imagens de sedução obscena e perversão da sexualidade, as quais eram compartilhadas pela mulher com quem se relacionava.

Desacoplei minha mente do panorama íntimo daquele jovem, recuperando-me da cena horripilante, e em seguida chamei Raul para observar comigo a atuação dos técnicos, que faziam menção de examinar o rapaz e a mulher desencarnada. Assim que o sinal luminoso acendeu no estranho aparelho, assumiram o controle do rapaz e o conduziram a outro ambiente. A mulher imediatamente procurou nova vítima para vampirizar. O comportamento dos espíritos naquela sala era muito mais invasivo do que na anterior. A vibração densa se acentuava a cada cômodo.

Acompanhamos os técnicos, que se dirigiam a outra seção do edifício maldito. Em sua totalidade, havia mais de 300 espíritos por ali, todos submetidos, em graus variados, ao controle psíquico de alguém ou de uma coligação de seres que os comandavam e exploravam, mas permaneciam ocultos até o momento. Entrementes, Jamar, Saldanha e Anton nos encontraram. Conseguiram detectar a mesma falha estrutural que possibilitara nossa entrada e vieram ter conosco. Raul se incumbiu de deixá-los cientes do que víramos e deu-lhes as coordenadas dos técnicos que se deslocavam em meio à multidão de almas viciadas. Diante de nossas constatações, Jamar, o guardião da noite, expressou seu pensamento de maneira a completar o quadro de nossas descobertas:

— Vejam, meus amigos — falou, pausadamente. — Estamos em meio a um sistema de forças que, conjugadas, servem para subjugar mentes e extrair elementos psíquicos daqueles que respondem à convocação mental dos dominadores deste lugar. Lembra-se da cúpula que encontramos e através da qual entramos neste ambiente, Raul?

— Claro, foi o que me saltou aos olhos pela imponência da construção. Parecia ser uma espécie de antena que irradia as mensagens hipnóticas e sugestivas para os espíritos que vêm até aqui.

— Pois é! Essa cúpula está estruturada em local que corresponde, na esfera física, exatamente ao centro de um *shopping center*.

— Não entendi o sentido...

— Ainda temos muito que aprender a respeito do *modus operandi* dos tiranos das regiões inferiores. Mas uma coisa é certa, Raul: eles aproveitam os apelos de certos lugares públicos onde se concentram energias e pessoas a fim de erguerem ali suas cúpulas, que, como você observou, funcionam como transmissores de suas mensagens. Os *shoppings*, em geral, apresentam uma estrutura material adequada às intenções veladas que permeiam sua organização e sua arquitetura. Propositadamente, não se vê a luz natural em seu interior, que é preparado para enganar as percepções, a fim de que as pessoas demorem o máximo de tempo possível dentro de suas instalações. Aumenta, assim, a probabilidade de gastarem mais. Tudo é pensado de forma a iludir os sentidos, com o incentivo ao culto do corpo e da aparência, o que acaba por reproduzir um ambiente propício às seduções, às trocas energéticas através do olhar, potente instrumento de magnetismo bastante menosprezado entre as pessoas. Nada mais natural do que espíritos especializados nas questões relativas ao magnetismo escolherem lugares como esses para estruturar suas plataformas irradiadoras, que são, na verdade, antenas psíquicas de hipnose dos sentidos.

Tomando a palavra, Anton completou o raciocínio de Jamar:

— É claro que não podemos generalizar a situação, mesmo porque não sabemos ainda a proporção e o alcance que certas entidades deram a esse tipo de domínio mental sobre outros seres. Não temos um estudo pormenorizado do aspecto astral desses ambientes. Uma coisa não se pode negar, entretanto: escolheram com muito acerto o ambiente se a idéia era atingir o maior número de pessoas.

— Outra coisa se pode afirmar com segurança, Anton — interferiu Saldanha. — Sabemos que durante o sono físico as pessoas são atraídas para os ambientes com os quais têm mais afinidade. Ora, o grande fluxo de pessoas no cotidiano dos *shoppings centers* faz com que também no ambiente extrafísico desses lugares haja intensa concentração de energias e de seres que para lá se dirigem quando saem de seus corpos físicos, ao dormir.

— Aliás — comentei, por minha vez —, também os desencarnados procuram ambientes onde há confluência de energias e pessoas. O que mais me deixa intrigado é como não se cogitam tais coisas quando se está ainda de posse do corpo físico, isto é, encarnado.

— Pois é — acrescentou o médium Raul. — Um amigo fala de um antigo pensamento a esse respeito. Diz que a ilusão da vida e do sistema de vida na matéria e na sociedade dos encarnados provoca tremenda ilusão dos sentidos, de forma a causar em nós uma hipnose monumental. Aí deixamos de perceber certas coisas quando estamos mergulhados na realidade objetiva do mundo.

Depois de examinar diversas mentes, os técnicos retiraram-se, induzindo seus alvos ou vítimas para outros cômodos. Ao notar que saíam dali, chamei Raul e os demais companheiros para segui-los. O que presenciáramos ali sem dúvida não era o mais importante. Algo de maiores proporções esboçava-se por detrás dos eventos observados. Seguimos os técnicos, atravessando corredores e rampas. A atmosfera psíquica ficava gradativamente mais densa, tornando o ar mais difícil de respirar. Ao passar por alguns corredores vimos que estavam impregnados de elementos tóxicos. Uma substância granulada de cor laranja lembrava poeira, mas escorria pelas paredes do lugar, como geléia; às vezes, assumia aspecto mais viscoso, e sua coloração adquiria tons de cinza escuro com rajadas alaranjadas, em uma estranha combinação de cores.

Raul, muito curioso, não se conteve:

— Gostaria de coletar uma amostra desta gosma a fim de levar ao laboratório dos guardiões para análise.

— Não temos tempo para isso, meu amigo — respondeu Jamar. — Sabemos que esta substância é altamente tóxica, mas com certeza o que procuramos está logo adiante. Não é bom desviarmos nossa atenção do alvo principal.

— Sei disso — respondeu Raul. — Tenho interesse em saber a respeito dessa coisa grudada na parede porque já vi isso antes numa casa espírita e, na oportunidade, não soube do que se tratava.

— Esperemos um pouco mais, meu caro. Quem sabe faremos novas descobertas quando os técnicos chegarem ao seu destino?

O corredor por onde passávamos parecia se alargar em alguns pontos e estreitar-se em outros, demonstrando não haver nenhum planejamento na construção. Alguém apenas criou o ambiente sem conhecimento de arquitetura e sem nenhuma noção estética; não havia nem rastro de harmonia. Seguimos os espíritos que levavam suas vítimas quase inconscientes, as quais eram guiadas numa espécie de semitranse, em estado alterado de consciência durante todo o percurso. Saldanha pareceu captar minhas observações, pois logo interferiu nos meus pensamentos:

— Estão num estágio mental como se estivessem drogados, Ângelo. São vítimas das próprias emoções, dos pensamentos desgovernados, que giram em torno dos próprios desejos, e, no limite dessa situação, apresentam um quadro meio letárgico, tamanha a apatia com que se movimentam.

Os técnicos chegaram enfim ao seu destino, um laboratório montado em novo ambiente, em certa medida oposto àqueles onde nos encontrávamos. Jamar entrou primeiro com Anton, para um reconhecimento mais apurado. Havia macas espalhadas em um canto do grande galpão, constituindo parte do mobiliário. Espíritos vestidos com trajes apropriados ao trabalho laboratorial transitavam por entre equipamentos e mesas repletas de complicados instrumentos. Ainda aí não éramos percebidos pela equipe de seres que militava no laboratório. Mentalmente, Jamar contatou outros espíritos sob sua responsabilidade para que pudessem localizar a região astral onde estava inscrito o laboratório. A esta altura, tínhamos a convicção de não estar no mesmo lugar de quando adentramos a cúpula.

— Vejam ali — apontou Saldanha para as macas.

Os espíritos conduzidos pelos técnicos foram dispostos sobre os leitos, enquanto outras entidades, que pareciam graduadas, procediam à análise de seus cérebros perispirituais. Eram médicos? Ainda não sabíamos, mas com certeza não estavam ali imbuídos de propósitos nobres. Instrumentos foram colocados à margem dos leitos para, logo em seguida, serem posicionados acima dos seres que estavam deitados. Transcorrido algum tempo de completo silêncio, alguém dentre os especialistas das sombras resolveu se pronunciar:

— Estes aqui nos servem aos objetivos. Providenciem os vibriões.

— Tenham cuidado — falou outro espírito em tom ríspido. — Não permitam que os vibriões sejam expostos à luz. No estágio em que se encontram, eles não resistiriam.

Sem muito falatório, profundamente compenetrados no que faziam, os integrantes daquela equipe faziam os preparativos para o procedimento cirúrgico a que seriam submetidos os indivíduos sobre as macas. Enquanto isso, a luz do ambiente, que não era de todo clara, tornou-se avermelhada. Mais tarde, descobriria que aquele era o aspecto do infravermelho — invisível ao olho humano — segundo a visão espiritual.

— Vibriões mentais — pronunciou Anton ao ver vários espíritos trazerem receptáculos com alguma coisa aprisionada em seu interior. Eram gaiolas de mais ou menos 80cm de altura; dentro, revolviam-se seres que mais pareciam lagartas gigantes.

— Vibriões mentais? Nunca vi nada parecido — falou Raul, desconfiado.

— Em zoologia, Raul, *vibrião* é um termo utilizado para designar um tipo de bactéria, que é um microorganismo rudimentar, em estágio imaturo de evolução. Estão entre os seres vivos mais primitivos do planeta Terra. Encontram-se numa fase pós-embrionária, no que diz respeito à posição na cadeia evolutiva. Do lado de cá, os vibriões mentais são conhecidos como formas pré-ovóides, resultado do processo de perda da forma perispiritual,[9] num de seus estágios. São também conhecidos como vibriões astrais, larvas mentais, larvas espirituais e cânceres psíquicos. Sabemos pouco a seu respeito; no entanto, uma coisa é certa: esses vibriões estão a caminho da ovoidização, e, se forem expostos à luz clara ou luz branca, o processo é acelerado. Para continuar assim precisam ser mantidos na escuridão completa ou, pelo menos, sob efeito de luz infravermelha.

Assim que Anton deu as explicações, o sujeito que manipulava os equipamentos recebeu em suas

9. No capítulo 4 e nos seguintes, o autor espiritual dá informações detalhadas sobre as etapas do processo de regressão ou perda da forma perispiritual.

mãos a primeira gaiola, contendo um vibrião. Ele retirou o ser estranho de seu confinamento e colocou-o sobre uma mesa, sobre a qual havia diversos instrumentos organizados.

— Meu Deus! — exclamou Raul ao ver o vibrião mental. — Que coisa nojenta e repugnante...

— Raul!... — falou Jamar, advertindo o médium desdobrado.

— Tudo bem, cara, mas que é feia, é! E gosmenta.

Não prestamos mais atenção aos comentários de Raul, que também se calou diante do que víamos. A criatura debatia-se vigorosamente, como se estivesse acometida de um ataque epiléptico. Contorcia-se sobre a mesa.

— Pobre criatura! — exclamou Saldanha. — Deve estar agonizando terrivelmente.

— Ela está inconsciente do que lhe ocorre, meu amigo — sentenciou Jamar, o guardião. — Precisamos averiguar os procedimentos técnicos das entidades que operam aqui. Vamos gravar tudo para posterior análise e intervenção.

O espírito que lembrava um médico neste injetou um líquido no corpo perispiritual do ser sobre o leito. Enquanto isso, falava para outro da equipe, que o acompanhava discreto e silencioso:

— Imersos nesta solução há aparelhos produzidos nas unidades da subcrosta. São microimplantes, que, uma vez injetados, possibilitarão localizar nossa cobaia onde quer que ela vá. São uma maravilha da produção tecnológica de nossos superiores.

Mirando atentamente seu interlocutor, o espírito continuou:

— A nanotecnologia é muito preciosa para nossos projetos. Pessoalmente, não conheço a matéria em profundidade, todavia sei que dispomos destes microaparelhos ultra-eficientes, produtos da ciência desenvolvida em nossos laboratórios. Eles serão absorvidos pelos centros de força do rapaz e enfim se instalarão na região do córtex cerebral, após fazerem algumas conexões nas linhas de força correspondentes ao seu sistema nervoso. Agora é o momento de implantar o vibrião.

Os estranhos cientistas colocaram o debilitado rapaz deitado sobre os joelhos dobrados, com o rosto perispiritual encostando na maca. Nesta posição, o cientista pegou o vibrião com as mãos e foi empurrando-o pelo reto do rapaz, até que a criatura se alojou completamente dentro da estrutura perispiritual do jovem que observávamos.

— Não podemos impedir este ato de selvageria espiritual? Ele está executando o implante do vibrião no rapaz! — disse Raul, de certa forma alterado pelo que via.

— Não adianta interferirmos no processo neste momento — respondeu Saldanha. — O rapaz, por si só, atendeu ao chamado hipnótico da mensagem emitida pela cúpula. Ou seja, foi atraído para este ambiente devido ao próprio estado mental.

— Não se esqueça, Raul, de que o processo de obsessão, seja simples ou complexo, conforme presenciamos aqui, é alimentado pela própria pessoa que teoricamente é a vítima. São seus próprios pensamentos e emoções que formam o quadro psíquico que alimenta o processo e reforça os laços com o obsessor. E, neste caso particular, meu amigo, não dispomos do histórico do rapaz; portanto, não sabemos ainda em que proporção ele está ou não compactuando com o que lhe ocorre, com os agentes de sua desdita. Seria irresponsável intervir sem o devido conhecimento.

O esclarecimento de Jamar não deixava margem para discussão. Chegamos perto do rapaz estendido sobre o leito, e ele parecia dormir profundamente, sob efeito de algum anestésico. Sua situação era de completa apatia. Enquanto os cirurgiões do astral inferior repetiam o procedimento em outras de suas cobaias, aproveitávamos para auscultar o interior do corpo espiritual do rapaz. Uma metamorfose se operava no silêncio das células astrais de seu corpo psicossomático. O vibrião mental exalava uma espécie de fuligem em torno dos centros de força, enquanto fios tenuíssimos, como se fossem pseudópodos ou tentáculos de nível microscópico, estendiam-se por entre esses órgãos parafísicos, entrelaçando-se e se ramificando em sua estrutura astral. O vibrião mental parecia assumir completo controle do rapaz. Seu espírito se entregava agora a intenso domínio emocional, que sobrepujava a faculdade do raciocínio, como pudemos ver em seguida, ao dirigirmos nossa atenção para sua casa mental. Seus pensamentos estavam comprometidos com a intrusão de emoções fortíssimas e virulentas, além de imagens mentais de baixíssimo teor, trazidas pelo simbionte. O vibrião psíquico alojou-se de tal maneira no interior do corpo espiritual que, de dentro dele, surgiu uma colônia de bactérias. Um verdadeiro batalhão microscópico, constituído de pura emoção em estado de ebulição, determinava agora o padrão emocional do rapaz.

— Por certo o rapaz se fez vítima de seu próprio temperamento e de seu desejo incontrolável. Agora, apresentará uma patologia do psicossoma compatível com as emoções obsessivas, a paranóia e a angústia próprias do ser que foi transformado em vibrião, ora implantado em seu organismo. O parasita trabalhará em seu interior como uma criatura peçonhenta, que aguarda pacientemente pelas recaídas do rapaz para inocular seu veneno, agravando mais e mais a saúde do corpo espiritual.

— Que faremos com as informações acerca do que ocorre neste lugar? — perguntou Raul outra vez, ligeiramente ansioso pela hora de agir.

— É necessário coletar mais dados a respeito de todo o sistema — declarou Jamar. — Feito isso, encaminharemos um apelo aos espíritos responsáveis pela assistência extrafísica a fim de estudarem o caso e, se for possível, promoverem a libertação do rapaz. Mas não deixe escapar à sua memória, Raul: tudo depende deste jovem, a suposta vítima. Sem que o indivíduo queira, é impossível influir. Isso seria uma violação da liberdade de escolha pessoal.

Enquanto fazíamos essas considerações, um burburinho parecia agitar o ambiente. Os técnicos e cientistas pareciam insatisfeitos com alguma coisa. Algo saíra errado em seus planos.

— Tragam outros vibriões — ordenou um deles, irritado. — Estes não estão preparados ainda. Preciso imediatamente de cânceres astrais maduros.

Pelo que parecia, os agentes da escuridão se referiam aos vibriões também como cânceres astrais, uma denominação muitíssimo condizente com o quadro mórbido que os tais seres despertam em seus hospedeiros.

Em meio ao burburinho, que contrastava com a aparente calma e frieza observadas anteriormente, os técnicos saíram do ambiente em que ocorriam tais eventos. Nós os seguimos para ver de onde recolhiam seus instrumentos de obsessão, os vibriões mentais. Deparamos com um lugar muito popular entre os encarnados. Era a contraparte astral de um motel. As paredes e o chão eram tomados de larvas, desses mesmos vibriões de cor escura, que literalmente se agarravam à estrutura extrafísica do lugar. Absorviam ali elementos de natureza astral, mental, emocional e também física — tais como substâncias tóxicas e secreções diversas —, que, como uma névoa escura, eram sugados por todos os poros desses seres. Como o ambiente permanecia na penumbra e não via a luz solar, os vibriões pareciam sobreviver naquela forma pré-ovóide com relativa facilidade e abundância de alimento. Impreterivelmente, deveriam permanecer ao abrigo da luz clara e direta, senão perderiam o aspecto larvário e seriam impelidos à metamorfose final, na qual atingiriam o estado ovóide, por processo de involução da forma astral. Segundo depreendemos da conversa dos criminosos da ciência sombria, interessava muito a seus planos que as criaturas permanecessem assim, nesta agonia característica da fase de transição da forma perispiritual, a fim de usá-las em seus objetivos inconfessáveis. Um dos técnicos responsáveis pelo recolhimento dos seres falou preocupado e com certa aflição na voz:

— Teremos de procurar em outro viveiro. Estes vibriões ainda não estão maduros o suficiente para a colheita. Vamos em busca de um viveiro mais farto.

Pelo que pudemos verificar, certos vibriões mentais são cultivados naquilo que aqueles indivíduos chamam de viveiros. Aproveitam-se do ambiente de motéis, saunas de atmosfera pornográfica e outros antros com a finalidade de cultivar ou manter os vibriões psíquicos que se alimentam das vibrações e emanações dos freqüentadores de tais lugares. Uma realidade que dá o que pensar.

Anton indicou o lugar para onde se deslocavam as entidades a serviço do mal. Nós as acompanhamos mais uma vez, embora Anton resolvesse retornar ao laboratório a fim de recolher dados e amostras para análise e posterior intervenção dos guardiões. Jamar nos conduzia com a segurança que lhe era própria. Desta vez, adentramos o ambiente de uma sauna. Era tudo muito poluído mentalmente.

Larvas e vibriões estavam espalhados predominantemente pelo chão da estrutura astral. As pessoas andavam sobre os seres em transição, como que a pisar neles. Em meio aos vapores úmidos e à tênue luminosidade do ambiente, colônias de parasitas energéticos ou elementais artificiais infestavam também as paredes do local. As pessoas respiravam, junto com o vapor, as emanações de parasitas e vibriões, numa troca fluídica de causar repulsa.

— Vamos colher estes que estão mais maduros — determinou o técnico, dando uma olhada furtiva pelo ambiente e despertando o interesse por um dos freqüentadores. — Estes que caíram ao chão são os que nos interessam.

Quando ele falou assim, notamos que havia ligeira diferença na estrutura astral entre os vibriões que estavam grudados nas paredes e aqueles que estavam no chão.

Os primeiros pareciam cansados, apresentavam respiração ofegante, como se enfrentassem dificuldades em inalar o ar do local; ao mesmo tempo, trocavam fluidos densos com os indivíduos que ali se encontravam. A conversa das pessoas beirava a ignomínia, pois se referiam às próprias emoções e questões íntimas com pouquíssima consideração. Enquanto falavam, deixando externar seu desejo através das palavras, partiam de suas bocas e de seus poros elementos de constituição astral — portanto, também emocional —, que eram assimilados pelos parasitas e pelas larvas das paredes. Largas cotas de substâncias químicas eram extraídas do corpo das pessoas presentes, alimentando os vibriões.

Quanto aos vibriões mentais esparramados pelo chão, que caíam das paredes como lesmas, estes se encontravam muito inchados, aparentemente fartos da substância impura que absorviam lentamente, talvez resultante também da produção hormonal das pessoas. A aparência desses parasitas lembrava o comentário depreciativo que Raul fizera antes: envolviam-se numa espécie de gosma, uma matéria pegajosa de natureza mental e astral; apresentavam cor escura, e alguns ainda possuíam rajadas de tom laranja, que completavam o quadro horripilante.

Um dos técnicos, depois de recolher alguns dos vibriões mentais, comemorou aliviado:

— Ainda bem que não precisamos recorrer aos campos de concentração e aos viveiros das regiões mais profundas. Estes aqui — falou, referindo-se aos encontrados — são bastante favoráveis às nossas experiências.

Outro cientista das sombras emendou, depois de também recolher alguns espécimes:

— Certa vez fui visitar campos de concentração e viveiros do submundo. Sou um especialista nesta área, no cultivo de simbiontes vibriões, contudo nada se compara ao horror que vi ali naqueles campos. Creio que os senhores da escuridão têm várias aplicações para essas criaturas pestilentas.

Era a primeira vez, nesta nova incursão às sombras, que ouvíamos referência direta aos senhores da escuridão — isto é, aos magos negros — por parte dos seres que observávamos. Claramente demonstravam atuar segundo as definições de um planejamento mais detalhado, elaborado por chefes do mal.

Depois de constatar nossa curiosidade ante o que presenciávamos, Jamar brindou-nos com seu esclarecimento:

— Vejam, amigos, que não estamos diante de simples espíritos sexólatras. Ao contrário, deparamos com sexólogos ou especialistas da sexualidade sem qualquer ética ou escrúpulo, que empregam elementos psíquicos das pessoas envolvidas no sexo indecoroso para a consecução de seus planos sombrios. Aproveitam das emanações da luxúria e do sexo libertino para extrair a contraparte astral de substâncias bioquímicas, tais como adrenalina e endorfinas, entre outras, com a finalidade de se proverem de emoções e sensações que lhes faltam, pois já desencarnaram. Quando não prestam serviço às sombras, alimentando o vil comércio que há nesse universo.

"Em ambientes análogos ao que observamos, ocorre a drenagem energética de indivíduos com comportamento de risco. Cientistas e técnicos das regiões inferiores aproveitam a presença dessas pessoas para testar seus inventos, implantes etc., como pudemos verificar. Em lugares como este, a existência de companhias espirituais indesejáveis, de bactérias e larvas, que promovem contaminação fluídica, ou de algum tipo específico de vibrião mental contribui sensivelmente para a diminuição da freqüência vibratória do ser visado, o que favorece a ação dos agentes da destruição.

"O ectoplasma colhido nesses ambientes está contaminado e comprometido; portanto, é útil somente para promover sensações materiais, tais como desejo e prazer sexual, fome, saciedade etc. Existe toda uma linha de produção de injeções e de diversas drogas que visam despertar e reproduzir sensações próprias da matéria nos seres do abismo, a qual tem nesse tipo de energia sua principal matéria-prima. No passado, os motéis eram freqüentados apenas por espíritos descomprometidos, que casualmente procurassem sensações grosseiras. Na atualidade, depois que os cientistas incrementaram sua teia de ação, esses estabelecimentos são controlados por eles, que ali assentaram bases para colocar em prática seus experimentos e suas pesquisas. Lá, coletam o ectoplasma e as criações mentais mais densas, fornecidos pelos humanos do mundo físico. Em seguida, encaminham aos laboratórios as criações mentais mórbidas, às quais adicionam fluidos astralinos, a fim de serem úteis aos cientistas da escuridão. Aproveitam-se também dos cascões astrais ou formas densas de clichês criados em condições comuns a um motel. O elemental artificial que se enche de vida nos momentos de prazer disparatado ganha acréscimo de energias vigorosas; por isso mesmo, é quase material, ou seja, dotado de energia etérica. Pode ser manipulado, modificado e induzido por espíritos que conheçam do processo com o objetivo de realizar seus planos macabros.

"O sexo desequilibrado desses ambientes deixa de ter implicações exclusivamente de caráter moral, de ser objeto de discussão no que se refere a pecado ou a simples desequilíbrio, para se transformar em algo concreto. Junto com a energia sexual acumulada de modo grotesco, converte-se em precioso banco de ectoplasma, a ser utilizado e manipulado pelos representantes do abismo."

As palavras de Jamar eram fortes e cheias de convicção. Ele continuou, num só fôlego:

— Apesar de tudo, nem sempre o ectoplasma se presta aos fins estipulados, pois também ocorre de maneira intensa a degeneração do fluido, dadas as características degradantes de sua origem. Assim sendo, o ectoplasma adquirido em depósitos tais quais os motéis e assemelhados não supre totalmente a necessidade dos cientistas e seus operadores.

"Com os recursos roubados de seus alvos em desequilíbrio, abastecem os dominadores e donos do poder transitório, habitantes das esferas ocultas, com as sensações e a aparência de prazer material, que já não fazem parte de sua experiência natural de desencarnados. Muitos se encontram fora do corpo há centenas e centenas de anos, e, como normalmente repelem a experiência reencarnatória, não restam elementos em seus corpos astrais que lhes possam dar os prazeres e sensações com a intensidade de quando estavam mergulhados na carne. Essa é uma das razões pelas quais a indústria do sexo serve de base para que possam perdurar seu império, locupletando-se com aquilo que é extraído do público que acorre a tais estabelecimentos. O produto espúrio das vampirizações sexuais é conduzido aos laboratórios do mundo extrafísico e oferecido aos déspotas e especialistas do astral inferior, exatamente como os marginais e traficantes ofertam narcóticos aos consumidores encarnados. Tal estado de coisas é, como se pode ver, fonte permanente de abastecimento para as sensações dos seres das sombras e atendem aos interesses forjados por grandes laboratórios do mundo extrafísico e seus representantes."

— Então a procura por esses elementos roubados de vítimas encarnadas deve ser muito grande...

— É claro que sim — tornou Jamar. — Embora todos um dia venham a abandonar as furnas umbralinas, por imperativo da lei de evolução, a realidade atual é que a maioria de seus habitantes tem grande carência de reviver as sensações materiais, que são a única forma de prazer que conhecem. Isso não é menos verdadeiro quando nos referimos aos seus governantes, ou seja, aos ditadores das trevas. E os elementos capazes de proporcionar as sensações materiais ou de ser seu veículo são certas substâncias produzidas exclusivamente em corpos físicos. Isso explica a monumental estrutura extrafísica composta pela indústria do sexo e pelos especialistas em sexualidade nos bastidores da vida, comparável somente aos esquemas de distribuição do narcotráfico, no mundo físico. A concorrência é severa entre os cientistas das sombras, que disputam quem levará as melhores drogas da emoção e das sensações de prazer àqueles que sentem maior necessidade delas. Formam cartéis, cuja administração é feita a partir de escritórios nas saunas, casas noturnas e motéis, pois é aí que se abastecem, roubam e manipulam energias e elementos químicos para sua obra de destruição das emoções humanas.

Depois do que ouvimos de Jamar, que nos ofereceu material para muita reflexão, retornamos ao laboratório, seguindo os técnicos. Anton lá se encontrava com alguns dos guardiões, inclusive Watab, que deixara outros de sua equipe a postos no aeróbus, atentos a Omar e Elliah. Os guardiões realizavam suas observações e anotavam tudo que interessava ao planejamento das futuras investidas nas regiões inferiores. Ainda não havíamos adentrado os domínios do abismo; porém, ali encontramos referências preciosas a respeito das atividades criminosas de cientistas a serviço dos magos negros, os senhores da escuridão.

Anton e Jamar deixaram um grupo de guardiões de prontidão, fazendo estudos e correlacionando a localização da cidade que encontramos com o laboratório e as estações de cultivo de larvas e vibriões. Ficamos sabendo de Jamar que muitos motéis e saunas, mas não todos, são vigiados pelos guardiões. Além de lutar para manter o equilíbrio e a ordem, mesmo em ambiente adverso, eles procuram sobretudo impedir que seres em forma pré-ovóide sejam viciados com as emanações de tais lugares. Afinal, são seres humanos, embora com a forma perispiritual modificada. Com o trabalho dos guardiões em alguns lugares desse tipo, evita-se que os cientistas das sombras e especialistas do sexo possam montar seus laboratórios. Portanto, seu trabalho de policiamento, nesses casos, não pretende restringir a intromissão de espíritos obsessores comuns, mas de técnicos, que trabalham com larvas mentais e cultivo de seres ovóides.

Alguns instantes mais tarde, fundamentados na análise feita por Saldanha, chegamos a uma conclusão relevante. Todo aquele sistema interligado que observamos — desde a cúpula até a sauna, passando pela boate, o bordel e os demais cenários visitados — era parte de um plano minucioso com vistas a atrair encarnados e desencarnados com tarefas importantes e de realce para as malhas da escuridão. As inteligências sombrias queriam identificar quais espíritos desempenhavam tarefas expressivas e bem definidas, tanto no corpo quanto fora dele. Como não tinham acesso aos registros cármicos e ao planejamento reencarnatório de seus alvos mentais, recorreram a um processo que atraía indivíduos de ambos os lados da vida, desde que estivessem mais ou menos sintonizados com a linguagem e os apelos utilizados.

A cúpula da cidade da ilusão, um produto da projeção mental de idealizadores dos planos sombrios, irradiava mensagens hipnóticas para toda aquela região astral. Quantas outras cúpulas ou elementos semelhantes existiam nas zonas sinistras do mundo astral? Ainda não sabíamos. No entanto, era claro que a ilusão tinha por objetivo atrair as pessoas, acentuando e dando ênfase a seus desejos, a fim de que se tornassem fantoches na mão de cientistas do mal. Ali, nos laboratórios descobertos, recebiam um implante, fruto da nanotecnologia astral, para identificá-las. Através do artefato eletrônico, eram rastreadas pelos especialistas das sombras. Em casos específicos, conforme o interesse e a estratégia mental desenvolvida pelos senhores da escuridão, elas recebiam ainda a adição de um simbionte, um parasita, que podia ser um vibrião ou outro elemento astral. De acordo com o papel desempenhado e a tarefa desenvolvida pelo indivíduo em seu contexto espiritual, implantava-se o vibrião astral, que, além de terrível ação vampirizadora, traz características mentais e emocionais profundamente desequilibradas, as quais acabam migrando para o hospedeiro e abalam toda a sua estrutura de vida.

Precisávamos checar mais detalhes a respeito da estranha organização e seguir as pistas deixadas pelos donos do poder no abismo, para onde deveríamos prosseguir em breve. O que descobrimos ali era apenas a ponta do *iceberg* de toda a estratégia e das ações criminosas dos representantes das sombras. Todo aquele aparato, tanto a cidade por onde adentramos quanto o laboratório e o envolvimento com os vibriões mentais, era reconhecidamente obra de inteligências invulgares. Magnetizadores habilidosos e hipnos — seres extrafísicos especializados no controle mental — forjaram na matéria astral os instrumentos para a execução de seus planos maquiavélicos. Criaram ilusões, fruto de projeções hipnóticas, para seduzir espíritos ainda apegados a questões materiais. Estávamos a caminho de descobertas muito valiosas para o trabalho dos guardiões, sem a menor sombra de dúvida.

O contato com a obra dos ilusionistas do astral despertou em nós antigas considerações, que eram, na verdade, extremamente atuais. É essencial que os médiuns de maneira geral fiquem mais atentos àquilo que vêem e ouvem nas chamadas revelações do invisível. É impressionante a facilidade e a maestria com que seres da escuridão, os especialistas da mente, podem forjar aparências e manipular fluidos, elaborando quadros e ricos cenários destinados a enganar os médiuns. Por isso, a necessidade de estudar sempre, de atualizar conhecimentos a cada dia, buscando atenção total às artimanhas empregadas pelos habilidosos hipnotizadores do Além.

Fizemos o percurso inverso sob o comando de Jamar e Anton, retornando ao aeróbus, que nos aguardava com o contingente de guardiões. Devíamos continuar nossa descida vibratória rumo ao abismo, pois muito ainda teríamos como objeto de estudo. Uma boa parcela dos guardiões ficou de plantão naquele lugar, a fim de interferir nos planos das sombras, juntamente com outros especialistas, que em breve viriam do Plano Superior para auxiliar.

4

A vida nas regiões abissais

A PÓS NOSSAS descobertas a respeito da ação de alguns cientistas e de um tipo particular de magnetizadores — os hipnos —, Jamar nos convidou a retomar a descida vibratória ao abismo. Acomodamo-nos no aeróbus e, tão logo checaram o correto arquivamento dos dados colhidos na incursão, Anton e Jamar orientaram os técnicos do transporte de maneira a dar continuidade à nossa jornada.

Deveríamos nos aproximar da área localizada vibratoriamente nas coordenadas que correspondem ao Mar de Sargaços, na dimensão física. O local apresenta intricada confluência de forças magnéticas, que formam uma espécie de buraco negro oceânico, isto é, um ponto que apresenta tremenda força gravitacional e magnética, em cujo epicentro curiosos fenômenos se desencadeiam. Trata-se de um entroncamento energético de grandes proporções. Eminentes pesquisadores da nossa metrópole espiritual identificaram aquele lugar como um dos chacras do planeta, ao lado de mais algumas posições ao redor do globo. Em outras palavras, trilhas ou feixes de energia eletromagnética ali se encontram ou se cruzam, formando um remoinho ou vórtice de energias poderosíssimas.

Em nossa dimensão, o fenômeno pode ser observado com maiores detalhes do que na dimensão física, pois as energias ali emitidas e descarregadas são percebidas em seu largo espectro. Na realidade corpórea, aparelhos são afetados sensivelmente pela conjuntura energética do lugar; na dimensão extrafísica, os fatos não são menos pitorescos, porém têm efeito oposto. Diferentemente do choque que ocorre com instrumentos materiais, em nosso plano as emanações ali geradas ou propagadas são de grande valia para dinamizar os veículos de transporte, ajudando na passagem para instâncias mais densas do ambiente planetário. Podemos recorrer às forças em movimento nesses locais para favorecer o adensamento vibratório das caravanas que partem em direção à subcrosta. Também utilizamos as correntes magnéticas do planeta com outras finalidades; entretanto, naquele instante, nosso interesse era aprofundar as observações acerca do abismo, ou seja, das regiões situadas abaixo da crosta terrena e nas zonas abissais, pesquisando a vida extrafísica no fundo dos oceanos.

Foi precisamente nesse mar de energias em ebulição que o aeróbus mergulhou, juntamente com outros veículos que transportavam os guardiões e especialistas. Tínhamos a impressão de que as forças da natureza se chocavam contra os campos de força do aeróbus, que descia vibratoriamente às regiões ínferas. Raul olhou para mim um tanto temeroso, mas imediatamente Jamar aproximou-se dele, colocando o braço direito sobre os ombros do médium, que, a esta altura, já estava mais acostumado às surpresas de nosso trabalho. O veículo balançava como uma folha sob o açoite do vendaval; porém, parecia contar com amortecedores, ou melhor, neutralizadores criados pela técnica sideral, pois mal o percebíamos oscilar. Se não fossem as aberturas laterais, que nos proporcionavam uma visão muito detalhada dos arredores, seria praticamente imperceptível o chacoalhar.

À medida que nos aprofundávamos na região astral correspondente ao oceano, notávamos diversos seres aquáticos, que passavam por nós em velocidade alucinante. Seriam criaturas da dimensão física ou da extrafísica? Descobriríamos em breve, pois, ao contrário do que costumam pensar os companheiros encarnados, não sabemos de tudo. Precisamos pesquisar, experimentar e estudar para obter conhecimento, exatamente como se requer de quem deseja aprender algo no mundo material. De maneira análoga, são necessários esforço e empenho. Quanto aos resultados, igualmente erramos inúmeras vezes, até obter algum êxito apreciável.

Mesmo na dimensão astral, existem muitos locais que precisam ser catalogados, investigados e mapeados, a fim de serem incrementados os registros para futuras excursões.

O aeróbus parou numa região astral no fundo do oceano, onde a luz do Sol não alcança. Havia outra luminosidade, no entanto, talvez irradiada das partículas atômicas da matéria extrafísica ou de outros elementos ainda desconhecidos por mim naquele momento. Animais marinhos de aspecto exótico nadavam, e alguns pareciam notar nossa presença. Raul aguçou os sentidos e ficou concentrado. No exato instante em que nos preparávamos para sair do aeróbus, um vulcão submarino entrou em erupção, e repercutiu por todo lado um som ensurdecedor, similar ao de um trovão modificado pelas toneladas de água. As placas tectônicas pareciam deslocar-se, provocando uma transformação radical no ambiente extrafísico do fundo do mar. O solo oceânico tremia violentamente, apesar de não nos afetar. Foi então que notamos a dificuldade de Raul no novo ambiente astral:

— Tenho a sensação de que estou sufocando...

— Acalme-se, amigo — falou Jamar. — Isso é somente reflexo de sua mente.

— Reflexo não produz sufocamento, Jamar — berrou Raul, como se estivesse fazendo uma enorme força para pronunciar cada palavra.

— Quis dizer que é um condicionamento mental. Seu cérebro perispiritual traz arquivos milenares de suas experiências no ambiente terrestre, mas somente agora é que você está tendo a oportunidade de respirar debaixo d'água, embora na dimensão extrafísica. A sensação de sufocamento deve-se a esse confronto com os registros de sua memória espiritual, com as crenças mais recônditas de seu inconsciente, que atestam que só é possível respirar na superfície. É o que se chama de reflexo condicionado. Concentre-se, meu rapaz — continuou a falar o guardião, agora colocando a mão espalmada sobre a fronte de Raul. — Deixe de lado as impressões físicas e traga à memória registros mais antigos, que estão arquivados em seu corpo mental.

Raul restabeleceu gradualmente a harmonia íntima. As reações do ser humano desdobrado em outras dimensões da vida podem estar ligadas a seu estado emocional ou às experiências de seu passado remoto, registradas na memória perispiritual ou na do corpo mental. Jamar, ao tocar a fronte do médium, auxiliou-o na recordação da memória ancestral, trazendo ao consciente os fatos vivenciados em outras épocas, pré-humanas, quando estagiava em outros reinos da natureza. Os clichês mentais do sensitivo foram acessados, e pudemos ver como Raul voltou a respirar, mesmo nas profundezas abissais.

Enquanto isso, o vulcão cuspia lavas no fundo do oceano, e algumas fendas se abriam naquelas profundezas. Notamos uma debandada de seres daquelas paragens. Em alguns minutos, uma coluna de fogo foi lançada pelo vulcão, e uma camada de lava vermelho-brilhante foi se aproximando rapidamente do local onde estávamos, trazendo consigo alguns seres e elementos da dimensão etérica. O magma não poderia nos causar dano algum, já que somos habitantes de uma dimensão diferente. Contudo, ele não era composto apenas por matéria física, e além disso estávamos semimaterializados, uma vez que nosso psicossoma se adensara sobremaneira para conseguirmos atuar em âmbito astral. Portanto, estávamos sujeitos às leis daquele plano dimensional, e isso me suscitava alguns questionamentos.

Somados à lava, expelida do interior do planeta, borbulhavam elementos etéricos e astrais, que eram expurgados juntamente com a matéria física. Nesse momento, Watab rapidamente tomou Raul nos braços e o colocou nos próprios ombros, informando com poucas palavras o que pretendia. Saltando como um animal selvagem de extrema perícia, tirou o médium de perto da lava e dos elementos astrais que vinham mesclados àquela mistura proveniente do âmago do planeta. Anton manifestou-se quanto aos cuidados com Raul:

— Nosso amigo se encontra de posse do seu corpo físico, ainda que momentaneamente afastado dele em tarefas com nossa equipe. Creio que Watab agiu com prudência, pois talvez o psicossoma e o duplo etérico do médium pudessem se ressentir da ação magnética de certos elementos radioativos. É preciso se precaver em situações como esta. O contato com alguma energia estranha emanada desta dimensão pode repercutir vibratoriamente no corpo físico de Raul, que está em repouso.

— E quanto aos nossos corpos, estes elementos podem afetá-los? — me atrevi a perguntar.

— A lava em si não nos poderia afetar, mas os elementos extrafísicos que a acompanham irradiam alguma espécie de energia. Como estamos com nosso perispírito muito materializado e, portanto, sujeitos às condições ambientais, é sensato supor que poderíamos sim sentir alguma conseqüência da exposição às substâncias expelidas. Você sabe, meu amigo Ângelo: o perispírito é semimaterial, e, em nosso caso, adensamos consideravelmente as moléculas do corpo perispiritual. Em resumo, não sei responder sua pergunta com absoluta certeza, entretanto não gostaria de descobrir os efeitos disso tudo justamente agora.

Uma onda de energia densa vinha em nossa direção como uma vaga do mar. Saímos dali imediatamente, e, assim que atingimos o local onde Watab estava com Raul, a irrupção de pura energia passou por cima de nós como um furacão. As irradiações eletromagnéticas afetaram as águas, que se moldavam no mesmo sentido da energia liberada. Uma parede de lama e certos componentes de matéria etérica depositados no leito do oceano ergueram-se por mais de 30m de altura, agitando as águas e revelando alguns elementais naturais que viviam intimamente ligados àquele ecossistema. Seres com formas semi-humanas nadavam em meio à matéria líquida. No último instante, sob o efeito dos elementais, a torrente de energia e água desviou-se; outra onda, de menor intensidade, estourou um pouco mais adiante, trazendo moluscos e outros seres que eram cavalgados pelos elementais da água salgada. Corpos espirituais de aspecto grosseiro também vieram arrastados, trazendo certa quantidade de lodo infecto; eram jogados de um lado para outro, como se conduzidos pelos elementais para se depurar nesse vaivém. Quando passou a tormenta submarina, vimos esses corpos escorregar suavemente nas águas, embora dessem mostras de estar desmaiados ou sem consciência. Nova onda, desta vez mais suave, produzida pelos elementais, vinha movimentar os corpos astrais e as duplicatas etéricas dos objetos e demais seres vivos, depositando-os levemente no solo marítimo. Ao lado de tudo isso, havia criaturas da dimensão física que eram agitadas pelas vagas oceânicas, sob intensa ação dos espíritos da natureza.

No mesmo instante em que a segunda onda surgiu, seres de aspecto réptil e outros semelhantes a homens da pré-história brotaram no cenário do abismo e, de maneira igualmente repentina, desapareceram, como que obedecendo a uma força estranha. Raul não se conteve e, ao manifestar-se, externou minha própria curiosidade:

— Esses são seres conscientes ou fazem parte de alguma forma de vida que ainda desconhecemos?

— Estamos adentrando um domínio ainda pouco explorado pelos médiuns e sensitivos, meu amigo — respondeu Saldanha, diante do olhar de aprovação dos guardiões. — Muitos seres infelizes estagiam prisioneiros em corpos espirituais profundamente deformados. Ao que tudo indica, topamos com um desses bolsões astrais onde se reúnem espíritos cuja forma astral está sensivelmente adulterada.

— E os répteis? E os homens das cavernas? Serão seres físicos ou extrafísicos?

— Podemos entender que esses indivíduos, que apresentam aspecto perispiritual diferente do que se vê em circunstâncias normais, padecem de uma transformação ou de degradação da forma do corpo psicossomático, embora conservem na sua memória espiritual o conteúdo integral de suas vivências e experiências. Em todos esses casos, um conjunto de fatores mais ou menos graves em sua caminhada desencadeou a modificação de sua forma astral.

Durante a breve explanação, que não pôde se estender, os guardiões se alimentaram das reservas que traziam consigo. Afinal, todo organismo precisa de abastecimento energético para manter-se ativo e equilibrado — inclusive os de natureza psicossomática ou espiritual. Levávamos determinado tipo de concentrado, ideal para alimentação em lugares de vibração densa, o qual supria nossas carências nutritivas. São cápsulas de energia, na falta de termos mais adequados para me expressar, que, depois de ingeridas, dissolvem-se no íntimo do perispírito de quem atua naquela região do astral. O resultado é um aumento considerável de vitalidade, em certa medida similar ao efeito que os alimentos físicos têm sobre os homens. Todos literalmente deglutimos tais cápsulas antes de seguirmos em frente, exceto Raul, já que temíamos eventuais reações em encarnados. Afinal, para se ter um desempenho eficaz, compatível com a densidade do ambiente onde nos encontrávamos, era preciso uma fonte de abastecimento adequada à situação vibracional reinante. O estômago de nosso corpo astral recobrou suas funções, assim como diversos outros órgãos, que foram reativados durante o processo de descenso vibratório.

Quando reiniciamos a caminhada pelo novo ambiente, notamos que a lama existente naquelas profundezas era muito viscosa, semelhante à lama astral que encontramos em outras ocasiões, na subcrosta. Muitos seres, cujos corpos apresentavam deformidade, achavam-se presos ao lodo e arrastavam-se lenta e penosamente em meio ao visco. Raul olhava interessado, quando Anton resolveu indagá-lo:

— Que acha que devemos fazer nessas circunstâncias, meu caro? Como procederemos em relação a essas infelizes criaturas?

— Creio sinceramente que devemos deixá-los como estão. Se assim se encontram — respondeu Raul, enfático — é porque precisam passar por essa experiência. Afinal, a lama astralina absorve resíduos tóxicos de seus corpos espirituais, não é assim?

Antes que Anton tivesse a chance de falar, o médium continuou:

— Acho, Anton, que não devemos desperdiçar nosso tempo com as coisas estranhas que encontramos, mesmo que envolvam espíritos em sofrimento ou expiação. Joseph disse claramente que nossa tarefa era de outra natureza. Não viemos aqui com finalidades de consolo ou resgate, mas para encontrar bases e laboratórios dos cientistas e magos negros.

Falando assim, convicto, Raul nem esperou aprovação, deixando Anton sozinho e juntando-se a outros guardiões que caminhavam rumo a uma fenda formada no leito do oceano. Anton olhou para Jamar e, rindo gostosamente, como era raro em sua personalidade, pronunciou:

— Este rapaz parece que me saiu sob encomenda!

A fenda dava sinais de funcionar como uma passagem dimensional ou algo assim, expressão que uso apenas como analogia. Logo que cruzamos essa abertura na estrutura energética do lugar, deparamos com algo fantástico, que me deixou cheio de curiosidade, e Raul, boquiaberto. Era um local repleto de navios e aviões naufragados, ao que parecia, da Primeira e Segunda Guerras Mundiais.

Apontando para uma embarcação no fundo, com a proa enterrada na lama, o médium gritou para Anton e Jamar:

— Vejam, ali! — mostrou em certa direção. — Parece um espírito normal!

Diante de tantas visões insólitas que tivemos, de seres com formas diferentes, bizarras, alguém com a aparência humana convencional era uma surpresa para Raul.

Aproximamo-nos lentamente, quando fomos abordados por um espírito que devia estar ali de prontidão:

— Alto lá! Como um vivente tem acesso aos domínios sombrios do abismo? — perguntou o ser à nossa frente, apontando diretamente para Raul.

Anton e Jamar se adiantaram, tomando a frente na conversa:

— Somos guardiões da noite e especialistas a serviço das esferas superiores. O vivente é um amigo nosso e parceiro de nossas atividades, que está temporariamente desdobrado e sob nossa responsabilidade espiritual.

— Cuidado por estas bandas! — tornou o ser de prontidão.

Assim que ele mencionou essas palavras, outros espíritos com postura semelhante à dele foram aparecendo, um por um. Ao todo, eram 30 espíritos.

— Somos os vigilantes do abismo. Por aqui só encontrarão criminosos.

Adiantando-se mais ainda, Anton se apresentou:

— Sou Anton, do comando supremo dos guardiões, e este é Jamar, especialista da noite.

Assombrado, o ser se prostrou em reverência, juntamente com os demais:

— Senhor! — pronunciou quase respeitoso demais. — Desculpe-nos não reconhecê-lo. Somos guardiões, sentinelas destacados para servir nestas regiões do abismo. Ainda não o conhecíamos pessoalmente. Desculpe-nos, senhor. Recebemos nossa incumbência há 50 anos, quando substituímos a equipe anterior. Porém, fomos indicados por nossos superiores e do senhor apenas ouvíramos falar.

— Não se preocupem, sou apenas um servidor, como vocês. Viemos em tarefa de pesquisa e necessitamos de informações a respeito deste lugar, de conhecer os registros de vocês, que monitoram as atividades na região do abismo.

— Aconselho, senhor, que não deixe o vivente chegar muito perto dos veículos naufragados. Eles servem como prisão para indivíduos perigosos, que cometeram inúmeros crimes hediondos. O corpo astral desses espíritos apresenta tal peso vibratório e molecular que, ao desencarnar, desceram compulsivamente a estes sítios, tornando-se cativos do campo magnético que aqui há. As formas astrais e etéricas dos aviões e navios servem para ancorar os bolsões de vida nestas regiões. Nossos registros estão à disposição de vocês, evidentemente; contudo, se me permite, senhor, mais uma vez quero recomendar cuidado com o vivente, pois aqui começa o domínio dos dragões e das demais inteligências do abismo. Os viventes, de modo geral, não têm acesso a estes círculos inferiores.

— Aprecio sua conduta e precaução, meu amigo, mas fique tranqüilo. Estamos cientes do perigo que representam as energias eletromagnéticas, aqui abundantes, para os corpos perispiritual e etérico do encarnado. No entanto, somos especialistas, e, integrando nossa caravana, vários aeróbus transportam significativo contingente de guardiões, todos especializados no trato com ambientes como este. Caso deseje, poderá nos guiar.

O vigilante esboçou um largo sorriso ao ser designada a ele a condução de nosso grupo. O fato de Anton confiar nele e não dispensar seu acompanhamento o fez se sentir importante, valorizado, talvez mais do que se sentia até então. Era uma reação tipicamente humana.

Partimos todos rumo a um dos navios afundados. A visão era estonteante. Algas marinhas de coloração diferente da habitual envolviam inteiramente o casco da embarcação. O material de que era fabricada estava corroído pela ação das águas, com danos agravados pelos inacreditáveis níveis de pressão no fundo do oceano. Várias outras embarcações naufragadas davam a impressão de haver sido jogadas aleatoriamente aqui e ali nas profundezas. Um submarino sobressaía dentre a frota com modelos de diversos períodos, encalhada no leito de águas gélidas e distantes dos raios solares. A ausência de luz do Sol e de certas radiações provenientes do astro rei causava um impacto dramático. De maneira especial, provocava reações diferentes das que conhecíamos até então no sistema ecológico e na manifestação da vida em regiões abissais. Percebendo nossa surpresa diante da natureza exótica, porém exuberante, o sentinela das profundezas esclareceu:

— Reparem, senhores, que por estas regiões o sistema de vida oferece uma fonte de alimento para os indivíduos acorrentados ao magnetismo primário do planeta. Das brechas localizadas no leito oceânico emerge água quente, que molda as sensações dos habitantes da região. É um recurso que serve também à condução da rica variedade de organismos e substâncias, tanto de natureza física quanto etérica, que abastece energeticamente os seres aprisionados nestes sítios. É preciso dizer que, em virtude do longo tempo prisioneiros no abismo, as necessidades desses espíritos são quase totalmente materiais.

Após uma pausa em que aproveitamos para observar peculiaridades da vida nas profundezas abissais, o vigilante continuou:

— Por aqui há imensa diversidade de seres vivos, cuja existência foge ao conhecimento dos pesquisadores do mundo dos viventes. Muitos pertencem às duas dimensões, corpórea e extracorpórea, sobrevivendo numa comunidade dificilmente imaginada pelos habitantes da face da Terra. Vermes tubulares, que parecem gigantes se comparados aos da superfície, formam a parcela mais numerosa da população aquática desta região. Algumas espécies de moluscos, entre elas uma variedade desconhecida de mexilhões, são adaptadas ao ambiente do abismo e às pressões das águas fundas, tanto quanto outros organismos ainda desconhecidos pela ciência terrestre, cujo *habitat* são as fendas abissais. Formam uma categoria de seres que cumprem objetivo determinado pela ciência divina e que, para sobreviverem, dependem das vastas colônias de bactérias adaptadas a este ecossistema. É interessante observar que a fauna e a flora aqui encontradas também sobrevivem das substâncias semimateriais exsudadas pelos espíritos em prisão, de vibração ultra-adensada, que estão acorrentados magneticamente a estes lugares. Os elementos químicos contidos na água quente das fendas mantêm operante a cadeia reprodutiva dos habitantes das águas abismais, possibilitando seu crescimento, como também atendem certas necessidades dos espíritos aqui condenados ao cárcere magnético. A vida nestas paragens de maneira alguma é monótona, principalmente se considerarmos a atenção constante que requerem os espíritos cativos da escuridão. Temos bastante trabalho com eles.

— E como se dá a produção de luz nestas profundezas? — ousei perguntar, interrompendo a sentinela.

Respondeu-me com boa vontade, seu semblante deixando transparecer a seriedade com que se dedicava à sua atividade:

— As criaturas marinhas do plano físico que vivem nestas regiões desenvolveram sentidos especiais devido à necessidade de sobrevivência sob índices incríveis de pressão. Adaptaram-se de tal maneira a estas condições de vida longe da luz solar que seus corpos materiais produzem um fenômeno conhecido como bioluminescência, isto é, a geração de luz por órgãos próprios, desenvolvidos durante os milênios de evolução. Entretanto, para nós, que trabalhamos na dimensão astral inferior, o Criador ofertou outros recursos da natureza extrafísica. As partículas atômicas e subatômicas da matéria astral dão origem a uma luminosidade no ambiente, como vocês podem ver, o que nos facilita as percepções de modo geral.

Raul, depois de ouvir com atenção o relato do sentinela, chamou-nos para examinar um avião encalhado no fundo, em meio à lama. Parecia intacto ao longe, mas, quando nos aproximamos, era nítida a situação geral de abandono e decomposição. Era um bombardeiro, que trazia a inscrição na fuselagem: *Tiger, Star Tiger*. O sentinela, que havia se apresentado com o nome de John Thomas, esclareceu-nos:

— Assim como esta aeronave, temos muitas outras naufragadas por estas paragens. As estruturas etéricas destes veículos físicos de transporte servem como limites vibratórios para o aprisionamento dos espíritos milenares aqui reunidos, que perpetraram crimes hediondos contra a humanidade. Tais limites compreendem justamente a área ocupada pelas irradiações da aura magnética de cada veículo, ou melhor, de suas duplicatas etéricas e astrais. Cá encontrarão torpedeiros e naus de todo tipo, além de aviões e submarinos cujas estruturas astrais e etéricas servem à Providência Divina e à justiça sideral na constituição de bolsões astrais ou biomas para a convivência dos espíritos que se afundaram vibratoriamente a tal ponto.

Avistamos ao longe um navio. Como ocorrera antes, inicialmente víamos apenas sua estrutura etérica, cujo casco estampava a inscrição *S.S. Marine Sulphur Queen*. Emborcado bem mais adiante, havia mais um, identificado como *Cyclops*. Além dessas embarcações, um entre vários aviões chamava a atenção; mesmo completamente corroída pelas águas, a aeronave servia de base magnética ou bioma a determinada população de seres extrafísicos. Estava pousada no fundo. Ao todo, naquele distrito astralino havia cerca de 50 embarcações e 30 aviões, sem entrar no mérito se suas formas existiam nas dimensões etérica, astral ou física, ou em mais de uma, até porque era difícil saber em que plano estavam ancorados aqueles objetos.

De tudo que presenciamos, o que nos despertou maior interesse foram as diferentes formas de vida extrafísica que encontramos na estrutura astral do lugar. Por entre os grandes reservatórios de gás metano localizados no solo oceânico, transitavam criaturas exóticas. Vimos também seres humanóides, que estavam parados como estátuas, imóveis em meio ao intenso fluxo de energia magnética que periodicamente varria aquela região astral. Indivíduos com aparência de homens pré-históricos, semelhantes a símios, arrastavam-se penosamente em meio ao lodo, sorvendo as bolhas de metano que exalavam do interior do planeta.

— São seres do abismo! — anunciou Thomas, o sentinela. — Esses infelizes estão perdendo a forma humana gradualmente. No estágio em que se encontram, refletem a aparência pré-histórica dos homens das cavernas e, por isso, são chamados de *cavernícolas*, até mesmo por estudiosos do plano astral e alguns sensitivos radicados na esfera física. Diversos escritores, médiuns e psicógrafos que tiveram acesso a algum sistema desta dimensão inferior relataram, ainda que com leves disparidades, a mesma coisa que vocês observam.

"Do corpo espiritual dessas criaturas, desprende-se aos poucos matéria etérica e astral, devolvendo-lhes o aspecto das espécies humanas extintas da face da Terra. O que está em andamento é a regressão progressiva da forma perispiritual, da qual os cavernícolas representam apenas o estágio inicial. Por esse motivo, eles adquirem a aparência humana imediatamente anterior à atual. É como se o psicossoma estivesse a rememorar as eras evolutivas, retrocedendo cada vez mais em direção ao passado, a partir da situação vigente. Caminham rumo à forma ovóide, irremediavelmente, até onde sabemos.

"Depois dessa fase infeliz como cavernícolas, esses seres recuam ainda mais e de fato começam a perder a forma humana, regredindo gradativamente e assumindo aparências inferiores, do ponto de vista evolutivo. Neste segundo momento do fenômeno, paralisados tal como estátuas, ficam à deriva na água salgada e gélida das regiões abissais até que sejam extirpados de seu perispírito os elementos astrais mórbidos e os cascões de matéria etérica apodrecida, que então se depositam no leito dos oceanos. Em seguida, esses resíduos são corroídos pela contraparte astral de determinadas substâncias sulfurosas, bem como pelas do metano e do amoníaco aqui presentes. Naturalmente, essa é uma hora lancinante para o espírito: ao recordar seus crimes de maneira recorrente, a mente se torna refém do monoideísmo, inspirando-lhe, ou melhor, impondo-lhe sentimentos autopunitivos. A consciência logo responde à sensação pungente e provoca nova metamorfose do psicossoma, que, da figura do homem pré-histórico, passa à feição de estátua e, a seguir, degenera-se na aparência reptiliana. Esta, como se pode deduzir, remonta à era evolutiva em que os seres vivos abandonaram parcialmente as águas, berço de toda a vida, e fizeram suas primeiras incursões pela superfície terrena.

"Portanto, após deixar os componentes etéricos e astrais comuns ao feitio dos cavernícolas, o indivíduo passa pelo estado de aparente imobilidade para então acordar em um corpo espiritual de aparência ainda mais antiga, anterior à época das cavernas. Os seres de aparência reptiliana encontram-se em estágio avançado de degradação perispiritual, a poucos passos de se tornarem ovóides. Antes, porém, experimentam a última etapa da transformação, quando assumem a forma de embriões astrais ou vibriões, muito conhecidos nos laboratórios das sombras como cânceres astrais, devido aos elementos tóxicos que liberam ao serem implantados nos viventes. Na verdade, seu sofrimento é agravado pelos agentes extrafísicos das trevas, que os submetem a torturas de uma crueldade inimaginável. Somente depois dessa fase de vibrião é que o espírito se recolhe, finalmente, à forma ovóide. De qualquer maneira, aqui, entre nós, só encontramos os dois primeiros, isto é, os cavernícolas e os reptilóides. Os demais geralmente habitam regiões de densidade vibratória ainda maior.

"Como se pode ver, a transformação de um espírito em ovóide não se dá da noite para o dia; afinal, a natureza não dá saltos. É todo um processo, posto em movimento pelo atavismo comportamental a que se entregam suas vítimas, que simplesmente estagnaram, recusando-se a prosseguir a jornada evolutiva natural. Lançaram-se nesse quadro doentio por conta própria, ao se rebelarem contra as leis da natureza, ou seja, as leis divinas, tanto protelando a reencarnação indefinidamente, quanto se insurgindo contra as leis do progresso e da evolução."

Passamos pelos seres cristalizados, como os denominou Jamar, e notamos que, embora a forma externa estivesse imóvel e aparentemente fossilizada, lembrando as antigas múmias egípcias, havia intensa atividade mental, resultante da loucura emocional proveniente de seus pensamentos desgovernados e em extremo desequilíbrio. Hibernavam na biotransformação de seus corpos semimateriais.

— Se considerarmos os termos utilizados pelo homem da superfície — falou o sentinela —, estamos numa fossa a mais de 10,9 mil metros de profundidade em relação ao nível médio do mar. Contudo, temos de considerar as variações dimensionais, pois nos encontramos em um plano diferente do físico, muito embora estejamos distantes de uma dimensão espiritual, no sentido exato do termo.

— Como vocês procedem no tocante a esses seres que estão se metamorfoseando em ovóides? — perguntei a John Thomas. — Por acaso os sentinelas realizam alguma abordagem específica desses casos?

— Claro! Nossa ação não está circunscrita aos indivíduos em prisão; muito pelo contrário. Sobretudo, funda-se em alimentar, observar e dar assistência aos espíritos mumificados, além de zelar por aqueles que já experimentaram a transformação de seu perispírito na aparência reptiliana. Lutamos para assegurar, tanto quanto possível, que não sejam capturados pelos ditadores do abismo e utilizados como instrumento de obsessão dos viventes, na superfície. Sabemos que os seres intelectualmente mais desenvolvidos, porém destituídos de ética, caçam os reptilóides com o objetivo de escravizá-los nos campos de concentração das unidades inferiores do astral. Também recorrem a seu magnetismo para aprisionar os cavernícolas, empregando-os como cobaias em seus experimentos com humanos encarnados. Como se sabe, até os ovóides e as formas pré-ovóides fazem parte dos processos de obsessão complexa engendrados pelos perversos representantes das trevas. Nossa tarefa consiste em procurar impedir, a todo custo, que os senhores do mal possam usar esses infelizes, que, por si sós, já sofrem em demasia, com a mente fixa em autopunições e complexos dos mais variados matizes.

— E como procedem os donos do poder no abismo, a fim de aliciar os reptilóides e os cavernícolas para suas experiências? Por acaso os atraem hipnoticamente?

— Nada disso! Eles tentam mesmo é invadir estes domínios para raptar os seres em processo de deterioração do corpo astral. Já tivemos inúmeras tentativas de invasão. Nessas ocasiões, vemo-nos compelidos a convocar outros sentinelas para nos auxiliar, uma vez que os senhores do poder no mundo inferior dispõem de uma tecnologia bastante avançada, além, é claro, de força mental bem disciplinada.

— Então é uma espécie de guerra?

— Sem dúvida! Uma guerra espiritual de conseqüências devastadoras. Em muitos casos, os donos do poder sombrio conseguem libertar os prisioneiros dos navios e demais veículos, seduzindo-os para seus projetos hediondos. Hipnotizam tais espíritos e os transformam em marionetes ou cobaias para as experiências malignas que conduzem.

Diante das observações do sentinela, Saldanha indagou:

— Mas você não disse que os prisioneiros estão em cadeias magnéticas nesta região?

— Certamente que sim. Entretanto, a prisão desses seres significa que de modo algum podem entrar em contato com as dimensões superiores a esta; nem sequer têm acesso aos humanos da superfície. Caso consigam, de alguma forma, se libertar, podem descer vibratoriamente ainda mais, transformando-se rapidamente em ovóides, ou então sofrendo a ação magnética de algum agente externo. Ficam à mercê de hipnotizadores, por exemplo, que acabam induzindo seus corpos espirituais a assumir o aspecto de lobos e outros animais, nos processos de licantropia e zoantropia, respectivamente. Por isso, o cárcere magnético é um benefício para essas almas criminosas, evitando decaídas vibratórias mais severas.

"Diante de qualquer tentativa de se elevarem às dimensões superiores, inclusive à superfície, tais espíritos retornam imediatamente, como que atraídos por uma força irresistível. Afinal, não fomos nós quem os aprisionamos, mas eles próprios, que se localizaram magneticamente distantes da atual realidade evolutiva da Terra. Muitos estão encarcerados desde a Antiguidade ou desde épocas ainda mais remotas, em períodos anteriores à atual civilização.

Isso nos faz lembrar certo texto bíblico que faz referência a essas criaturas criminosas, ao dizer: 'E aos anjos que não guardaram o seu principado, mas deixaram a sua própria habitação, ele os tem reservado em prisões eternas, na escuridão, para o juízo do grande dia' (Judas 1:6)."

— E os navios e aviões estacionados no fundo do oceano? — voltei a questionar. — Que me diz a respeito?

— A administração sideral aproveita todos os recursos disponíveis a fim de cumprir os objetivos da evolução. Nesse caso, nada mais natural do que abrigar as almas criminosas em zona compatível com o peso vibratório de seus corpos espirituais. A estrutura etérica de navios, aviões e submarinos perdidos é como um molde para a geração dos campos magnéticos onde se ancoram as construções astrais que encerram a população degenerada. Em torno da contraparte etérica, forma-se um sistema de vida de tal maneira complexo que se torna difícil apreendê-lo de uma só vez. Os habitantes das regiões inferiores e distantes da luz solar, prisioneiros do campo magnético do planeta, reúnem-se de acordo com o tipo de delito perpetrado e conforme a espécie de autopunição que impingem a si mesmos. O agrupamento não é aleatório e busca referências nas lembranças que tais espíritos guardam de suas vidas no mundo físico. Os veículos naufragados, como já foi dito, têm duplicatas etéricas que correspondem rigorosamente à sua configuração física, desenvolvida pela tecnologia humana. É em torno desses modelos etéricos que surgem os sistemas de vida e as comunidades desta dimensão extrafísica, situada vibratoriamente nas profundezas abissais. Eles constituem a morada desses seres perversos.

— Caso fosse possível a esses espíritos entrar em contato com os seres da superfície, que conseqüências isso acarretaria?

— Certamente a bondade e a sabedoria divinas não o permitiriam, pois o alto grau de toxicidade de seus corpos perispirituais afetaria de imediato a aura dos encarnados. Levariam os elementos venenosos das esferas inferiores para a superfície, causando a eclosão de enfermidades oriundas dos redutos umbralinos mais profundos. Se, em processo de reencarnação, entrassem em contato com o útero materno da forma como se encontram, com certeza levariam a gestante à morte, ao desencarne. O organismo feminino atual, conquista do progresso do espírito, não está mais apto a receber tamanha carga tóxica, como a que existe no psicossoma dessas criaturas, nem resistiria ao nível extremo de selvageria mental a que se entregaram. Somente em mundos primitivos, em futuras reencarnações, encontrarão aparelhos reprodutivos adequados ao seu renascimento, em seres com padrão vibratório equivalente. É também nesses orbes para onde serão degredados que haverá um sistema social tão rudimentar quanto seu quadro mental e energético. Até lá, ficam impedidos de travar contato mais direto com a humanidade terrena. No entanto, isso não quer dizer que fiquem sem auxílio. Nisso consiste o trabalho dos sentinelas, que promovem ações educativas para essas almas renegadas. Temos aqui o que denominamos de teatro emotivo, realizado por sentinelas especializados nessa área e por psicólogos siderais. Embora o estado mental de torpeza e crueldade aviltantes, recebem elementos destinados ao seu lento despertar nos sítios purgatoriais desta dimensão em que se encontram.

Depois das respostas elucidativas do sentinela, Raul resolveu arriscar:

— Porventura podemos estar com algum desses espíritos para entrevistá-lo, com a finalidade de aumentar nosso conhecimento a respeito do assunto?

— De forma alguma! — o sentinela foi enfático. — A justiça divina delegou muitos lugares ao aprisionamento desses espíritos, e em hipótese alguma certas regiões purgatoriais e reeducativas podem ser franqueadas aos humanos encarnados, nem mesmo à maior parte dos desencarnados. Somente os agentes da justiça divina são dotados de tal incumbência. São ambientes que se caracterizam pelo nível extremo de toxicidade e periculosidade, bem como pela alta insalubridade mental e emocional, permanecendo, portanto, sob a jurisdição divina. É vedado o ingresso de médiuns e de quaisquer outros indivíduos que não estejam ligados aos altos escalões da justiça sideral a alguns redutos do mundo inferior. Nós mesmos, os vigilantes, temos acesso parcial a esses núcleos purgatoriais, com restrições.

— Então podemos entender que essas almas são tão perigosas que a justiça divina tratou de apartá-las das demais, afastando a possibilidade de um contato mais estreito?

— O perigo é bem maior do que podem imaginar. Como esses indivíduos estão, em sua maioria, há vários séculos sem reencarnar, ficaram circunscritos a regiões profundas e de vibração muito baixa. Nesses núcleos de purgação, quantidade significativa de matéria infecta incorporou-se à constituição astral dos ambientes onde vivem e dos corpos que possuem. Inúmeras enfermidades para as quais o mundo não está preparado seriam ocasionadas pelo simples contato com tais elementos do plano extrafísico. Radiações provenientes da crosta planetária e de elementos químicos altamente pressurizados afetaram a estrutura do corpo semimaterial dessas criaturas, o que prejudicaria de modo irremediável qualquer um que delas se aproximasse, ainda que brevemente. Somente o Cristo pode administrar seu destino. Nenhum de nós e daqueles que conhecemos têm autoridade moral para se envolver e se relacionar com tais indivíduos sem receber os impactos vibratórios de baixíssima freqüência, que acarretam graves conseqüências. É por essa razão que, segundo atestam os relatos bíblicos, o próprio Cristo desceu ao abismo durante o período compreendido entre o desligamento de seu corpo físico e sua ressurreição. Nessa ocasião, pregou aos espíritos em prisão, demonstrando que não os abandonou à própria sorte. Desde então, recebem periodicamente a visita de um emissário da justiça divina. Não conhecemos sua identidade nem sabemos nada a seu respeito, mas uma coisa fica patente: a suprema autoridade de que é investido.

"Além disso, esta região é alvo de uma espécie de varredura eletromagnética, que, de tempos em tempos, percorre os domínios do abismo, procurando sanar o ambiente com energias de ordem superior. É o fogo astral ou vento solar, irradiado diretamente do astro rei. Trata-se de uma emanação hiperenergética proveniente do Sol, que atravessa toda a extensão do abismo e busca, tanto quanto possível, reverter o panorama altamente insalubre. Não fosse assim, nem mesmo nós, sentinelas, seríamos capazes de permanecer por tanto tempo nestes círculos de altíssima densidade."

Ansiando por novos esclarecimentos, Raul atreveu-se a perguntar ao vigilante que atuava nos umbrais do abismo:

— Qual a característica principal que reuniu esses espíritos nesta dimensão e numa situação como esta?

— São seres que, desde eras remotas da civilização, estiveram envolvidos ou foram os protagonistas de crimes hediondos contra a humanidade. Portanto, são seres cruéis e de uma belicosidade dificilmente compreendida pelos estudiosos do comportamento humano. Como se mantiveram com o pensamento impregnado de desejos macabros e com a mesma inclinação ao terrorismo espiritual, permanecem afastados da população encarnada por medida de segurança.

Sem se dar por satisfeito, Raul continuou a questionar, tentando esclarecer suas dúvidas, que, em sua maioria, eram iguais às minhas:

— Já ouvi diversas referências a respeito de crimes contra a humanidade. Fico me perguntando se haverá algum tipo de crime que mereça tamanha punição por parte da justiça divina. No cotidiano de minha vida como encarnado, nunca tive notícia de alguma ação que pudesse ser classificada de crime contra a humanidade.

— A questão levantada por você merece um esclarecimento especial — principiou John Thomas. — Primeiramente, não é apenas a justiça divina que determina a exclusão e a expiação desses espíritos. Eles próprios se precipitaram nestes abismos, devido ao extraordinário grau de culpa arquivado em suas consciências. Abusaram tanto da relativa liberdade que lhes foi concedida, que se lançaram vibratoriamente a estes sítios, de tamanha profundidade que se torna impossível aos humanos encarnados lhes terem acesso. Os corpos perispirituais dessas entidades impregnaram-se largamente da fuligem astral, na mesma proporção dos sentimentos autopunitivos que passaram a nutrir, de tal modo que se adensaram sobremaneira e, como conseqüência, foram inexoravelmente arrastadas para junto das fontes de magnetismo primário do planeta. Desceram, como chumbo, às zonas abismais. Uma vez aí, somente a justiça suprema tem condições de administrar as penas impostas por suas próprias consciências, a fim de evitar que, apesar da loucura de seus atos, possam se render à insanidade absoluta, perdendo a parca razão que lhes resta.

"Encontram-se assim porque participaram ativamente de perseguições que ocasionaram o extermínio de populações inteiras, genocídios e agressões em massa. Em atitudes verdadeiramente terroristas, induziram acontecimentos que resultaram em expurgos coletivos. Ao agir dessa forma, suas mentes se imbuíram de tamanha culpa que geram um círculo vicioso de punições e aflições para si próprias. Quando encarnados, muito embora diversos deles tenham sido considerados homens e mulheres comuns, a realidade é que foram agentes de sistemas políticos que promoveram o assassinato e o massacre indiscriminado. Sua selvageria espiritual e mental foi responsável por eventos de premeditada maldade e de crueldade extrema. Atos de indescritível violência foram perpetrados por tais indivíduos, quando sobre a Terra, os quais acarretaram perdas irremediáveis a vítimas humanas e ao próprio planeta durante as manifestações da perversidade e do vandalismo espiritual que os caracterizam.

"Caso fosse possível liberar essas almas delinqüentes de seu cárcere astral, sua sanha de destruição e morte se voltaria contra a humanidade novamente, pois mesmo aqui, nesta zona de purgação, persistem no mal, arquitetando chacinas e atentados que objetivam dizimar os seres conscientes da criação. Levariam ao máximo do absurdo suas idéias e elucubrações terroristas, sob todos os aspectos. Afinal, brincam de matar e aniquilar como as crianças bricam com seus briquedos inofensivos."

— Então não voltarão a reencarnar no planeta Terra?

— Isso somente a justiça divina poderá determinar! — com essas palavras, o sentinela deu por encerrada a conversa em torno do assunto. Aliás, ele não poderia ser mais claro na exposição do seu pensamento.

Prosseguimos nossa excursão pelos umbrais do abismo, apreciando o inusitado da paisagem extrafísica daquela região. Longe da luz solar, parecia que os viveiros de seres acorrentados magneticamente às embarcações e aeronaves naufragadas, tanto quanto às fendas das rochas submarinas, competiam com outras prisões naturais, representadas pelos vulcões localizados no fundo do mar. Esses vulcões e fendas abissais também serviam de limite vibratório para seres ainda mais cruéis do que aqueles que víramos antes. Anton convidou--nos a entrar numa cratera e observar a vida extrafísica no interior de um vulcão temporariamente inativo. A subida pela encosta do vulcão trouxe enorme surpresa. Seres repugnantes serpenteavam encosta abaixo e se misturavam a outras criações mentais doentias. Vermes gigantes, de mais de 80cm de comprimento, disputavam com medusas asquerosas a lama vulcânica e o visco que desciam da cratera. Quando chegamos ao topo do vulcão submarino, Jamar falou, depois de longo silêncio:

— As formas astrais de aspecto repulsivo que vocês viram — disse para mim e Raul — são criações mentais dos seres enclausurados no abismo. Aliás, os que se encerram nestas crateras são exatamente aqueles que se sentem mais culpados, portanto, vítimas de si mesmos em terríveis processos de autopunição. Foram eles que determinaram os eventos catastróficos que, no passado remoto da humanidade, resultaram no afundamento de alguns continentes.

— São os dragões? — Raul apressou-se a perguntar, eufórico diante da possibilidade de conhecer algo mais sobre os ditadores do abismo.

— Não, meu caro! Ainda não são os dragões. E não queira você encontrar algum deles, que se acham em regiões ainda mais baixas do que esta.

Estes aqui estavam reencarnados em corpos físicos quando ocorreu o desastre que fez submergirem continentes. Participaram ativamente dos movimentos que levaram o mundo daquela época a precipitar-se na crise que, mais tarde, ocasionou sua derrocada. Foram responsáveis pela queda de milhares de seres. Por meio de iniciativas frontalmente contrárias à natureza e à humanidade, deram início ao processo que resultou no sepultamento de inúmeras conquistas da sociedade.

Quando observamos a boca do vulcão, ouvimos grunhidos misturados a sons incomuns e incompreensíveis — ao menos para mim. Descemos lentamente, escorando ora nas rochas de matéria astral, ora uns nos outros, pois o relevo era bastante desfavorável à locomoção. Tínhamos de fazer força muscular, diria eu, para não resvalarmos precipício abaixo, perdendo o equilíbrio em meio ao turbilhão de forças represadas dentro da cratera. Acredito que os vulcões submarinos podem representar muito bem as erupções de violência e brutalidade mental dos seres bárbaros encarcerados na escuridão. Os espíritos ali residentes estão cativos das próprias emoções e de pensamentos semimateriais e de baixíssima freqüência.

Era como se um vendaval de magnetismo intenso ameaçasse nos arrastar para o fundo. Anton e Jamar iam à nossa frente, liderados por John Thomas, facilitando-nos a caminhada na trajetória íngreme, que, na verdade, era também uma descida vibratória. Os gemidos aumentaram sobremaneira, enquanto urros, que mais pareciam de animais pré-históricos, chegavam aos nossos ouvidos de forma a impressionar os sentidos. Raul sentia o coração bater mais forte a cada rugido. Sua respiração estava ofegante. Assim que deparamos com a figura de um vale no interior do vulcão, uma voz perfeitamente humana se fez escutar, em meio ao caos dos elementos em ebulição:

— Alto lá! Quem sois vós, que penetrais os domínios dos infernos? — perguntou a voz, em meio ao vapor que subia do âmago da crosta.

— Somos os guardiões! — respondeu Jamar, gritando para que fosse ouvido, tendo ao redor de si o barulho dos gemidos e urros e outros sons advindos do abismo. — Sentinelas superiores a serviço da justiça divina.

— E este vivente que vem até nós? Porventura está habilitado a entrar nos reinos da purgação?

— Sim! — respondeu agora o sentinela que nos dirigia os passos. — Estamos todos credenciados por instâncias superiores. Sou John Thomas, o responsável por estes sítios. Abri-nos passagem.

Andamos mais um pouco, e, à medida que descíamos, o vale no íntimo do vulcão revelava-se maior do que supúnhamos. Uma mistura de lava e lama corria como um rio entre as rochas. Todo esse amálgama de matéria infecciosa do ambiente astral formava um pântano pegajoso e de alto teor tóxico. Explosões de vapor e fuligem lembravam gêiseres em plena ação. Do coração dessa mistura de matéria astral e física, num emaranhado de corpos, seres e criaturas cuja natureza dificilmente se distinguia, divisava-se um barco e, em sua popa, um ser de estatura muito alta a remar, jogando alguma coisa na massa fétida onde navegava. Ele se deteve por um momento, a fim de reconhecer quem chegava ao ambiente insalubre e, nessa hora, esboçou um largo sorriso ao identificar Jamar e Anton:

— Meus filhos, são vocês! Perdoem-me a recepção inóspita, mas nestas regiões inferiores dificilmente vem alguém que não sejam os sentinelas e, assim mesmo, são poucos dentre eles.

Um forte abraço selou o reconhecimento do ser especial que tínhamos diante de nós, após ele atracar a estranha embarcação perto de onde estávamos para cumprimentar os guardiões.

Fiquei sem saber o que estava ocorrendo e sem

saber também quem era o excêntrico ser que nos recebia. Logo em seguida à minha hesitação, fomos apresentados. Segundo fui informado, era um espírito proveniente de esferas superiores, que, transfigurado naquela aparência, cumpria atividades no abismo. Não tenho permissão para identificá-lo; somente posso dizer que fiquei deslumbrado com a grandeza daquela alma. Deixou as regiões superiores para, disfarçando-se num ser simples, dedicar-se integralmente ao amparo e à assistência àqueles que estavam prisioneiros de seus infernos particulares e da lei de talião imposta por suas próprias consciências culpadas.

Abraçando Jamar e olhando ternamente para Anton, o mensageiro observou:

— Devem ter cuidado, filhos, pois não é sempre que temos um vivente, conforme o dizem os sentinelas, cá nestes sítios. Na verdade, ao longo dos últimos séculos tivemos apenas uns três ou quatro viventes visitando a região. Evitemos um contato direto do médium com os fluidos nocivos e as substâncias expelidas pelos seres que habitam o vale do abismo.

Quase em silêncio e em prece, passamos por entre a multidão de almas que tentava desesperadamente, aos pulos, ver-se livre daquela substância pútrida e gosmenta, mas, ao ameaçarem sair, eram tragados de volta. Elevando-se alguns centímetros acima da superfície do pântano, o vapor impedia uma visão mais acurada, muito embora servisse também para preservar-nos de eventuais ataques das criaturas submersas na lava e nos fluidos semimateriais do lugar. Cabeças e mãos esqueléticas se erguiam aqui e acolá, esbravejando palavrões e ameaças, como que adivinhando que navegávamos sobre o pântano escuro. Alguns pareciam afogar-se, como se a água do fundo dos oceanos, embora de natureza física, pudesse impedir sua respiração. Notamos pernas, braços e troncos sendo arrastados pela correnteza de matéria astral líquida, que, em certos pontos, formava remoinhos onde se afundavam os membros humanos — na verdade, criações mentais mórbidas. Ainda em silêncio, percebemos uma comunicação endereçada a nós, pelo pensamento que partia da entidade superior ali encontrada. O mensageiro nos convidava a uma prece em benefício das almas desterradas.

Após atravessarmos o lago de matéria pútrida e com forte odor, que exalava dos depósitos de metano no interior do abismo, paramos no lado oposto do pântano. O ser que nos guiava nos esclareceu as dúvidas que afloravam à nossa mente, enquanto Jamar abraçava Raul, que, a esta altura, estava imensamente emocionado.

— Estou aqui há mais de um século, profundamente agradecido ao Pai pela oportunidade de servir neste campo de trabalho abençoado. Vez ou outra, retorno às dimensões superiores, a fim de me reabastecer e trazer novos recursos aos meus filhos em sofrimento. Já notamos algum progresso, ao longo desse tempo. Quem sabe, nos próximos séculos, não teremos uma colheita promissora com relação a essas almas do desterro?

Olhando para Raul com ternura, continuou:

— Aqui, filho, temos de desenvolver uma postura mental e emocional que facilite o trabalho e possibilite o contato com este tipo de espírito. Não podemos sofrer junto com eles, sob pena de descermos vibratoriamente e perdermos o pouco equilíbrio duramente conquistado. É necessário desenvolver a ternura, a compaixão e o amor por todos; no entanto, devemos apresentar tal maturidade que não comprometamos a grandeza da tarefa. Por isso, a firmeza e a atenção redobrada com as manifestações do sentimento, que devem se restringir à esfera do pensamento, nos momentos de oração.

"Deste abismo em erupção de emoções é que partem vibrações daninhas para a superfície, tendo como alvo os dirigentes das nações da Terra. Com os sentimentos conturbados e as emoções vulcânicas dessas almas adoecidas pelo ódio é que se sintonizam os dirigentes de guerrilhas, os estrategistas da destruição e os artífices do terrorismo, reencarnados no planeta. Sabemos que as pessoas de boa vontade inseridas no esquema do progresso do mundo podem se sintonizar com as correntes superiores de pensamento, que circundam o planeta. De modo análogo, podem ligar-se às emanações abismais todos aqueles que intentam contra o progresso e se sentem atraídos pelas idéias revolucionárias voltadas à destruição e à mortandade de seus semelhantes. Daqui se originam inúmeras induções mentais e conexões ocultas que atingem os seres que comprometem os destinos de povos e nações.

"As emoções de tremendo desequilíbrio materializaram-se nestas regiões profundas do abismo na forma de rochas. O pântano e a lava proveniente do interior do vulcão, na esfera extrafísica, nada mais são do que a configuração semimaterial de pensamentos desgovernados, repletos de uma carga emocional que é puro ódio e crueldade. A estagnação nessa freqüência mental atroz fez com que a conformação astral dos pensamentos se transformasse em pântanos."

Diante das explicações do mensageiro, pudemos

compreender o porquê de uma entidade tão elevada administrar aquele lugar. Exceção feita a quem é diretamente comprometido com a evolução em escala global, ninguém mais suportaria tomar esse local como morada e ter de lidar diariamente com correntes de pensamento a tal ponto infecciosas. Não éramos capazes de imaginar o que significava conviver ininterruptamente com fluidos tão nocivos e com o tipo de matéria astral que permeava todo o perímetro do vulcão submarino. E pensar que tudo era produto da matéria mental expelida pelos personagens daquele cenário horrendo, prisioneiros de culpas inenarráveis...

O primeiro contato com a região do abismo propriamente dita trouxe muito proveito. Entre outros benefícios, mostrou a Raul, a mim e a muitos guardiões a necessidade de manter as emoções sob o rígido controle da razão nas demais dimensões em que trabalharíamos a partir dali. Pudemos ver uma parcela da vida nas regiões abismais. E estávamos apenas no início de nossa jornada.

Depois da acolhida por parte dos sentinelas e dos esclarecimentos e observações oportunizadas pelo mensageiro, Anton, Jamar, Saldanha e nós, os tutelados dos guardiões, continuamos a jornada rumo a camadas mais profundas. Desta vez, seguiríamos as indicações e os mapas que nos foram oferecidos pelos vigilantes daquelas instâncias. Tínhamos conhecimento de que os seres que veríamos a partir dali eram detentores de relativa liberdade de movimento e de um intelecto desenvolvido, de tal maneira que se tornou possível a constituição de uma espécie de governo do submundo. Deveríamos nos preparar para o enfrentamento de situações ainda mais inusitadas, pois sobre isso nos alertara o mensageiro.

5

Incubadoras da escuridão

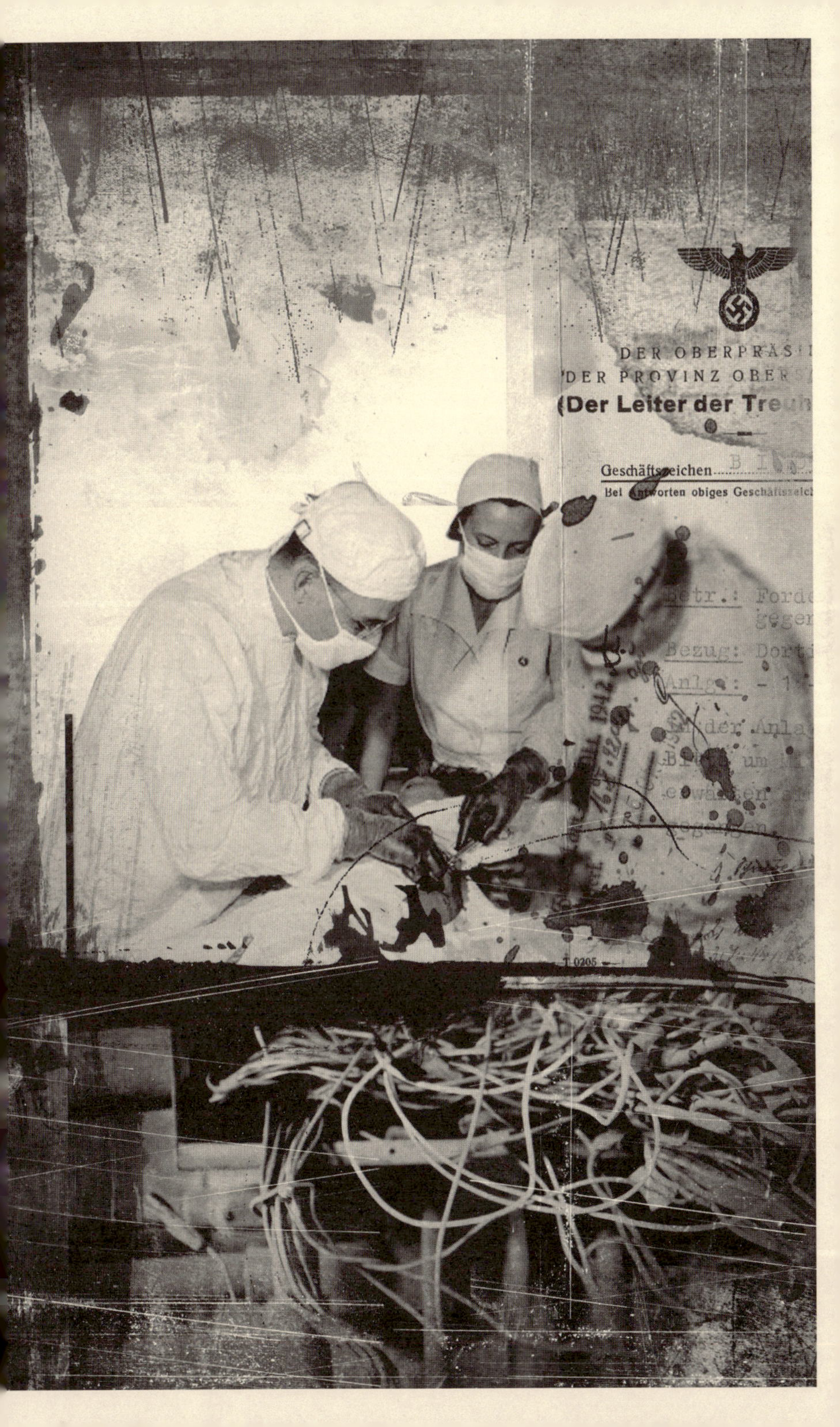
DER OBERPRÄS
DER PROVINZ OBER
(Der Leiter der Treu
Geschäftszeichen
Bei Antworten obiges Geschäftszeich
Betr.:
Bezug:
Anlg.:

AO ADENSARMOS ainda mais nossos corpos perispirituais, a fim de descermos às profundezas do abismo, não imaginávamos o que encontraríamos pela frente em todas as minúcias. Algumas estruturas astrais foram erguidas pelos cientistas e seus parceiros de planos sombrios. Deparamos com cidadelas inteiras povoadas por uma multidão de almas em estágio prolongado naquelas regiões, longe dos olhos mortais. Muitas caravanas de espíritos estavam em constante trabalho a serviço do Alto, tentando compensar o desfavor que os agentes das profundezas prestavam à humanidade, solapando as bases do progresso dos povos terrenos.

Ao longo do tempo, a política das sombras achou sintonia em muitos representantes humanos do poder temporal. Não que ignorássemos que, nos bastidores da política humana, houvesse inteligências extrafísicas envolvidas em manipular os dirigentes das nações, mas desconhecíamos os pormenores de seu método em constante aprimoramento.

Desde as devastações causadas pelos impérios do passado até as guerras atuais, passando pelo sistema penal desenvolvido nos *gulags* — os campos de concentração inumanos que se espalharam pela extinta União Soviética — e pelos antros de sofrimento impostos por ditadores ao longo das ilhas do Mar Branco, atingindo os redutos de trabalho forçado e ignomínia bem próximos às costas do Mar Negro, sempre houve cidadelas umbralinas lideradas pela tirania do abismo, as quais guardavam vínculos com tais lugares da dimensão física. Os detentores do poder nas regiões ínferas desenvolveram sintonia profunda com generais e governantes encarnados, fazendo experiências a fim de, no futuro, concretizar planos mais abrangentes. A começar por determinados pontos das planícies da Ásia Central, além de outros locais hoje esquecidos pelo mundo, até os campos de concentração nazistas e os massacres levados a cabo em alguns continentes — tudo serviu como plataforma de experimentação para os déspotas da política desumana do abismo. Para essa gente, o mundo físico consiste apenas em um laboratório, cuja finalidade é se prestar à verificação de suas teorias — peças de uma ciência infernal — para que possam, simultaneamente ou logo após, implementá-las nas populações do submundo da escuridão.

Os políticos do mundo, ao menosprezar o patrimônio cultural e espiritual da humanidade, ao agir sem considerar o progresso dos diversos povos do planeta, estabelecem sintonia estreita com as mentes perversas que, dos bastidores da vida, procuram manipular suas atitudes. Grande número dos personagens que desencadearam guerras ou barbáries ao longo da história foram apenas fantoches nas mãos dos imperadores do abismo. Os processos obsessivos, num grau superlativo, foram o veículo para canalizar idéias de racismo, xenofobia e purificação em massa através do extermínio, de guerrilhas e de outros processos que devastaram populações inteiras do planeta. No cerne dessa mentalidade insana, seres extrafísicos destituídos de ética, embora sua inteligência primorosa, conduziam quem se deixava render a seus impulsos maquiavélicos. Ainda hoje, muitas potências do mundo nem sequer desconfiam de que, por trás da ideologia do povo e de seus governantes, outros seres dirigem os atos perpetrados.

Fico me perguntando o que fazer para contribuir com as pessoas que estão investidas da responsabilidade de conduzir povos e nações. Talvez seja hora de arregimentar esforços e concentrar médiuns e evocadores nesse tipo de trabalho, em suas reuniões de desobsessão. Com o objetivo de beneficiar os dirigentes nacionais e internacionais, talvez seja válido levantar os olhos um pouco acima do ombro alheio e, em vez de enxergar somente os casos particulares, de ordem pessoal, pensar também na abordagem de situações mais amplas, de âmbito global. Quem sabe poderíamos ajudar o mundo, o país, buscando auxiliar espiritualmente quem detém o poder e a atribuição de governar?

Com base nesses raciocínios, nossa equipe se dedicava a pesquisar, catalogar e interferir em certos planos que significam crimes contra a humanidade. Não são mais obsessões conduzidas contra pessoas em particular; não visam a vinganças pessoais ou a retaliações contra inimigos pretéritos. Existe todo um planejamento envolvendo dirigentes mundiais e instituições representativas do progresso humano, cujo objetivo se resume a desprestigiar e desmoralizar atores importantes para a evolução do pensamento universal. Entre tantos outros, estão a Organização das Nações Unidas (ONU), a Organização do Tratado do Atlântico Norte (Otan), a Organização Mundial do Comércio (OMC), a Organização Mundial da Saúde (OMS), a Cruz Vermelha e o Vaticano. Em nível nacional, podem-se citar a Legião da Boa Vontade (LBV), a Pastoral da Criança e do Adolescente, a própria corporação policial, tão desacreditada e combalida, além de muitas organizações não-governamentais (ONGs) efetivamente comprometidas com o ideal humanitário.

Os responsáveis pelo poder nas regiões ínferas

querem interferir na história da civilização, modificando o curso do progresso. Em virtude tanto do dilatado período em que estiveram afastados da superfície terrestre quanto da lei maior que os aprisiona nas regiões mais baixas do submundo, não se sentem aptos a suportar os efeitos da luz solar. Por esse motivo, intentam transformar a Terra num mundo de escuridão, literalmente. Enviando representantes à supcrfície para levar avante seus planos sombrios, a cada ciclo histórico inspiravam guerras e catástrofes com o objetivo de destruir a ecologia planetária. Assim, a Terra deveria, segundo seus objetivos, transformar-se num mundo agreste, seco e saturado da fuligem gerada pelos pensamentos desgovernados de seus habitantes. Os senhores do mal não ignoram que lhes resta pouco tempo para participar dos eventos no palco terrestre [cf. Apocalipse 12:12; 16:13]. Sabem que logo serão banidos para outros mundos do espaço, a fim de recomeçar a jornada evolutiva em planetas inferiores, primitivos, sujeitos a condições inóspitas, austeras ao extremo. Muitos seres das sombras especulam que, se transformassem a Terra num mundo inabitável — quem sabe? —, a administração solar transferiria toda a população mundial para outro orbe, e não apenas eles, os dragões e demais delegados do poder sombrio [cf. Apocalipse 12:3-4]. Lá, para onde todos iriam, finalmente fundariam seu sistema ditatorial.

Outra corrente de espíritos das regiões inferiores pensa de forma diferente. Quer mesmo é transformar os homens em marionetes. Planeja investir contra as obras da civilização, abalando as convicções dos seguidores do Cordeiro, para implantar na própria Terra um sistema político baseado em seus valores. Esse grupo almeja um reino neste mundo e, portanto, não aceita sair daqui jamais, pois sabe o que lhes está reservado na hipótese de sofrerem o expurgo planetário.

Dessa forma, diversos partidos se ergueram no submundo da escuridão, uns contra outros, cada qual querendo se impor aos demais por quaisquer meios disponíveis. É uma estranha luta contra o tempo, contra o expatriamento sideral vindouro e contra o estabelecimento de um estado evolutivo mais elevado. A par disso tudo, existem os marginais do plano astral, seres que querem tirar proveito das lutas alheias e se beneficiar no jogo de domínio das consciências. Grupos de gângsteres desencarnados se reúnem com a finalidade de combater e desestruturar o sistema econômico mundial. As bolsas de valores mais importantes para a economia são um dos principais alvos desses espíritos.

Pretendem afundar o mundo numa crise de graves proporções e, para atingir seus intentos, começariam pela nação norte-americana, devido ao papel de liderança econômica que desempenha. Visam à derrocada do império contemporâneo dos césares. Aliciam, para se unir na busca pelo objetivo, muitos que querem de volta a terra que lhes foi roubada quando vivenciaram experiências reencarnatórias nas nações indígenas da América do Norte.

Contudo, numa coisa todas essas classes de espíritos concordam: é preciso investir contra os representantes do progresso e da evolução, cada qual a sua maneira.

Médiuns mais representativos na divulgação de idéias progressistas contam-se entre aqueles que os ditadores das trevas pretendem silenciar as vozes ou desmerecer as tarefas nobres. Identificaram no Brasil quatro representantes das idéias evolutivas, todos comprometidos com o Espírito Verdade, para realizar contra eles uma investida de forma a desacreditar seu trabalho ou fazer com que desistissem de atuar do lado do Cordeiro. Primeiro atacariam os representantes da espiritualidade em Minas Gerais e na Bahia. Depois pretendiam silenciar outras células importantes da mensagem esclarecedora.

Verdadeira guerra espiritual se passa nos bastidores da história e da sociedade humana. Não estão brincando, tais senhores da maldade. Como detêm conhecimento e vastas possibilidades em sua dimensão paralela, atualizam-se constantemente, usando psicólogos e outros profissionais desencarnados sem ética nem escrúpulos, das mais diversas áreas, todos comprados pela sede de poder e domínio, em variados níveis. Muitos especialistas do conhecimento humano, ao cruzar o rio da vida, são aliciados para seguir os planos dos dragões e de seus subordinados, mesmo sem o saber, no caso dos que se pretendem independentes ou isentos da influência oculta.

A seu favor, as inteligências sombrias contam com a ignorância ou a descrença dos supostos representantes do Cordeiro. Aqueles que deveriam constituir ameaça séria ao êxito de seus planos hediondos, oferecendo risco apreciável às investidas das trevas, ainda estão andando a passos lentos, e, ainda hoje, quantos há que nem sequer acreditam na existência de todo um aparato, toda uma indústria extrafísica destinada aos processos obsessivos graves e sofisticados.

Outros baluartes das idéias renovadoras, os quais se consideram mais esclarecidos e espiritualizados, são consumidos numa guerra intestina.

Brigam entre si, disputando quem é dono da razão, quem está mais certo em suas deduções. Há celeuma entre pessoas que se dizem estudiosas, a pretexto de desmascarar médiuns e indivíduos que se expõem, o que tira o foco da questão espiritual mais grave. Aqueles que estão em evidência devido ao seu compromisso espiritual são atacados pelos próprios irmãos de ideal. É o plano dos ditadores das trevas em plena ação. Pretendem desviar a atenção dos supostos estudiosos e seguidores da espiritualidade; afinal, enquanto estes voltam os olhos para os representantes das idéias do Cordeiro, debatendo-se por controvérsias estéreis, as investidas malignas e seus emissários passam despercebidos e agem livremente. O movimento libertador anda constantemente sob a mira de seres que manipulam muita gente boa, com o objetivo de distrair aqueles que deveriam representar a política divina no mundo. Dossiês, cartas desrespeitosas, matérias publicadas eletronicamente: diversos são os instrumentos de que os seres das sombras lançam mão a fim de ofuscar o trabalho de representantes do Alto.

Como proteger aqueles que trabalham, buscando oferecer o melhor de si para enfrentar as trevas da ignorância e restabelecer a fé entre o povo? Como silenciar a voz da acusação para que a voz do

Cristo se faça ouvir nos arraiais do bem?

Tais são algumas das considerações apresentadas pelos guardiões, que me motivaram essas e outras reflexões. Segundo afirmavam, não poderíamos contar com indivíduos — sensitivos, escritores ou redatores — nem instituições cuja atenção estivesse comprometendo o enfrentamento das inteligências do mal. Precisávamos de trabalhadores e agentes que em hipótese alguma servissem de elo com as idéias destruidoras dos povos do abismo. Fazia-se necessário uma pesquisa muito detalhada, a fim de identificar aqueles que não se deixam enredar por tramas e caminhos que, apesar de serem recheados de boa vontade, atendem mais aos caprichos e propósitos dos dirigentes das trevas do que aos projetos evolutivos patrocinados pelos Imortais.

Determinados planos chegaram ao conhecimento dos guardiões, que têm investido pesadamente para desmantelar certas organizações sombrias e representativas da política draconiana. O grande conflito já está em pleno andamento, e muitos nem desconfiam. Desperdiçam tempo e talentos numa jornada infrutífera, tentando provar que este ou aquele trabalhador do bem está errado, mal-intencionado ou "mal-assistido". Os supostos apologistas da verdade não se encontram unidos; formam um reino dividido contra si mesmo. Ao elaborar estratégias de contra-ataque, os guardiões devem levar em conta essa delicada situação em termos espirituais, utilizando os poucos que têm coragem de se expor para defender as idéias imortalistas.

Com base nessas informações é que nossa equipe projetou-se nas regiões inferiores acompanhada de um médium desdobrado. Contudo, para nossa surpresa, já no início dessa empreitada encontramos algo inusitado. Tratava-se de um sistema de armadilhas psíquicas, erguido pelos senhores da escuridão para prevenir possíveis visitas indesejadas de seres humanos desdobrados, as quais pudessem constituir empecilho à realização de seus projetos.

Divisamos um dos pavilhões da destruição, formatado em matéria astral compatível com a densidade molecular daquela dimensão. Havíamos penetrado os domínios do abismo.

Nenhum guardião sabia previamente a finalidade da estrutura encontrada ali. Alguns locais não constavam das informações catalogadas. Ou será que o trecho que atravessávamos era apenas um espaço de transição para adentrarmos a área astral onde acharíamos os laboratórios? Isso descobriríamos em breve.

Um emaranhado de materiais abandonados,

fragmentos ou destroços nos faziam suspeitar de que se tratava de uma antiga base. Tudo estava disperso e desordenado, como se fossem ruínas de uma construção bombardeada. Eram sinais inequívocos de que tinha ocorrido uma batalha nas proximidades. Das paredes pendiam máquinas estranhas, cujo material se desprendia, em decomposição ou inteiramente destruído. Os corredores multiplicavam-se e bifurcavam-se em outros mais, formando labirintos ocupados por um maquinário de aspecto exótico, que apresentava uma configuração desconhecida dos habitantes do mundo. Isto é, se é que aquelas coisas podiam ser chamadas de máquinas. Vez ou outra víamos surgir chamas do amontoado de ruínas, como gêiseres de fogo que se apagavam de modo repentino, tal como haviam aparecido. Instrumentos estranhos, cujo funcionamento desconhecíamos, eram compostos por inúmeras partes, que mais pareciam objetos dispersos aleatoriamente pela mente de algum louco. Não havia harmonia nem na disposição nem na estrutura de toda aquela construção — ou do que restou dela. Aquilo que encontramos com certeza era o produto degenerado da criação mental de seres do abismo. Era uma mistura de materiais que constituía o pesadelo de formas que víamos por ali. Tínhamos a impressão de que nosso grupo entrara numa ante-sala do inferno.

Mas aqueles eram escombros incomuns. Possuíam algum tipo de vida artificial, que os fazia produzir fenômenos inusitados. Percebíamos formas semelhantes a línguas de fogo — lembravam gotas iridescentes — serem arremessadas de um lado para outro, como se rebatidas por algum obstáculo ainda invisível, naquele momento.

Cada vez mais tais fenômenos ocorriam ao nosso redor, causando sérias preocupações ao contingente dos guardiões. Principalmente devido à presença de Raul, que, mais do que todos nós, sentia íntima e mentalmente a ação das labaredas energéticas, se assim se pode dizer. A princípio as criações mentais feitas de pura energia não passavam do tamanho de uma bola de gude ou algo parecido. Eram gotas de fogo, como as classificara Watab. Entretanto, após alguns minutos, elas tinham crescido, de maneira que facilmente um homem seria envolvido por elas. Em meio a esse fenômeno, os gases e gêiseres em chamas subiam do solo astral.

— Atenção, guardiões! — soou a voz de Jamar. — Utilizem suas armas de eletricidade, rápido! As criações mentais estão atacando! Protejam Raul, pois ele está vinculado ao corpo; não pode sofrer dano algum.

Como Raul possuía um corpo etérico ligado aos de natureza física e astral, poderia receber impactos e repercussões vibratórias através dele, somatizando as descargas eletromagnéticas que sofríamos. No entanto, o médium sabia dos riscos inerentes à tarefa que abraçara, e, embora os guardiões fizessem todo o possível para preservá-lo, àquela altura era notório que alguma parcela de tudo aquilo seria absorvida por seu espírito desdobrado, que a transmitiria em seguida ao corpo.

As labaredas se aproximaram de nós perigosamente. Com sinceridade, não saberia dizer que tipo de mal elas poderiam causar a nossos corpos espirituais; contudo, a aura tão intensamente doentia que irradiavam me fazia acreditar que poderiam ocasionar algo de muito complicado. Especialmente se considerarmos que, devido ao gênero da tarefa, nossos perispíritos estavam adensados e, portanto, saturados dos elementos semimateriais daquela dimensão. Havia algo mais no interior daquelas línguas de fogo. Parecia algo mais escuro, talvez alguma substância ou fuligem astral cuja natureza ainda desconhecíamos.

Um dos guardiões deu um grito surdo, separou-se dos demais e saiu à frente de nosso grupo, em disparada. Teríamos de proteger Raul a todo custo, pois, com certeza, aquele tipo de armadilha era destinado a corpos perispirituais de pessoas encarnadas, de eventuais médiuns e sensitivos que pudessem adentrar aquele ambiente, desdobrados. Chegamos a essa conclusão porque não vimos nenhum efeito sobre o guardião que se atirou em meio às línguas de fogo. Se bem que ele não deu tempo para que as tais aparições pudessem entrar em contato consigo. Rolou sobre o solo astral assim que passou pelas criaturas energéticas e, imediatamente, disparou sua arma de eletricidade, concentrando-a sobre as labaredas. Ao serem atingidas por aquele influxo, elas começaram a inchar, de um momento para outro. À medida que recebiam a descarga energética do armamento, as serpentes flamejantes arrebentavam, explodiam, deixando atrás de si um rastro de fuligem que aderia aos corpos dos guardiões. Ignorávamos o que poderia ocorrer caso essa fuligem de demasiada densidade atingisse o psicossoma de uma pessoa em desdobramento.

Anton levantou-se da posição de ataque em que se encontrava e soltou um brado. Sua voz ressoou em todo o ambiente, como se estivéssemos num pavilhão completamente fechado e com ótima acústica. Jamar e eu envolvíamos Raul de tal maneira que as línguas de fogo não podiam sequer chegar perto dele. Um grupo de guardiões entrou em formação de batalha, erguendo uma barreira intransponível em torno do médium.

Em seguida, Anton usou um recurso de que eu nunca ouvira falar. Com as duas mãos ao redor da boca, emitiu um som numa freqüência altíssima, que foi aumentando gradualmente, até não percebermos mais a repercussão da voz vibrando nos fluidos ambientes. De repente, surgiu em torno do pequeno grupo que amparava Raul uma bolha transparente e luminosa. Estávamos dentro da bolha, observando os acontecimentos. Era um campo de força que havia sido criado mediante a atuação de Anton.

Alguns guardiões não conseguiam fazer com que as línguas flamejantes se desfizessem. Ao contrário do que muita gente encarnada pensa, os espíritos não podem fazer tudo nem enfrentar qualquer perigo contando apenas com a força do pensamento. Muitos obstáculos exigem perícia, estudo, experiências muitas vezes frustradas; então, após diversas tentativas, finalmente conseguem fazer a coisa certa. Desse modo, somente depois de um bom número de disparos de energia concentrada é que os espíritos da equipe descobriram que as tais aparições luminescentes só estouravam se atingidas no centro de cada uma. Não adiantavam rajadas aleatórias. Tinham de mirar no cerne das labaredas, as quais, ao olhar desatento, davam a impressão de ser um fenômeno de combustão espontânea; entretanto, sob observação mais acurada, logo revelavam se tratar de um artifício dos senhores da escuridão. Acertando no local apropriado, ou seja, no ponto central das criações perversas, algumas delas pareciam implodir, e outras explodiam, literalmente. Nada sabíamos ainda a respeito da fuligem que espirrava das explosões e aderia aos corpos dos guardiões empenhados na defesa do nosso grupo. Mais tarde, descobriríamos algo assombroso a respeito daquela substância semelhante a tisne ou pó preto. No fim, a experiência que vivenciávamos ali nos capacitaria a enfrentar, em futuro não tão distante, investidas drásticas e organizadas contra certos núcleos de apoio aos representantes do progresso e da evolução.

Um barulho ensurdecedor vinha das profundezas, como se fosse produzido por máquinas poderosas que regurgitavam produções de uma ciência infernal. O som incrível e sobremodo inquietante surgiu de repente, como se a obra da engenharia do abismo estivesse sendo ligada agora, funcionando a pleno vapor. Vapor de substâncias impuras, infectas e contagiosas. Ressoava o ruído cruciante em todo o ambiente à nossa volta, o qual também parecia cumprir um papel hipnótico, tentando insuflar-se em nossa mente. Agravando a situação, com todo o estrondo uma música hipnótica tentava atingir nossas mentes, especialmente a do médium. Ao que tudo indicava, as línguas de fogo ou concentrações de energia haviam acionado algum dispositivo, talvez uma forma mecânica de hipnose dos sentidos, posta em funcionamento em algum lugar ignoto. Os sons, ora estridentes, ora calmantes, e outra vez profundamente perturbadores, repercutiam também em nosso cérebro perispiritual, embora o sentíssemos com menor intensidade do que nosso amigo desdobrado. Raul se contorceu, como a sentir fortes dores de cabeça, mas também algo muito incômodo no plexo solar. O som hipnótico atingia a área das emoções de forma causticante.

Jamar o envolveu mais ainda, porém não parecia adiantar. Raul estava tresloucado. As criações flamejantes batiam em retirada ante os atos de defesa dos guardiões; contudo, ao alcançarem o lado oposto àquele em que nos encontrávamos, voltavam com velocidade alucinante, em rodopios, como se ricocheteassem em um obstáculo ou tivessem reconfigurada sua trajetória, sob a orientação de algum espírito malévolo. Anton se movimentou mais rápido ainda, fazendo parecer que todo o resto da nossa equipe estava em câmera lenta, devido à agilidade com que se movia. Percorria uma espécie de trilha energética numa dimensão superior. Começou a correr em torno do contingente de guardiões. Em apenas alguns segundos, não mais o víamos, o que denotava que de fato havia se transferido momentaneamente a uma esfera superior para manipular energias não familiares àquela realidade astral. Somente seu rastro magnético deixava algum sinal de que o chefe dos guardiões formava um remoinho de energias em torno de toda a guarnição. O som estrondoso antes percebido foi cessando lentamente, até parar de vez. Raul se sentiu mais relaxado e foi amparado por Jamar.

Anton logo retornou ao ambiente astral e, junto com os demais guardiões, estava agora de pé, apontando o fluxo concentrado das armas diretamente para as labaredas energéticas. Àquela altura, tínhamos absoluta certeza de que eram criações artificiais da técnica dos senhores da escuridão e dos cientistas sob seu mando. Sabíamos, agora mais do que nunca, que o caminho percorrido era a rota que nos levaria aos cientistas das trevas. Não havia como retroceder. Aliás, os perigos com que deparamos naquele local nos capacitaram, momentos depois, a combater situações ainda mais complexas. O conhecimento da estratégia das sombras seria crucial para definir a guerra espiritual que transcorria nos bastidores da vida social e mundana.

Enquanto enfrentávamos e desvendávamos as táticas de guerrilha dos seres do abismo, outro médium, em suas atividades enobrecedoras, tratava de revelar a psicologia empregada nas realizações da política draconiana. Os trabalhos de Raul e Antônio, o médium das forças superiores que descortinava a *psicologia da obscuridade* — como denominávamos as estratégias mentais do seres do abismo —, completavam-se de modo extraordinário. Toda ameaça sintetizada nas forças da escuridão seria posta às claras; todo perigo representado pelas sombras seria mapeado, e tal conhecimento utilizado futuramente para fortalecer as bases dos trabalhadores do bem.

Passado o sufoco inicial, Jamar perguntou a Raul:

— Você deseja retornar ao corpo físico? Creio que é o mais indicado, pois estamos enfrentando armadilhas psíquicas; em casos assim, você poderá sentir as repercussões mais intensamente do que nós e nossa equipe.

— De forma alguma! E por acaso vou perder a oportunidade de participar desse lance todo? Não volto de jeito nenhum. Só quando o dia clarear.

Estava resolvido. Raul ficaria, e nenhum de nós conseguiria demovê-lo de sua decisão. No fundo, era exatamente essa a escolha pela qual eu torcia.

As armadilhas psíquicas consistem no mais novo ardil desenvolvido pelos cientistas a serviço dos senhores da escuridão. Visam principalmente atingir os médiuns, sensitivos e paranormais. Em suma, qualquer um que apresentasse habilidades de ordem parapsicológica e que se aventurasse a visitar os principais redutos desses seres dedicados ao lado sombrio tornava-se alvo das psicoarmadilhas, como também as denominávamos. Qualquer pessoa projetada no plano extrafísico que penetrasse nos domínios das trevas seria retida indefinidamente pelo sistema de segurança criado pelos cientistas. Ninguém gostaria de descobrir o que poderia acontecer caso um vivente se tornasse presa dos processos mecânicos desenvolvidos pelos homens de ciência do umbral. Felizmente, esse tipo de artimanha ainda era uma novidade. Dava a impressão de que estava sendo testada, e, exatamente ali, nós a encontramos, à espreita. Era cada vez mais patente por que os benfeitores da dimensão superior nos haviam encaminhado àquele lugar, a fim de que desarticulássemos planos de alta periculosidade. De qualquer maneira, nossa presença, particularmente a do médium que nos acompanhava, detonou o ataque invisível.

Jamar gritou para Anton, que estava fora da bolha de proteção:

— Tente destruir as criações mentais!

O chefe dos guardiões abriu a boca colocando as mãos em torno, como antes, porém, desta vez, com maior força. Em meio ao rugido das armas energéticas dos guardiões, a voz poderosa de Anton retumbou, suscitando uma vibração mais densa, que repercutia na atmosfera ambiente e causava imenso estrago na estrutura hiperfísica daquela construção astral, já em estágio avançado de deterioração.

Tapamos os ouvidos instintivamente, pois a vibração desencadeada por Anton ricocheteava nas paredes do labirinto, atingindo em cheio as criaturas energéticas, que paulatinamente entravam mais e mais nos corredores quase destruídos — ou seria nas rochas naturais da dimensão extrafísica? A percepção era difusa. Dentro de alguns segundos, depois que Anton desencadeou o eco por meio das vibrações de sua voz, as serpentes de fogo pareciam fixar-se umas nas outras, ao mesmo tempo em que eram detidas por alguma coisa que as impelia a cessar o ataque ao nosso grupo. Anton erguera uma barreira energética de um *continuum* superior. Como a barreira era formada basicamente de um componente magnético desconhecido naquela dimensão, os elementais artificiais não a poderiam romper.

Justamente quando pensávamos haver terminado o ataque, as paredes laterais começam a se movimentar, o que demonstrava estarem sendo manipuladas à distância por algum técnico das sombras. Mostravam falhas súbitas e aberturas em sua estrutura energética. Em meio à matéria astral que se amontoava, à proporção que as fendas aumentavam apareciam novos elementos no imenso complexo que constituía a ante-sala dos laboratórios do abismo. Coisas semelhantes a fios desencapados, mas que também lembravam raízes retorcidas e resquícios de equipamentos desgastados, surgiam do nada. Antigas macas estavam soldadas nos restos de uma mesa de controle eletrônica; tudo se apresentava corroído e fundido de alguma forma e misteriosamente destruído, embora irradiasse fagulhas por todos os lados. Telas de vídeo quebradas, camas estruturadas na matéria extrafísica e outros instrumentos, produto da criação mental de uma técnica astral desconhecida, empilhavam-se por entre os escombros, resultantes de alguma batalha entre grupos rivais de um mundo inferior. Dezenas de criaturas em chamas se desfaziam em meio à confusão de objetos destroçados na dimensão obscura. A fuligem negra e pegajosa parecia estar em toda parte. Era fruto da destruição e da diluição da matéria astral que constituía todo o aparato tecnológico do lugar.

Agora era Jamar que entrava em ação, deixando dentro do campo de proteção Saldanha, Raul e eu.

O guardião da noite abriu os braços e começou a rodopiar em meio ao que restou da construção que sugeria um labirinto. Se algum médium espírita ortodoxo o visse naquele momento, por certo afirmaria se tratar de um espírito atormentado ou louco. Aliás, quando alguém considera apenas um detalhe de uma situação, sem ter a visão do conjunto, é quase certo que formará uma opinião equivocada sobre o que vê. Mas Jamar sabia o que estava fazendo. De seus dedos, olhos e cabelos, uma esteira de luz se espalhou como raio, pelo pavilhão. A construção parecia se desfazer por inteiro. Enormes blocos de matéria astral, semelhantes a pedras de todos os tamanhos, despencavam por todo lado, em meio às águas das profundezas, e formavam rombos nas estruturas ao redor, derretendo ou liquefazendo a matéria de que eram compostos os elementos ali presentes. Talvez a pressão magnífica das regiões abissais tenha sido canalizada e manipulada pelo guardião da noite, de maneira a corresponder ao seu comando mental.

Vários guardiões tossiam insistentemente, e Raul sentiu um incômodo acentuado no chacra laríngeo, pois, durante a dissolução dos elementos astrais, um odor fortíssimo invadiu o ambiente, lembrando plástico queimado e amônia. Transcorrido algum tempo naquela peleja com as criações daquela dimensão astral, Jamar foi parando aos poucos, até iluminar por completo o lugar. Era, no entanto, uma luz diferente, de uma cor dificilmente catalogada na esfera física. O jato luminoso invadia a fuligem que se formara no local, e ela então se transformou numa chuva fina e prateada, que caía sobre nós.

O material antes observado, equivalente a blocos de rocha, desmanchou-se vagarosamente, e, como num processo de transubstanciação, os componentes astrais restantes foram absorvidos, em sua maior parte, pelo solo do abismo. O produto dessa metamorfose se assemelhava primeiramente a uma névoa de coloração cinza; entretanto, após seu estágio final de dissolução, assumiu um aspecto leitoso. Algumas poucas formas energéticas pareciam sobreviver à ação dos guardiões, embora claramente sem força para empreenderem novo ataque. Outros sentinelas de nossa equipe se incumbiram delas, de modo que, passados alguns instantes, nada mais restava da ameaça energética e dos fluidos perniciosos espalhados no ambiente.

— Temos de atravessar por entre os elementos residuais — anunciou Jamar. — Estes escombros devem ser diluídos naturalmente, pela força da lei que age nesta dimensão. Se bem que, pensando melhor, alguns componentes podem ser reaproveitados pelos poderosos daqui; ou seja, é melhor dissolvê-los.

— Correto, amigo — disse Anton. — É necessário destruir também esses objetos similares a fios e aparelhos eletrônicos. Não podemos deixar que sejam reutilizados por seus antigos donos.

As armas energéticas dos guardiões voltaram a sibilar. Energia concentrada, direcionada pelo pensamento disciplinado dos guardiões, foi canalizada de modo a não deixar nem rastro dos itens materializados ali, que pudessem servir outra vez aos propósitos hostis de seus criadores. Os átomos e as moléculas de antimatéria perderam a estabilidade que os unia e se dissolveram, diante de nós, em vapores logo dispersos na atmosfera astral. Saldanha lançou mão de suas habilidades de magnetizador no intuito de auxiliar os guardiões na desagregação dos elementos finais. Ele era mestre em manipular fluidos densos e transubstanciá-los em outros mais leves e sutis.

— Vamos, agora — disse Anton. — Todos em formação. E cuidado! Não esqueçam: estamos no território inóspito do abismo, lidando com energias discordantes. Nossos corpos espirituais estão sobrecarregados com a matéria deste plano. Fiquem atentos, pois, conforme o grau de adensamento do perispírito, ele pode ficar mais suscetível às leis da física que regem o plano em que se encontra.

Todos entendemos o que significava adequar a vibração do nosso corpo espiritual à dimensão onde estávamos. Anton não poderia ser mais claro.

— Jamar — falou Anton, sério. — Temos de avisar os reconstrutores. De forma alguma podemos desarticular uma base inimiga e deixar o material astral por aí. A equipe de reconstrutores aproveitará a matéria astral e os fluidos constituintes dos objetos aqui encontrados. Além do mais, eles precisam mapear toda esta área, visando à urgente reurbanização do ambiente em que agimos.

— Você tem razão. Pedirei a Watab que leve um comunicado à equipe dos reconstrutores. Ele é um perito na dissolução de matéria extrafísica e conhece bem sua absorção pela natureza. Creio que Watab, melhor do que ninguém, poderá fazer contato com os especialistas reconstrutores.

Após a desagregação da matéria astral de que era constituído o maquinário restante, adentramos outro ambiente, no qual deparamos com um tipo de arquitetura que lembrava um grande alojamento ou um galpão. Parecia-se com os antigos campos de concentração. Passamos lentamente por um caminho íngreme e agreste.

Não havia nada que deixasse tão patente a situação de inferioridade dos seres das sombras e de sua política austera quanto o uso das fontes energéticas, que contrastava grandemente com o nosso. Ao contrário deles, poderíamos dispor das reservas praticamente inesgotáveis de energia oferecidas pela natureza. As artimanhas mais eficazes de quaisquer inteligências inferiores transformavam-se praticamente em nada diante das forças latentes na natureza, sempre ao alcance de quem se sintoniza com o bem.

Não obstante, precisávamos ficar atentos, pois, num combate corpo a corpo com inteligências daquela dimensão extrafísica, poderíamos sentir os impactos conforme a densidade do ambiente e o adensamento de nossos corpos perispirituais. Por isso, observávamos a validade das leis que reinam em todas as dimensões da vida, às quais ninguém pode se furtar. Entre outras precauções, os guardiões e nós, os espíritos que os acompanhávamos, éramos envolvidos em campos energéticos de defesa ultra-sensíveis, sustentados por pensamentos de ordem elevada e pelo objetivo de beneficiar a humanidade, que nunca perdíamos de vista. Energeticamente, estaríamos protegidos; emocionalmente, estávamos amparados; e, mentalmente, estabilizados com o compromisso de honrar o trabalho que nos fora confiado.

Nenhum de nós deixava de ter plena ciência dos riscos que corríamos. Os guardiões eram todos especialistas extrafísicos, submetidos a rigoroso treinamento individual, durante mais de quatro décadas. Contudo, uma coisa não nos podia escapar, em hipótese alguma: éramos todos humanos. Embora estivéssemos conscientes da nossa responsabilidade espiritual perante a humanidade, não deixamos de ser espíritos iguais a qualquer habitante do planeta Terra. Afinal de contas, nenhum de nós alcançara a angelitude — graças a Deus! —, pois anjos e santos dificilmente saberiam se virar nas regiões sombrias.

Os guardiões são capazes de superar as situações mais antagônicas, os mais árduos obstáculos, desde que tenham certeza de que o objetivo em vista é a manutenção do progresso do mundo e a preservação das conquistas da civilização. Eles têm grande senso de comprometimento e responsabilidade para com a humanidade, que dificilmente encontrei em outros espíritos. Trabalham pela humanidade como um todo, sem se vincular a conceitos estreitos do pensamento religioso, nem se interessar por rótulos filosóficos ou de qualquer espécie de partidarismo.

Um sorriso de contentamento genuíno brilhou nos lábios de Anton quando se deu conta da importância e da responsabilidade de sua equipe. Era um legítimo sentimento de gratidão que o animava. As forças titânicas da natureza podiam ser domadas pela autoridade de seres mais esclarecidos, e nós, felizmente, encontrávamo-nos a serviço dessas consciências imortais. Não obstante, no que concerne à tarefa em curso, estávamos inteiramente subordinados às leis do plano astral inferior, no qual nos movimentávamos. Não existem milagres, e é inócuo tentar insurgir-se contra as leis naturais. Tal a realidade com que teríamos de lidar, independentemente de trabalharmos em favor das forças evolutivas do mundo e dos baluartes do pensamento evolucionário. Tínhamos pela frente a atribuição de defender certos agentes da justiça e da misericórdia divina, emissários da política do Cordeiro de passagem pelo plano físico, que representavam o movimento libertador das consciências.

A CAMINHADA naquele ambiente astral, extremamente nocivo e materializado, era cheia de tropeços; desgastava nossas reservas de energia e ocorria em câmera lenta. Era similar a um pesadelo.

Anton ia à frente. Ele e Jamar eram os chefes da guarnição e naturalmente conseguiam ser mais precisos em seus passos.

Forte tremor sacudiu o solo astral, como se um terremoto de grandes proporções liberasse energias represadas no interior do planeta.

— Como se sente, Raul?

— Dolorido, Jamar! Muitíssimo dolorido.

Continuamos a busca pelo desconhecido, ou melhor, pela trilha dos senhores da escuridão e seus associados, os cientistas.

— Raul, por favor — gritou Anton. — Não saia de perto do Ângelo e de Saldanha — disse, em tom de comando. — Se desejar eu o reconduzirei ao corpo para você se reabastecer, assim poderá poupar forças e voltar mais revigorado.

Raul sorriu de forma cínica, única, como somente ele sabia fazer. Esse gesto significava que estava fora de cogitação perder um lance sequer daquela batalha. Queria ir até o fim e apreciar cada detalhe.

Estávamos cobertos de pó e sujeira, provenientes dos fluidos grosseiros encontrados no estágio anterior de nossa andança, de tal modo que nosso corpo perispiritual se tornara irreconhecível.

Passou-se longo tempo naquela situação. Caminhávamos e, às vezes, corríamos, literalmente. Era impossível deslizar ou levitar naquela região astral. Anton se esforçou para abrir uma trilha com seu armamento energético, rasgando os elementos da dimensão astral inferior, no abismo. Isso atenuou ligeiramente os esforços daqueles que vinham atrás. Éramos seguidos por uma equipe bem comprometida e experiente, composta dos especialistas sob o comando de Jamar e Anton.

Algo semelhante a um caminho pedregoso se mostrava abaixo de nós. Notamos essa singularidade da geografia astral ao descer o abismo, quando, subitamente, imensos blocos de rocha da matéria extrafísica desprenderam-se de algum lugar e despencaram por todos os lados. Parecia que um vento assolador e outras forças cruentas da natureza os tangiam cada vez mais. Raul tossia sem parar. Em determinado instante, ao olhar para baixo, ouvi gritos e gemidos e vi algo similar a lava borbulhante, crescendo sempre em volume, ameaçando nos alcançar. Dentro da forma plasmática da lava, revolviam-se seres de aparência estranha, e escutávamos vozes guturais, grunhidos e outros sons incompreensíveis.

— Mais um pouco — gritou Jamar. — Vejo alguma coisa mais além; acredito serem plantas. Por aqui a natureza extrafísica parece mais exuberante. Ou é isso ou se trata de outra armadilha.

— Claro, é algo muito simples e inofensivo assim — fungou Raul.

Jamar devia estar com a mente muito ocupada ante tantas atribulações e cenas inusitadas ou então as instalações à nossa frente gozavam de algum disfarce. Vegetação? Isso parecia algo difícil de conceber naquele ambiente das profundezas abissais, que progressivamente nos levava ao interior de uma dimensão pouco explorada. Quanto mais avançávamos, mais avistávamos rampas, morros, colinas... E mais ainda descíamos vibratoriamente a situações e lugares inferiores da esfera sombria. Entre tantas formações de relevo acidentado, divisavam-se vales preenchidos aqui e ali com pavilhões do tipo familiar aos campos de concentração do III Reich. Naquele momento, ainda, não tínhamos explicação para o fenômeno, muito menos para o tipo de arquitetura que encontrávamos. Segundo os registros dos guardiões, porém, não poderíamos distrair nossa atenção com essas construções. E o instinto de Jamar assim o confirmava. Nosso alvo mental era outro.

De repente, escutamos um barulho infernal, vindo aparentemente de todos os lugares. Como se fosse o ressoar de um sino acompanhado de uma música sinistra, enlouquecida. Sons inquietantes, de volume oscilante, como nunca tínhamos sentido antes, derramavam-se sobre nós. *Sentir* é a palavra, pois tinham o poder de despertar emoções depressivas, apreensões, memórias desagradáveis e um pavor alucinante. Mais uma vez, parecia que o médium Raul era o mais afetado. Cheguei-me ainda mais a ele. Neste momento, algo descomunal, talvez um fenômeno desencadeado pela vibração dos acordes, provocou uma avalanche líquida, que se derramou por inteiro sobre Anton e Jamar, que permaneciam à nossa frente.

— Formem uma barreira magnética e se protejam!

Os guardiões se agarraram uns aos outros e se colocaram ao redor de nós. Água, água cristalina e pura escorreu das rochas, lavando a poeira e a sujeira aderidas a nosso perispírito. Mais um capricho da natureza. Nós nos locomovíamos em regiões abissais, correspondentes ao interior de fossas marinas, e, mesmo assim, havia água cristalina, água doce escorrendo de rochas, lavando nossos corpos semimateriais, que, adensados, percebiam o toque suave do líquido, como se estivéssemos encarnados. A água descia pelas encostas e saliências do rochedo, que se confundia com as rochas de matéria física daquela paisagem. Paradoxalmente, a água se multiplicava a cada metro que escorria.

Estávamos na região astral do abismo, lugar dificilmente visitado por alguém. Era um local onde as leis da natureza deixavam transparecer certos enigmas e convidavam ao estudo de suas excentricidades. Interessante é lembrar vários pesquisadores encarnados, que gostam de pensar que são possuidores de toda a ciência espiritual. Talvez dissessem eles ser impossível a espécie de fenômenos que percebíamos à nossa volta; por outro lado, nós, os espíritos, preferimos não dar a última palavra sobre nada que encontramos ou percebemos. Sabemos ser apenas desbravadores da geografia astral, iniciantes no estudo das leis da natureza, muitas das quais ainda ocultas, dado o desconhecimento total de seu alcance e de seus fundamentos. Excêntricas e enigmáticas em algumas dimensões, as leis naturais, à primeira vista, sugeririam contrariar aquelas já enunciadas pelos homens. Em essência, porém, não há derrogação das leis; somente ignorância acerca dos inúmeros mecanismos do mundo oculto, que espera para ser desbravado e catalogado pelos habitantes das diversas dimensões da vida. Assim é que assistíamos com espanto a determinadas manifestações fenomênicas com as quais deparávamos. A cada passo, depois das surpresas do caminho, descobríamos o significado e a procedência da série de eventos inusitados.

Algum tempo após passarmos pela torrente de águas, estávamos livres da imundície que se aderira aos nossos corpos semimateriais, embora estivéssemos encharcados. Era a primeira vez, depois de desencarnado, que sentia a água me molhar. Creio que era devido ao adensamento dos nossos corpos espirituais, quase materiais naquelas circunstâncias.

Percorremos mais um espaço dimensional de forma nada fácil e então todos nos sentamos ao solo astral, quase extenuados. Jamar nos ensinou a recuperar as energias através da respiração, extraindo oxigênio tanto da água quanto da matéria astral que permeava a dimensão em que atuávamos. Assim, um a um se reabastecia. Era evidente que o ar naquela atmosfera não era exatamente de qualidade, principalmente se comparado ao ar que respirávamos em nossa metrópole. Mas, em meio às águas gélidas do abismo, adentrando a região mais profunda do solo do oceano, que podíamos esperar?

De repente notamos que, diante de nós, uma construção se erguia como obra de um pesadelo, diferente de outras que avistáramos até então. Algum arquiteto de mente ensandecida talvez tivesse projetado aquele pavilhão, uma estrutura de dimensões gigantescas. As paredes ou laterais estavam cobertas de uma espécie de vegetação, talvez algum musgo. Outras plantas que ali proliferavam lembravam sequóias envoltas naquele mesmo musgo verde-oliva. Seria alguma experiência da ciência astral ou apenas excentricidades da natureza extrafísica do abismo?

— Vamos fazer uma pausa por aqui — pronunciou Anton. — Enquanto isso, deixe Raul um pouco mais consciente no corpo, embora possa permanecer conosco aqui, ao mesmo tempo.

Com um passe magnético aplicado por Saldanha, Raul como que se dissolveu, embora permanecesse naquela dimensão, ainda que meio transparente. Eu o envolvi carinhosamente, como a uma criança; seu corpo perispiritual lembrava a textura de uma água-viva, devido à delicadeza que aparentava após o influxo de energia. Naquele momento, ele acordava no corpo físico em repouso. Possivelmente meio tonto, sentindo-se bailar em meio às duas dimensões. Continuava desdobrado, no entanto. Pouco mais tarde, tão logo ele retornou à nossa dimensão e seu corpo espiritual voltou à densidade necessária, Jamar deu por encerrado nosso breve descanso.

Alimentos concebidos em nossa metrópole foram distribuídos aos guardiões. Eram semelhantes a pequenas frutas, porém com alto potencial energético. O tamanho de cada um dos elementos nutritivos era o de uma uva. Conforme eram consumidos pelos guardiões e também por mim, sentíamos uma onda benéfica percorrer nossos corpos espirituais, de tal modo que nos víamos novamente abastecidos — não obstante conservássemos a mente inquieta diante dos desafios pela frente. A água, que ainda corria entre as rochas, suspeitávamos agora ser obra dos Imortais que nos dirigiam de mais além, e não dos cientistas da escuridão. Aquele líquido abençoado, estruturado em matéria astral superior, aplacara a sede de todos nós. Afinal, éramos espíritos, e não fantasmas esvoaçantes. O corpo que possuíamos conservava ainda os órgãos de suas duplicatas físicas. Levando-se em conta o contexto, isto é, o fato de estarmos adaptados ao ambiente onde nos movíamos, nossas necessidades eram bem mais materiais, se considerada a freqüência vibratória das moléculas astrais de nossos corpos.

Jamar caminhou lentamente, próximo à construção que víamos à frente. Procurava se informar e se certificar de nossa segurança. Devia ficar atento a tudo. Creio que, durante nosso repouso, os seres da escuridão resolveram não nos incomodar. Contudo, sabíamos que nos observavam. A cada passo, olhos invisíveis escondidos em algum lugar nos espreitavam. Nossa segurança era relativa. Precisávamos manter a conexão com o propósito elevado de nossas atividades, a fim de que os campos de proteção em torno de nós pudessem se sustentar.

— Precisamos seguir avante — concluiu Jamar, segurando a mão de um dos guardiões e auxiliando-o a se levantar do solo astral. É claro que todos tínhamos receio de enfrentar o perigo. O planeta Terra ainda é hostil a uma cultura e a uma política superiores, como as que representávamos. Estávamos em território dos dragões, e, ali, a política e os métodos eram mais complicados. Tínhamos a sensação de penetrar numa situação ainda mais misteriosa e com desafios nada encorajadores.

Quando a equipe de especialistas da noite se aproximou ainda mais da construção extrafísica, notamos algo diferente na constituição das plantas que cobriam o lugar. As folhas não respondiam a nenhum estímulo. Pareciam artificiais; nada levava a crer que eram naturais daquela dimensão. Não tinham substância vital, em absoluto. Não viviam. Mais além, um grupo de seres corria da presença dos guardiões. Seriam os cientistas?

— As inteligências sombrias que administram ou ainda usam este pavilhão parecem não ter condições de manter estruturas vivas por aqui — falou Saldanha, curioso com o que via.

Segurou uma folha nas mãos e notou que ela parecia absorver fracamente a vitalidade de seu corpo espiritual. Mas nada que se afigurasse perigoso.

— Estranho pensar que os seres que construíram estes pavilhões enormes usaram plantas híbridas para revesti-los. Por quê? Teriam algum motivo oculto por trás desse comportamento? — observou Saldanha, intrigado.

A criação mental era muito semelhante à sua duplicata no plano físico; contudo, destituída de vida. Pelo menos à primeira vista.

— É muito difícil imaginar por que se utilizaram desse recurso para o revestimento do pavilhão. Ao que tudo indica, a planta não replicou todas as características da espécie observada na dimensão física, no entanto possui propriedades de absorção. Temos de pesquisar isso mais tarde — falou Anton. — Por ora não podemos nos deter em minúcias.

Desta vez, estávamos em um local que parecia haver recebido uma influência diferente daquela a que nos habituáramos nesta excursão. Por enquanto, não se via nenhum movimento de forças antagônicas. O que poderia ser altamente enganador. Afinal, estávamos em território das sombras — um ambiente totalmente avesso ao sistema de vida superior e a seus emissários. Ali, éramos estranhos e indesejáveis, pois representávamos um elo com uma política e um sistema de vida opostos ao que vinha sendo adotado naquelas plagas.

A aparência do lugar se modificava a cada parcela de tempo. Em sua maioria, avistávamos a construção gigantesca. Noutro momento, estávamos num espaço dimensional aberto, como se fosse uma clareira. A largura e a extensão do ambiente eram verdadeiramente grandes. De repente, o pavilhão avistado anteriormente parecia estar muito longe, distante de onde estávamos. Jamar e Saldanha chamaram a atenção para uma possível ilusão óptica instalada pelos cientistas, a fim de mascarar a estrutura dos laboratórios do abismo.

— Vejam — apontou Raul, ao longe. — Há mais plantas por ali, observem bem.

O lugar se assemelhava a um ginásio esportivo, embora, ante um exame ligeiro, não se percebesse nenhum equipamento. Diferia do ambiente anterior. No entanto, o chão parecia ser de matéria virgem, natural daquele plano. Não havia revestimento algum no piso. De maneira inesperada, a lava antes observada aproximava-se sorrateiramente, como que adquirindo vida própria. Comportava-se como entidade viva. A aura que dela irradiava também aparentava ser algo vivo, embora não físico, devido à natureza escura e maligna da lava. Esse foi o relato dos guardiões, ao retornar do reconhecimento externo da construção. Ou seja, a tranqüilidade era apenas aparente.

Do meio das plantas que Raul avistou, descia uma rampa, cuja estrutura, em alguns lugares, evidenciava buracos escavados na matéria virgem do lugar, dispostos de maneira aleatória. Num ângulo gradativamente maior, tanto no sentido vertical quanto no horizontal, a rampa era descomunal, cheia de reentrâncias irregulares. Após observação mais detalhada, podia-se notar que apresentava uma inclinação ao mesmo tempo acentuada e em formato de caracol, que penetrava em direção ao interior do abismo. Porém, em virtude da descida vibratória, conduzia também a regiões cada vez mais profundas dessa dimensão. Nas encostas e nos buracos da estrutura, surgiam serpentes que se locomoviam, debatendo-se por sobre as rochas, embora parecessem sem vida, como se fossem criaturas artificiais e teleguiadas. Descobrimos depois tratar-se de criações mentais dos entes que faziam do horror o seu lar.

Naquele justo momento em que analisávamos a estranha construção e as reentrâncias do solo, sentimos tremer o chão abaixo de nossos pés, como se as placas tectônicas estivessem se movimentando. Jamar arregimentou imediatamente todo o contingente dos guardiões especialistas. Devíamos sair imediatamente dali. Raul estava sob nossa responsabilidade. E se aquela paisagem mutante fosse parte de outro sistema de armadilhas psicomecânicas desenvolvido pelos cientistas?

Nossa saída se deu pela estrutura em forma de espiral, cuja direção apontava para mais fundo no abismo. Colocávamos os pés nos buracos e descíamos lentamente, com cuidado para não resvalarmos precipício abaixo. Aquela rota de escape, na verdade, era relativa, duvidosa, pois apenas pressentíamos aonde chegar após a descida vibratória. De todo modo, durante nossa breve estadia os guardiões apuraram informações relevantes sobre o ambiente, no intuito de mapear cada lugar e diminuir as surpresas. Passado certo tempo, em que conhecemos melhor os mecanismos do lugar, descíamos mais velozes, quase corríamos rampa abaixo.

Como sempre acontecia nos momentos de perigo, uma espécie de sexto — ou sétimo? — sentido alertava Raul. Ele era exímio em farejar perigos, e foi com base nesse sentido extra que Jamar e Anton tomaram as devidas providências, com os demais guardiões. O médium desdobrado abriu os olhos desmedidamente. Parecia ter visto uma assombração. Deteve a marcha e ficou por ali, parado, inclusive obstruindo a passagem dos demais guardiões, como que observando algo distante. Estava em transe. Jamar aproximou-se dele e, tocando-o ligeiramente, perguntou:

— Raul, vê algum perigo mais adiante? Não podemos nos deter aqui por mais tempo.

— É algo incompreensível para mim. Não tenho palavras para explicar o que sinto e vejo. Parece que estamos descendo em meio a rochas, metais e terra. Sinto-me abafado e quase sem ar.

— É exatamente como estamos nos locomovendo, meu amigo. Para nós, a matéria física não representa nenhum obstáculo; devemos nos precaver é com relação à matéria astral, que permeia o mundo físico. Esse tipo de matéria ou antimatéria poderá oferecer relativa resistência à nossa ação, pois vibra na mesma freqüência de nossos corpos atuais. Tenhamos maiores cuidados.

— Vamos em frente — gritou Anton para a equipe.

Assim que retomamos o passo, uma avalanche de matéria astral desabou a nossa frente, causando tremenda comoção em toda a volta. O desmoronamento fez com que o material de que eram constituídas as rochas ao redor se desfizesse em mil pedaços, fazendo o som de cristal quando se quebra.

Fumaça, estilhaços e um pó finíssimo se espalharam pelo ambiente, obscurecendo nossa visão. Saímos da rampa correndo, literalmente, a fim de proteger Raul dos impactos energéticos e da ressonância densa da vibração dos materiais. Nossa saída se deu no exato momento em que chamas se ergueram por todos os lados, partindo inicialmente das encostas. Jamar saltou por cima de corredores de lava, que abriam caminho em meio ao fogo que, àquela altura, era liberado do interior do planeta. Era um fogo de constituição astral, extrafísico. O guardião carregava Raul nos braços, com extrema habilidade e cuidado, apesar dos movimentos que fazia.

— Depressa — gritou Watab, o guardião e amigo. — Precisamos nos colocar em segurança.

Curiosamente, durante toda a travessia não entramos em contato ou comunicação com nenhum ser vivo sequer. Deduzimos que tal situação se devia exclusivamente à existência das armadilhas, montadas decerto para impedir a entrada em algum lugar proibido, caro aos seres da escuridão.

Depois de afastar os destroços e os estilhaços, os guardiões iam à frente, abrindo caminho para Raul, Saldanha e eu, que acompanhávamos de bem perto o médium carregado por Jamar. O especialista da noite pousou Raul ao chão, e nesse instante pudemos observar mais atentamente o lugar ao nosso redor. Tudo era artificial. Era o produto de criação mental e, talvez, de uma técnica associada, desenvolvida pelos seres que patrocinavam aquele lugar. Gramas artificiais e folhas eram esmagadas pelo pisar dos guardiões, que ainda abriam lugar para nossa passagem.

— Parece que uma equipe de cientistas trabalhava aqui e no pavilhão e o abandonaram devido a algum perigo iminente.

De repente, substituindo o fogo, esguichos de água fétida irromperam do solo astral, como gêiseres, e ajudaram a compor o painel de mau gosto que caracterizava o local. Atravessamos correndo o lugar — a fim de preservar a integridade do corpo espiritual do médium e, ao mesmo tempo, seu duplo etérico —, quando fomos introduzidos diretamente numa paisagem fantástica, produto da loucura de mentes diabólicas. Agora, sim, estávamos frente a frente com o sistema de laboratórios do abismo.

Cúpulas feitas de um material semelhante a cristal erguiam-se diante de nós. Não se sabia, então, se eram naturais ou artificiais, como o ambiente do qual vínhamos. Uma coisa, porém, era certa: tudo parecia obra de um pesadelo sem fim. Várias formas sem arranjo, todas distintas entre si, mas que, se postas umas ao lado das outras, pintariam um quadro digno do inferno de Dante.

Das pontas que emergiam das entranhas de cada cúpula saía fogo, como chamas que consumiam algum resíduo gasoso, semelhante ao que ocorre em algumas usinas siderúrgicas. As labaredas pareciam se movimentar de um lado para outro, em conjunto, numa dança abominável. Neste instante, foi Saldanha quem falou, em volume especial, para todos ouvirem:

— É obra dos cientistas acostumados com magnetismo e hipnose.

— Sabe algo mais a respeito, Saldanha? Fale, porque precisamos completar este quebra-cabeça — disse Anton.

— Sim, eu me recordo de algo similar, porém em dimensões menores. Na época em que eu servia sob o domínio dos magos negros, era um dos magnetizadores mais bem informados de nossa horda. Cheguei a ver um projeto-piloto de um laboratório que deveria ser construído segundo os planos de engenheiros e técnicos a serviço das trevas. Isto aqui me parece a materialização dos projetos que vi naquela ocasião.

— Mas você sabe para que servem as cúpulas e todo esse aparato que temos adiante?

— São criações dos cientistas, elaboradas a partir da matéria astral desta própria dimensão, e atendem a um plano deles e dos magnetizadores. Se não estou enganado, trata-se de uma incubadora de grandes proporções.

— Incubadora? — perguntei, depois de muito tempo calado. — E qual a finalidade de uma incubadora neste ambiente hostil do mundo astral?

— Ora, Ângelo — falou Jamar. — Embora estejamos lidando com espíritos avessos à ética cósmica, não se esqueça de que eles possuem uma inteligência incomum. São cientistas, médicos, engenheiros e toda uma falange de técnicos a serviço da escuridão. Por certo, seus planos visam a algo muito inteligente que desejam reproduzir, em série.

Logo após o comentário de Jamar, notamos, pela primeira vez nesta etapa de nossas atividades, alguma coisa que lembrava um ser vivo de verdade.

Eram répteis, como se fossem lagartos gigantes — em se considerando o tamanho normal dos lagartos observados na Crosta. Claramente, queriam fugir da nossa presença. Ao passo que se arrastavam sobre as quatro patas, como faria um lagarto qualquer, eles podiam se erguer e, cambaleando, caminhavam sobre as duas patas traseiras, usando as outras como se fossem mãos. O quadro era interessante de se ver e, ao mesmo tempo, inspirava algo indefinível — talvez um misto de horror e comiseração. Seriam vigias sob as ordens do poder dominante?

Em torno dos meus pensamentos, costumavam girar muitas teorias sobre os seres reptilóides — assim os chamo por falta de um nome apropriado. Pareciam ser os únicos seres vivos do lugar. O aspecto deles me deixou intrigado, pois, segundo a teoria dos guardiões especialistas, qualquer ser com aparência diferente da humana, cujo comportamento denotasse iniciativa de pensar e agir, indicava um caso de degeneração da forma perispiritual. Seria muito mais: uma etapa da metamorfose que, sujeita às leis da natureza, era desencadeada por uma influência externa, indutora daquele estado. Ainda: representava um retrocesso na configuração astral devido ao mais alto grau de barbárie mental ou de uma postura radical e persistente na direção contrária às leis do progresso. Invariavelmente, aquele não era o estágio final do processo, mas uma das etapas iniciais. O ser em questão, ainda segundo os especialistas de nossa dimensão, perderia gradualmente a integridade perispiritual até retroceder a um sistema fechado de energias e pensamentos. A transfiguração alcançaria o ápice no estágio de ovóide, momento em que o ser perderia totalmente a forma humana, que se retrairia até a total absorção por um corpo mental degenerado.

Todos os seres que começassem uma transformação como essa fatalmente alcançariam a forma ovóide, a menos que houvesse tamanha força mental capaz de fazê-los retomar a marcha ascendente. Mas que força? Não era claro para mim. A forma ovóide era semelhante à da célula-ovo, simbolicamente representando; portanto, um regresso aos instantes após a concepção, registrada na mente enferma ou sob influência hipnótica.

Será que, pelo que víamos, poderíamos concluir que os tais lagartos eram realmente seres degenerados, cuja forma obedecia a uma sugestão mental de um dos ditadores locais? Seriam porventura seres humanos em retrocesso da forma? Ou então outro tipo de criação mental, talvez elementais artificiais?

Eu não seria capaz de dizer por que esses pensamentos me deixavam tão intrigado. Provavelmente meu corpo mental até já registrara o ocorrido e tivesse a solução ou a resposta às indagações que me vinham à tona. Os seres apareceram e desapareceram de modo muito rápido, mas com tempo suficiente para que eu pudesse fazer todas essas conjecturas.

De repente, tudo à volta se modificou. Em meio às cúpulas, surgiram elementos de uma natureza primitiva do plano astral. Algo não combinava naquele espetáculo todo. Mas ainda não sabíamos o quê.

Estávamos todos encravados na natureza hostil do plano astral inferior. Aliás, no picadeiro de um circo de horrores, que traduzia a mistura de artefatos criados e mantidos por mentes vivas ou por meio de algo diferente do que supúnhamos. O que seria, afinal?

Novamente foi Saldanha quem nos alertou:

— Tudo o que percebemos é obra da irradiação mental ou da criação puramente mental. Neste ambiente, estamos mergulhados numa espécie de projeção que faz com que tudo à volta se comporte de acordo com uma série de imagens predefinidas em algum equipamento.

— Algo semelhante à cidade que encontramos no início de nossa jornada? — perguntou Raul, lembrando-se dos eventos iniciais.

— Certamente os autores desse tipo de criação são

seres especializados em hipnose e adestrados numa técnica de projeção de imagens semelhantes a hologramas — explicou Anton, depois de ouvir Saldanha.

— Mas será que o tempo todo estivemos vivenciando uma ilusão?

— Não creio que tenha sido todo o tempo, mas, sim, durante a última etapa de nossa caminhada — respondeu Jamar.

Depois de alguns minutos de reflexão, Anton continuou:

— O holograma visava principalmente médiuns e sensitivos desdobrados nesta dimensão. Alguma coisa ocorreu, e a projeção não funcionou o tempo todo. O campo energético que sustentava a aparência caiu por instantes, e aí a realidade voltou a nos envolver.

— Ao que tudo indica, o plano dos dominadores deste lugar não daria certo mesmo. Entretanto, depois de tudo isso, fico pensando como devemos ter mais cuidado com esses seres. Entendo por que Joseph Gleber nos pediu para realizar esta tarefa sem delongas. Imagino a ameaça que representam projeções de tal proporção no andamento de uma reunião mediúnica. É, sem sombra de dúvida, um risco muito grande.

Outra pausa para novas reflexões diante do exposto, e, desta vez, foi Raul quem acrescentou:

— Imagino a quantidade de médiuns que já não está se deixando dominar por imagens advindas de espíritos especialistas. Quanto mais se não conhecem o fenômeno que observamos aqui. Aí sim, entregam-se de corpo e alma a informações e observações induzidas por outras mentes, que projetam uma falsa realidade.

— Exatamente! — falou Saldanha.

Novos seres com aparência de lobo apareceram diante de nós. A princípio eram poucos. Todos pareciam dominados por um misto de medo e curiosidade. Mas em suas bocas estranhas havia um quê de crueldade disfarçada.

Um desses seres foi capturado por Watab, o guardião, e trazido à presença de Jamar e Anton para exame. Mostrava-se arredio e mesmo atemorizado.

A singular criatura mantinha-se em pé como um humano, porém tinha um ar mais primitivo e um aspecto quase extravagante. A cabeça guardava certa semelhança com a de um lobo das paisagens do mundo físico, mas possuía alguma coisa na nuca. Era uma espécie de *microchip*, segundo Anton — que, é claro, foi quem primeiro diagnosticou o implante. Portanto, eram rastreados e conduzidos por alguém, de um outro lugar. Tudo isso não seria insólito e assustador se não fossem certos fios que emergiam da estrutura astral dos seres exóticos, como se fossem cabos entranhados naquilo que um dia possivelmente constituiu os centros de força de seus corpos semimateriais.

O lobo humanóide — Watab assim o classificou — estava nervoso e movimentava-se muito. Os olhos pareciam quase humanos, de tal modo eram expressivos. Cor de mel era o tom predominante naqueles olhos irrequietos. Raul ficou boquiaberto ao observar aquela criatura tão diferente de qualquer outra que antes conhecera.

Mais uma vez, esguichos fétidos de matéria astral irromperam perto de nós, no entanto Jamar e Anton, assim como Watab, não se deixaram intimidar com as manifestações descontroladas da natureza umbralina. Entre os elementos ao redor, mais além das cúpulas que avistamos antes, divisei outra redoma, que se mantinha todo o tempo encoberta pela névoa de um pântano até então não percebido.

Se não fosse a firmeza de Anton e Watab, o animal talvez tivesse fugido, ou então atacado. Mas nada. Ele permaneceu parado e tremendo, ali mesmo. Anton sugeriu que fosse conduzido ao aeróbus e, mais tarde, a um dos postos de apoio dos guardiões, para futuros estudos.

A peculiar estrutura extrafísica do ser debatia-

-se violentamente, em convulsões. O ser humanóide enfrentava um conflito sem precedentes. Quem sabe, ao encontrar uma equipe de representantes do Plano Superior, não entrara em crise emocional, relembrando ou tendo lampejos de seu passado na forma humana? De qualquer maneira, estava em crise.

Raul saiu andando, absorto em reflexões a respeito do ser que tínhamos sob nossa guarda. Um urro foi ouvido em meio à nuvem de fuligem daquele oceano de matéria do plano inferior. Raul parou sua caminhada, enquanto olhava fixamente para frente, em direção às cúpulas e à natureza descontrolada, donde se presumia virem os urros e outros sons incompreensíveis.

No mesmo instante, como que de dentro do lodo e da atmosfera infecciosa do local, surgiram seres diferentes do que era vigiado pelos guardiões. Formavam uma turba, um emaranhado de corpos de pele áspera e escura. Tinham o feitio de réptil. Alguns carregavam macas, sobre as quais havia vários corpos de aspecto bastante atípico — e feio, é preciso dizer. Coisas indefiníveis repousavam nas macas; estruturas que lembravam um novelo de algum material vivo, encoberto por uma gosma ou algo semelhante.

Anton deu sinal para todos se acalmarem. Jamar aproximou-se de Raul, que se mantinha na posição de antes.

A matéria astral daquela dimensão era semelhante a barro, que grudava nos corpos daqueles seres infelizes. Bruma espessa, de tons que iam do ocre ao carmim, condensava-se sobre a cúpula antes vista e aos poucos parecia se expandir, dominando a paisagem ao derredor.

Vapores quentes subiam aqui e ali, desmanchando-se após, como se advindos de um mundo ainda mais inferior, se é que pudesse existir algum. Rajadas de vento reinavam na paisagem astral, como se estivéssemos em meio a um *tsunami*.

Criações mentais de nível inferior proliferavam por toda parte. Ora eram serpentes, ora seres em forma de outros répteis. Foi Saldanha quem nos informou a respeito:

— Esses tipos incomuns são as criações desorganizadas da mente de magos e magnetizadores. À semelhança do que ocorre com os seres humanos encarnados, eles também projetam criações, muitas vezes de modo inconsciente, que se afiguram hediondas e assustadoras. Tais clichês são, na realidade, a demonstração cabal da combustão de sentimentos e emoções que consome seu interior.

— Você fala com tanta propriedade, Saldanha —

falei, algo irônico.

— É claro, meu amigo — respondeu o antigo magnetizador. — Eu mesmo experimentei situação semelhante à que descrevo. Fui alguém que trabalhou um dia a serviço das sombras.

Não esperava que Saldanha se pronunciasse com essa entonação de voz — nem com tal franqueza desconcertante. Resolvi calar qualquer outra observação.

Mais um uivo estridente foi ouvido em meio à tempestade dos elementos daquele pandemônio astral.

Saldanha voltou-se para a espécie de lobisomem que os guardiões haviam capturado e, mirando intensamente seus olhos, descobriu algo surpreendente. Era um ser humano, um espírito que havia sofrido uma transformação através de processo hipnótico profundo. Foi submetido ao fenômeno da licantropia e mantinha-se sob a vigilância de seus algozes. Saldanha falou para Jamar:

— Acredito que posso ajudar neste caso. O espírito à nossa frente sofre muito, e o aspecto externo é apenas fruto da transformação imposta por um dos magnetizadores do astral. Como já pratiquei esse tipo de indução, posso revertê-la, fazendo com que retome a forma humana.

Jamar consentiu, e Saldanha assim o fez. Olhando fixamente para os olhos da criatura, Saldanha ordenou com firmeza e intenso magnetismo na voz:

— Você é humano! Volte à sua forma normal... Retome sua humanidade. Relembre a forma antiga e reassuma seu papel na vida.

Depois de alguns momentos, a criatura entrava em choque, tremendo violentamente, porém não conseguia tirar os olhos de Saldanha, que falava cada vez com maior intensidade e vigor mental:

— Você é humano, e não lobo. Recorde sua forma humana anterior. Reassuma sua humanidade...

Dos olhos de Saldanha, pareciam irradiar chamas, tamanha era a energia que emanava dele em direção à criatura. Interrompendo o processo, como se a resistência se afigurasse maior que o previsto, Saldanha pediu a Raul que se dispusesse a ajudar. Este se colocou em sintonia com a mente do magnetizador, e, em alguns minutos, vimos o perispírito do médium acoplar-se à forma astral da criatura, como se ficassem justapostos um ao outro. O ser que recebia o impacto do magnetismo de Saldanha deixou-se conduzir no processo de acoplamento. O que se passou em seguida foi algo interessante e sobretudo maravilhoso de se ver. Incitado pelo contato com o psicossoma de Raul, desdobrado, o suposto lobisomem recebeu choques intensos, como se eletricidade estivesse sendo transmitida a ele através do médium. Era um choque anímico de relevante proporção. Ao receber as energias oriundas da fisiologia espiritual do médium, depois do impacto magnético, a conformação de lobo cedia lenta e paulatinamente à estrutura humana. Raul logo foi desacoplado do humanóide então modificado e pôde até presenciar a transmutação final, quando o antigo licantropo voltou a assumir a forma humana. Lágrimas corriam de sua face enquanto era abraçado por Saldanha, que o acolhia generosamente nos braços. Após algum tempo, nosso amigo Saldanha falou novamente:

— Eu mesmo fui um magnetizador das trevas no passado, acostumado a induzir outros espíritos aos processos de licantropia e zoantropia. Por isso, reconheci imediatamente que este ser era um humano desencarnado subjugado pela ação hipnótica de algum magnetizador. Entretanto, caso se tratasse de alguém em via de perder a forma perispiritual sem a interferência externa, análogo procedimento não surtiria nenhum efeito. Em quadros assim, em nenhuma hipótese seria viável restabelecer a configuração humana por meio de um agente externo, pois, para que isso acontecesse, o magnetizador precisaria deter leis naturais em andamento, e isso não seria possível. Somente nas situações em que houve indução hipnótica é que se pode, também pela hipnose ou magnetismo, promover a retomada da forma astral original. Raul forneceu o modelo humano de sua estrutura astral, já que nosso irmão tinha dificuldades em rememorá-lo por conta própria. Com o choque anímico — possível apenas devido ao fato de Raul estar encarnado e, portanto, possuir duplo etérico — foi menos trabalhoso recompor a forma perispiritual do nosso irmão.

A explicação de Saldanha não poderia ser mais clara. Jamar aproximou-se do espírito e cobriu-o com uma vestimenta fluídica, envolvendo-o com intensa vibração. Depois de o resgatado refazer-se, ele se ofereceu para guiar-nos até as incubadoras, em uma das cúpulas onde deveria estar fincada importante base dos cientistas.

Assim que ingressamos no ambiente da primeira cúpula é que percebemos a real extensão de suas instalações. Era gigantesca. No interior, era uma construção em forma de favos, assemelhada a uma estufa. Música inquietante enchia o ambiente.

Uma avalanche de acordes de uma melodia exótica, que parecia irradiar de todos os lugares ao mesmo tempo, era percebida por todos. A música estapafúrdia repercutia na cúpula, de modo que tudo ao nosso redor parecia vibrar com um leve tremor. Foi Saldanha quem primeiramente identificou a natureza dos acordes:

— É um método de hipnose que usa a música como instrumento. Tal qual ocorre entre os encarnados, com certas músicas de batida insistente que se materializam na Terra, entre compositores e cantores que captam impulsos do astral. Mas não se preocupem; o som não tem efeito sobre nós. Pelo que vejo, afeta somente quem já se submeteu a sessões magnéticas sob o comando dos magos e magnetizadores. O objetivo é aprofundar ordens pós-hipnóticas em suas vítimas.

A música não era produzida por alguém em especial. Era reproduzida de forma mecânica, estranhamente direcionada para aquele lugar. Dois cientistas apareceram de repente, vestidos de uniforme verde-oliva, mas não davam mostras de se importar com nossa presença. Até se dirigiram a Raul de maneira pouco comum a agentes das sombras. Quem sabe estavam acostumados a receber por ali pessoas desdobradas para suas experiências? Ao abordarem Raul, entabularam uma conversa rápida. O mais alto deles principiou:

— Assombroso nosso pavilhão, não é mesmo? É uma maravilha da técnica dos dominadores. Estamos satisfeitos em poder servir e trabalhar com os equipamentos que nos foram concedidos.

— É realmente um assombro — respondeu Raul. — Estou admirando sua técnica. Para que serve toda esta cadeia de laboratórios?

— Não lhe explicaram ainda? Todo dia comparecem aqui alguns médiuns desdobrados, a fim de nos fornecer ectoplasma. São nossos parceiros. Somente eles podem passar pelas armadilhas, e, como você conseguiu entrar aqui, suponho que seja um dos nossos.

— Claro, claro! Apenas não tive tempo de me inteirar a respeito do lugar. Fiquei sobrecarregado com tantas informações que me foram passadas antes...

— Às vezes nossa equipe esquece de algumas coisas importantes. Afinal, temos pressa e somos procurados por quase todas as organizações que trabalham em sintonia com nossa política. Mas, vamos lá. Me acompanhe!

Seguimos Raul de perto, sabendo agora que os cientistas viam apenas o médium desdobrado, sem perceber a presença dos demais de nós. Ele andou alguns metros e ultrapassou uma barreira magnética. Tão logo adentrou o novo ambiente, desdobrou-se à nossa visão vasto espaço constituído de formas sextavadas, em cujo interior havia alguma coisa que ainda nos escapava à visão. Acima, exatamente no teto da cúpula, havia algo em determinado nicho, um equipamento em forma de olho, que irradiava ondas hipnóticas por toda a sala. Foi um dos cientistas quem explicou a Raul a situação:

— Este é o olho que tudo vê. Somos monitorados por este equipamento colocado aí por nossos supervisores. Ele também serve como meio de irradiar ondas mentais para os cânceres astrais.

— Cânceres? A que você se refere?

— Veja os favos sextavados. Dentro deles são colocados seres ovóides, aos quais damos o nome de cânceres astrais devido ao grau de ódio que apresentam e ao tipo de vibração que emanam. Ficam na penumbra, pois exigem ambiente preparado, a fim de segregar a espécie de matéria mental de que necessitamos em nossos experimentos. Os seres inferiores, ou seja, os répteis e cavernícolas, são nossos escravos e saem pelas regiões ermas do mundo astral capturando os ovóides e trazendo-os para as incubadoras da escuridão. Em nossas câmaras, recebem tratamento hipnótico dia e noite. Tudo aqui é elaborado com o intuito único de conservar o estado alterado das consciências dos ovóides. São mantidos em constante pesadelo, imposto pelo tratamento hipnótico. Em intervalos regulares de tempo, recebem choques elétricos produzidos por mecanismos ligados à sua estrutura degenerada. Na verdade, são ferrões conectados a baterias de eletricidade, os quais se destinam a fazê-los sofrer.

— Ah! Minha parte predileta! Sofrer, não; sofrer terrivelmente! — interrompeu o outro cientista. Ele, que tinha olhos vidrados, nessa hora excitou-se visivelmente, maravilhado com o relato. — Dou boas gargalhadas ao escutar seu gemido mental.

O cientista de maior estatura prosseguiu:

— Nesse estágio, produzem uma substância preciosa, produto de violenta descarga emocional. Essa substância é um excelente material para certas experiências que realizamos.

Raul, tanto quanto nós, ficou estupefato com as revelações, tanto quanto com o sadismo dos cientistas. O médium conteve-se para não vomitar diante do que viu e ouviu. Na realidade, só obteve êxito porque, como não éramos percebidos pelo pequeno grupo de cientistas, Jamar aproximou-se dele e aplicou-lhe um passe, dando-lhe forças para resistir à exposição macabra. Pesquisamos cada detalhe da incubadora da escuridão. Anton resolveu retirar um dos ovóides e conduzi-lo para estudos na base dos guardiões.

— Os ovóides e as larvas ou vibriões são muito procurados por outras organizações — continuou o cientista, sem perceber-nos a presença. — É um produto especialíssimo que fabricamos aqui, em larga escala; como pode ver, temos orgulho de liderar esse mercado. Inúmeros grupos disputam esses seres para usá-los em vinganças pessoais. No entanto, os mais valorizados são as larvas e os vibriões. Eles são requisitados para serem utilizados nos odiosos filhos do Cordeiro, um monte de bastardos que nos incomodam constantemente.

— Será que não sabem a respeito da organização deste lado? Porventura não temem o poder dos dragões? — aventurou-se Raul, para disfarçar a situação imprevista de agente duplo.

— Os miseráveis tentam de tudo contra nossas bases e laboratórios. Um completo desrespeito. Como são hipócritas, falando de livre-arbítrio! — interferiu o outro técnico, que salivava um misto de ódio e desdém. E o primeiro retomou as explicações:

— Felizmente nunca encontraram as incubadoras nem os laboratórios principais — o cientista não desconfiava que Raul representasse os Imortais. — Somente pessoas autorizadas podem visitar essas regiões, e, quando encontramos alguém por aqui, temos certeza de que são autorizados pelos dominadores. Afinal, somos invencíveis, e nossas defesas, intransponíveis.

— E como as outras organizações obtêm amostras desses ovóides já trabalhados hipnoticamente?

— Não podem obtê-los senão por um preço muito alto. Afinal, nada é de graça. Como recrutamos mais e mais servidores entre os viventes, trocamos alguns desses miseráveis nas incubadoras por parceiros humanos, que compõem nosso time de médiuns. Quem estiver interessado, que alicie parceiros para nós. Tão logo implantemos elementos da nanotecnologia nos cérebros astrais dos viventes e passemos a controlá-los completamente, liberamos número de exemplares e tipos de ovóide proporcionais à quantidade e à qualidade dos parceiros oferecidos. Também precisamos muito de outro elemento que somente os humanos possuem, e que é aceito como moeda de troca. Trata-se do duplo etérico dos viventes, o qual adquirimos das organizações que nos procuram em grande quantidade. Os duplos nos servem de fonte de abastecimento vital para diversas experiências sensoriais que aqui realizamos. Quando nos entregam corpos etéricos capturados, expedimos novos ovóides ou vibriões para os clientes que os encomendaram.

— Não entendo ainda hoje como podem roubar duplos, se os viventes ainda estão encarnados. Como fazer para dissociar corpos etéricos dos físicos, sem aniquilar o indivíduo?

— Isso é bem simples! O que é mais difícil é encontrar um duplo dotado de cota vital ativa e aproveitável. Em geral, são imprestáveis os corpos etéricos mais fáceis de obter, isto é, os de usuários de drogas, entre elas o fumo e mesmo o álcool. Neste caso, estão contaminados e não nos servem para as experiências. Encontrando-se os que estejam preservados, basta magnetizar o indivíduo com movimentos longitudinais intensos e dar ordens firmes para a dissociação do duplo etérico, que responde imediatamente ao comando mental. Até mesmo um vivente pode realizar o procedimento. Não é em nada difícil. Uma vez projetado na dimensão etérica, o fio que liga o duplo ao corpo físico se distende por distâncias incríveis. É aí que o transportamos para nossos refúgios. Portanto, quando os interessados recorrem a nosso serviço nas incubadoras, atendemo-los mediante o pagamento tanto em duplos etéricos reféns quanto em parceiros entre viventes que compareçam em corpo astral, de bom grado. No que tange aos últimos, nossos clientes tratam de aliciá-los utilizando diversos métodos.

Enquanto as explicações se desenrolavam, Raul ouvia a estranha música, que, desde o início, preenchia todo o ambiente com seus acordes. Era a música hipnomecânica. Embora não fosse plenamente afetado por ela, o médium sentia-se incomodado. Resolveu conduzir a conversa a um termo:

— Mas não é um preço bem alto em troca dos ovóides?

— Claro que sim! O valor é compatível com a qualidade do produto. Ou seja, estes seres que estão nas incubadoras não são simples ovóides em seu estado natural, como os há por aí, nos charcos do abismo. Nós os caçamos com nossos escravos e oferecemos-lhes tratamento integral. Fazemos um treinamento hipnótico de longo prazo, viciamo-los em determinadas substâncias e, em alguns deles, insuflamos elementos radioativos e bactérias. Quando nossos ovóides entram em contato com o psiquismo humano, despejam imediatamente, nos centros de força dos viventes, todo o conteúdo armazenado nos pseudocérebros semimateriais. Veja que entregamos um produto muito bem elaborado, de grande qualidade.

Mais adiante, observamos espíritos inertes, que dormiam, talvez sob ação de alguma droga. Eram mais de 300 espíritos em animação suspensa, cujas mentes pareciam hibernar, induzidas por algum processo ainda desconhecido por nós. Porém, Saldanha já sabia o que se passava, pois conhecera processos semelhantes nos tempos em que estivera sob o império dos magos negros.

Raul ficava cada vez mais estarrecido diante da naturalidade — e do prazer — com que os cientistas revelavam o sistema desenvolvido nas incubadoras do abismo.

Jamar fez um sinal para Raul, e ele tratou de se liberar rapidamente da dupla de técnicos de verde-oliva, a fim de prosseguirmos a tarefa. Graças à ajuda do ser extrafísico cuja forma humana Saldanha recuperou, conseguíramos entrar no primeiro laboratório dos senhores da escuridão. Descobrimos, enfim, a ponta do *iceberg* que indicava o caminho para as monstruosidades perpetradas pelos ditadores do abismo. Por ora, não adiantava interferir naquela cúpula; a prudência mandava aguardar. Anton e Jamar decidiram deixar ali, de prontidão, um destacamento de mais de 100 guardiões. Assim que recebêssemos ordens dos Imortais, seria desarticulado todo o sistema de incubadoras. O especialista da noite endereçou um pedido direto aos espíritos ligados à assistência astral, para que também viessem e montassem um abrigo hospitalar nas imediações. A maior fração possível de ovóides ali aprisionados precisaria ser recolhida, assim que os guardiões entrassem em ação. Aqueles infelizes deveriam ser transferidos a uma instituição do espaço especializada no trato com tais seres e suas particularidades.

Quanto à nossa diligência, a ordem era prosseguir em busca dos demais laboratórios. As pistas ali recolhidas nos ajudariam a traçar a rota. Não poderíamos ser complacentes com outros delitos cometidos sem que interferíssemos ou, no mínimo, sem que os guardiões pudessem contrapor as atrocidades com estratégias de ação e combate.

De volta aos caminhos ermos que nos esperavam, atravessamos uma área pantanosa, repleta de charcos que recendiam a amônia e enxofre. Em meio ao tétrico cenário, contavam-se muitas outras redomas, mais de uma centena delas, todas abrigando viveiros ou incubadoras. Destinadas a manter seres ovóides e vibriões prisioneiros de sugestões hipnóticas, além de desenvolver e aprimorar técnicas abomináveis para subjugar outras inteligências, a própria existência daquelas cúpulas — celeiros de crimes contra a humanidade — atingia as raias do absurdo.

Ao longe, avistamos um espírito que supúnhamos ser um vigilante. Erguia-se sobre uma espécie de árvore com muitos galhos, embora estivesse completamente nua, sem folhas. O ser desconhecido voltou-se para o comando dos guardiões:

— Alto lá! Quem ousa transpor os limites do abismo? — gritou o sentinela. — Quem é o vivente que se atreve a entrar nos domínios da escuridão? Acaso intentam fugir das cadeias eternas destinadas a colocar limites entre o averno e o reino dos viventes? Quem é o responsável por sua condução? Que luz os guiou entre os tropeços da escuridão ínfera? Será que os Imortais sabem de sua passagem pelas regiões do abismo e deram novas ordens? Porventura as leis das profundezas foram revogadas?

Mirando em direção ao sentinela do abismo, Anton pronunciou, com veemência e sem vacilação:

— Não viemos aqui a passeio nem estamos derrogando nenhuma lei que preside as regiões inferiores. Somos enviados dos Imortais, e foram eles que nos investiram de autoridade para penetrar nos domínios da escuridão e do abismo. Estamos a serviço da justiça sideral. Para tomar decisões que competem à administração planetária, tivemos de percorrer esses domínios, pois aqui vicejam crimes contra a civilização. Os seres infernais precisam conhecer seus limites, e a sabedoria dos Imortais nos outorgou o mandato de emissários seus. Quanto ao vivente, ainda está de posse de seu corpo físico, que repousa além, sob a proteção de poderosos guardiões. Ele tem habilitação para nos acompanhar.

— Basta para mim! Se a ordem vem dos Imortais, não me atrevo a contrariar. Minha tarefa é impedir que criaturas humanas adentrem os sombrios círculos draconianos. A partir daqui, depararão com situações verdadeiramente inusitadas, para qualquer um. Prossigam então com o vivente, mas tenham-no sempre sob as vistas, pois aqui os viventes são presa fácil. Envolvam-se nos fluidos balsâmicos das alturas, pois as fuligens do mundo inferior causam sérias repercussões nos andarilhos. A descida é sobremodo incômoda a partir daqui. Rezarei para que tenham êxito na tarefa.

O sentinela virou-se para o lado oposto, como se estivesse atento a algum evento nas insondáveis regiões abissais. Ignorou-nos por completo após Anton apresentar nossas credenciais, numa atitude que, em outras circunstâncias, talvez pudesse ser interpretada como fria. Prosseguimos todos depois de ouvir a advertência do espírito que vigiava o limiar das dimensões inferiores. Antes disso, Anton e Jamar tomaram as devidas providências para que o espírito liberto por Saldanha fosse encaminhado por guardiões a um posto de socorro na superfície. Nossa incursão às profundezas estava em pleno andamento. Na Crosta, amanhecia o dia sob as bênções do Sol, enquanto, no abismo, nada mudara em relação às claridades benfazejas do astro rei. Eram trevas insolúveis, permanentes.

6

Preciosos apontamentos

ENDO COMO referência o tempo na superfície, durante o dia reunimo-nos para estudar e catalogar o ambiente da escuridão no qual estávamos. Era importante essa pausa estratégica para nos organizarmos e registrar tudo, inclusive para poder informar a rota percorrida à equipe de reconstrutores, que em breve procederia à reurbanização extrafísica de todo o trecho. Encontramos um local perto dos escombros de antiga embarcação e ali improvisamos um espaço que nos permitiu ficar um pouco mais à vontade. Ondas de energia vinham em nossa direção como ondas do mar. Apesar de perceptíveis, passavam por nós sem nos afetar. Com o tempo, aprendemos a nos movimentar naquela dimensão quase material. Aproveitamos a espécie de intervalo para fazer medições, checar os instrumentos defensivos e avaliar nossa atividade. Depois de longo e exaustivo trabalho num ambiente desfavorável e rude como aquele, era agradável reunirmo-nos em torno de Jamar, Anton e Elliah, o antigo servidor dos senhores da escuridão.

Resolvemos apresentar questionamentos. Elliah, que era grande conhecedor de certos métodos empregados pelos cientistas do abismo, auxiliaria os chefes da guarnição com mais dados a respeito.

Após ordenar o grupo de interessados em torno dos assuntos a serem discutidos, Anton e Jamar se prontificaram a atender nossas indagações. Watab foi o primeiro a se pronunciar, exprimindo dúvidas de vários de nós:

— Vimos espíritos vivendo num estado especial, ao qual os guardiões deram o nome de *animação suspensa*. Pergunto: o que significa essa animação suspensa e por que tais espíritos se encontram prisioneiros dessa situação ou fase de existência?

Pensando um pouco antes de responder, Jamar exprimiu-se com palavras sensatas e certo vagar, porém seguramente:

— Considerando que os espíritos a que você se refere estão destituídos de corpo físico, a animação suspensa ocorre em virtude da estagnação da consciência num quadro de crise interna, visto como circuito fechado de culpas e autopunições. A própria consciência é quem se enclausura, como se estivesse prisioneira no interior de um casulo astral. O tal casulo, se assim se pode chamar, é representado pelos despojos do corpo espiritual, cuja forma está em via de deteriorar-se. Esse estado de paralisia das faculdades anímicas faz com que o ser perca progressivamente a aparência humana. Dito de outra maneira: quando o psicossoma adentra o processo de degradação, a resultante dos elementos do qual é constituído o perispírito — ou seja, o material astral em decomposição e transformação — constitui uma espécie de capa ou invólucro semimaterial, dentro do qual hiberna o espírito refém de si mesmo. Num estágio avançado de transfiguração, as funções vitais das células perispirituais são suspensas temporariamente. A partir de então, todos os impulsos e experiências passam a ser dirigidos ao corpo mental e a ele vinculados, ainda que este também se caracterize por certa degeneração, levada em conta a conjuntura espiritual anômala em que o fenômeno se dá. Como se pode ver, o nome *animação suspensa* reflete bem o estado em que se encontra tal espírito.

Não contive a curiosidade e me intrometi apaixonadamente, pois, em minhas andanças no invisível, ainda não havia deparado com nenhum despojo ou resíduo de corpos espirituais. O assunto me despertava sincero interesse de aprender, pesquisar e me instruir, até porque, mais tarde, deveria compartilhar cada lance com os companheiros da dimensão física. Foi com esse estado de espírito que me aventurei a perguntar:

— Então a deterioração da forma perispiritual provoca um descarte de elementos constituintes do perispírito ou psicossoma? Poderia me explicar mais detalhadamente?

— É claro, Ângelo! — retomou o especialista da noite. — Como você sabe, o psicossoma ou corpo espiritual é o resultado da evolução em milênios e milênios, sendo composto de elementos sutis da atmosfera terrestre em conjunto com outras partículas do plano astral. Com a degeneração da forma humana, os componentes desse corpo sutil devem ser reintegrados à natureza — afinal, para onde iriam? —, e isso não ocorre de maneira instantânea, assim como a formação do perispírito não se deu da noite para o dia, num passe de mágica; ao contrário, foi elaborado durante os milênios de peregrinação do espírito nos ambientes planetários. À medida que a matéria integrante do corpo perispiritual sofre a modificação devido à perda temporária da face humana, tais elementos passam a não ter mais serventia, sendo assim reabsorvidos pelo plano astral. Quando o espírito, no iminente retrocesso da aparência, faz jus ao apoio mais detido do Plano Superior, os resíduos descartados no processo são literalmente enterrados no solo astral, a fim de serem reabsorvidos mais depressa pela natureza.

Apressei outra pergunta associada ao mesmo tema, antes que outro guardião se manifestasse:

— E no momento em que o ser cuja forma humana se perdeu consegue empreender um movimento na direção oposta, apresentando então condições de retomar a forma, como isso se procede? Ele elabora novamente um corpo espiritual para si, uma vez que perdeu o anterior?

Ainda sob a influência da questão mais recente, eu queria aprofundar-me no problema. De boa vontade, o amigo espiritual me atendeu os anseios de conhecimento:

— Meu amigo Ângelo, é muito bom que indague a esse respeito, sobretudo porque acredito sinceramente que esse é um tópico que reclama bem mais estudo da parte dos companheiros encarnados. Pois bem. Ao utilizar o termo *perda* da forma perispiritual, evidentemente o empregamos no sentido de um descarte *provisório*, que dura o tempo exato em que a consciência permanecer no estado mental crítico de circuito fechado. Assim que apresentar condições, o ser cujo aspecto se deteriorou é reconduzido a um útero — físico ou extrafísico —, a fim de receber o choque vibratório e anímico que fará com que despertem novamente na consciência as lembranças do antigo corpo e as potencialidades adormecidas.

"O processo é semelhante em ambas as hipóteses, todavia, no tocante à gravidez extrafísica, ocorre o seguinte, em linhas gerais. A matriz perispiritual do útero materno, juntamente com os modelos mentais da mãe desencarnada na qual é acoplado o ovóide, refunde os elementos da natureza e molda novamente a figura humana. Não se esqueça das lições em nossa universidade, que esclarecem que o perispírito é uma espécie de modelo organizador das formas. Após o contato com o útero da mãe no plano astral, o restante se passa de modo automático, segundo os caminhos criados pela mãe-natureza. Isto é, o corpo mental do espírito, desperto pelo choque anímico decorrente do contato com as matrizes no útero materno, elabora, juntamente com o órgão que o abriga, um psicossoma inteiramente novo, compatível com as necessidades do espírito. A associação antes descrita, como se dá com qualquer gestação, capacita o ser a manter a conformação recém-elaborada."

Diante da resposta elucidativa, outro guardião manifestou-se, com o desejo de saber mais acerca de um tema citado, porém pouco explicado ou pesquisado nas reuniões de estudo dos amigos encarnados:

— Você fala de gravidez extrafísica. Poderia discorrer mais sobre o assunto? Porventura o espírito que detém a forma feminina pode engravidar novamente no plano astral?

Dando uma pausa para incitar à reflexão, nosso benfeitor esclareceu:

— Devemos atribuir peso relativo aos termos empregados do lado de cá. Portanto — disse o guardião, pausadamente —, quando mencionamos a possibilidade de gravidez extrafísica, é bom que se entenda o verdadeiro sentido do que se quer dizer. A gestação, da forma exata como ocorre no plano físico, não encontra similar em nossa dimensão. Não existe união de gametas, espermatozóides e óvulos astrais, para produzir zigotos e, a partir destes, novos seres. Isso não ocorre. No entanto, temos de considerar que o útero materno, não somente no plano físico, mas principalmente no extrafísico, é um potente transformador, vivo e atuante, perfeitamente capaz de transubstanciar elementos sutis, devolvendo a configuração humana àqueles que a perderam.

"Assim sendo, os espíritos que apresentam condições de ser ajudados passam por uma redução da forma ovóide e são acoplados no útero extrafísico de seres que, na Terra, desempenharam a missão de mãe. Nesse estágio, faz-se um acoplamento áurico entre ambos, ou seja, do espírito da mãe desencarnada com a forma mental degenerada em ovóide, que passa a acolher. Através desse contato, refazem-se as matrizes do perispírito, outrora descartadas. A mãe desencarnada não vai *parir* um novo espírito; entretanto, com as energias de que é portadora na matriz uterina, auxilia na reconstituição da forma humana, que se dissipou. Tal fenômeno não é raro de se ver.

"Avançando no processo, tais espíritos são desacoplados do perispírito materno após algum tempo, suficiente para readquirir o aspecto humano, ainda na esfera extrafísica, e somente então são induzidos à reencarnação, isto é, encaminhados ao útero de alguma mãe encarnada. Isso é o que ocorre na maior parte dos casos de recuperação de ovóides. Ao compor as células de um novo corpo físico, a consciência consolida a configuração adquirida no plano astral. Muitas vezes, é necessário que o espírito-criança tenha ligeira passagem pela vida orgânica, para logo retornar ao plano extrafísico e se ocupar da renovação de seus comportamentos. Deverá se dedicar com afinco à reeducação da alma e das matrizes do pensamento, visando futuras reencarnações."

O assunto era por demais complexo e interessante para apenas uma pergunta. Creio que, por isso, Watab quis aprofundar mais. Deveras curioso, enfocou sua questão especificamente na perda temporária do corpo perispiritual, que também pode ser chamada de *segunda morte*,[10] como o fenômeno é conhecido em alguns círculos:

— Se, durante o processo de perda da forma perispiritual, a consciência se cristaliza por longo tempo, como é a vida íntima do espírito nesse estado? Ele tem ciência do fenômeno que lhe ocorre?

Agora foi Saldanha quem respondeu, com um largo sorriso estampado no rosto, como a adivinhar nosso desejo cada vez mais intenso de informações:

— Depende muitíssimo do desenvolvimento intelectual e da atividade mental do ser que se projeta nesse estado infeliz — pronunciou nosso interlocutor, de modo a satisfazer nossa sede de conhecimento. — Na maioria dos casos, tais espíritos nem

10. O autor espiritual Joseph Gleber explica que a *segunda morte* — nome genérico para o descarte do perispírito — pode se dar em duas circunstâncias opostas. Pode ser conseqüência da evolução, quando o espírito se liberta da roda das reencarnações em planetas de provas e expiações, ou seja, quando transcende o estágio em que Allan Kardec enquadrou os chamados *espíritos errantes*. Para o codificador do espiritismo, dizer que o espírito está na *erraticidade* equivale a dizer que está no intervalo entre encarnações. Por outro lado, a segunda morte também pode ser ocasionada por regressão da forma, caso em que o espírito passa a atuar através de um corpo mental degenerado. Este livro trata exclusivamente do último caso. (Para saber mais, ver: PINHEIRO, Robson pelo espírito Joseph Gleber. *Consciência*. Casa dos Espíritos Editora, 2007, itens 105 a 107.)

têm consciência do que lhes ocorre. Estão imersos em suas culpas, punindo-se mentalmente, fato que acarreta a perda dos elementos sutis que constituem o perispírito. Não obstante, há espíritos de grande atividade mental e intelectual que, mesmo perdendo a forma humana, conservam a capacidade de raciocinar e agir, embora de maneira fragmentada ou algo reduzida.

Ainda dentro do tema tão instigante, um dos técnicos que nos acompanhava resolveu também perguntar, com foco numa questão mais específica:

— Gostaria muito de saber algo a respeito de um fenômeno que presenciamos. Refiro-me a certos espíritos que tinham um aspecto diferente do humano. Embora conservassem aparência humanóide e continuassem caminhando, emitiam sons incompreensíveis e tentavam se apossar de outros seres, como se fossem zumbis.

Creio que, diante da especificidade da pergunta, Anton se adiantou para responder, uma vez que ele e Jamar tinham experiências mais acentuadas com o assunto:

— É interessante sua pergunta, pois tal fenômeno não é raro de ser observado nas regiões abissais. O que viu é um processo conhecido como zumbificação. Trata-se de um estágio em que o espírito ainda não perdeu completamente o aspecto humano, mas não reúne condições de mantê-lo por si só. Ocorre que, durante o processo de transformação das células do corpo espiritual, a consciência tem impulsos fragmentários que a levam, instintivamente, a tentar reassumir a conformação que se esvai. Nessa fase, conduz-se e comporta-se como um zumbi. Arrasta-se pelo solo astral e é tomada por uma reação de desespero perante o fato que lhe está sucedendo. Com relativa lucidez, assiste a cada detalhe da perda progressiva da forma humana, mas não apresenta nenhum impulso consistente de modificação interior. Antes de se converter em ovóide, o ser se contorce, geme, rasteja e estertora, o que se assemelha a uma espécie de ataque epiléptico de longa duração, até que enfim sucumbe, sob o peso da própria culpa e rebeldia. Ocorre com relativa freqüência esse fenômeno, estudado pelos Imortais com o nome de zumbificação.

Anton respondia as perguntas com o máximo de precisão, deixando que seus interlocutores pudessem posteriormente avançar no assunto, por si sós. Diante de tantos esclarecimentos, não poderíamos deixar passar a oportunidade, pois a qualidade das respostas dependia inteiramente do método inteligente de fazer as perguntas e do interesse em investigar a fundo as questões. Por isso, resolvi interferir uma vez mais, anotando cada detalhe das dúvidas, bem como das explicações concedidas:

— Como se dá a retomada da forma humana, caso o espírito apresente o necessário para ser socorrido?

— A pergunta era simples, porém ajudaria a elucidar muitas outras dúvidas que eu trazia e que gostaria muito de pesquisar por mim mesmo. Anton parecia perceber minhas intenções, ao me ver rabiscar numa folha eletrônica a síntese de suas observações:

— Existem casos, Ângelo, em que o espírito, ao ser resgatado, demora, muitas vezes, dezenas de anos até reconquistar efetivamente a aparência humana. Entretanto, na hipótese de um espírito que vive na condição de ovóide apresentar maturidade para assumir novamente a face humana, tal caso vai requerer internamento nas clínicas do Plano Superior. No que se refere ao seu tratamento na dimensão astral, pode-se envolver o corpo modificado, mas não totalmente desfeito, em elementos sutis, nos quais poderá ficar imerso durante longo tempo. Para a reconstituição definitiva, porém, é indispensável retornar ao corpo físico através da reencarnação. Somente assim recuperará a forma em caráter duradouro e poderá raciocinar com mais lucidez a respeito dos próprios valores, dos atos e suas conseqüências. Contudo, é importante se precaver quanto ao alto grau de periculosidade que essas entidades representam. Transformam-se em vampiros astrais e saem em busca de outros seres com os quais estabelecem mórbida sintonia, desempenhando o papel de vampiros, tanto quanto de simbiontes. O quadro que envolve ovóides não é nada simples, e, no intricado capítulo das obsessões complexas, o auxílio a esses espíritos ocorre lentamente.

Eu registrava cada palavra, visando futuros apontamentos para os amigos encarnados, assim como para aqueles de nossa metrópole que se interessassem pelo tema. Enquanto isso, outro espírito apresentou mais um item para esclarecimento:

— Quando você fala a respeito de tomar um novo corpo físico, os espíritos em estado de decomposição da forma não colocariam o corpo da mãe encarnada em risco, devido à baixa vibração de seus organismos espirituais?

Este era também um aspecto interessante, que fora discutido amplamente na universidade de nossa metrópole. Anton resolveu apresentar um ponto de vista pessoal, embora fundamentado em estudos consistentes de pesquisadores da nossa dimensão. De maneira pausada e firme, disse:

— Com certeza poderia haver tal prejuízo, por

isso me referi à terapêutica em que tais espíritos são imersos em determinada substância nas clínicas das esferas superiores. Dotado de ingredientes etéricos e astrais, esse material tem a propriedade de absorver elementos tóxicos e insalubres aderidos à forma doente. Mesmo no caso de ovóides cujo processo de transformação está consolidado, previamente o espírito deverá passar por processo análogo, isto é, ser acoplado antes num útero extrafísico, de mãe desencarnada, a fim de mais tarde ter condições de entrar em relação com o ventre de alguma mãe encarnada. Após o choque energético com a forma humana de um ser desencarnado, em que o ovóide participa de um evento semelhante à gravidez do plano físico, aí sim, ele readquire as memórias e uma protoforma humana e torna-se apto à reencarnação, conforme explicado anteriormente.

"Quando se observa a chamada gravidez psicológica, em alguns casos a investigação revela que ovóides foram vinculados às mulheres que vivem tal processo. Sem necessidade de haver a união dos sexos, um ou mais espíritos são ligados à mulher para se exporem à repercussão vibratória causada por um perispírito e por um corpo humano saudável. A experiência tem por finalidade provocar um choque anímico no indivíduo, além de obter a colaboração do psiquismo da mãe na elaboração do novo corpo. No momento em que ele é finalmente afastado da mãe, a medicina terrena conclui que a gravidez em curso era, na verdade, um processo psicológico. Do lado de cá, sabe-se que esse processo psicológico, muitas vezes, é fruto da tentativa de estimular a criação de um organismo perispiritual para algum ser necessitado."

Ainda sob o impacto da resposta de Anton, os guardiões se manifestaram com perguntas cada vez mais interessantes e inteligentes, denotando o real interesse de aprender:

— Falou-se o tempo inteiro de seres que perderam o modelo humano ou o perispírito, quando este foi transformado e, digamos assim, condensado na forma mental degradada de um ovóide. Contudo, ainda não há informações precisas sobre situações concretas que favorecem ou determinam a degeneração do corpo espiritual em ovóide.

Desta vez foi Jamar, o guardião da noite, quem assumiu a palavra, falando-nos com seu jeito alegre, porém firme e resoluto:

— Desde a segunda metade do século XIX, o Plano Superior colocou à nossa disposição dados e pesquisas que facilitam a compreensão do fenômeno de regressão da forma perispiritual, o que não quer dizer que não haja muita coisa a ser entendida ainda. Mesmo com a complexidade do fenômeno, podemos destacar alguns itens relativos a essa transmutação. Primeiramente, o corpo espiritual se modifica lenta e não diretamente num corpo ovóide. Ao longo do processo, adquire outras aparências, em etapas graduais de degeneração do aspecto humano, até restringir-se por completo à protoforma ovóide.

"Há casos em que o organismo perispiritual é como que implodido, por meio de uma interferência de origem externa, refletindo claramente a ação premeditada de obsessores que se utilizam da técnica astral para induzir a terríveis sofrimentos suas vítimas de dimensão equivalente. Sem dúvida, é um caso que merece estudos apurados. Todavia, por ora procuraremos nos ater às circunstâncias próprias do indivíduo, isto é, endógenas, que o levam à ovoidização.

"Ante o exposto, constatamos que a psicotransformação das células perispirituais num corpo ovóide possui causas, na esmagadora maioria dos casos, identificadas com uma entre três categorias gerais a seguir."

Pessoalmente, adorava a didática de Jamar, que destrinchava o tópico em pauta analítica e pedagogicamente. Talvez a tenha aprendido ao especializar-se em estratégia? Prosseguiu ele:

— No primeiro cenário, há o homem que viveu uma vida selvagem e, após a morte biológica, ao adentrar a erraticidade, apresenta-se com um medo extraordinário diante da imensidade da vida no invisível. Desprovido da maturidade proporcionada pela vida verdadeiramente espiritualizada, mas estando frente à realidade extrafísica, mantém os pensamentos circunscritos ao estilo de vida que abandonou em sua vivência primitiva. O medo exagerado do desconhecido o induz a retirar-se do convívio de outros seres mais esclarecidos, numa espécie de transe *post-mortem*, durante o qual as idéias fixas acabam por comprometer a estabilidade das moléculas do psicossoma. Crise interna de grave repercussão se estabelece, confinando emoções e pensamentos a um circuito fechado. Logo se manifesta a perda temporária da forma humanóide, favorecida ainda pela inexperiência espiritual, própria do ser relativamente primitivo. Não há estímulos para exercitar os órgãos psicossomáticos, que se atrofiam, tal qual sucede com os órgãos do corpo físico quando perdem a função ou ficam paralisados. Lentamente, ocorre a modificação das funções e do aspecto desses órgãos, que se retraem dentro de uma forma oval. Este é o caso clássico, ainda que bem menos freqüente nos dias atuais.

"Nosso amigo André Luiz já fez algumas referências a este caso em particular.[11] Contudo, é importante acrescentar que a forma ovóide é um corpo mental doente, embora guarde na memória os registros de todos os órgãos de exteriorização da personalidade, tanto na erraticidade quanto na dimensão física, assim como o projeto de um corpo somático está impresso no DNA."

Dando uma pausa para pensarmos e registrarmos suas observações, o guardião da noite continuou:

— A segunda situação é a que ocorre com seres que se fixam em emoções e pensamentos profundamente doentios ou vingativos, os quais se sujei-

11. Este assunto pode ser encontrado nas obras *Evolução em dois mundos* e *Libertação*, do espírito André Luiz pela psicografia de Francisco Cândido Xavier. O mesmo espírito tratou da perda do governo da forma do perispírito também nas obras *Missionários da luz* e *Entre a Terra e o céu* (todas editadas pela Federação Espírita Brasileira). Embora os ovóides não tenham sido mencionados nas obras de Allan Kardec, em *O livro dos médiuns* ele afirma que o "perispírito se dilata ou contrai, se transforma: presta-se, numa palavra, a todas as metamorfoses, de acordo com a vontade que nele atua" (II parte, cap. 2, item 56). Portanto, tais palavras já nos permitiam concluir a respeito da possibilidade do fenômeno da ovoidização.

tam à própria força mental num processo de auto-hipnose. A consciência faz com que o corpo perispiritual se decomponha gradativamente, à medida que se instala o estado crescente de desequilíbrio íntimo. Vêem-se neste caso as conseqüências do monoideísmo, que age sobre células e átomos do corpo psicossomático, causando a involução da forma, embora sem prejuízo das aquisições como ser espiritual. Os ovóides resultantes deste tipo de transformação em geral se fixam nas auras de outras individualidades que desenvolvem pensamentos e emoções semelhantes, girando, as duas ou mais mentes — hospedeiro e parasitas —, num círculo vicioso de culpa, ódio, remorso e vingança.

Outra pausa para nossos apontamentos e Jamar continuou, agora dando ênfase às palavras:

— Estudemos agora o terceiro caso. Diz respeito a grandes vilões da história planetária, tanto os que ganharam projeção quanto os que se esconderam no anonimato. Autores de crimes hediondos contra a humanidade, não suportam a visão e a lembrança das atrocidades cometidas em desfavor do progresso e, com isso, transformam-se em espíritos dementes. Atormentados com a ferocidade da própria alma, fecham-se no monoideísmo enfermiço e na hipnose dos sentidos, causando a retração dos órgãos do corpo perispiritual, tal como ocorre com os da segunda classe.

"Entre os indivíduos nesta categoria, encontram-se também aqueles que detêm seu processo reencarnatório indefinidamente, no intuito de evitar o surto de progresso a que seriam fatalmente compelidos, caso renascessem. Ao se oporem tais espíritos radicalmente à reencarnação, as células e a matéria constituinte do corpo astral sentem-se irremediavelmente atraídas pela gravidade terrestre, o que provoca a desagregação tissular do psicossoma, que se desfaz em etapas e vagarosamente, modificando-se sensivelmente ao longo do tempo. O ser em questão passa a ter sua ação restringida, o que leva muitos deles a recorrer à técnica astral para contornar o curso natural dos acontecimentos. De um lado, erguem poderosos campos de contenção em torno de si, a fim de manter a coesão molecular do perispírito por meio de uma força magnética que neutralize o impulso de desagregação. De outro lado, sabendo que a deterioração é iminente, procuram compor um outro corpo, artificial, com o qual passam a agir entre seus semelhantes assim que a situação do psicossoma se torna insustentável. Obviamente, há graves conseqüências para o espírito que intenta burlar a lei, opondo-se aos seus mecanismos. É uma ação gravíssima, que pode lesar o cérebro perispiritual ou outros órgãos. Não há escapatória nem exceção à regra: somente através da reencarnação é que os ovóides poderão plasmar o perispírito outra vez, de modo duradouro, juntamente com a nova forma carnal."

Para finalizar suas observações tão elucidativas, Jamar falou, mudando a inflexão da voz:

— Em todos os casos, o processo de perda da forma espiritual é gravíssimo. Reclama estudos e a busca por uma instrumentalidade apropriada para compreender e enfrentar as diversas nuances desse fenômeno.

Vários guardiões se manifestaram ao mesmo tempo, entusiasmados com a descrição sumária das motivações que conduzem à ovoidização. No entanto, a ordem e a disciplina prevaleceram, fazendo com que as perguntas fossem organizadas conforme o tema:

— Há como tratar os casos descritos no ambiente de uma reunião mediúnica?

A pergunta interessante, feita por um dos guardiões ligados a determinada casa espírita, despertou minha curiosidade, pois já havia participado de diversas reuniões mediúnicas como ouvinte e pesquisador atento. Fiquei imensamente interessado na resposta de Jamar, que se seguiu:

— Deve-se lembrar que, pelo ambiente da reunião mediúnica, passam menos de 10% dos casos tratados pelos benfeitores da humanidade. Sinceramente acredito — falou o chefe dos guardiões — que, numa reunião mediúnica cujos componentes estão unidos no propósito de servir, especialmente se estiverem apoiados nos princípios e fundamentos da doutrina espírita, conforme codificados por Kardec, muito se poderá fazer em benefício desses nossos irmãos em processo de sofrimento. Entretanto, é importante esclarecer que os médiuns não devem alimentar a idéia de que tudo podem, e que resolvem qualquer caso que lhes é apresentado. Muitas vezes, espíritos ovóides são conduzidos para as reuniões espíritas com a finalidade exclusiva de receber um choque anímico, que estimule o corpo mental à recuperação das matrizes e lembranças nele impressas. Independentemente disso, a maior parte do trabalho ocorre no plano extrafísico e, no caso particular dos ovóides, em futuras reencarnações. Essa é a realidade.

Jamar não poderia ser mais específico. Suas respostas contribuiriam muito para os estudos meus e dos demais guardiões. Depois dessa seção de perguntas e respostas, reunimo-nos em grupos, para aprimorar nossas próprias observações. Aos poucos, os interesses foram se satisfazendo, e os apontamentos, cada vez mais pormenorizados, seriam úteis nas pesquisas realizadas na universidade de nossa metrópole.

Terminamos a reunião profundamente emocionados e agradecidos pelas observações que nossa excursão proporcionou a cada um de nós. Agora, porém, era hora de voltar à ação. Muito ainda tínhamos que aprender, mediante uma intervenção sutil no sistema de vida das regiões abissais. Novo projeto, numa reunião mediúnica realizada na dimensão astral, deveria esclarecer muitas dúvidas a respeito do sistema político dos povos do abismo.

7

A mediunidade no plano extrafísico

"Vocês não sabem com quem estão lidando. Na verdade, percebem apenas a aparência, mas não podem ir além; não conhecem o princípio das coisas e teorizam a respeito de algo que foge completamente ao seu atual conhecimento" — assim falava o ser extrafísico para o médium desdobrado.

O habitante da dimensão astral estava acoplado à aura de um dos trabalhadores, que emprestara seu psiquismo ao estranho ser. Era um espírito, uma inteligência que se fazia perceber pelas palavras. E que palavras. Nelas estava implícito conhecimento tal que desafiava o arcabouço individual e coletivo dos presentes. Um dos médiuns desdobrados participava da reunião na dimensão astral e tratava o espírito como mais um obsessor, apenas alguém que pretendia combater as obras do bem e impedir o progresso de algum ser humano encarnado, em particular. Mas as palavras do estranho visitante escondiam algo mais, mais profundo do que simplesmente a ira de alguém tentando prejudicar ou vingar-se de outra pessoa.

— Você fala conosco como se fôssemos seres vulgares, interessados em vinganças mesquinhas e determinados a fazer acerto de contas, como os obsessores que costumam atender em suas reuniões espíritas — falou o ser para o médium que trabalhava na dimensão astral, em processo de desdobramento. — Será que só conhecem esse tipo rasteiro de seres cuja natureza não difere muito da de vocês? Impossível que não possam ir mais além em suas observações e perceber que existimos muito antes de vocês; que o sistema de vida e os interesses defendidos por nós não se acomodam em torno das idéias de bem e mal que estão acostumados a sustentar em suas religiões.

— Não estamos aqui para falar de religião, meu irmão — disse o médium, que se comportava como um doutrinador, embora estivesse desdobrado em reunião mediúnica do plano extrafísico. — Estamos falando de seu comportamento diante das leis da vida.

— E como podem pretender conhecer quem sou e saber a respeito do meu comportamento em apenas alguns minutos de conversa? Por acaso são clarividentes ou dotados de alguma sabedoria milenar que os faz conhecer a fundo a vida e o sistema de vida de um ser que vem aqui pela primeira vez, a tal ponto de classificá-lo como desequilibrado ou de opositor às suas verdades?

— Ah! Meu irmão, não estamos nos entendendo! Com certeza foi permitido que você viesse aqui nesta noite para que pudéssemos auxiliá-lo de alguma forma. No entanto, vejo que se mantém numa posição de isolamento quanto às verdades espirituais.

— E, nesse caso, vocês naturalmente se julgam amadurecidos para me fazer ver a verdade de vocês como a única ou o ponto de vista que defendem como sendo o melhor para todos, inclusive para mim...

— Mas você se colocou numa posição espiritual difícil e, se está aqui, é porque os benfeitores espirituais consideraram sua necessidade de avaliar a própria conduta e conhecer algo que possa aplacar seus anseios espirituais.

— Não poderá ser o contrário? Será que eles, os seus benfeitores, não permitiram minha presença aqui para que vocês possam se informar melhor e conhecer algo diferente de suas verdades pessoais e daquelas impostas a vocês? Será que todos que comparecem aqui estarão equivocados ou lutando contra vocês? Acredito, meu rapaz, que, no presente caso, o equívoco poderá ser seu. Como disse antes, vocês ignoram completamente minha história e tentam induzir-me à abertura de minha consciência, de minha vida, para um grupo de pessoas que não estão capacitadas sequer para administrar as próprias vidas ou desenvolver um senso ético razoável. E mesmo assim têm o desplante de me dizer que estou equivocado e trabalhando contra o bem, como está implícito em suas palavras?

— Meu irmão, você com certeza parece não compreender o momento precioso para seu espírito...

— Quem poderá determinar que momento é esse? Eu creio que toda hora é preciosa e todo momento é essencial para que o ser desperte e tome decisões importantes.

— Por que então você adia uma decisão vital para sua alma?

— Que decisão? "Seguir o bem e a Jesus", é isso que quer ouvir? Repudio vocês porque desconhecem quem sou, de onde venho e em qual sistema me enquadro. Pretendem me apontar um caminho, mas não demonstram o mínimo respeito pelo fato de que não estou procurando um caminho, como vocês. Com suas palavras elaboradas a partir de umas poucas leituras ou, pior, decoradas das páginas de algum livro, querem que eu abandone toda uma filosofia de ver o mundo, de pensar e agir, sem ao menos conhecer a que venho e o que represento.

"Digo, meu rapaz, que por trás da aparência com a qual me manifesto, existem verdades mais profundas e desprezadas por vocês. Embora tenham escutado acerca dos princípios da vida espiritual, vocês incorporaram informações alheias, recheadas de sofismas e emolduradas em dogmas espirituais. Não se abrem para perceber algo que está ocorrendo ao redor de vocês e em regiões mais profundas do que aquelas às quais estão acostumados a se dedicar. Estão cristalizados, com a mente obtusa, enxergando apenas os estreitos limites de sua verdade religiosa e maniqueísta. Como se atrevem a me mostrar uma nova rota se nem ao menos suspeitam a forma como existo e me manifesto? Reitero: tratam-me como obsessor apenas porque não concordo com vocês e não adoto seu jargão piegas e moralista, e não porque estou em franca e aberta luta contra qualquer de seus princípios. Discordar nos faz adversários?"

— Meu irmão...

— Está aí outro ponto que merece ser visto de modo mais coerente. Não me considero seu irmão tanto quanto não me considero seu adversário. Irmão pressupõe não apenas um princípio gerador comum, mas, sobretudo, identidade de idéias, opiniões e sentimentos. Até onde sei, não falamos a mesma linguagem, tampouco me conhecem superficial, quanto mais, profundamente.

— Creio que não adianta conversar com você, meu irmão. Estamos aqui representando o Cristo, e você, seus próprios interesses.

— Não será outra coisa a fonte do problema que

enfrentamos em nossa comunicação? Não será o fato de que ignoram aspectos que conheço e, no fundo, rejeitam admitir sua ignorância? Não será porque não me curvo a idéias com a facilidade que pretendem, para depois contarem vantagem e difundirem que convenceram ou converteram mais um obsessor? Ou ainda, não será porque, não me dobrando, não poderão teatralizar entre si uma sensação de êxtase religioso, por haver convencido alguém de sua ideologia? Ideologia esta que, muitas vezes, não sabem sequer expor coerentemente e da qual nem mesmo têm convicções reais? Afinal, sua fé se rendeu à tradição: nela, também é proibido questionar e raciocinar.

— Veja como você está se rebelando e se mostrando pretensioso. Renda-se ao poder de Jesus, meu irmão.

— Como vocês desconhecem Jesus! Julgam-me pretensioso não porque trago argumentos confrontando os de vocês, mas simplesmente porque apresento idéias, um pensamento coerente. E vocês tentam me convencer com argumentos religiosos, moralistas, mas, na realidade, ainda me desconhecem. Estão com medo de minhas palavras, pois elas representam uma verdade que vocês relutam em admitir e temem que o obsessor, como me classificam, possa estar certo, e vocês, errados.

Creiam-me, todavia: não venho aqui porque quero convencê-los, mas já que estou aqui e para aqui fui chamado, posso ao menos tornar mais apetitoso este momento, transformando-o em algo proveitoso, e não em um insulto à inteligência de qualquer um que saiba pensar. Isso é ser obsessor?

"Creio que a falta de argumentos sólidos e de conhecimento real por parte de vocês é que faz de suas palavras e tentativas um insulto a qualquer ser inteligente, que seja capaz de pensar por si só."

Nesse instante da conversa, o doutrinador, desdobrado na reunião no plano extrafísico, sentiu-se incapaz de prosseguir o diálogo, a tal ponto que pediu auxílio aos demais integrantes.

— Vamos orar, meus irmãos, pedindo o amparo do Alto para nossas atividades e envolvendo o comunicante em vibrações amorosas.

Raul estava presente no mesmo ambiente espiritual, a convite dos guardiões, e, num gesto de visível intromissão na estrutura de diálogo daquela reunião extrafísica, esboçou uma prece de profundo envolvimento. Enquanto orava, pôde captar o pensamento do dirigente espiritual no Plano Superior, pedindo para que aprofundassem mais as observações a respeito da entidade comunicante. A partir das observações do orientador espiritual, entrou numa espécie de transe mediúnico mais profundo e conectou-se à mente do ser extrafísico. Pedindo a palavra, após a oração proferida com sentida emoção, dirigiu-se ao espírito através da fala.

— Creio que podemos nos entender se você me conceder a oportunidade de conhecê-lo melhor. Que tal me dizer algo a respeito de sua vida ou de outro aspecto qualquer, a fim de que possamos recomeçar nosso diálogo?

Antes que o espírito respondesse, tornando seu pensamento perceptível a todos os presentes por meio da telepatia, o médium que até então havia conversado com o espírito interrompeu, falando no ouvido de Raul, que pedira a palavra:

— Tenha cuidado, pois este espírito é um pseudo-sábio e poderá desequilibrar a situação.

— Não tem problema algum — respondeu o médium Raul. — Nossos benfeitores pediram para que sondássemos mais alguma coisa a fim de nos posicionarmos melhor.

Depois do breve diálogo entre os dois médiuns desdobrados, o espírito se expressou, pausadamente:

— Venho de um passado milenar, possivelmente como vocês; contudo, guardo a lucidez desde a época em que sua humanidade ainda estava mergulhada na barbárie. Sou representante de um reino inumano, algo de que vocês talvez nem suspeitem.

— O que vem a ser um reino inumano? Poderá nos dar maiores detalhes?

— Sei que minhas palavras poderão soar doutrinariamente incorretas para vocês, considerando que as interpretam cada um a sua maneira, exatamente como o fazem com a própria doutrina que professam. Porém, já que me dá a palavra com a intenção de me conhecer melhor, creio que poderei compartilhar algo a meu respeito.

"Quando me refiro a um reino inumano, é porque minha origem não está no mesmo tronco humano do qual sua civilização faz parte. Represento uma constelação de poder diferente da sua, um sistema cuja política é radicalmente divergente da política que lhes é familiar."

Sabendo que suas palavras davam muito o que pensar, a entidade prosseguiu:

— O universo abriga vários sistemas de poder. Muitas galáxias estão imbuídas de uma forma de ver a vida totalmente diferente, embora tal visão não invalide as leis que regem o todo. As leis são as mesmas, porém, em alguns lugares do cosmos, elas são mais conhecidas, e, por isso, sua aplicação é mais abrangente. Entre o aglomerado de sistemas, aquele do qual faço parte luta para sobreviver, tanto quanto o de vocês. Essa luta talvez se afigure para vocês como um conflito mais ou menos permanente entre as forças do bem e do mal. Mas esse conceito de bem e mal é válido somente entre vocês, no âmbito religioso. Entre nós, é apenas uma questão de política de sobrevivência e expansão da forma de pensar. Temos a convicção de que estamos fazendo o melhor para nosso sistema de vida. Assim como a comunidade de vírus e bactérias se esforça para sobreviver dentro do corpo físico, podendo ocasionalmente romper o equilíbrio do sistema vital, também, em âmbito maior, certas forças do universo podem eventualmente romper o equilíbrio e estabelecer uma nova forma de ver a vida e administrar o sistema.

—Acaso vocês se preocupam com as implicações morais de sua conduta ao divulgar, defender e expandir seu sistema ou seu reino?

— Não digo implicações morais, mas éticas. Aquilo que vocês chamam de moral fatalmente leva a uma definição religiosa e maniqueísta. No entanto, embora compreendamos tais implicações, posso dizer que existem coisas no universo que estão muito além desses conceitos criados e modificados em cada século pela expressão do pensamento religioso vigente. Nem tudo está inserido nesse conceito de bem e mal, que, aliás, é muito relativo.

Os sistemas de poder no universo ultrapassam esses conceitos de moralidade e se deparam com uma ética mais ampla, cósmica.

— E o que me diz do Cristo e de sua filosofia?

— Vocês transformaram as palavras do Cristo numa religião. Por mais que intentem fazer filosofia e ciência de seu ensinamento e das conseqüências que acarreta, ainda restringem sua mensagem aos limites estreitos do pensamento e da política planetária sectarista. O Cristo faz parte de uma configuração de poder cósmico. Ele é embaixador da constelação de poder das inteligências galácticas e, como tal, corporificou-se em seu planeta para expor a política de seu sistema. Não o considero bom nem mal, no sentido moral, mas creio que ele fez a sua parte, como todos os outros representantes cósmicos, em outros mundos, também o fizeram. A Terra estava madura àquela época para receber o emissário das inteligências cósmicas; no entanto, ainda criança para entender a amplitude de conceitos como "Reino", "Reino dos céus" e "meu Reino não é deste mundo". Vocês converteram a apresentação do sistema ou do *Reino* do Cristo em religião, e a afirmação de sua política, em doutrina. Isso é coisa de vocês.

— E, no que tange à humanidade do planeta Terra, como vocês a vêem? Qual sua relação com aquilo que você chama de *sistema*?

— A Terra está inserida no mesmo contexto de poder representado pelo seu Cristo, embora, historicamente, os que se consideram cristãos estejam estabelecendo o caos dentro de suas fronteiras. Curioso é que atribuem a nós e nosso sistema de agir o impedimento do progresso... Se progresso significa esse absurdo que tentam fazer, transformando conceitos cósmicos em catequese ou doutrinação, separando-os em compartimentos rotulados como *de Deus* ou *do demônio*, sim, queremos reduzir o suposto progresso a pó!

"Com efeito, objetivamos inverter o quadro e estabelecer um padrão diferente para a sua humanidade. Isso porque há milênios somos reféns de seu sistema e, para sobreviver, temos de moldar o meio onde estamos inseridos ou adaptarmo-nos a ele.

"De qualquer modo, não vemos como adaptar-nos a algo que, ao menos por ora, afigura-se caótico. A situação reinante no planeta Terra beira a loucura, pois aqueles que se dizem representantes do sistema crístico lutam abertamente entre si. Combatem-se mutuamente de modo incessante. Ao mesmo tempo, querem convencer e converter os irmãos de humanidade a pensar e agir como cristãos, enquanto eles próprios clamam por socorro, querendo sobreviver após o cansaço provocado pelas lutas milenares e pelo patente colapso de sua política. Em que os chamados cristãos poderão ajudar se sujaram as mãos com o sangue alheio ao longo dos séculos? Entre os chamados cristãos, há os modernos espiritualistas, que se digladiam entre si, reivindicando para si a prerrogativa de representar com exclusividade a pureza e a verdade, tachando outros das mesmas fileiras, com a mesma boa vontade, de porta-vozes das denominadas trevas. No final das contas, é uma eterna e monótona reprise do que sempre ocorreu, em todas as épocas e culturas da Terra.

"Portanto, rapaz — continuou o espírito —, sem entrar no mérito nem buscar entender a conjuntura do planeta por via da moral, o que procuramos, em síntese, é fazer valer nosso sistema, para que o meio onde nos encontramos possa corresponder à nossa expectativa. Nessa luta entre paradigmas filosóficos ou políticas opostas, posso afiançar que somos, pelo menos, coerentes e convictos de nosso ponto de vista. E cada sistema luta, lançando mão das armas de que dispõe, com o intuito de prevalecer em seu globo."

Um dos médiuns interferiu na exposição do espírito, pedindo a Raul, que conversava com ele, para inquirir sobre o porquê de não estar sendo percebido visualmente pelos demais.

— Companheiro, os médiuns desdobrados estão com dificuldade de identificar sua presença. Não conseguem ver sua forma perispiritual, embora estejamos todos na mesma dimensão. Poderá nos dar uma razão para isso?

— Isso ocorre em função de eu estar envolvendo você e sua equipe apenas com irradiações do meu pensamento. Não me encontro no mesmo ambiente extrafísico que vocês. Aliás, nem sequer posso me manifestar em seu meio astral com o corpo espiritual ou perispírito, conforme vocês denominam.

— Existe uma explicação para tal impedimento?

— Perfeitamente, mas asseguro que soará antidoutrinário para alguns de vocês. Para outros, impossível de acontecer.

— Mesmo assim, se quiser, poderá ficar à vontade para nos dizer, que apreciaremos seu pensamento.

— Há muito tempo que perdi a forma primordial que me caracterizava. Apresento-me em corpo mental e aprisionado num ser artificial, a fim de me manter perceptível entre meus semelhantes. Sofro de um processo que caminha para aquilo que vocês chamam de segunda morte, isto é, estou perdendo lentamente o corpo psicossomático, como vocês diriam, devido à minha recusa em reencarnar entre os humanos do seu planeta. Minha estrutura está alterada, não totalmente degenerada, mas passa por uma diluição de suas moléculas na natureza de seu planeta, esvaindo-se de minha organização os elementos de que é constituída.

— Você sabe que podemos reconfigurar sua forma e ajudar você a retomar o aspecto hominal?

— Sei que podem me fazer adquirir a forma humana, mas, como eu lhe disse, represento um tronco diferente do seu, um reino que denominei inumano. Portanto, não me podem fazer adquirir a forma original, mas apenas me dar uma aparência conforme o modelo de vocês. Isso eu dispenso; não me interessa.

— Nem sempre a pessoa que está em processo de regressão da forma se mantém lúcida como você, não é verdade?

— Nem sempre! Aliás, a maioria daqueles que perderam a forma ou que a estão perdendo, como eu, permanece gravitando em torno de uma idéia única, deixando de raciocinar de forma coerente. Poucos entre milhares conservam a lucidez.

— E a que você atribui o fato de preservar-se a lucidez?

— Isso é algo que foge ao seu conhecimento atual. De forma resumida, posso lhe informar que está relacionado ao uso da inteligência ou do intelecto de maneira intensa, incomum, e ao fato de nosso pensamento se direcionar por trilhas diferentes e múltiplas.

— Não entendemos o que você fala...

— Disse que esta é uma das coisas que fogem ao seu atual conhecimento!

— Assim sendo, pode-se entender que você não está aqui para se vingar de ninguém, pois não me parece ligado a questões pessoais. Se estiver certo nessa constatação, a que se deve sua visita a nossa reunião neste plano da vida?

— Nem sempre quem se manifesta em seu meio tem por finalidade última destruir alguém ou concretizar vinganças pessoais. Existem causas mais amplas e interessantes. Quanto a mim, sinceramente, não vim por vontade própria. Estou aqui porque fui constrangido por uma força diferente. Alguém com certeza me trouxe aqui com objetivos bem definidos.

Tínhamos a impressão de que Raul se contorcia durante o transe que tomava conta de si, enquanto a conversa mental com a inteligência extrafísica se desenrolava. Para nós, que presenciávamos a mediunidade no plano astral, Raul parecia sofrer psiquicamente, digladiando com a estranha entidade com a qual estabelecia conexão estreita. Mas... será que sofria realmente ou era apenas nossa interpretação do que ocorria em sua dimensão mental?

Envolvido com imagens e miragens provenientes do excêntrico ser com o qual dialogava intimamente, Raul falava sem articular as palavras. Éramos apenas simples observadores.

— Ainda existem outros de sua espécie ou somente você?

— É claro que existem! Ao menos, alguns estão comigo, na mesma condição.

— E sua força é a mesma de antes? Ou seja, você ainda detém o mesmo poder de ação entre os de sua espécie e entre os humanos em geral?

— Nosso poder não é o mesmo de antes do grande acontecimento, do grande conflito. Mas ainda domino e impero. É necessário que nos unamos em nosso reino a fim de restabelecer a força e o poderio de antes.

Estas palavras demonstraram profundo desespero, arraigado no íntimo do ser extrafísico.

Após esses comentários, aparentemente sem tanto nexo, estabeleceu-se um sentido silêncio. O mundo pareceu se diluir na mente daquele indivíduo, e essa sensação foi perfeitamente captada pela mente de Raul, que agia numa dimensão diferente, em profunda concentração e em transe mediúnico.

A sensação de silêncio foi aos poucos se esvaindo, quando ecos de pensamentos voltaram a repercutir no transe do médium desdobrado. Foi ilusória a sensação de solidão que Raul experimentou. Nova imagem projetou-se em sua mente. No primeiro momento, não parecia ser nada proveniente de uma mente sã, mas gradualmente a imagem reconfigurou-se, à medida que o médium buscou aprofundar-se mais ainda na mente da entidade. Agora se agarrava ao pensamento do estranho ser, decidido a não se desconectar mais dele. Novos fragmentos de pensamento começaram a se ordenar, e Raul via. Com os olhos da alma, observava as mesmas imagens que se passavam na mente da criatura que se dizia inumana.

Era como se ambos despencassem infinitamente entre as dimensões da vida, uma sensação, uma percepção que o médium não saberia descrever mais tarde. Mundos pareciam rodopiar em sua mente para depois desaparecer, dando lugar a outros que assumiam sua trajetória entre as estrelas. Outros orbes vinham compor o cortejo espacial de uma família sideral conhecida, mas ainda não identificada. O sistema solar expandiu-se até limites antes ignorados e, depois de algum tempo, retroagiu à antiga conformação.

Raul via e ouvia, porém não entendia o sentido daquilo tudo. O ser que se comunicava com ele parecia suspirar amargurado, ao pensar no tempo transcorrido desde os acontecimentos que ele denominara de *grande conflito*.

— Fui eu quem descobriu tudo o que ocorreria com meu povo — falou a inteligência extrafísica, finalmente.

— O que significa isso? O que você quer dizer?

— Eu sou o autor da grande descoberta a respeito dos sistemas de vida da nossa galáxia. Fui o responsável por alertar nossos povos a respeito de nossa missão no universo.

— Sua missão?

— Não existe nada mais elevado do que nossa existência e nossa missão no mundo.

Então Raul pensou — ao que tudo indica, sem compartilhar o pensamento com a estranha criatura:

— Esse sujeito é megalomaníaco!

E o diálogo mental continuou:

— Será que você não percebe nossa grandeza? Não compreende ainda a honra que lhe é dada de poder perceber meus pensamentos?

— Sim, eu vejo a sua grandeza... — anuiu o médium, em transe profundo.

O ser extrafísico claramente tinha pudores em

compartilhar todo o conteúdo de seu pensamento com alguém considerado inferior. Mesmo assim, parece que algo o compelia a isso, vencendo as últimas resistências:

— Tivemos que destruir o planeta dos miseráveis da resistência.

— Como assim, *tiveram*? Foram obrigados a isso?

O médium entrara no jogo daquele diálogo mental. Queria saber até onde levaria o raciocínio da criatura.

— Certamente fomos obrigados por eles próprios, que não estavam dispostos a reconhecer nossa missão e nossa ascendência sobre todos os povos. Fizemos um trabalho de purificar o sistema solar, privando-o da presença daqueles miseráveis e impuros. Precisávamos conquistar o respeito de todos os povos.

Durante alguns minutos, o médium fechou-se mentalmente diante da arrogância do ser. Recusou-se a admitir tamanha barbaridade por parte de alguém. Lentamente, suas habilidades psíquicas foram recobradas, prosseguindo na percepção dos pensamentos do ser milenar.

— Algo acontecia conosco, mas só percebi muito tarde; tarde demais.

— Que fato ocorria secretamente?

— Nosso orbe passava por uma mudança na trajetória, uma influência sobremodo perigosa para nós. Estávamos perto do fim de nossa civilização. Perderíamos os corpos físicos e seríamos apenas uma coletividade de inteligências. Não sabíamos ao certo se sobreviveríamos sem nossos corpos.

— Que fizeram então?

— Pesquisamos seu orbe, o terceiro planeta do sistema. Assim que passamos pelo quinto mundo, concretizamos a tarefa de purificação. Simplesmente o destruímos durante uma batalha de grandes proporções. O quinto planeta transformou-se num cinturão de destroços, que deve girar ainda hoje entre o quarto e quinto orbes do sistema, como atestado de nossa força e poder absolutos.

— Com isso, você acha que cumpriram seu dever?

— Nossa posição estava comprometida com o não-reconhecimento de nossa soberania. Não havia limites para as possibilidades tanto intelectuais quanto materiais a nosso dispor.

— Que essa ação trouxe de positivo para vocês? Adiantou alguma coisa?

— Claro que sim! Apesar de haver vida no terceiro mundo do sistema, era uma vida selvagem e primitiva. Ao eliminarmos as inteligências do quinto planeta, sufocamos qualquer espécie de rebelião futura. Não podíamos tolerar seres que não reconhecessem nossa superioridade, nosso mando. Além disso, o sistema que defendemos precisava sobreviver de alguma maneira. Éramos poucos os seres restantes entre os habitantes de nosso mundo, e ali, no novo cenário, reinaríamos absolutos. Como já afirmei, nosso objetivo era pesquisar a substância primordial de seu mundo naquelas épocas recuadas. Precisávamos saber até que ponto o planeta primitivo poderia oferecer-nos recursos adequados de materialização entre os seres que o habitavam.

— Você quer dizer *reencarnação*.

— Que seja! Não importam os termos. Afinal somos os dragões, os senhores do poder.

— Você quer dizer *ditadores*.

— Os donos do império!... — sua voz reverberava ao exclamar assim. — Basta! Apenas ouça, não me interrompa outra vez.

— Não lhe prometo isso.

— Se me interromper, não compartilharei a história de nosso povo com você. Ficará na ignorância, como os outros de sua gente.

Raul refletiu e, depois de algum tempo de silêncio, respondeu:

— Não fui eu quem iniciou o diálogo. Não sou

eu quem sente necessidade de falar. Pense nisso também.

Ignorando a fala de Raul, o espírito continuou:

— Pretendíamos apenas garantir a continuidade de nossa espécie sagrada. Chegamos à conclusão de que o mais apropriado seria a materialização ou reencarnação em seu orbe. Contudo, algo fugiu ao nosso controle. Aqueles cuja vida física ceifamos no quinto planeta foram absorvidos pelo sistema de vida em seu mundo! Para aí rumaram, foram adicionados a ele como mais uma comunidade de seres da dimensão extrafísica, isto é, passaram a integrar a civilização do mundo primitivo.

— Vejo que não obtiveram êxito de forma plena... Perderam o controle sobre um poder que, na verdade, jamais ostentaram.

— Tudo foi apenas temporário. Quando terminamos as pesquisas em seu globo, depois de um longo período evolutivo, os seres rebeldes cujo planeta destruímos já haviam se materializado em seu mundo por diversas vezes. Faziam frente a nós, os dragões do poder. Eles foram os primeiros magos da escuridão.

Raul sentiu que a criatura, cuja presença apenas pressentia, aproximava-se mais ainda de si; queria intrometer-se em seus pensamentos. Tateava a mente do médium, buscando sondar mais profundamente. Num átimo, Raul conheceu as intenções daquele ser da esfera extrafísica. Afinal, dialogava com um dos dragões, um dos ditadores do submundo. Era o que restava da inteligência de um povo brutal e assassino. Não era importante, no momento em que a criatura descrevia os detalhes de sua vida, se a história era contada honestamente ou não. De suas palavras sobressaía uma conclusão: eram temíveis, megalomaníacos e genocidas em potencial. Eram seres de uma brutalidade insana, enfim. Ao que demonstrava a narrativa, aquele ser e alguns outros de sua raça decaíram de uma posição de referência na história para outra de dependência e subjugação, sujeitos à supremacia de uma autoridade oculta.

— Fizemos várias observações em seu planeta — prosseguiu a inteligência antiqüíssima. — Realizamos diversas experiências para a criação de corpos mais evoluídos, a fim de os utilizarmos como nossos hospedeiros num futuro processo de reencarnação. Não queríamos, muito menos podíamos admitir a hipótese de nos materializar entre seres primitivos e correr o risco de ter nossas habilidades psíquicas solapadas por cérebros miseráveis como os seus, ainda num estágio obtuso e boçal.

"Arriscamo-nos a construir alguns monumentos em seu mundo, demarcando um rastro energético que começava na África setentrional e se encerrava na Palestina. Essa trilha passava pelo Monte Catarina, demarcando um terreno que poderíamos utilizar como campo de pouso. Mas isso você não compreende nem lhe pode interessar.

"Quando fizemos os preparativos para retornar ao nosso mundo de origem, as coisas se modificaram por completo. Não conseguimos sair da atmosfera de seu planeta; fomos constrangidos por uma força sobrenatural a permanecer por aqui durante os milênios vindouros de nossas existências."

— Então você reconhece o limite de seu poder...

— Quando resolvi não mais lutar para sair do planeta, acomodando-me entre os selvagens da região, meus melhores amigos e os dirigentes mais importantes da minha corte já viam seus corpos físicos ruir. Um a um, eram atraídos pelo campo eletromagnético que conduzia ao útero das fêmeas primitivas. Eu e alguns poucos resistimos, até que também fomos desmaterializados, pois nossos corpos não mais serviam para viver em seu mundo. Perdemos a carcaça externa, entretanto conservamos nossa aparência por longos períodos de tempo, sem nos deixar moldar pelos corpos humanóides de sua raça.

— Sei, vocês se opuseram à lei da reencarnação.

— Na dimensão em que nos encontrávamos, formamos um império. Era constituído de seres como eu, que resistiram à feroz atração dos corpos e rejeitam se misturar à raça primitiva de seu povo. Isso prevaleceu até que um evento catastrófico trouxe para seu mundo outros seres, de outras regiões do espaço.

— Creio que você fala dos capelinos.

— Formamos, juntos, novo foco de progresso, na tentativa de adaptar as condições de vida do planeta aos nossos anseios e aspirações. Contudo, o continente escolhido ainda sofreria forte influência em decorrência de nossas ações. Os magos da escuridão se opunham à nossa mão impiedosa, de modo que uma guerra aberta e declarada tomou conta das duas dimensões da vida. Além disso, deflagramos uma ofensiva contra outros seres que tentavam dominar as regiões próximas à crosta terrena.

"Naqueles tempos, devido à natureza ainda primária de seu planeta, podíamos movimentar os recursos de nossa mente e atuar diretamente sobre a matéria virgem do mundo. Portanto, você poderá imaginar o que ocorreu à época. As batalhas se sucediam intermináveis, até que resolvemos fazer experiências genéticas no intuito de gerar corpos bizarros que aprisionariam os magos da escuridão através daquilo que vocês chamam de reencarnação. Claro, também queríamos aperfeiçoar alguns elementos da raça nascente, a fim de que algum dia pudéssemos utilizar os corpos aprimorados geneticamente para nossa própria materialização. Era preciso dominar também o mundo dos chamados vivos, materialmente falando. Não obstante os esforços em contrário, os primeiros corpos se mostraram incompatíveis com o que necessitávamos para encarcerar os seres que odiávamos e, mais ainda, para serem usados por nós, os mais inteligentes da criação."

— Sei...

— O tempo foi passando, e os magos da escuridão decidiram por si mesmos assumir os corpos primitivos, análogos aos de seus antepassados e, assim, assumiram também o controle da civilização que florescia no antigo continente perdido.

— Vocês perdiam mais uma vez a batalha...

— Não tão rápido. Alguns de nós resolveram também tomar corpos mais elaborados, embora já se tivessem passado muitos e muitos períodos em que não estávamos mais em contato com os elementos materiais, principalmente os naturais de seu globo.

Assim que foram reencarnando entre os seres da época, tanto nossos aliados e outros dominadores quanto os magos da escuridão deixaram-se arrastar pelas idéias que outros seres exilados difundiam no antigo continente. Muitos se perderam com essas idéias. Houve baixas de ambos os lados inimigos.

— Isso quer dizer que os dominadores que militavam a seu lado e alguns dos magos resolveram admitir ideais progressistas e adotaram a política do Cordeiro?...

— Como queira! Fato é que ocorria algo sem precedentes entre nós. Restaram poucos dominadores para resistir às novas idéias e manter o *status quo* de nosso sistema de vida, de nosso império extrafísico. Simultaneamente, os magos registravam mais e mais baixas, a cada ciclo reencarnatório. Aliamo-nos aos rebeldes exilados, então...

— Os capelinos...

— Sim! Eles mesmos. Fizemos um pacto entre nós, a fim de resistir à torrente de forças que nos empurrava em direção aos corpos das fêmeas de sua espécie e, juntos, empreendemos mais uma ofensiva contra os antigos magos da escuridão. A guerra foi tamanha que, em cerca de um século de seu cômputo de tempo, conseguimos contaminar de tal forma a atmosfera de seu planeta que alguma autoridade desconhecida à época resolveu intervir e colocar fim à civilização. Houve novo cataclismo, que afundou o antigo continente.

— Vocês tiveram de fugir...

— Entre os nossos, os dragões, alguns eram profundos conhecedores dos astros, não da atual astrologia de seu povo, mas de leis da astronomia. Assim, pudemos perscrutar o espaço e, antes da ocorrência fatal, inspiramos muitos daqueles que estavam de posse do conhecimento trazido por nós a se mudarem para outras terras. Naquela ocasião, a configuração dos continentes era outra. A própria topografia do planeta favoreceu a fuga, e fundamos centros de estudos em diversos lugares do planeta. Preservamos nosso sistema em muitas nações, que serviram de útero para gerar as idéias que trazíamos. Lamentavelmente, ocorreu que, também entre os representantes do sistema oposto ao nosso, fundaram-se templos iniciáticos pertencentes a uma escola que diziam ser de sabedoria. Erigiram monumentos para preservar o conhecimento que sobreviveu aos eventos catastróficos e decisivos que sucediam naquelas épocas recuadas.

"Muitos dos magos da escuridão foram obrigados a reconhecer nossa ascendência sobre eles quando viram o continente antigo submergir entre as águas do oceano. Culparam aos dragões do poder pelo fato ocorrido. Ah! Mas isso foi muito bom para nossa situação entre aqueles seres. Firmamos nosso poder entre os povos da Antiguidade. À medida que o tempo passou, eu e os demais dominadores assumimos a feição de seres míticos, aos olhos dos mortais. Na realidade, contudo, ao mesmo tempo em que nos mostrávamos projetando nossos pensamentos, perdíamos gradativamente a forma que outrora ostentávamos. Nossos corpos, que até então refletiam nossa elevação intelectual, viam paulatinamente deteriorar-se o porte divino e, assim, adotaram aspecto cada vez mais subumano... Perdíamos lentamente a aparência sublime e verdadeira de nossa espécie."

— Transformavam-se em ovóides.

— Resolvemos então, sob intenso preparo e controle mental, reencarnar. Precisávamos nos manter conscientes de nossa divindade, nossa superioridade, mas, para conservar a aparência, não havia alternativa: deveríamos ter contato com os elementos materiais do planeta. Nossos corpos espirituais desagregavam-se gradualmente. Arquitetamos as condições necessárias e lançamos os dados. Para nossa surpresa, entretanto, algo nos impediu de assumir o feitio que havíamos planejado.

Depois de várias tentativas, descobrimos que também o reino dos magos da escuridão estava sendo vítima do mesmo esquema diabólico que nos atingia. Não conseguíamos tomar novos corpos físicos, por mais que insistíssemos. Resolvemos, então, declarar guerra ao povo que pretendia receber em seu seio o representante do governo espiritual de seu mundo, como — estava claro em inúmeras profecias — iria ocorrer. A partir desse momento, os magos da escuridão ficaram definitivamente sob nosso comando, nesse ímpeto de confrontar o representante do sistema de forças contrário ao nosso. Armamos durante séculos um esquema que tinha por finalidade boicotar a vinda desse Messias ao planeta. Agimos diretamente na fonte, nos elementos genéticos daqueles que seriam seus antepassados. Nada foi possível ou teve êxito, afinal.

— Mesmo assim não aprenderam que seria inútil qualquer tentativa de influenciar o nascimento do Cristo?

— Quem pensa que somos para nos render a tão vil idéia? Continuamos nossa busca e, para efetivar os planos, determinamo-nos a influenciar os governos e povos. Quando a hora chegou, um dos nossos foi designado a assumir pessoalmente a frente de batalha. Algo ainda mais terrível aconteceu, no entanto. Nossa retina espiritual estava por demais sensível devido à deterioração da forma, que ocorria de maneira progressiva. Quando o enviado chegou, após diversas tentativas frustradas de impedirmos seu nascimento, todos fomos banidos da presença dos humanos. Vimo-nos acorrentados nas profundezas do abismo, de onde até os dias atuais dirigimos aqueles que correspondem a nossos ideais. Não mais poderíamos resistir aos reflexos da luz solar. Nossa retina espiritual estava definitivamente modificada, tanto pelos milênios de resistência à lei que nos arrastava para a reencarnação, quanto pela perda progressiva da feição espiritual. Não houve recurso. Tivemos de passar a controlar, das profundezas do abismo, os magos e demais seres que participam conosco de nosso sistema de poder. Criamos a milícia negra e o sistema que hoje impera no abismo.

"Uma coisa ficou clara: não era mais possível reencarnar em seu mundo. As portas do progresso e dos corpos físicos em seu planeta se fecharam definitivamente para nós, os dragões. Somente os magos da escuridão ainda poderiam entrar em contato com os seres de seu mundo. Em razão disso, desde então, oferecemos a eles nosso conhecimento arquivado durante os milênios sem fim, em etapas graduais. Com o tempo, constituímos uma força considerável, com um vasto batalhão à disposição. Começamos a nos infiltrar entre os representantes da política, das religiões e da cultura, com o intuito de inspirar-lhes nossas idéias originais de purificação da raça, de pureza dos nossos ideais, de pureza de nossa doutrina. Os humanos correspondiam em larga escala aos nossos pensamentos.

"De uma hora para outra, percebemos que poderíamos usufruir apenas de pouco tempo de contato com sua humanidade. Deflagramos duas grandes guerras, diante de tal revelação, e aproveitamos os momentos de euforia e desespero para fazer reencarnar entre os humanos muitos de nossos aliados do lado de cá. Seres especialistas e versados em determinadas questões. Coordenamos o processo reencarnatório de representantes religiosos e fundamos novo movimento, a partir de 1960, época a partir da qual teríamos ainda maior restrição para entrar em contato com vocês. Um pouco antes, por volta de 1910 ou 1914 de seu calendário, renasceram seres preparados por nós para assumir o palco dos acontecimentos mundiais. O mundo finalmente nos pertenceria.

— Creio que mais uma vez estavam enganados. Também a partir de 1900 e mesmo um pouco antes, vieram à Terra emissários do Plano Superior, visando defrontar seu sistema de poder. O mundo recebeu Mahatma Gandhi, Teresa de Calcutá, Francisco Cândido Xavier, Martin Luther King e outros mais, que deixaram sua marca na humanidade. Enfim, seus projetos mais uma vez foram abortados...

Disfarçando o desconcerto diante da verdade, a entidade prosseguiu, num outro tom de voz:

— Hoje somos vitoriosos. Temos elementos entre os mais representativos de seu mundo. Nos gabinetes de todas as nações, temos nossos aliados; entre os dignitários da religião, contam-se diversos embaixadores que ostentam nossa férula, de modo que, em breve, teremos possibilidades de nos movimentar diretamente na crosta do seu mundo.

— Sei...

— Você parece não acreditar em minhas palavras...

— Não é questão de acreditar ou não. Digamos que sou um dos muitos médiuns do Plano Maior e estou diretamente comprometido com a mensagem espírita codificada por Allan Kardec.

— E o que isso tem a ver com o que estou lhe relatando?

— Como Kardec representa o bom senso acima de tudo, diz-me esse bom senso que não devo aceitar imediatamente o que me dizem, ainda que proceda de um espírito.

— Portanto... — o dragão queria mais.

— Portanto, é muito mais seguro para mim dizer que suas palavras, eu as ouço com extrema cautela. Não importa se o que você me disse ocorreu realmente ou é apenas invenção sua, para florear a situação ou tentar me ludibriar. Para mim, sua história representa apenas uma narrativa, não necessariamente de eventos que de fato tenham ocorrido. É o bastante para analisar sua natureza e seu caráter, mas não compartilho de suas idéias.

— Então você definitivamente não acredita em mim...

— Podemos expressar isso de outra forma. Para mim, não importa a pretensa superioridade, sua natureza extraplanetária ou qualquer evento que possa relatar a respeito de um suposto passado seu. Isso é o enredo de sua história, mas é o que menos importa. O mais relevante que se depreende inquestionavelmente de sua narrativa é o seguinte: se você e seus amigos se encontram no planeta Terra, são tão atrasados moral e espiritualmente como nós, os habitantes desse mundo. E, como são mais antigos, sua situação é mais desesperadora do que a nossa, pois sabem que não possuem mais os meios de reencarnar em nossa sociedade, ainda que quisessem. Os corpos atuais que ostentam, sejam perispíritos ou corpos mentais degenerados, estão impedidos vibratoriamente de entrar em contato com o gênero humano, devido ao perigo que representam para as mães de nossa raça.

— Você é ousado falando comigo dessa maneira...

— Para mim também não têm validade suas ameaças, pois você não poderá fazer nada contra mim, se para tanto o Alto não lhe der permissão. Você sabe disso; experimentou isso na pele em reiterados episódios.

— E o que você fará então com o que lhe contei?

— Talvez nada; talvez compartilhe tudo isso com outras pessoas, mas uma coisa é certa e quero que me compreenda bem. Sua história não é nenhuma novidade em nosso meio. Não dá ibope, não arranca aplausos, se é que me compreende. Que deseja? Ser ovacionado, reverenciado? Vários, homens bons, e nem tão bons, já apresentaram teorias como a sua.

Numa espécie de grito mental, representando o extraordinário volume de ódio por não ter sido dispensada a atenção de que se julgava merecedor, a entidade, enfurecida, respondeu:

— Não é uma simples teoria, é a verdade, a minha verdade!

— Pois é, mas, para mim, é apenas uma teoria — respondeu Raul. — Embora mereça ser estudada, não é algo passível de comprovação, pelos mecanismos de que dispomos.

— E acaso você precisa de alguma comprovação? Não bastam as minhas palavras?

— Aí está o bom senso de nosso mestre Allan Kardec, que, deduzo, você não conhece. Não basta uma revelação ser de origem mediúnica, gozar desse *status*, para ser declarada verdadeira. É preciso muito mais, por isso digo que vou estudar suas palavras, mas não acreditar nelas piamente. Uma revelação mediúnica assim não pode ser comprovada, principalmente quando se trata de um passado tão distante.

— Eu sou um dragão e jamais minto.

— Sinto dizer, no entanto você entra em franca contradição com seu próprio relato ao afirmar isso. A história foi recheada de intrigas, mentiras, traição, trapaças e barbaridades.

Resolvi interferir no transe de Raul, que, a esta altura, já apresentava alterações sensíveis, certamente fruto das repercussões emocionais furiosas da criatura milenar. Chamei um dos guardiões, e veio o próprio Anton, que me auxiliou a trazer o médium de volta.

— Ufa! — falou Raul, quase desfalecido.

— É, meu amigo, você foi longe desta vez. Parece que entrou em sintonia e estabeleceu um diálogo com um dos dominadores da escuridão, um dos ditadores do abismo.

— O sujeito é louco, *meu*!... — falou Raul para nós. — É megalomaníaco de primeiro grau, e creio que, além disso, sofre de transtorno bipolar.

— Pois é, rapaz — comentou Anton. — Devemos agora articular uma defesa mais intensa em torno de você, pois não ignora que este espírito poderá empreender uma perseguição atroz contra você. Sem dúvida, alimenta um ódio terrível...

— Ora, mas é para isso que vocês estão aqui, não é mesmo? Afinal, sou apenas um mediunzinho de nada... Vocês é que são os guardiões.

— Meu Deus — quase gritou Anton. — Ele agora resolve entrar em crise...

Dei uma gargalhada, e juntos resolvemos conduzir Raul ao corpo físico. Era nossa maior defesa contra suas crises.

8

Sob o signo do mal

PÓS AS experiências de Raul com um dos representantes do abismo, fizemos as devidas conexões entre elas e o conhecimento que obtivemos nas regiões inferiores. Os guardiões, de posse de informações bastante detalhadas, planejaram uma investida mais drástica sobre os sistemas de poder da escuridão. Estávamos numa guerra espiritual, e disso não havia como duvidar. De posse dos planos traçados pelo Alto, Jamar chamou o cientista que antes trabalhava sob a orientação dos poderes da escuridão para pedir sua participação numa atividade.

— Elliah, precisamos de você para nos auxiliar no desbravamento dessa região e na descoberta de um dos principais laboratórios do abismo. Tendo servido sob o jugo impiedoso dos donos do poder nessa dimensão, considero-o capacitado para a empreitada.

— Não sei exatamente do que se trata, Jamar, mas sabe que poderá contar comigo incondicionalmente. Contudo, ainda temo pelas minhas reações. Você não ignora que eu e Omar estivemos por longo período sob o efeito hipnótico dos magos negros e dos demais cientistas. Ainda não sei em que circunstâncias se deu a operação que nos levou a um estado tão comprometedor de nossas faculdades.

— Você fala da irradiação da loucura e dos efeitos colaterais de longo prazo a que estão sujeitas as pessoas que um dia estiveram sob o domínio dos magnetizadores.

— Isso mesmo, amigo. Temo que eu venha novamente a apresentar aquelas reações típicas, que você já conhece, e prejudicar as incumbências que temos a realizar.

— Sua preocupação tem fundamento, meu caro Elliah. No entanto, não se esqueça de que, quando vocês foram paralisados, na última crise, Saldanha sugeriu a formação de um campo eletromagnético em torno de vocês. Desde então, as crises cessaram por completo.

— Sei disso, Jamar. Ainda assim... Sabemos tão pouco a respeito dos efeitos colaterais advindos da hipnose profunda... Estou disposto ao trabalho, mas peço-lhe, por segurança de nossa tarefa, que eu seja assessorado por alguém mais competente no assunto.

— É claro que não o deixaremos só! Já pedi a Anton para buscar um de nossos agentes ainda encarnados, que, em outra ocasião, atuou de forma brilhante.

— Sei, um médium espírita...

— Não sei se a classificaria assim.

— Então, é uma mulher?

— Ah! Sim! Falo de Irmina Loyola, uma sensitiva que trabalha em sintonia com nossas atividades. Porém, ela não é espírita; aliás, não sente nenhuma afinidade por doutrinas espiritualistas.

— Mesmo assim, ela serve em sintonia com as propostas do Alto? Não entendo...

— Às vezes, Elliah, a condição de espírita e médium até atrapalha, dependendo da situação. É que muitos médiuns e espíritas estão tão preocupados em ser *doutrinários* ou *doutrinariamente corretos* que, em certas atividades, podem se constituir em pedra de tropeço. Principalmente se o trabalho estiver fora do âmbito religioso e contrariar a idéia geral e os parâmetros a respeito de espiritualidade. Nós não somos espíritos espíritas, católicos nem protestantes. Somos apenas espíritos e, nessa condição, quando nos apresentamos com a mente engessada por qualquer princípio dogmático, acabamos por inviabilizar a dedicação a certas questões que exigem maior flexibilidade. Temos um comprometimento com as idéias espíritas representadas pelo Espírito Verdade e difundidas no mundo pela codificação de Allan Kardec: isso é fato. Contudo, nessa empreitada, não há filiação partidária, sectária nem ideológica; há a consciência cósmica, de espírito imortal, atitude que o espiritismo inspira. Afinal, nós, os guardiões, estamos a serviço da humanidade como um todo. Nossa ação é dirigida contra criminosos; não é voltada a espíritos sofredores. Ainda que possa causar certa polêmica afirmar isso, você sabe: somos agentes da justiça divina.

— É... Há muita informação sobre os representantes da misericórdia de Deus, mas, com relação à justiça, parece que há certa hesitação no ar, até mesmo no que se refere a trazer informações a respeito.

— Sem dúvida — prosseguiu o especialista da noite. — Como disse antes, ao trazermos espíritas ortodoxos para o lado de cá através do desdobramento, freqüentemente ocorre de quererem demonstrar aquilo que não são. A maioria julga-se correta, mostrando-se "santinha" demais, e pretende doutrinar marginais e elementos criminosos do mesmo modo como faz em várias de suas reuniões mediúnicas. Ora, uma vez que não estamos em tarefa de socorro nem de assistencialismo extrafísico, essa postura é completamente inadequada para a função que nos cabe. Precisamos de pessoas proativas na atividade extrafísica. Gente que tenha coragem de enfrentar os criminosos da dimensão astral com as armas próprias para isso; que tenha certeza do papel que lhe compete, sem acessos nem crises de santidade e de religiosismo, o que, no nosso caso, somente atrapalharia.

— Entendo a sua preocupação. Afinal, não tratamos com simples "encostos" ou obsessores convencionais.

— Isso mesmo, meu amigo. Creio que entendeu a situação perfeitamente. Os seres com os quais lidamos geralmente não se envolvem com pessoas comuns, nem sequer com indivíduos em particular, nos processos de obsessão a que estão habituados. São verdadeiramente cruéis em suas atitudes, facínoras autênticos perante a lei suprema. Envolvem-se com crimes contra a humanidade e outras práticas delinqüentes, classificadas como hediondas pela justiça divina. Portanto, a metodologia de abordagem dessas inteligências extrafísicas é necessariamente diversa daquela empregada com as obsessões convencionais.

"A maldade, a desfaçatez e a perversidade são fatores reais; por mais constrangimento que possa causar essa afirmação, fato é que fazem parte do momento evolutivo do planeta Terra. Aliás, são mais comuns do que se quer admitir. Diante disso, quem colocará freio na transgressão e no desrespeito? Alguém tem de fazê-lo, não é? No caso que nos aguarda, estamos a serviço da justiça sideral, e nossa função é impor limite aos abusos de inteligências más."

— Claro que pode contar comigo. Aliás, enquanto estive sob o domínio dos senhores da escuridão, pude ter contato com inteligências singulares no que concerne aos planos dos dragões em relação à política internacional e à manipulação de expoentes do cenário das nações. Estive com líderes do passado recente tanto quanto do remoto, de diversos países do globo. Ditadores e personalidades exóticas em seu comportamento extremista, inclusive alguns terroristas. Parte deles ainda se encontrava na vida intrafísica, outra parcela do lado de cá. Mantive contatos mais ou menos regulares com aqueles que integram o sistema de governo de várias organizações sombrias.

Modificando o enfoque de sua fala, demonstrando interesse especial em relação ao que o guardião comentara anteriormente, Elliah perguntou, visivelmente curioso:

— E quando vou conhecer essa tal Irmina?

— Imediatamente! Esperava apenas que você consentisse em participar da tarefa. Vocês serão preparados com equipamentos de última geração, apropriados à medição e à gravação de imagens, voz e vibrações. Precisamos que entrem num dos laboratórios dos seres do abismo e tragam informações que nos possam ser úteis. Não devem interferir *em nada* do que encontrarem; somente recolher dados. Para protegê-los, dois guardiões os acompanharão, embora devam se manter a uma distância segura.

— E por que Raul não participará dessa tarefa?

— Bem colocada sua pergunta! Acontece que Raul deve estar à nossa disposição para outros afazeres. Além do mais, ele precisa retornar ao corpo físico, para a vida social e os compromissos diários. Irmina mora em outro continente, em fuso horário diferente do país onde reside Raul. Assim, no momento em que Raul está em vigília, ela pode atuar do lado de cá. Você verá que ela é muito especial no desempenho de suas tarefas.

— Não, não me entenda mal, por favor. Não tenho nenhuma reserva em sair por aí com Irmina em vez de Raul. Muito pelo contrário, acho até muito mais agradável a companhia feminina...

Jamar esboçou leve sorriso de satisfação e levou Elliah a conhecer a nova parceira de atividades.

Com a ajuda dos guardiões, Irmina e Elliah foram conduzidos ao local mencionado por Jamar. O aeróbus os deixou nas cercanias de um dos laboratórios que os guardiões identificaram, após o contato com as incubadoras, como uma das principais unidades do grupo de pesquisadores. Desceram num lugar que em tudo lembrava um campo de concentração stalinista ou nazista, com diversos pavilhões. Em volta, altas cercas de arame eletrificado delimitavam o ambiente encravado no fosso do abismo. Do lado de dentro, os espectros ou chefes de legião — os oficiais da milícia negra dos magos — faziam a ronda para evitar a descoberta e o assalto de grupos rivais das regiões circunvizinhas. Uma cúpula se erguia em meio ao conjunto de pavilhões, conferindo à paisagem um aspecto no mínimo anacrônico, considerando-se o restante da arquitetura local. A redoma destoava completamente das demais estruturas. Havia outras coisas que não combinavam. Emanações mentais de agonia e dor antagonizavam-se com gritos e gemidos de prazer ou de alegria desmesurada, lembrando expressões de gozo sexual. Como conciliar isso e elaborar um quadro a partir de elementos tão díspares?

Elliah decidiu infiltrar-se no ambiente, pois sabia que os espectros não perceberiam sua presença e de Irmina, que trabalhavam como agentes a serviço da segurança planetária. Estavam envoltos em campos de invisibilidade, estruturados em energias de freqüência e dimensão superiores. Mesmo assim, atravessaram a cerca cuidadosamente, tomando todas as precauções para não serem detectados por equipamentos da técnica astral. O solo ali parecia ressequido. Nenhuma vegetação poderia sobreviver naquelas condições. Poucos galhos foram vistos aqui e acolá, como se fossem restos em decomposição de algum arbusto das profundezas. Fora isso, apenas o silêncio perturbador, rompido ora ou outra pelos uivos de dor ou de prazer, que se alternavam. A medonha cúpula parecia pegar fogo, fenômeno energético avistado por Irmina e Elliah, o qual lembrava labaredas expelidas do cume, semelhante àquilo que os guardiões haviam presenciado em outra ocasião. Correram entre as amplas construções, até junto a uma abertura energética que dava para o interior do laboratório propriamente dito. Os principais obstáculos foram evitados unicamente devido ao mapeamento feito pelos guardiões; do contrário, os dois agentes teriam enfrentado armadilhas montadas pelos cientistas. Um espírito superior em trabalho nas profundezas, ao ser interpelado por Anton, ofereceu previamente as pistas do lugar, dando mostras de que sabia da localização do *campo zero*, como denominava o local onde se encontravam os laboratórios principais.

Irmina Loyola ligou os aparelhos fornecidos pelos guardiões tão logo adentrara o laboratório localizado no fundo do planeta, passando a gravar o que quer que estivesse disponível nos registros magnéticos do lugar. Para sua surpresa, ao ingressar em outro ambiente da imensa cúpula, topou com um quadro diferente. Tudo era perfeitamente organizado, nos mínimos detalhes. Havia tal disciplina que Irmina e Elliah, por um segundo, chegaram a se perguntar se não estavam num posto avançado do Plano Superior. Deitado sobre a maca, notaram um ser que visivelmente era um humano desdobrado. Seu corpo perispiritual era analisado por uma equipe de seis cientistas que trajavam um roupão de cor verde-oliva. Como Irmina e Elliah se sintonizavam com a política superior, não seriam vistos; enquanto os técnicos observados não despertassem a mente para verdades mais expressivas, sua visão espiritual abrangeria apenas as questões ligadas às suas experiências. Para eles, nada e mais ninguém importava naquele reduto. Assim, os dois agentes dos guardiões não foram vistos pelos espíritos que trabalhavam sob o signo do mal. Além disso, dispositivos especiais oferecidos pelos guardiões faziam com que ondas e raios luminosos de origem artificial se refletissem e se reconfigurassem ali, onde a presença da luz solar não existia. Restando apenas a luminosidade astral e outra fonte artificial, era mais fácil ocultarem-se da percepção dos seres que lá atuavam.

Um dos cientistas fez passar um aparelho por cima da cabeça do encarnado deitado sobre a maca, longitudinalmente. Outro se posicionou atrás dele, espalmando as mãos sobre sua cabeça, como a lhe sondar os pensamentos. No entanto, olhando com mais atenção, Irmina Loyola notou, em cada dedo do cientista, microaparelhos de uma tecnologia astral muito desenvolvida, os quais realizavam certas medições no cérebro perispiritual examinado. Instrumentos diversos pendiam do teto, e um em especial, que se assemelhava a um eletroencefalógrafo, era acionado ao envolver o crânio do indivíduo deitado, a poucos centímetros de distância. Irmina aproximou-se furtivamente, com toda a cautela. Acenou para que Elliah se achegasse. Assim que ele percebeu o que acontecia, esclareceu à agente desdobrada:

— Estão escaneando o cérebro perispiritual do homem. Deve ser alguém muito importante.

Mirando mais atentamente, Irmina ficou paralisada, em choque:

— Eu o conheço! É o presidente de uma nação muito importante no contexto mundial.

— Pois estão arranjando algo muito complicado para ele.

— Deus meu! Em sua vida social de encarnado, ele nem desconfia que está sob o jugo dos seres da escuridão.

— Olhe, Irmina, Jamar me falou que estamos lidando com criminosos cruéis; portanto, não se pode esperar atitudes éticas da parte deles.

— Antes de sair, vamos gravar tudo para mostrar aos guardiões. Quero os mínimos detalhes do que ocorre neste pavilhão.

Irmina fez um reconhecimento da área e captou a memória astral[12] de tudo o que se desenrolara ali, naquele laboratório, copiando as cenas nos aparelhos que carregava consigo. No final, Elliah descobriu um registro magnético que revelava os mecanismos através dos quais os senhores da escuridão mantinham seus seguidores e vítimas sob ação hipnossugestiva. Quase se emocionou, pois o registro possibilitaria que ele e Omar fossem libertos dos efeitos colaterais da radiação da loucura.

Após as descobertas, Irmina gravou as memórias do que de mais interessante e importante ocorrera naquele lugar.

Transcrição da memória astral

A princípio não me dei conta de que minha hora havia chegado. Encontrava-me em meio a um inferno mental, que me arremessou na escuridão da consciência. Pensei várias vezes em suicídio, apenas por não agüentar mais conviver com o produto de minhas próprias loucuras. Ouvia vozes, via vultos bailando ao meu redor, numa sinfonia macabra e lúgubre. Lançava-me num abismo indefinível. Era o fim.

Nesse estado indizível, difícil de traduzir em palavras, a morte me encontrou definitivamente. Será mesmo que eu morri? Ou estava sendo transportado vivo ao inferno? Sinceramente não sei para onde ou quando, em que tempo ou estado me precipitava. Mas eu descia, desabava alucinadamente entre paisagens, loucuras, gemidos, gritos e lágrimas, que se transformavam em tempestades a banhar minha alma. Atormentado, via-me cair indefinidamente, como se fosse deixado no alto de uma montanha sem fim ou como se, de lá, tivesse sido abandonado em meio a falésias e precipícios, que, para mim, eram intermináveis.

A situação em que me achava era o reflexo de um daqueles pesadelos que alguém tem numa noite conturbada. O ser parece resvalar entre imagens oníricas, sem ter decisão sobre os acontecimentos que presencia dentro de si. É apenas expectador, que se vê tragado por uma paisagem mental, po-

12. O autor espiritual se refere aos registros da vida. Todos os conhecimentos e acontecimentos são armazenados no plano etérico e podem ser consultados. São conhecidos pelos espiritualistas como registros *akáshicos*. *Akasha* é uma palavra sânscrita, que quer dizer espaço, éter.

rém não menos real do que a vida objetiva. Corre, sofre, sente um pavor instintivo, que ameaça fazer sucumbir a razão. Um ou vários personagens surgem em perseguição ou simplesmente aparecem no campo de visão do indivíduo, como que interagindo sem sua permissão no desenvolvimento da narrativa angustiante. O martírio aumenta a passos largos quando o sujeito percebe que o pesadelo penetra — ou será emerge? — gradativamente em suas entranhas e as imagens e situações eclodem cada vez mais aflitivas e desesperadoras. Quando está para sucumbir, acorda desesperado, suando e com taquicardia. No meu caso, entretanto, não acordei. Continuava prisioneiro do transe demoníaco que nesse momento ilustrava minha própria consciência. Ouvi vozes a me acusar:

— Assassinooooo!... Assassinooooooo! — eram ecos ensurdecedores.

E eu caía cada vez mais. Após algum tempo, que para mim era como se não terminasse, escutei novamente as vozes vociferando. Desta vez eram muitas:

— Assassino, devolva nossos corpos!

— Arrancou nossos cérebros, agora os queremos de volta!

Minha mente parecia se diluir, tomada pelo desespero. Minhas faculdades estavam na iminência de desfalecer, mas não o faziam, perpetuando minha torturante agonia. Nunca antes havia sentido tamanho medo. O pânico se assenhoreava de mim ao mesmo tempo em que sentia meu corpo a se desintegrar ou se despedaçar, pouco a pouco. Eu caía indefinidamente, mas sem saber onde. Minhas vísceras se revolviam e se revolucionavam, mas era só o prenúncio de um processo de dilaceração interna. Em minha mente repercutiam-se dores e ferroadas insuportáveis. Divisava faces e imagens — eram os rostos das incontáveis pessoas que eu mutilara a fim de extrair o cérebro. Afinal, eram impuros; não mereciam viver. Seus órgãos me pertenciam. Mas, agora, experimentava a sensação de que minha vida inteira havia sido um único e terrível pesadelo; de que me transformara em vítima de mim mesmo.

Ao sentir-me desintegrar, vi vultos se aproximarem de mim. Pareciam criaturas de um planeta bizarro, que pairavam em minhas percepções como que vestidas de mantos escuros, que revelavam apenas olhos de um vermelho sombrio e intenso. Afogava-me em minha própria queda e nos horrores internos. A descrição do inferno talvez fosse fraca para servir de comparação aos tormentos que eu vivia. As sombras aproximavam-se cada vez mais. À medida que o faziam, era como se sugassem toda a luz em derredor, feito buracos negros em miniatura. Sua atração era, ao mesmo tempo, irresistível.

— Ele está se autodestruindo. Perde a forma humana rapidamente... — ouvi um dos vultos falar, numa voz gutural, arrastada, um murmúrio proveniente de um abismo escuro.

— Vamos deter o processo de transformação, senão o perderemos!

— Trabalhemos em conjunto para a superposição de campos de contenção em torno de sua forma astral, senão ele se transformará num ovóide. Precisamos dele do nosso lado. É um dos nossos.

Outra vez, novas vozes se faziam ouvir dentro e em torno de mim:

— Assassino, demônio, doutor do inferno! — era um clamor de ódio ferino.

— Queremos ver agora como se safará de nossa sede de vingança. Filho do Maligno!

Gritava com toda a força de minha alma atormentada, enquanto os vultos da escuridão agiam sobre mim. Meu corpo já não era o mesmo. Mesmo assim, eu existia. Sempre despencando num abismo profundo, via-me atormentado em minha própria consciência. Aliás, somente agora eu sabia que tinha uma consciência.

— Novos campos de contenção e coesão molecular em torno de sua forma astral. Rápido, concentremos nossos pensamentos. Somos 28 criaturas, somos capazes de deter o processo de regressão da forma.

— Isso mesmo! Façamos campos sobrepostos sobre o que resta de sua configuração astral.

Parecia que o tempo havia acabado e a eternidade dos conflitos íntimos me perseguia em mim mesmo. Era como uma sombra que, indissociável de mim, ficasse todo o tempo à espreita e, a cada olhar, me devorasse aos nacos. Quantas vezes a fitasse, lá estava ela, robusta, a arrancar-me sem piedade porções de meu ser, faminta como uma hiena na noite da savana.

Senti meus pés queimarem em brasas vivas, e meu coração fragmentava-se por completo com as emoções fortes e torrenciais que desabavam sobre meu ser. Os vultos chegavam mais e mais perto... Em meio à queda e aos tormentos infindáveis, dores atrozes, gritos e gemidos que de mim se apossavam, divisei esferas negras e opacas grudadas em meu corpo — corpo? —, fixas em minha própria alma. Delas provinham os xingamentos, a lamúria, os prantos e os espasmos convulsivos que me abalavam e me precipitavam no abismo. As bolas negras e vivas sugavam as reservas de energia que restavam em meu ser. E os vultos, gradualmente se achegando, conversavam entre si:

— Vejam, já conseguimos estabilizar a estrutura do corpo. É necessário isolar sua mente e suas percepções dos ovóides que aderiram a seu organismo.

— Mas, como? Nunca antes conseguimos retirar esses malditos de alguém. Devoram tudo com apetite insaciável.

— Não precisamos retirá-los. Basta isolar a mente dele para que não perceba que está sendo vampirizado. Caso não façamos isso, perderá a razão e se tornará imprestável para nós. Deter o processo da perda da forma não é o bastante; há que se preservar o raciocínio, a razão. Urge termos seu conhecimento inteiramente submisso às nossas ordens.

Minha dor era indescritível, minha mente rememorava cada morte da qual eu era o artífice. Nas telas da memória, via as instalações de meu laboratório e as centenas de cérebros de meu acervo particular. Não sei como consegui sorrir diante das imagens do meu pesadelo particular. Contudo, esboçara um riso que a mim mesmo soava como uma careta deformada, uma máscara que, à minha visão, assemelhava-se a uma gárgula que repentinamente adquirisse minha aparência.

— Rápido. Façamos novo feixe de campos de contenção em torno de seu cérebro astral, senão ele ficará louco. Novamente campos sobrepostos.

— Concentremo-nos em seu cérebro extrafísico.

Senti mil infernos crepitando em chamas vivas e consumindo meu cérebro. Se é que eu ainda tinha um. Ainda a sensação de queda. Não chegaria jamais a um termo. Era um desabar interminável, que ameaçava seriamente minha capacidade de raciocínio. Sentia abdicar involuntariamente da razão, entre as imagens de pessoas que me atormentavam. Enfim, quando a eternidade dos tormentos parecia não se esgotar, meus olhos se abriram e o que vi me chocou ainda mais. Eram muitos seres, eram criaturas feitas da noite, e o mundo à minha volta era diferente, de escuridão.

— Finalmente ele é nosso! — anunciou um dos fantasmas da noite, os malditos que me possuíam a partir dali.

— Ficará por longo tempo internado em nosso viveiro, até que cesse a crise em que se encontra.

Voltando-se para mim como demônios de algum pesadelo, advindos de algum inferno privativo, falaram:

— Você é nosso! Você é um dos nossos.

Meu assombro aumentou ainda mais. Não mais estava na Alemanha, não me encontrava sob o império do Führer, embora atrás das criaturas da noite houvesse o símbolo da suástica. De certa forma estava em meio a seres conhecidos, de cujos olhos emanavam selvageria, crueldade e destruição. Tornara-me cativo do ódio, do ódio contra a vida, contra o Criador, contra a humanidade. Eu era prisioneiro de minha mente, de minhas miragens e de meu amargor.

— Ficará durante um ano em hibernação. Enquanto isso, trabalharemos sua mente a fim de recuperar-lhe a estrutura original. Passará por um tratamento hipnótico de longa duração. A cada dia, sem exceção, um de nós se encarregará dele no processo de hipnose. Revezaremo-nos no transcorrer de 365 dias consecutivos — falava uma das criaturas de manto negro. — E, então, ele será nosso para sempre.

— Ele é um dos nossos! — enfatizou a criatura. — É novamente nosso Julius, o doutor do inferno...

Agente responsável pela captação de dados:
Irmina Loyola

O NOME DA CRIATURA híbrida era Max. Era apenas uma criatura, não um ser humano, na correta acepção do termo. Não era muito alto, mas tinha uma postura que parecia querer se impor. Apenas parecia, pois não conseguira ainda conquistar posição de destaque entre os demais, que lhe eram superiores hierarquicamente.

Externamente tinha o aspecto exato de um humano, mas não era humano de fato. Não era um espírito, no sentido convencional que se dá a esse nome. Não era Max, o original, o ser encarnado, mas apenas uma duplicata. Uma criatura artificial, forjada em matéria astral e restos em decomposição de corpos astrais. Era o protótipo de uma experiência, que, se desse certo, poderia ser reproduzida em larga escala.

Max, a duplicata, parecia saber de sua condição nada confortável, escravo de outros seres, poderosos e temidos. E o que era mais estranho: o ser artificial sofria com a própria realidade ao constatar que era um produto híbrido. Substâncias da esfera extrafísica haviam sido manipuladas, e, a esse amálgama de coisas, insuflara-se vida, de natureza artificial; contudo, era algo que miseravelmente se parecia com uma vida, ou um pesadelo. A criatura possuía uma consciência instintiva. Embora o corpo tivesse um feitio humanóide, era artificial — ao contrário de sua consciência, que era absolutamente natural, pois fora implantada na estrutura construída nos laboratórios da escuridão. Era a consciência de um ovóide.

Os artificiais foram criados a partir do escaneamento de informações extraídas dos cérebros perispirituais de certas pessoas. Todas as informações contidas nas memórias, tanto celular quanto psicossomática, foram copiadas por uma técnica ainda desconhecida da ciência dos homens. Nos corpos daqueles seres, os cientistas insuflaram vida artificial, cuja manutenção requer determinada cota de ectoplasma e de outros elementos astrais que entram na constituição dos corpos clonados. Sem o conteúdo ovóide, reduziriam-se apenas a cascões astrais.

Para o sucesso do implante, era necessário submeter o ovóide a rigoroso preparo, após a seleção nas incubadoras, que consistia em: sessão de hipnose, programação e manipulação mental e, finalmente, recepção de uma cota específica de magnetismo, que somente os senhores da escuridão sabem ministrar. Tudo isso, uma vez por dia, todos os dias, sem exceção. Concluída essa etapa, aí sim, o ovóide estaria pronto para ser adaptado ao cascão, no local correspondente ao seu encéfalo, fazendo-se em seguida a ligação dos filamentos quase invisíveis de seu sistema vital. Os filamentos são, na verdade, o que restou do cordão fluídico, o cordão de ouro — ordinariamente, o órgão do corpo mental que conecta este ao perispírito —, uma vez que o ovóide é um espírito cujo corpo mental está degenerado e manipulado. Somente a partir daí é que o corpo artificial passa a se mover, adquirindo uma espécie de sentido e de sensação próprios do ovóide implantado em si, misturados aos registros de memória extraídos do sujeito que o ser híbrido pretendia imitar. Podia ser alguém encarnado ou não, mas, invariavelmente, uma cópia.

O ovóide recebia um tratamento hipnótico de longa duração para que lhe pudessem ser adicionadas memórias de outro ser. Mas a estranha criatura permaneceria sendo uma cópia imperfeita. Algo que fora desenvolvido nos laboratórios do mundo oculto, localizado nas regiões sombrias. O ser artificial era uma espécie de duplicata astral, pois trazia um registro mental e molecular, semelhante ao DNA, o qual representava o somatório das informações arquivadas no cérebro de seu original, que eram copiadas mediante o processo de escaneamento mental, um método desenvolvido pelos cientistas das sombras. O sósia teria à disposição esses registros, que fariam parte de sua constituição, bem como instruções específicas de seus criadores. No entanto, os construtores sabiam apenas como copiar as impressões do intelecto; quanto às emoções, a criatura híbrida refletiria as do ovóide que a conduz, que fica aprisionado numa espécie de vida instintiva. Nesse quadro, pode-se manter o artificial em regime escravo, até que não mais seja considerado útil aos seus autores. De qualquer modo, era uma obra ardilosa da engenharia astral dos representantes do abismo, o mundo inferior. Uma espécie de engenharia genética do inferno.

Por sua vez, o ovóide teria de ser artificialmente mantido, após viciar-se nas emanações fluídicas daquele de quem pretendia imitar os impulsos de pensamento. Era um ser modificado, idealizado e fabricado nas furnas astrais, que, embora dotado de instintos e emoções próprias, era completamente submisso, em virtude da dependência de suas faculdades em relação ao tipo psicológico do ser original. O simbionte pensava, mas eram pensamentos fragmentados, um misto de emoções e de intelecto, vestígios de dados arquivados numa parte de um cérebro híbrido, semimaterial, similar a um processador elaborado em matéria astral. O ovóide não guardava memórias próprias de um ser humano livre; afinal, era um ser com conteúdo mental modificado. Perdera a forma perispiritual, e sua aparência havia se degenerado; ainda assim, poderia se passar como espírito em pleno uso das faculdades, à visão de uma pessoa não treinada ou que nem ao menos conhece os meios pelos quais essa criatura existe. Existe até quem nem sequer aceita ou acredita que esse tipo de existência seja possível.

Centenas de seres gerados de maneira idêntica eram preparados naquele laboratório e em outros semelhantes. Era uma tecnologia de ponta, de que os seres do abismo eram detentores. Um de seus objetivos? As criaturas deveriam ser oriundas do escaneamento emocional e psicológico de alguns dirigentes e trabalhadores espíritas em particular. Lordes das trevas fizeram mapas mentais de líderes religiosos, de alguns médiuns e de outras pessoas de realce. Usariam tais mapas para criar seres artificiais que refletissem os anseios dessas pessoas. Tais criaturas, segundo maquinavam seus criadores, refletiriam a imagem que os dirigentes e trabalhadores investigados faziam de seus mentores. Apresentar-se-iam aos médiuns e dirigentes espíritas como mentores, mas, no fundo, tinham apenas a aparência deles. Alcançando-se êxito, tais trabalhadores passariam a ser guiados ou teleguiados por entidades das sombras, por hipnos e por hábeis magnetizadores, que enganariam instituições representativas no cenário do movimento espírita.

O escaneamento já estava em andamento, e os registros guardavam-se a sete chaves. Os construtores do abismo aproveitavam as idéias concebidas por médiuns e dirigentes acerca de seus mentores reais para, utilizando essas informações, através da hipnose, introjetarem-nas em ovóides cultivados em seus viveiros. Magnetizavam diariamente os espíritos em degradação da forma, durante longos períodos, anos, e depois elaboravam corpos artificiais que correspondiam à aparência atribuída a seus mentores por médiuns e dirigentes. Ao enviarem as criaturas híbridas às reuniões mediúnicas, muitos grupos passavam a ser guiados diretamente pelos dirigentes das sombras, enquanto seguissem à risca os conselhos de seus falsos mentores artificiais.

As experiências aqui relatadas ainda estavam num estágio acanhado, mas os próprios espíritas nem suspeitavam da estratégia maligna; muitos nem acreditavam que isso existia ou, ao menos, que era possível. Essa descrença, movida por um prejulgamento, era um trunfo para os idealizadores do plano sombrio. Deixava-os suficientemente à vontade, a ponto de utilizar artificiais menos aperfeiçoados. Os espíritas seriam as cobaias, nas quais a técnica se aprimoraria, pois não eram muito dados a avaliar resultados e atualizar sua metodologia. Grande parte permanecia tão autoconfiante, apostando tanto na superioridade de seus métodos e de sua suposta proteção divina, que havia engessado a mente e robotizado as atitudes, mantendo-se num quadro espiritual mumificado. Como se não bastasse, gostava de disputas doutrinárias estéreis e de combater seus iguais, além de ter predisposição contra idéias novas — quaisquer que fossem, viessem de onde viessem. Ah! Era o clima ideal para as trevas testarem seus experimentos e passarem despercebidas. Em meio a tal estado de coisas realizariam suas experiências e depois conduziriam os artificiais a outro patamar, mais abrangente e elevado.

Max era o primeiro a ser testado com objetivos políticos e seria a cópia fiel do dirigente de determinada nação do mundo. Depois, viriam os exércitos de seres artificiais, dirigidos dos laboratórios do mundo oculto.

O ser em questão, a duplicata astral de Max, sofria intensamente; era um sofrimento quase físico, pois ele sentia as imposições do corpo artificial, as limitações deste e certas reações relativas ao tipo de experimento praticado. Além disso, o ovóide aprisionado num corpo artificial padecia de abusos e flagelos inenarráveis, dificilmente compreendidos por quem nunca vivenciou ou observou uma situação como essa. Perante sua própria realidade, o ser artificial — ou melhor, o ovóide aprisionado na protoforma astral — era torturado como nenhum outro. Trazia, impressas na memória, informações da vida de uma pessoa, ainda encarnada, que estava sob a mira dos comandantes das trevas. Fazia parte de um plano diabólico, um complexo processo de obsessão, ainda pouco conhecido, mas com profundas conseqüências para quem quer que lhe servisse de alvo.

Um fragmento de pensamento passou pela memória artificial, implantada, da duplicata astral:

— Que sensações são estas que me perseguem? Onde estou e qual meu papel no mundo? Porventura estou louco? Afinal, que sou? Quem sou? Que corpo é este?

O ser registrava as memórias que lhe foram incutidas através da hipnose, as quais se confundiam com as próprias, embora jamais tivesse se encontrado com a pessoa de quem haviam usurpado as memórias. Apenas conservava a lembrança que lhe fora incutida por sugestão hipnótica, à qual os magos negros o submetiam. Ele passou por um processo de implante de memórias escaneadas do verdadeiro Max. Tudo isso por meio de um controle hipnótico profundo, de uma ação disciplinada e continuada, levada a cabo ao longo de mais de um ano, diariamente, por hábeis magnetizadores a serviço das forças tenebrosas. Os seres se revezavam, de maneira que, durante as 24 horas do dia, todos os dias, os ovóides fossem mentalmente manipulados por eles. Eram mais de 200 ovóides em preparação com o intuito de assumir o controle de políticos e dirigentes mundiais.

O ser degenerado e aprisionado no corpo artificial recordava-se de cada detalhe da vida intelectual do original, do qual era cópia. Inclusive o momento em que se fez a chamada fotografia mental; até mesmo a hora exata em que fora extraído o conteúdo intelectual do perispírito-base. A partir daí, nada. Apenas emoções do ovóide que convivia com aquelas informações e fazia com que o ser pudesse parecer vivo. Lembrava-se da infância de seu original encarnado, tinha perante si incertezas e desejos iguais, reações e atitudes como registros de sua personalidade. Mas não sentia de modo exato, como ele. Aliás, o ser gerado artificialmente nos laboratórios do mundo inferior não sentia. Havia sido submetido a um intenso tratamento parapsíquico com essa finalidade. Modificaram-se as faculdades do sentir, assim como as entendiam os seres humanos. Percebia, sim, as emoções do seu simbionte ovóide — que havia sido viciado, nas incubadoras especiais, em alimento de natureza ectoplásmica, em emanações de ódio, em vibrações de intrigas políticas e de emoções fortes. O espírito, ex-portador de um psicossoma corrompido, fora um dos prisioneiros das incubadoras da escuridão, onde recebera abominável tratamento mental e magnetização pelos senhores da escuridão, os magos negros. Agora, ele temia. Tinha medo de perder o alimento mental e emocional com o qual se acostumara. Nutria pavor de ser destruído por seus criadores após cumprir sua função; sabia, no íntimo, ter perdido a forma humana original, o que o fazia agarrar-se ao corpo que agora habitava, pois, embora artificial, dava-lhe certa sensação de individualidade e uma imitação de liberdade. No fim das contas, tinha um medo instintivo de morrer, embora não fosse um vivente. Aquelas eram emoções descontroladas, não sentimentos. Ele era a síntese do intelecto de um homem encarnado aliado às emoções e à mobilidade de um ovóide aprisionado num ente artificial.

O ser híbrido chamado Max — tinha o mesmo nome de seu modelo encarnado — tinha plena ciência de que, no instante em que foi alvo da experiência de conceder-lhe vida artificial, transformara-se num escravo de seus criadores. Há muito fora banido da convivência com outros seres de aspecto humano. Perdera sua própria forma miserável devido aos crimes perpetrados contra a civilização. Havia sido capturado por outros seres vivos, porém com feitio diferente do seu. Escravizado, fora tratado num viveiro dos infernos, numa espécie de campo de concentração dos donos das regiões escuras. Ali recebera implantes de emoções e fora alvo da invasão de sua estrutura mental. Sofrimentos atrozes, difíceis de imaginar, foram impingidos a ele durante o cativeiro nos viveiros do abismo. No entanto, nele não se encontrava o conhecimento pleno a respeito do comportamento de seu original, do verdadeiro Max. Havia uma falha em sua memória implantada, uma lacuna muitíssimo importante... Esforçava-se por entender, pois, por algum meio inexplicável, sabia de várias coisas que não deveria saber, embora não conseguisse definir o que ele próprio se tornara. Max, a cópia, não sabia que as experiências com seres semelhantes a ele estavam apenas no começo, entre as pesquisas dos cientistas que o conceberam. Na verdade, ele era apenas uma peça num jogo de poder. Uma peça num xadrez de dimensões globais. Não conseguia ter pensamentos que fossem totalmente seus, tão-somente registros e emoções emprestadas e uma mistura de memórias falsas em meio a alguns *flashes* de sua própria mente desequilibrada. Mas podia comunicar-se, pois, para tanto, fora programado o seu cérebro artificial.

— Max! — chamou a voz gutural, cavernosa, de um dos seus construtores.

O ser que coordenara a criação daquele artificial era um representante da política dos temidos dragões, os seres enigmáticos que dominavam as regiões mais profundas do submundo, do abismo. Em sua última encarnação, fora um cientista nazista. No afã de defender os postulados de uma ciência destituída de sentimentos e da ética cósmica, juntamente com outros, seus conterrâneos, matou, torturou e mutilou centenas de pessoas nos laboratórios montados pelo poder dominante em seu país. Sob o regime ditatorial alemão, mais de 200 cientistas haviam se envolvido em experimentos nos quais se utilizavam cobaias humanas. Desse grupo, mais da metade foi aliciada pelos senhores da escuridão ou se pôs voluntariamente a serviço dos dragões. Os interesses pareciam comuns. Após o descarte físico por ocasião da morte, continuariam a desenvolver pesquisas em laboratórios, só que agora no plano astral, em regiões sombrias e pouco visitadas pelos médiuns desdobrados. Quando em sua última encarnação, tais cientistas concretizaram experimentos repugnantes. Amorais e criminosos, infligiram dor e humilhação, provocando mortes ignóbeis de inúmeros prisioneiros dos campos de concentração. Formados em diversas academias do planeta, nas escolas mais importantes das nações da Terra, tais membros da elite científica venderam-se e adaptaram-se aos métodos nazistas, que correspondiam em larga escala àqueles adotados nas regiões denominadas trevas, sob a mão pesada dos ditadores do submundo. Os poderes da discórdia intentavam, desde então, uma investida fulminante contra os reinos do mundo.

O mentor da idéia de um ser artificial era profundo admirador da ciência. Pensador genial, nos bastidores participara do temido Pionierkommando 36, um exército de cientistas especializado em destruição, sob o comando de um chefe de legião então reencarnado, reconhecido por suas pesquisas na área da química. Julius Hallervorden — quem desenvolveu a protoforma astral e o trabalho com ovóides — colecionou, quando encarnado, mais de 500 cérebros para suas pesquisas infernais. Durante o sono físico, ele desdobrava a personalidade e já participava de experiências nas regiões sombrias, com seres ovóides ou cérebros semimateriais, como ele os chamava. Foi Julius, classificado como o doutor do inferno, quem, por volta de 1938, num de seus desdobramentos, visitou regiões escuras da subcrosta, no abismo, e propôs a formação de incubadoras onde seriam recolhidos os ovóides encontrados nas regiões escuras do mundo astral. A partir de então, os espectros dedicaram-se a construir campos de concentração muito semelhantes aos que se disseminariam na Crosta, colecionando, para Julius e sua tropa, ovóides e vibriões mentais. Ele compareceria às regiões abissais todas as noites, em desdobramento, para, juntamente com sua horda de cientistas, estudar as amostras conservadas nas incubadoras da escuridão.

Tanto Haber, o maioral do pelotão de cientistas, quanto Heinrich, o comandante maior da polícia negra dos chefes de legião, bem como os espectros, que eram muito respeitados pelos próprios senhores da escuridão, e, ainda, Rascher, outro ser que auxiliava Dr. Julius com a manipulação dos ovóides e dos corpos artificiais; todos eram cientistas, representantes da técnica astral e responsáveis por crimes contra a humanidade. Se a experiência com o Max verdadeiro, o original, desse certo, como tudo sugeria, usariam similar experimento no próximo presidente eleito. Pretendiam dominar não somente no mundo físico, mas no astral, onde a trama da vida se esboça e os viventes são manipulados.

No plano extrafísico, esse grupo de cientistas era vampirizado e manipulado por inteligências do submundo, sem que o soubessem. No dia-a-dia, enquanto encarnados, tais criaturas — principalmente Julius, Rascher e alguns de seus colaboradores mais próximos, identificados com suas idéias — pareceriam normais, cidadãos perfeitamente entrosados à vida social do mundo. Nos laboratórios construídos pelo regime nazista e instigados pelos ditadores do abismo, desenvolviam experiências satânicas, refletindo a inspiração dos dragões e senhores da escuridão, que tinham o intuito de testar e manipular os corpos mentais em estágio de degeneração da forma, os chamados ovóides. Ao desencarnar, já faziam parte do projeto audacioso e inumano, ao tempo em que já eram vinculados aos ditadores das trevas, que, de suas bases no submundo da escuridão, intentam contra o progresso da humanidade.

Max encontrava-se num laboratório nas profundezas abissais, numa espécie de maca preparada para o seu despertar. Tudo à sua volta estava disposto conforme o gosto de seus criadores, seres comprometidos com o ideário dos dragões e demais dirigentes do abismo.

— Apresse-se! Você tem muito que fazer — disse Julius, seu interlocutor e tutor.

— Você parece temer alguma coisa e reflete alguma insegurança — constatou o comandante das trevas, que o chamara para a ação e para a vida de total submissão aos ideais dos senhores da escuridão.

— Não é nada disso — respondeu o ser artificial, quase gaguejando e com uma mente emprestada, manipulada e com profundos traumas impressos na memória miseravelmente invadida. — Não me sinto bem e acho que sua presença me incomoda. Você me incomoda profundamente.

Max fitou o ser à sua frente, o cientista do inferno, como era conhecido entre os demais, esperando encontrar uma característica que permitisse identificá-lo. Nada. Faltavam-lhe elementos à memória emprestada. Afinal, para ele, um ovóide manipulado e implantado em um cascão, um clone feito de matéria astral, todos os seres pareciam exóticos, diferentes e quase aberrações da natureza. Ou seria ele próprio a aberração? Ainda estava confuso diante do que percebia ao redor, após a associação ao corpo engendrado em laboratório.

— Quem é você? — perguntou o ser gerado e forjado em substância astral.

— Meu nome é Julius, Dr. Julius, seu criador e senhor. Vamos logo, meus colegas e nosso chefe maior estão à sua espera.

Miseravelmente dominado pelos pensamentos manipulados de um ovóide que lhe fora implantado, o clone astral, embora semelhante ao encarnado que era alvo dos cientistas da escuridão, seguiu seu criador e, por que não dizer, algoz, percebendo apenas, em si, profundo ódio exalar de seu interior. Mas não sabia identificar a procedência de tamanho rancor; sequer raciocinar sobre ele. Obedecia. Afinal, a mente degenerada fora programada hipnoticamente para obedecer, sem questionar.

O ovóide implantado no cascão astral sentia um medo terrível, cuja procedência não sabia identificar; era algo sobre-humano, tão palpável se mostrava. O pavor instintivo lhe dava a impressão de ser uma entidade viva, de tão imenso e hediondo. Naturalmente, não lhe ocorria que esse temor fosse uma sugestão pós-hipnótica ativada pelo treinamento magnético profundo ao qual se submetera. Muitas das ações do ente artificial seriam motivadas pelo medo instintivo e sobremodo forte que lhe fora incutido na programação mental e emocional pela qual passara. Embora houvesse sido condicionado mentalmente durante o processo de geração e adaptação ao estado vegetativo, semivivo, dentro de um cascão astral, o ovóide não considerava os seres que se utilizavam dele como amigos nem como normais. Apenas desenvolvia reações mentais e emocionais induzidas, implantadas, modificadas por seus sugestionadores, a fim de realizar uma investida contra determinados atores no mundo dos viventes. Deveria servir de elo entre o governante de determinado país e a vontade dos senhores da escuridão e dos cientistas sob o seu comando. Seria um médium das idéias de seus pais degenerados, com o objetivo de deflagrar guerras e subjugar outros países do mundo. Na avaliação dos resultados, não importava o número de vidas humanas ceifadas.

Certamente chegará o momento em que os espiritualistas despertarão para a necessidade de apoiar todos os mecanismos de progresso no planeta, não somente os governantes, como também os representantes da mensagem libertadora, os médiuns mais expressivos em suas tarefas, os oradores, bispos, pastores. No planejamento e na execução das reuniões realizadas para apoio espiritual, em âmbito global, todos os indivíduos e instituições que trabalham pelo progresso merecerão ser lembrados. Ao avaliar as abordagens de reuniões de desobsessão convencionais ou de outras mais especializadas, quem sabe os amigos encarnados possam despertar para a necessidade de ajudar aqueles que trazem sobre os ombros o fardo da responsabilidade por comunidades inteiras?

Sob o comando dos senhores da escuridão e de acordo com os desígnios dos maiorais das sombras — os dragões —, os cientistas jamais se arriscavam. Arquitetavam cada detalhe de seus planos visando ao sucesso absoluto. Habituados ao método de Hitler, uma das estratégias mais relevantes era repartir por diversas unidades o projeto original, distribuindo para cada grupo de cientistas envolvidos partes distintas do todo. Nenhuma das células tinha acesso ao quadro integral; nem sequer sabia do que se tratava e, muito menos, compreendia a finalidade da pesquisa encomendada. Somente mais tarde Julius ajuntava o quebra-cabeça, peças enigmáticas de seu estratagema diabólico. Os cientistas desencarnados a serviço do lado escuro eram os representantes de uma pseudociência, aprimoradores de raciocínios que obedeciam a uma lógica inumana. Em seu proceder, procuravam prever o maior número de eventualidades, a fim de obter o desfecho esperado pelos soberanos do abismo. Muitos, quando encarnados, vinham periodicamente ao submundo em processo de desdobramento, onde se aperfeiçoavam a cada dia em sua ciência sem ética.

A criação de um ser artificial com as características de Max se revelaria um percalço, uma situação não incluída nos planos, não prevista no esquema armado pelos donos do poder. Esse erro jamais fora pressentido por nenhum dos idealizadores dos clones; entretanto, a criação do cascão astral e o acoplamento de um ovóide em seu cérebro semimaterial acarretaria, num futuro não tão distante, uma perda irreparável para a falange dos cientistas e dos ditadores do abismo. Algo que lamentariam indefinidamente. Mas, disso, chefes de legião, magos negros nem cientistas suspeitavam; nem sequer o criador de Max, Dr. Julius, o doutor do inferno.

O ser artificial já fora levado à presença dos cientistas várias vezes depois de lhe ter sido implantado o ovóide e de lhe terem sido efetuados os ajustes na memória através de procedimentos hipnóticos complementares. Era submetido diariamente, pelo menos três vezes a cada 24 horas, a intenso influxo magnético com vistas à manipulação dos conteúdos mentais do ovóide, mesmo transcorrido o acoplamento à forma astral. Enquanto isso, os cientistas acreditavam que mais seres semelhantes a Max estivessem sendo construídos e manipulados noutro centro de produção da tecnologia astral, sob a supervisão de Lamarck e seus seis comparsas.

Antes de ser liberada para o processo em curso, a criatura fora submetida a testes quase intermináveis, gerando uma carga de dor e sofrimento comparáveis apenas ao mal e à crueldade perpetrados pelo espírito que agora passava pelo estágio de ovoidização. Pela primeira vez, agora, seria conduzido à presença de um chefe de legião e sua milícia, composta de agentes de alta patente, os espectros. Max estava cansado de ser cobaia dos seres infernais. Contudo, ainda nem cogitava do alcance de suas ações e das conseqüências nefastas que acarretariam. Era preparado com vistas a uma investida de gravíssimas proporções para as nações mundiais. A despeito desse fato, os cientistas, inclusive Dr. Julius, não conseguiam prever absolutamente nada em relação ao comportamento do ovóide implantado na estrutura artificial forjada em seus laboratórios. As reações de um ser manipulado eram uma incógnita — disso, até a literatura já dava conta. Mas ninguém ali se interessava por conhecer a história de Frankenstein. Julius confiava plenamente nos processos paramecânicos utilizados no controle hipnótico da mente ovóide.

Os seres criados no laboratório do abismo destinavam-se a influenciar mental e hipnoticamente os representantes das nações da Terra, os governantes e empresários de maior destaque no destino do mundo. Entretanto, não eram tão-somente clones; eram sobretudo malfeitores da pior espécie, pois os ovóides implantados nos corpos duplicados são, na realidade, produto de uma psicotransformação causada pela criminalidade dessas consciências, em razão da qual assistiram à deterioração de seus próprios perispíritos. Tais ovóides foram capturados pelos cientistas do abismo e colocados em cativeiro, no intuito de se submeterem à hipnose levada a cabo pelos magos negros. Os artificiais representavam uma força descomunal que poderia ser posta em ação, a qualquer momento, contra as obras do progresso e da civilização, além de serem excelentes soldados, completamente rendidos ao comando hipnótico de seus senhores. Não poderiam ser ignorados.

De repente, requisitou-se de Max a espera em determinada sala de um dos laboratórios do mundo inferior. Para se manter mais robustos e operantes, os laboratórios eram conjugados em cadeia, de tal maneira que a estabilidade energética de cada um dependia da dos demais. Caso um deles se tornasse instável, todos ruiriam em sua estrutura de matéria extrafísica. Esse, também, foi um lapso de seus construtores, que o desenrolar dos acontecimentos se incumbiria de evidenciar.

A criatura híbrida aguardou impaciente. Julius

seguiu adiante e adentrou o recinto, preparado para o confronto entre Max e alguém de uma hierarquia superior no esquema de comando dos seres da escuridão. De súbito, o ovóide, o ser que se movia com o corpo de um cascão astral, ouviu alguém chamando-o:

— Chegou sua hora, Max! É hora de servir aos seus senhores, os senhores da escuridão.

Quase que aliviado, o clone astral entrou no ambiente, no qual nunca estivera antes, e viu-se diante de um espírito imponente, um dos comandantes supremos a serviço dos maiorais. Era o próprio Haber e, se não fosse pelo aspecto já em processo de degeneração, seria um dos mais elegantes dentre os chefes de legião; com certeza, um dos mais temíveis representantes dos poderosos dragões.

— Estava aguardando sua chegada. Precisamos trabalhar depressa, pois os inimigos de nossa causa podem se adiantar, tramando contra nós. Além disso, não posso me ater a este caso, pois logo tenho uma reunião importante com os príncipes do poder.

O cientista-chefe Haber aproximou-se friamente de Max, o artificial, enquanto era observado com um misto de respeito, temor e admiração pelo grupo de cientistas que ficou ao lado de Julius Hallervorden, o Dr. Julius. Enquanto o comandante da legião de cientistas a observava, a duplicata astral de Max se sentia cada vez mais incomodada, de sorte que um medo intenso ameaçou sua aparente estabilidade.

— Não tenho tempo para esperar mais! Comecemos os testes imediatamente, pois os soberanos do abismo aguardam nosso progresso neste caso! — deu a ordem o chefe de legião.

— Estou pronto! — respondeu o ovóide hospedeiro implantado no corpo artificial.

A partir desse momento, pareceu a Max que desfilava toda uma história de vida diante de sua visão espiritual. Via cada lance da história de um jovem; um implante de memória contendo a história do verdadeiro Max, que estava encarnado, esboçava-se em sua mente; um bloco de informações que deve ter sido liberado no instante em que o chefe de legião pronunciou as últimas palavras. Era um efeito pós-hipnótico associado ao pronunciamento de Haber. O artificial deveria desempenhar um papel especial na manipulação de seu modelo original. Passaria a ser o elemento de ligação com o verdadeiro Max e, além disso, faria o papel de mentor, de um espírito que dirigiria a nação da qual o Max verdadeiro seria o presidente.

— Vamos recapitular todos os lances de sua tarefa para iniciar imediatamente os nossos planos — pronunciou Haber, o chefe da legião de cientistas.

Utilizando os poucos pensamentos que se esboçavam com certa lucidez, o ovóide concluía quanto sua vida era desgraçada. Vivia como um simbionte, nutrindo-se de energias coaguladas num corpo artificial.

— Ainda me vingarei desses malditos. Eles não sabem quem fui, nem qual a dimensão da minha crueldade — pensava o ser híbrido em relação aos seus criadores, no seu sofrimento particular.

Ele, o ser artificial portador de uma mente que havia se degenerado na forma ovóide, fora criado, manipulado e programado para cumprir aquela missão. Como ele, muitos e muitos seres levavam uma existência infeliz e desgraçada sob o comando mental e hipnótico das legiões das sombras. Embora o primogênito de uma nova raça, Max era apenas mais um, entre muitos.

Desde o momento em que certos acontecimentos foram detectados pelos representantes dos dragões entre os humanos encarnados, a atenção de Haber fixou-se de modo especial. Novo homem era preparado para ser o presidente de um país da região norte do planeta. Porém, esse indivíduo já fora identificado pelos senhores da escuridão como um dos antigos comparsas das sombras. Era a reencarnação de um ditador e imperador romano. Se viesse a ganhar as eleições daquele país, poderia ser bastante útil aos planos dos dragões e seria, ao mesmo tempo, um agente contra as pretensões de um mago negro que tentava a todo custo dominar o submundo da política extrafísica. Haber planejava enfrentar as forças antagônicas personificadas neste mago da escuridão, pois não poderia perder territórios para nenhuma facção inimiga, nenhuma inteligência extrafísica, por mais habilidosa que fosse. Ele reinaria de qualquer jeito. Para isso, a fim de cumprir os planos e conquistar apreciação e renome perante os soberanos, Julius e Rascher eram seu braço forte, os mais habilitados para encabeçar a experiência que entrava em seu estágio decisivo.

Não há um ideal verdadeiro e nobre unindo magos negros, cientistas das sombras e espectros, representando um fator de envolvimento e comprometimento com um único sistema de poder. A existência dos ditadores e lendários dragões não é fator suficiente para que todos os seres do abismo, do umbral à subcrosta, se tornem um só rebanho. Por certo há uma política ou um objetivo ainda não plenamente compreendido por trás do amplo sistema ditatorial levado a cabo pelos imperadores do abismo e seus prepostos. Uma coisa salta aos olhos, no entanto: grande parte das inteligências extrafísicas se reúne sob o furor de um poder imposto, mas não se solidariza no ideal.

Ideal? Quê? Ideal não há... Apenas há a cobiça, o poder.

Nas regiões inferiores, na escuridão do abismo ou entre as rochas abaixo da crosta, a guerra entre as facções e potestades é constante. As disputas pelo controle de parcelas mais expressivas da população de almas falidas torna a convivência entre os diversos círculos e entidades do abismo algo muito perigoso, principalmente para os governantes do mundo. Na atualidade, muitas administrações de países que ocupam posições importantes no cenário internacional — tais como China, Estados Unidos, Coréia, Japão, Venezuela e algumas outras espalhadas pelos continentes — são quase totalmente dirigidas por forças investidas da autoridade dos ditadores do umbral. Nos gabinete da maior parte das nações, existe pelo menos um embaixador das legiões inferiores.

Considere-se que o mundo invisível tem uma população de espíritos, na estimativa mais modesta, no mínimo três vezes superior à de encarnados. Entre os últimos, pequena fração está em processo de despertamento da consciência evolutiva. O restante, pode-se aventurar um juízo, encontra-se ainda num nível abaixo da média em termos de espiritualidade. Como será o comportamento dessa maioria absoluta de seres para quem a vida se resume a disputas, ignorância e desequilíbrios?

Aonde foram, por exemplo, os bilhões de seres humanos desencarnados que nunca sequer ouviram falar da mensagem cristã e, muito menos, espírita? Como se comportam os espíritos cuja cultura espiritual difere enormemente da que vige no chamado Ocidente, de bases greco-romanas e judaico-cristãs? Alguém ousa imaginar o contexto espiritual de muçulmanos, budistas, hinduístas e jainistas, em suas centenas de seitas e ramificações, bem como os de nacionalidades variadas ao redor do globo? E os de procedência, espiritual e reencarnatória, dos países árabes? Tais espíritos certamente vivem e atuam segundo parâmetros distintos, com ética e ótica diversas, tremendamente diferentes daquelas que predominam na Europa, nas Américas, na Oceania e em porções dos continentes asiático e africano. Portanto, não é de esperar que tais seres se comportem de acordo com os padrões válidos para os espíritos ligados à cultura ocidental.

Em decorrência dessa realidade, levando-se em

consideração apenas aquele contingente de inteligências cujas atitudes generalizadas ferem as mais simples noções de ética e moral cósmica, há que se convir que muitos, seja de livre e espontânea vontade ou inconscientemente, são aproveitados pelos comandos de seres das regiões insalubres do astral. Os mais esclarecidos, por sua vez, evidentemente são orientadores evolutivos de seus companheiros, encarnados ou não. De qualquer maneira, é uma parcela da população espiritual que não pode ser desprezada quando se examinam as organizações terroristas do mundo inferior.

Nesse contexto, é preciso acrescentar à análise um elemento a mais. Quando se constata, entre os representantes do mal, a existência de uma disputa de territórios e da população de almas, não podemos ignorar a ação de determinado grupo de espíritos de magos e principalmente cientistas cuja formação espiritual é mais recente. Espíritos com menor experiência, do ponto de vista histórico, isto é, mais jovens, no que concerne à idade sideral e às experiências reencarnatórias, querem se libertar da mão ferrenha e da autoridade impiedosa dos dragões e dos magos mais antigos, oriundos das civilizações do passado remoto, que se esvai na poeira dos milênios. Trabalham em nome de suposta liberdade que defendem — como certos grupos étnicos, sociais e políticos o fazem entre os encarnados —, pois também intentam preponderar sobre uma parcela das almas habitantes das dimensões mais próximas à Crosta. Boicotam os objetivos dos maiorais do submundo, colocando em risco os projetos e alvos principais dos integrantes da hierarquia da subcrosta e do abismo. Fazem tudo que está a seu alcance e usam qualquer recurso à sua disposição para estragar os planos de seus rivais mais poderosos; ao mesmo tempo, almejam estabelecer nova dinastia nas cidadelas e biomas que conseguem arrebanhar para seu território. Em geral, os revolucionários representados dessa falange desprezam as forças tradicionais de oposição. No intuito de atingir seus intentos, usam, como aliados, espíritos desordeiros e outros, mais maldosos do que maus, os chamados quiumbas — classe levada em consideração entre os ditadores do abismo, pelo fato de executarem o trabalho considerado sujo.

Os ditadores do abismo sabem também que possuem muitos inimigos entre os próprios seres sombrios, que exigem uma atenção redobrada de sua parte. Os dragões e magos negros jamais conseguiram solucionar as intrigas intermináveis e os constantes conflitos internos em busca do poder na organização que representam, tanto entre grupos, cidadelas e biomas como entre indivíduos detentores de relativo conhecimento referente à existência de uma hierarquia na subcrosta e nas regiões abissais. Traições e farsas políticas são rotina no dia-a-dia das comunidades do panorama astral. Isso pode ser mais claramente observado quando estão em disputa cargos importantes, como o de príncipe, que é o regente de uma sociedade de seres, investido de certo grau de autoridade nas regiões inferiores e que dispõe de contingente maior ou menor de soldados das milícias do abismo. Também é bastante cobiçada a posição de líder de uma das cidades do umbral ou um grupo de cidades que giram em torno de um objetivo ou características comuns — os chamados biomas. As intrigas incessantes, que geram confronto entre as diversas hordas de seres estacionados nessas regiões umbralinas, muitas vezes servem de base e inspiração para os combates entre os países do mundo.

Guiados pelos integrantes dessas comunidades localizadas na dimensão extrafísica, governos e governantes do mundo, sem o saberem, freqüentemente atuam como fantoches de seus manipuladores invisíveis e nada fazem além de corporificar em suas nações as idéias e a postura belicosa de seus orientadores no invisível.

À parte tudo isso, um dos mais importantes países do mundo, baluarte do sistema democrático, deveria eleger sua maior autoridade. Somente as possibilidades econômicas e políticas dessa nação já representavam uma fatia de poder de modo algum ignorada pelos dominadores nas regiões inferiores. Uma das inteligências sombrias deveria infiltrar-se nos círculos bem próximos ao presidente, assessoreando-o diretamente. Passaria a ser seu braço direito, envolvendo-o e enredando-o a tal ponto com suas idéias que chegaria quase a dirigir-lhe os passos, tamanha ascendência adquiriria sobre sua personalidade. Tudo com o objetivo de que, através de suas ações, ele refletisse a inspiração dos imperadores do mundo oculto, no abismo. Irmina Loyola e Elliah gravaram todas essas informações em seus instrumentos de alta precisão.

Havia certo risco de que o primeiro-mandatário da nação não correspondesse aos planos originais dos senhores da escuridão, e, em sua reeleição, o antigo César dos romanos fosse impedido de assumir o poder. A situação exigia rigor e providências urgentes das forças soberanas da escuridão. Haber, Julius e Rascher precisavam se adiantar a qualquer iniciativa da parte dos opositores, pois certas idéias, disseminadas ainda que embrionariamente, ameaçavam o poderio dominante nos bastidores da política internacional e, por conseguinte, na esfera extrafísica.

Em dada ocasião perdida na poeira dos séculos, as inteligências sombrias que trabalham nos bastidores da política mundial dividiram em 10 territórios o espaço físico e astral que intentam dominar. Tais fatias de poder, conforme dizem, são palco de contendas acirradas entre diversos grupos rivais, compostos por entidades que, a todo custo, buscam prevalecer nas sombras da política regional, em detrimento das demais legiões que ainda possuem consciências eivadas de pretensões humanas. Os alvos disputados abrangem setores da vida extrafísica associados com determinadas dinastias das trevas. Sem exceção, todas elas, de uma ou outra maneira, não importa em que medida saibam disso ou não, são controladas por espíritos mais experientes na arte da guerra e do mando. Aliás, este é um dos fundamentos mais caros à estratégia sombria: sempre fazer cada um acreditar que está no comando absoluto, livre e independente, quando, na verdade, é manipulado vergonhosamente. Quanto mais orgulho lhe for insuflado, melhor.

Dotados de inteligência nada vulgar, os chamados dragões, temíveis seres deportados há milênios para o panorama terreno, transformam as legiões de espíritos filiadas à sua política em marionetes submissas a seu ardil demoníaco. Objetivam ardorosamente minar o progresso da civilização do planeta Terra, em sua acepção mais ampla, e fazem tudo a seu alcance para abortar qualquer iniciativa de avanço apresentada por instituições ou pessoas de referência, seja no âmbito religioso, cultural, científico, social, político ou econômico. Quem quer que esteja em sintonia com as propostas renovadoras do orientador evolutivo do planeta é seu inimigo declarado. Combatem mais as idéias que as pessoas em si; mais os ideais e o pensamento que as instituições que os defendem. Os próprios dragões não se interessam particularmente por religiosos, sejam eles espíritas ou não. No entanto, as diversas facções e seus líderes, hierarquicamente inferiores aos ditadores das sombras, esforçam-se para aniquilar, desestimular e confundir os representantes das idéias evolucionárias, de qualquer segmento da sociedade. Setores do submundo, a cargo de oficiais e seus comandados, vêem, em certos indivíduos e organizações, adversários que devem combater com todo o fervor.

No campo político, identificam os países envolvidos no jogo de suas idéias conforme a expressividade de que são portadores no cenário mundial. Dessa forma, direcionam recursos com maior ou menor afinco e constroem colunas de guerra, disputando um lugar ao lado de governantes de todos os países do mundo.

A existência e a estrutura das organizações comandadas pelos ditadores das trevas deveriam perpetuar-se. Aquele ser, o presidente que estava sendo submetido a um processo de escaneamento da memória astral, já dera mostras de sintonia com as idéias de seus manipuladores invisíveis.

Os representantes do Cordeiro haviam enviado vários de seus parceiros para fazer frente à política adotada pelo presidente, participando do parlamento e da administração daquele país. O segundo mandato, entretanto, deveria ocorrer, mas não sem controle rigoroso por parte de Fritz Haber, que era o responsável direto pela condução de uma política ferrenha, que faria mergulhar outros países, já em dificuldades, em disputas atrozes, ainda mais exacerbadas. Engrossar as fileiras do radicalismo, eis a meta.

Todo esse contexto socioeconômico também tinha a função de minar os empreendimentos nefastos levados a cabo por alguns magos negros, que buscavam o domínio cada vez maior do povo em questão, de modo a solapar o poder dos cientistas perante os soberanos. No fundo, os cientistas toleram os magos, de modo geral, porém almejam prevalecer perante os dragões, envaidecidamente consolidando a supremacia do saber científico sobre os antigos caminhos da magia. Somado a isso, Haber desfecharia um golpe fulminante nos representantes da força oposta ao império dos dragões. O ser híbrido consistia em método apurado para submeter ainda mais intensamente — quiçá, absolutamente — o presidente reeleito. O mandatário da nação já trazia habilidades políticas de outras experiências reencarnatórias; agora, seria comandado diretamente pelos ditadores das trevas, como cobaia.

Haber combateria os opositores desencarnados atacando dos dois lados da vida. Com a sujeição do presidente, daria um golpe nas regiões comandadas por facções rivais no Oriente e, ao mesmo tempo, deflagraria uma guerra a fim de desmantelar a economia mundial. De tal forma agiria que a multidão, abalada com a conjuntura econômica, esqueceria a busca por espiritualidade. Muitos se lançariam para o lado da escuridão devido ao desespero. Caso o uso de Max, o artificial, desse certo, a experiência seria replicada, e outros como ele seriam configurados pelos cientistas para, sob o comando de Haber, uma a uma as nações mundiais se renderem à supremacia das trevas. Com isso, os magos revoltosos seriam abatidos e feitos escravos do poder maior das regiões inferiores. Como se pode ver, a missão confiada a Julius era crucial para os planos dos cientistas e dominadores da corrente astral que atuava nos bastidores da política internacional.

Ao longo dos dois ou três últimos séculos, os cientistas empregaram diversos artífices com o intuito de reinar no cenário político do mundo e, conseqüentemente, segundo esperavam, na contraparte astral da vida planetária. Entretanto, os emissários do Cordeiro haviam interferido e infiltrado estrategicamente seus parceiros no plano físico, em meio ao povo e nos lugares mais relevantes dos governos. Um poder superior se interpôs drasticamente entre os cientistas, os chefes das legiões do mal e a execução de seus planos. Haber resolvera apelar para Julius, seu assistente imediato entre os cientistas, e programara, juntamente com os cientistas sociais e psicólogos do astral, o uso de alguém que era um instrumento já testado entre os encarnados. Alguém que poderia significar baixa vultosa, um fator de peso em prejuízo dos Imortais, os prepostos do Cordeiro.

Max fora escolhido por ser a figura pública mais importante da política atual; além disso, era possuidor de incrível potencial magnético e de ferocidade singular, apenas disfarçada para a consecução de seus planos sombriamente inspirados. Como se não bastasse, tinha grande ambição de aparecer, se projetar e ser o centro de certas atenções, como se fosse alguém especial, um enviado divino — ou o próprio Deus. Esse era um tipo de sentimento e de desejo antagônico ao objetivo geral dos Imortais, mas que veio a calhar perfeitamente para a causa dos senhores da escuridão. Com um raciocínio sagaz, Max seria um elemento precioso para que detivessem o domínio completo da política mundial, tornando-a mais e mais avessa ao sistema político do Cordeiro. O presidente que seria alvo da experiência tinha a alma de um guerreiro, mas a imaturidade e a volatilidade de um adolescente ao se considerarem questões de ordem transcendente. Aí residia a força que tinha eco nos recursos utilizados para alcançar a primazia das idéias perigosas inspiradas pelas organizações das trevas.

Fritz Haber se considerava um espírito prudente, ardiloso e extremamente inteligente. De um só golpe, acabaria com os planos dos espíritos rivais liderados pelo ditador e mago das sombras Khomeini, perigoso grupo de inteligências extrafísicas, tanto quanto desmantelaria outra organização, que tinha à frente o mago Grigori, estrategista igualmente considerado uma ameaça. Curioso é que as intenções e propostas deste último aparentemente se afinavam com as do cientista de origem germânica, porém, a um olhar mais atento, eram bastante distintas da política adotada por Haber e seus comparsas.

Antes de dar o golpe fatal na oposição, teria que descobrir como deter definitivamente um determinado príncipe das legiões infernais. Ele se dizia o maioral entre os seres da escuridão, num dos redutos mais importantes das trevas, as regiões abissais. Haber queria derrogar as pretensões desse príncipe, que chefiava uma legião de especialistas da escuridão e era temido por eles. Para tal, precisava agir com cautela, pois muito estava em jogo. Deixaria o comando da operação a cargo de seu braço direito, Dr. Julius, um espírito que já provara sua dedicação e lealdade ao império dos dragões. Para se ter uma idéia da confiança nele depositada, a duplicata de Max — nos últimos anos, o projeto de maior valor nos círculos administrados por Haber — estaria ligada diretamente ao cérebro espiritual do chamado doutor do inferno.

Olhando profundamente para o ser à sua frente,

o chefe daquele corpo de cientistas declarou:

— Seu modelo encarnado, o Max verdadeiro, é possuidor de algumas informações e características que jamais podem ser ignoradas. Estudando as memórias do presidente, nossos psicólogos e pesquisadores detectaram forte antagonismo — que, com certeza, foi gerado em outra existência, numa outra equação de tempo — entre Max e vários dos responsáveis pelos governos de outros países. Você precisa ficar atento a cada detalhe e explorar esse conflito preexistente, como também o grande carisma e o magnetismo pessoal que ele possui. Realce cada sentimento ou emoção que encontrar no verdadeiro Max e assegure-se de mantê-lo definitivamente em nossas fileiras. Mas, cuidado! Ele deve permanecer como agente nosso, manipulado por nós, embora, pouco a pouco, deva dar a impressão de estar se convencendo de que precisa cooperar com outros povos nas questões políticas e sociais. Seja você seu amigo invisível, seu tutor, mentor de suas idéias, mas conserve-o como o mais temido e odiado entre os políticos do mundo; afinal, para os homens do mundo da política, o medo e o perigo em relação a uma nação poderosa falam bem alto. O Max verdadeiro deve ser nosso agente, sem que o saiba; um agente duplo a nosso serviço irrestrito. César deve novamente subir ao trono no cenário do novo mundo.

— Sei — comentou a criatura híbrida. — O responsável pela disseminação das idéias que pertence a uma das facções opostas e que interferem em seus ditames é um mago de renome, bastante esperto. Creio até, segundo as lembranças do meu original implantadas em minha mente, que ele é secundado por um grupo de seres odiosos que detêm autoridade num setor estrategicamente importante do planeta, submisso aos magos da escuridão que atualmente representam o máximo poder do Oriente.

— Ele não deveria ter conhecimento de certas coisas! — gritou Rascher, o médico-chefe do submundo. — Deve ter ocorrido algum erro no processo de hipnose a que foi submetido; na programação de suas lembranças não deveria constar nada a respeito dos senhores da escuridão. Foram implantadas células de memória artificial, as quais não continham tais informações. Chequei pessoalmente o conteúdo das células de memória.

— É de nosso conhecimento que na memória do ovóide implantado na criatura astral ainda existem lacunas que não foram preenchidas; também detectamos alguns conhecimentos e informações que, por enquanto, fogem ao nosso controle. Fato é que, de alguma maneira, certos elementos do grande conflito vieram à tona, sem que saibamos exatamente como. Outras informações relevantes não alcançaram a superfície da memória implantada. Há ainda conteúdos a respeito dos quais não arbitramos, por estarem estruturados em seu corpo mental. Espero que compreenda nossas limitações — disse um dos cientistas presentes, quase pedindo desculpas ao chefe.

— Percebi claramente as limitações que se verificam em relação à memória copiada do verdadeiro Max. Porém, não há tempo para esperar indefinidamente. Temos os melhores cientistas à nossa disposição. Além do mais, o verdadeiro Max já foi submetido à manipulação mental num dos laboratórios dos senhores da escuridão, embora, na ocasião, um dos cientistas responsáveis tenha sido seqüestrado pelos guardiões siderais. Não sabemos do seu paradeiro — eles falavam do próprio Elliah. — Enfim, fiquem atentos. Não tolerarei o menor erro em nossos planos.

Modificando o foco das atenções dos representantes da ciência do inferno, o coordenador do projeto da escuridão revelou suas preocupações:

— Desculpe-me a interrupção, senhor — interferiu Dr. Julius. — Depois de muito discutir, alguns de nossos cientistas chegaram à conclusão de que um agente do mundo dos viventes, que desenvolve um trabalho em parceria com os guardiões, adentrou nos redutos e fortalezas de nossos senhores e possivelmente ofereça resistência ao nosso trabalho. Acreditamos ainda que os Imortais tenham à disposição outra pessoa, outro vivente que talvez seja o segundo elemento para fomentar seus planos contra nós. Há mesmo algo diferente nas ações desse agente encarnado que acompanha os guardiões. Algo que destoa completamente do jeito habitual de ser e de agir do médium típico, que expôs nossa estrutura de poder e nossas organizações.

Haber teria que pensar muito a respeito dessa notícia, mas não era hora nem lugar para isso. O chefe de legião não tinha conhecimento pleno do passado nem do envolvimento do vivente que se imiscuía nos redutos das trevas, por isso ignorava certos lances do conflito. De todo modo, não podia transmitir insegurança aos seus subordinados. Além disso, a título de prevenção, o ser híbrido de nome Max não deveria possuir informações a respeito dos temas ventilados ali; caso fosse capturado pelos Imortais, os emissários do Cordeiro, apresentaria apenas as memórias implantadas e uma mente desequilibrada. Em razão de tudo isso, não verificaram a capacidade de Max de pensar por si só, bem como o grau de profundidade que atingiram no processo hipnótico. O assunto deveria morrer ali mesmo. Esse foi outro erro no plano dos cientistas.

Passado algum tempo, Fritz Haber, Dr. Julius, o médico-chefe Rascher e alguns de seus subordinados foram convocados a uma reunião com os dominadores do submundo; contudo, entre todos, apenas Haber compareceria, devido à sua elevada posição hierárquica de chefe da falange de cientistas. Os demais acompanhariam os dois Max — a duplicata astral e o original — na plataforma de testes e no período de adaptação. Algo muito grave esboçava-se no ar, e Haber precisava participar de mais uma conferência dos poderosos. A situação era crítica no reduto dos revoltosos.

Acompanhada de Elliah, Irmina Loyola concluiu a leitura dos registros magnéticos de tudo o que ocorrera naquele laboratório das regiões profundas do abismo. Mas não terminava ali o diagnóstico do problema, tampouco sua solução. Todos aqueles diálogos e as respectivas ações haviam se passado há algum tempo, embora estivessem ali, registrados na memória astral. Os sensíveis aparelhos que Irmina trouxera da base dos guardiões eram capazes de ler os registros e convertê-los em informações perfeitamente inteligíveis e confiáveis, pois a memória de todos os fatos está indelevelmente gravada na matéria luminosa e astral que permeia o universo, nas diversas dimensões da vida. Essa foi a base das observações de Elliah e Irmina, a qual, como Raul em outras ocasiões, estava desdobrada e investida da condição de agente dos guardiões planetários. Contrariamente ao pensamento generalizado, a ação da falange de cientistas das trevas na esfera extrafísica é voltada para a política mundial. Normalmente, não se envolvem com pessoas comuns, nem desperdiçam suas energias e sua tecnologia com processos triviais de obsessão, dirigidos contra qualquer um. Trabalham nos bastidores da política internacional e alimentam um objetivo bastante amplo: o domínio e o poder mundial.

Irmina Loyola propôs ao cientista Elliah seguirem o rastro da duplicata astral criada naquele laboratório. Para esse fim, usariam um aparelho cedido pelos guardiões, capaz de rastrear as vibrações emitidas por qualquer ser, seja ele natural ou artificial.

Quando encontraram Max, o ser híbrido, ele estava no hemisfério norte do planeta, num país muito rico, ao lado do verdadeiro Max, o representante legal daquela nação. Preparavam-se para uma visita ao exterior, ocasião em que a duplicata astral desempenharia um papel de destaque.

Durante a noite, Max híbrido seria encaminhado a um ambiente artificial, preparado pelos cientistas das sombras. Juntamente com ele, outros elementos comporiam o cenário, montado para receber os dirigentes da nação visitada, os quais, durante o desdobramento pelo sono, ficariam à mercê dos cientistas. Intentavam destruir a autonomia nacional e invadir a privacidade mental e emocional dos representantes eleitos, tanto no Congresso quanto, especialmente, no centro do poder executivo. O plano era que Julius, o Dr. Julius, utilizasse a duplicata de Max como médium. Ele falaria através dela, como se ocorresse uma conferência extrafísica do verdadeiro Max com os representantes tanto da nação visada quanto de outros países da América do Sul. No decorrer da conferência, efeitos hipnóticos paramecânicos seriam empregados a fim de manter os dirigentes, empresários e políticos sob a custódia espiritual dos cientistas sombrios. Enquanto isso, o verdadeiro Max estaria repousando em um hotel da cidade onde se dariam os compromissos, um importante centro econômico do continente, sob a ação de um mago negro encarregado de aprofundar a situação mental de servidão incondicional.

Evidentemente, assim que Irmina Loyola rastreou a duplicata e tomou conhecimento dos planos de Julius, informou à base dos guardiões, de imediato.

Quando a comitiva de Max chegou ao país em questão, na metrópole localizada em sua região sudeste, os guardiões superiores já haviam montado as defesas energéticas de forma a confrontar qualquer ação dos seres das sombras. Com a ajuda dos enviados do mentor espiritual da nação, estabeleceram um plano arrojado. Libertariam o verdadeiro Max, o representante daquela nação orgulhosa, do jugo dos cientistas. Ele seria subtraído das amarras psíquicas que o mantinham submetido aos representantes do poder nas regiões sombrias do planeta. O que faria a partir desse evento, competiria a ele, o verdadeiro Max, decidir.

Assim se procedeu. Raul foi chamado a participar do evento durante certo tempo, assim como outros 15 médiuns desdobrados. Jamar e Anton assumiram pessoalmente a tarefa e rastrearam o local onde se realizaria o encontro de Max, a duplicata, com Dr. Julius e os representantes da nação que receberia a investida — políticos e empresários, desdobrados durante o sono físico. Anton, o chefe supremo dos guardiões, equipou o local com instrumentos da nanotecnologia sideral, desenvolvida pelos guardiões imortais. Assim que Dr. Julius se conectasse ao pseudocérebro aprisionado na duplicata astral, tanto ele como o ovóide seriam capturados e levados a uma base dos guardiões. Mas isso o Dr. Julius não imaginava.

Quando chegou a hora combinada, Julius Hallervorden adentrou o ambiente astral, artificialmente criado no exato local correspondente a um parque da capital escolhida para a visita do presidente sob o domínio de Julius. Uma bolha energética de grandes dimensões foi erguida em meio às árvores, visando corresponder às necessidades do cientista que comandaria pessoalmente a investida em busca do poder. Se obtivesse êxito na primeira incursão com esses moldes, pretendia fazer o mesmo nos demais países por onde o genuíno Max passaria. Hallervorden preparou tudo, colocando no ambiente astral todo o aparato tecnológico de que precisava para irradiar os impulsos hipnóticos sobre a platéia esperada. Ele não sabia que os guardiões haviam se antecipado a seus preparativos.

O clima tenso se fazia sentir em todo o território nacional com a presença de Max e sua comitiva. Eram claras as intenções do representante da grande nação, mas poucos, muito poucos sabiam o que ocorria nos bastidores da política e que, naquela ocasião, estava em jogo toda uma estrutura de poder organizada na dimensão extrafísica. Dr. Julius Hallervorden traçava uma investida contra os países da América do Sul, pois, juntamente com Haber, planejava usar Max em seus planos para fomentar guerras e discórdias naquela região. Aquele era um ponto capital em sua estratégia, e a visita de seu porta-voz a um dos países daquele continente era apenas o começo de um ataque massivo por parte da política do abismo.

Tão logo os representantes da política e da economia adormeceram, foram conduzidos um a um à bolha energética erguida em meio ao esplendor da natureza, num local encravado na paisagem urbana. Nenhum deles desconfiava de que, além de participar de uma conferência na esfera extrafísica, seriam recepcionados por uma duplicata astral do verdadeiro Max e por nada menos que um dos principais representantes dos senhores da escuridão. Havia muito mais em jogo naquele ambiente extrafísico do que suspeitava o contingente de encarnados.

No mesmo lugar, numa dimensão superior, os guardiões estavam a postos. Os médiuns desdobrados atuariam como elementos preciosos na doação de ectoplasma, que os guardiões utilizariam para ajudá-los na tarefa que tinham pela frente. Hallervorden estava plenamente confiante em seu planejamento. Era tão fascinante que nada poderia dar errado.

Quando todos já se encontravam no local e não havia nenhum motivo que justificasse adiar o início da conferência, Julius Hallervorden dirigiu-se ao palco de eventos improvisado, na companhia da duplicata astral. Todos estavam ali desdobrados, e nenhum deles, os mandatários da nação, estava atento para as questões espirituais. Um dos empresários presentes, em meio a mais de 300 deles, era o único que vez ou outra pressentia algo diferente no ar. Mesmo assim, não teve suficiente lucidez extrafísica para perceber mais claramente que estava em meio a uma reunião importante não somente para o destino da nação, como também para o de todo o continente; tampouco viu que, nos bastidores da política extrafísica, havia seres hediondos disputando o poder utilizando processos de hipnose e magnetismo. Irmina Loyola aproximou-se de Raul e ficaram juntos, na expectativa de agir em conformidade com a instrução dos guardiões, em especial, de Anton e Jamar. O cientista Hallervorden estava tão confiante em sua tecnologia astral que dispensou a presença dos sombras e dos espectros, a milícia negra do umbral. Esse foi mais um de seus erros.

Assim que o falso Max assumiu a tribuna à frente de todos, Dr. Julius o envolveu totalmente, quase que num processo de incorporação. Havia um perfeito acoplamento áurico entre ambos. Precisamente nesse instante, ocorreu uma reação imprevista no comportamento do ser aprisionado no pseudocérebro da criatura artificial. O ovóide tentou repelir a presença de seu odiado algoz e pseudocriador, que buscava dominá-lo. Deu-se uma batalha espiritual entre as duas mentes, e, ao contrário do que se poderia supor, o Dr. Julius estava quase perdendo o controle sobre a criatura, sobre a mente hospedeira, quando entraram em ação os guardiões.

— Agora! — gritou Anton aos técnicos siderais.

Imediatamente formou-se em torno do ovóide aprisionado e de Julius Hallervorden um campo de força tridimensional que bloqueou qualquer tentativa de fuga. Raul e Irmina literalmente pularam nos seres aprisionados no campo de contenção, juntamente com os outros médiuns desdobrados.

— É sua vez, Raul — falou em alto e bom som o guardião Jamar, enquanto a platéia desdobrada desconhecia o que ocorria no ambiente.

Raul concentrou-se ao máximo e assumiu a velha forma de um iniciado do antigo Egito, o mago Gilgal. Ergueu os braços e, fazendo movimentos no ar, deu comandos de energia, visando captar o ectoplasma dos médiuns presentes e desdobrados para fortalecer o campo de contenção em torno de Hallervorden e de sua criação infeliz. Irmina Loyola imediatamente se acoplou à mente de Gilgal, e ambos formaram uma dupla que dificilmente poderia ser rendida pelo assustado Hallervorden.

Dentro da esfera de energia formada pelos guardiões e fortalecida por Gilgal e Irmina, Julius Hallervorden debatia-se furioso com a ação mental do ovóide, que, a esta altura, já se desprendera da duplicata. O ovóide antes aprisionado no cascão astral e sob o comando mental do Dr. Julius transformara-se agora num perigo real para o cientista. Lançou seus tentáculos — finíssimos cordões semelhantes a pseudópodos, restos do que outrora constituía seu cordão de ouro — sobre o perispírito do Dr. Julius. Grudou-se à estrutura astral do cientista, que se debatia horrorizado, sem ter a quem recorrer. Outros ovóides apareceram imediatamente, aderidos ao corpo perispiritual de Julius, os quais até então ele não percebera devido aos campos magnéticos sobrepostos, feitos pelos magos negros por ocasião de seu desencarne.

Aos poucos, Julius Hallervorden foi transfigurando-se diante da platéia, que nada entendia. Era sugado pelo ovóide liberto de Max, que investiu pesadamente contra ele, destilando todo o ódio represado pelas torturas a que fora submetido. Inicialmente, tomou a conformação de um cavernícola para, logo em seguida, metamorfosear-se perispiritualmente na figura de um reptilóide. Parecia um filme com a tecla de avanço rápido pressionada, diriam os encarnados. Em instantes, atravessava todos os estágios da ovoidização. Mesmo após apresentar a forma intermediária de mumificação, o ser ovóide liberado da forma astral de Max persistia e aprofundava ainda mais seus tentáculos mentais no psicossoma de Julius em regressão, sorvendo-lhe violentamente as reservas fluídicas. O então imponente doutor dos infernos exibia mais uma degeneração à vista de todos. Era agora um parasita, um vibrião mental. O ovóide rebelado se fixara na aura magnética de Hallervorden, de tal maneira que lembrava um sanguessuga. Absorvia todas as reservas vitais do antigo cientista das sombras, que, nessa situação, não tinha forças para resistir ao trabalho dos guardiões.

Jamar assumiu a tribuna e explicou em breves palavras o que estava ocorrendo na dimensão extrafísica. Uma equipe de mais de 500 guardiões foi imediatamente destacada para reconduzir as pessoas desdobradas a seus corpos físicos.

Hallervorden estava abatido e sem vitalidade. Era vítima do mesmo ser do qual usara e abusara em suas experiências a serviço de uma ciência infernal. Diante de todos, a configuração astral do Dr. Julius foi se deteriorando, e a estrutura psicofísica de seu corpo semimaterial foi gradativamente adquirindo aspectos mais e mais primitivos. Julius se contorcia, espumava e entrava numa espécie de crise epiléptica de graves conseqüências. De modo relativamente rápido, se comparado ao processo convencional, perdeu a forma perispiritual de ser humano, detida até agora apenas em virtude da ação de seus comparsas da escuridão. O fenômeno, raro de se observar, foi presenciado pelos espíritos da equipe dos guardiões. Os pensamentos do Dr. Julius se conturbaram a tal ponto que logo se estabeleceu a loucura mental. Nesse estágio, o corpo mental se contorce, expandindo-se e contraindo-se, alternadamente. O perispírito do cientista lançava elementos do plano astral, numa espécie de explosão, na qual perdia preciosos componentes para a manutenção de sua aparência. Outros fluidos, pertencentes à atmosfera do planeta, desagregaram-se mediante o retrocesso mental, e, por fim, uma espécie de cascão astral desprendeu-se, restando apenas o ovóide — um corpo mental involuído e sem poderes de irradiação mental ou de aglutinação de matéria astral.

— Meu Deus! — manifestou-se Raul, ao reassumir seu aspecto corriqueiro. — Nunca vi algo assim.

— O orgulhoso Dr. Julius sucumbiu diante da própria consciência, que ele tentava, a todo custo, enganar. O ovóide aprisionado no ser artificial estava enfurecido e indignado e, como era também uma criatura com comportamento assassino, voltou-se contra seu algoz. São agora dois ovóides em processo de simbiose mental — explicou Anton.

Boquiaberto, eu não sabia o que dizer da situação. Sabia apenas que nosso trabalho não havia terminado. Quando ainda observávamos o restante da transformação e da perda da forma perispiritual do espírito de Julius, fomos avisados de que Joseph Gleber nos visitaria o local de atuação. Improvisamos ali mesmo um grupo de oração, preparando o ambiente espiritual para a chegada do mensageiro. Raul e Irmina Loyola entraram numa espécie de transe mediúnico, enquanto eu os amparava em meus braços. De suas bocas, narizes e outros orifícios do corpo espiritual, era como se exsudassem preciosíssimos elementos que serviriam de base para a "materialização" do amigo que nos visitaria.

À frente de todos, uma claridade se fez presente, e, em meio à luminosidade oferecida pelos elementos ectoplásmicos e outros mais, da dimensão astral mais densa, Joseph Gleber se corporifica naquele ambiente extrafísico.

— Assumirei pessoalmente a condução de meus irmãos necessitados — falou o mentor, materializado naquela dimensão próxima à Crosta.

Joseph Gleber toma os ovóides nas mãos, e uma intensa luminosidade envolve a ambos. O elevado mensageiro aconchega os seres desprovidos de forma perispiritual em seu peito e, elevando os olhos ao alto, oferta-os a Maria:

— Mãe Santíssima, receba estes meus irmãos em teu coração generoso e permita a este teu menor servidor acompanhá-los de perto em sua regeneração.

Lágrimas vertem dos olhos de muitos de nós e em seguida assistimos à diluição das formas espirituais de Joseph Gleber e dos seres ovóides que abrigara no coração. Um rastro de luz suave evolou-se ao alto, como um caminho de estrelas a levar o sublime mensageiro às dimensões superiores.

Ainda estávamos absortos em nossos sentimentos quando Raul e Irmina voltaram do transe. Ambos foram reconduzidos a seus corpos físicos, cada um em seu país de origem, onde retornariam por uma parcela de tempo às atividades habituais. De nosso lado, o trabalho apenas começara. Deveríamos, a partir de então, desfazer os laços energéticos que ligavam o presidente Max a seus antigos comparsas e verdugos espirituais.

O sistema de poder representado pelos cientistas fora desmantelado em sua base principal. Receberam o impacto da derrota e viram seus planos expostos de forma a comprometer os fundamentos de seu poder. Havia muito mais em jogo, entretanto. Simultaneamente, outra operação se desenrolava, sob o comando dos guardiões, que se dirigiram a diferente palco de acontecimentos.

9

Escravo da agonia

Relato de Lamarck,
ex-cientista da escuridão

QUELES ERAM seres horripilantes, do ponto de vista moral. Monstros, se os considerássemos sob a ótica fisiológica. Aberrações da ciência do inferno. A maneira como foram criados é algo que julgo antiético e que causa tremenda repulsa e indignação, sob todos os aspectos morais e tendo em vista os métodos e instrumentos empregados para construí-los.

Nos imensos pavilhões localizados nas regiões mais profundas abaixo da crosta dos oceanos, em laboratórios escondidos pelas vibrações intensas de um lugar pouco conhecido, quantidades imensas de plasma e matéria etérica roubados de seres inteligentes e ainda encarnados eram transformadas numa geléia de elementos, uma massa amorfa. Entre materiais radioativos de emissões eletromagnéticas de grande intensidade, extremamente nocivas à vida na superfície, misturados à substância putrefata resultante do descarte de corpos astrais, emergia um produto espúrio, cuja constituição era algo difícil de imaginar, mas perfeitamente real. Assemelhava-se a uma pasta liquefeita, uma lava, o produto de recipientes e caldos fumegantes. Antes de aquela massa etérica obter consistência, era movimentada a contragolpes, em intervalos regulares de tempo, por seis técnicos a serviço da ciência bizarra e, por que não dizer, diabólica. As porções de ingredientes imprestáveis à experiência eram deixadas de lado para serem aproveitadas no cultivo de crias repugnantes, bem como para alimentar colônias de bactérias e vírus extraídos dos charcos e cistos umbralinos. Fragmentos de corpos perispirituais em decomposição, matéria astral orgânica — produto da transformação de corpos espirituais em corpos ovóides — eram ali adicionados para a elaboração daquilo que enojava meu ser e fazia-me sentir envergonhado, assim como a outros colegas, vítimas daquele exílio. Aquele era o capítulo final de um crime hediondo que estava prestes a ser executado e posto a serviço dos senhores da escuridão e dos dragões, os soberanos da força das trevas.

A produção era coordenada segundo os planos que nos foram descritos por um dos chefes de falange, Dr. Julius. Tudo estava impresso em memórias artificiais elaboradas e mantidas nos bancos de dados de cientistas da escuridão. As criações pareciam não ter fim, pois era um laboratório especializado no cultivo de vírus e bactérias e, depois de algum tempo, foi capacitado a desenvolver estranhos seres, os corpos artificiais, verdadeiros monstros das profundezas abissais. Aberrações da natureza eram forjadas ali, longe dos olhos humanos e, segundo eu acreditava então, longe da vontade e do conhecimento de Deus.

Mas o delito maior não se restringia aos cascões astrais produzidos naquela indústria medonha. Dizem que o ser humano é capaz de se acostumar até mesmo com a desgraça, e a miséria e o horror passam a fazer parte do cotidiano daqueles que não estão habituados a ela. O lado mais obscuro e vilipendioso da situação eram os corpos mentais degenerados, ou seja, os ovóides aprisionados e colocados sob efeito hipnótico. Eram adicionados aos corpos humanóides feitos daquela substância degradante, daquele subproduto espúrio da ciência do abismo. Naqueles ovóides restava ainda uma réstia de lucidez, uma vaga lembrança daquilo que fora uma vida humana. Estavam sob funesto efeito de hipnose empreendida pelas mentes diabólicas dos magos negros. Indivíduos degenerados pelo ódio, pelo crime, pela crueldade e pelas emoções mais aviltantes estavam irremediavelmente a serviço dos senhores da escuridão, as criaturas abomináveis a quem eu me via obrigado a servir, junto com outros seis colegas de infortúnio.

Havia também ali, naquele centro de pesquisas mortíferas, uma espécie de união de diversos corpos mentais degradados, de vários ovóides. Era um experimento precioso para os cientistas do abismo. Constituía a iniciativa primordial para formar-se uma associação de cérebros de plasma, de matéria mental, não obstante estivesse degenerada ao extremo. Afirmavam ser uma tentativa de forjar o primeiro computador biológico astral. Não me interessava conhecer o que significava esse termo utilizado pelos ditadores do abismo. Tudo aquilo era, para mim, um crime bestial contra a humanidade, que estava sendo preparado para dominar os povos do planeta. O tal cérebro de plasma teria desenvoltura para adulterar o fluxo do sistema de comunicação da Crosta, a internet. Operando a partir de uma dimensão paralela, ele teria acesso ao ciberespaço, o campo artificial por onde circulam os dados virtuais. Irradiando-se daquele laboratório, seriam manipuladas informações referentes aos setores mais importantes da vida das nações globais. Não sei se teria êxito o projeto macabro dos cientistas; sei apenas que as memórias dos corpos ovóides eram preservadas em estado embrionário pelos cientistas da escuridão. Eram estimulados exclusivamente os sentimentos de ódio, vingança e lealdade incondicional a seus criadores e dominadores. Os seres eram prisioneiros da fúria e da ira de seus senhores.

Os espíritos ovóides viviam em constante martírio mental. Do recôndito de suas consciências, emergiam resquícios de sua humanidade, de sentimentos e memórias, mas imediatamente eram submersos pela força hipnótica exercida pelos detentores do poder. Meu martírio pessoal era manipular o plasma e conservar atualizado, todo o tempo, o registro das experiências daquele laboratório dos infernos. Tinha a incumbência de protocolar os acontecimentos e traçar as táticas da produção ignóbil. Antônio Figueras, Albert e Juan deveriam insuflar vida, uma vida aparente, temporária, nos seres criados no laboratório. Quanto a mim, também tinha outra atribuição, juntamente com Alexander Munhoz, Tina Barnard e Iarak Potkztar, amigos de desdita: acoplar os ovóides hipnotizados na parte superior ou nos crânios dos seres de plasma, os artificiais. Deveríamos ajustar as diversas ligações dos corpos mentais degenerados — através dos filamentos daquilo que, mais tarde, fiquei sabendo ser o que restava dos cordões de ouro — aos elementos etéricos, que correspondiam a um sistema nervoso artificial dos cascões extrafísicos.

Eu era compelido a isso, pois os senhores da escuridão prometeram — e eles não costumam deixar de cumprir esse tipo de promessa — que minha família seria aniquilada, mantida em cativeiro ou manipulada por eles caso não colocasse meus conhecimentos a serviço da ciência sombria. Nem sabia mais quanto tempo havia se passado desde o dia em que me coloquei sob o regime forçado das forças da escuridão e do medo. Apenas sei que os ditadores exerciam chantagem contra mim, tanto quanto contra meus companheiros de infortúnio, de modo que não me sentia seguro para me rebelar contra sua autoridade. Se eu não os auxiliasse, certamente perseguiriam meus filhos e minha esposa, destruindo os familiares, que eram tudo o que mais prezava em minha miserável existência. Não estabelecia mais contato visual nem emocional com eles há muito tempo. Apenas restavam memórias vagas de sua aparência e lembranças do carinho que tínhamos uns com os outros. Depois, apenas escuridão, choque, meu despertar e as crias dos infernos, os laboratórios da escuridão abissal e os outros que compartilhavam comigo a miserável e desgraçada existência. Nada mais.

Recordo-me, ainda hoje, de que estava em serviço para meu governo num laboratório em região distante, gélida, longe da civilização. Exercia ali a função de desenvolver bactérias, fungos e alguns vírus para uma possível guerra que se esboçava no horizonte da nação. Testava a resistência desses vírus em temperaturas baixíssimas e em enormes pressões. Depois de um acidente envolvendo alguém de minha pequena equipe — éramos apenas sete —, vi-me trancado nessa escuridão, nesse horror das profundezas. Qual nação e quais governantes possuíam uma base como esta, tão bem equipada, dotada de tamanha ciência e de instrumentos tão sensíveis e complexos? Às vezes achava que estava morto; noutras, que estava vivo. Minhas reflexões a respeito do assunto pareciam fruto do delírio. Nada mais. No entanto, despontavam recordações de minha família, de meus filhos. Muitas das memórias foram apagadas por um processo hipnótico e estavam relegadas às profundezas imensuráveis de minha mente atormentada pelo medo e pela culpa. Não sei quase nada sobre a vida de minha família e de meus compatriotas.

Nessas condições mentais, devido à hipnose mecânica exercida sobre mim, nunca pude deixar de cumprir a vontade dos senhores da escuridão, como se chamavam os representantes da política infeliz — ditadores e soberanos de uma configuração de poder dos infernos. Nos laboratórios, havia determinado cômodo ao qual me era franqueado acesso a fim de monitorar todas as etapas da criação e da vitalização dos seres artificiais. Se porventura revelasse qualquer gesto que colocasse o trabalho dos cientistas em risco, mesmo pequeno, também eu seria reduzido ao estado de imbecilização, uma espécie de loucura que acometia as vítimas da insanidade dos seres que reinavam no abismo. Eles eram, sob todos os aspectos, temíveis e previsíveis em suas ações criminosas.

Ouvi um barulho diferente, que aos poucos foi aumentando, até se transformar numa espécie de sirene. Era o alarme, que fora acionado do laboratório central, onde se acoplavam os ovóides aos seus corpos semimateriais. Chegara a hora de proceder às comutações e ligações dos seres híbridos, desenhados para uma vida artificial e de torturas mentais indescritíveis. Seriam vinculados a representantes das nações, em quem exerceriam ardente domínio mental, em caráter duradouro. Eram nada mais, nada menos que duplicatas etéricas e astrais de cientistas, governadores, senadores, empresários, ministros, presidentes e monarcas da Terra.

Tive de ir ao encontro das crias do inferno. Precisava ativar as últimas conexões, além de finalizar o relatório para os responsáveis da administração detestável.

Desci para o salão principal, de onde supervisionava os processos de produção e de vitalidade dos artificiais. Através de uma abertura, pude ver ainda as águas escuras e os vultos de alguns habitantes das profundezas. Nada mais percebia à volta. Instintivamente, levei as mãos à cabeça, na tentativa de abafar as lembranças da vida na superfície. Não me restava alternativa a não ser a realização do trabalho que me competia, embora me sentisse profundamente mal com tudo aquilo. Um ruído infernal parecia irradiar dos instrumentos e dos depósitos de matéria astral e combustível etérico. O tratamento hipnótico que me fora infligido induzia-me à obediência irrestrita aos desejos e instruções daqueles a quem servia, em regime carcerário.

Porém, algo começava a mudar dentro de mim. Imagens abstratas despontavam na mente e compunham figuras e frases, dando corpo a um tipo de mensagem. Será que eu deveria decodificar o que via ou seguir à risca cada detalhe daquilo que estava impresso no pensamento por imposição de uma hipnose profunda? Mas eu já sentia uma oposição nascer dentro de mim.

Creio que é impossível descrever a tortura mental que significava, para mim, extrair o conteúdo criminoso das mensagens hipnóticas e torná-las realidade naquele obscuro laboratório. Gradativamente, consegui me libertar do pesadelo representado pelas informações que emergiam de meu inconsciente e se tornavam perceptíveis a minha memória atual. Permanecia em pé, ereto, como se estivesse vitrificado, enquanto as hipnossugestões eram transmitidas à minha consciência ordinária. Diante de mim, diversos aparelhos pertencentes a uma tecnologia superior àquela a que estava acostumado. Por certo, nem organismos de inteligência e investigação, tais como a CIA ou o FBI, tinham conhecimento daquele posto avançado de um poder que ia além de todo o conhecimento humano. Dirigi-me à sala de controle do laboratório para aprovar o lote de seres artificiais cujo conteúdo mental era perfeitamente determinado pelos senhores da escuridão e seus cientistas.

— Cuidado, Jamar! — falou Raul ao guardião da noite. — Veja lá — apontou em direção a um ser que se esboçava na escuridão.

Jamar pretendia resmungar alguma coisa quando o sensitivo desdobrado o alertou para ficar atento à figura que se aproximava. Verificou que os dois outros companheiros que o seguiam, Watab e o antigo sombra, Omar, estavam atentos, logo atrás de si. Raul permanecia todo o tempo a seu lado. Deveriam seguir a rota dos senhores da escuridão e dos cientistas, caso desejassem encontrar o laboratório principal dos governantes do abismo, onde se preparavam monstruosidades contra as leis do progresso. Afinal, os guardiões representavam a justiça superior, que determinava limites para as aberrações provenientes de mentes transviadas.

Raul percebeu uma sensação emergir de seu interior. Seu faro especial para o perigo o tornava capaz de antecipar situações difíceis, facilitando aos guardiões sua tarefa de defesa. O aeróbus ficara para trás, estacionado numa região menos densa, e o caminho entre as dimensões deveria ser percorrido penosamente, numa espécie de alpinismo extrafísico, isto é, passo a passo, subindo e descendo o acidentado terreno. Apesar desse fator, a habilidade dos guardiões, aliada ao mapeamento prévio daquela zona de instabilidade energética, tornou a empreitada menos áspera para os desbravadores do abismo. Os estranhos seres das profundezas abissais pareciam fugir dos guardiões, que, àquela altura, estavam quase materializados, devido à densidade do corpo perispiritual.

Para os quatro integrantes da expedição, a comodidade não era habitual em suas aventuras e tarefas no submundo da escuridão. Nem mesmo para o médium Raul. Tal "luxo" não fazia parte de suas expectativas. Escorregavam entre as rochas, no meio das águas profundas, avistando aqui e acolá aeronaves e navios afundados, alguns submarinos perdidos nas profundezas abissais e outras embarcações vítimas de naufrágio, que agora serviam de prisão a espíritos criminosos. Desceram mais ainda, abaixo da superfície do fundo dos oceanos, nas entranhas da Terra. Esperavam encontrar o laboratório central daquele hexágono de forças, onde se desenrolavam as principais experiências contra as obras da civilização.

No decorrer das andanças em companhia de outros guardiões nas regiões insalubres do astral, a esquadra encontrara seres hediondos, espíritos que perderam o aspecto perispiritual humano e que passavam a vagar nos escombros do submundo com formas répteis e outras ainda mais bizarras. Estavam em transição para a fase ovóide, na verdade. Após essa conformação exótica estampada na aparência dos seres, eles se transformariam em vibriões mentais, um estágio pré-ovóide, para em seguida atingirem o ponto máximo de descenso da forma humana, o ovóide propriamente dito.

A equipe observara também o material extrafísico descartado do perispírito dos seres em processo de degeneração psicossomática.

A princípio era apenas uma criatura misteriosa entre os muitos que viram naquela região. Mais alguns apareceram, depois que o primeiro se esboçou ao longe. E mais outros. Aos poucos, verdadeiro exército de seres degenerados saía das profundezas do mundo, sob milhares de libras de pressão. Seus corpos espirituais metamorfoseados pareciam resistir às altíssimas pressões das regiões abissais. Ainda que fossem semimateriais e tivessem em sua constituição muitos elementos astrais e etéricos combinados com a fuligem grosseira de suas almas doentes, não eram apenas corpos, mas seres espirituais. No entanto, como a maioria dos habitantes da esfera extrafísica, talvez nem soubessem mais distinguir entre a vida intrafísica, de encarnados, e a extrafísica. Eram consciências, ou melhor, inteligências extrafísicas, embora também vivessem inconscientes de seu estado espiritual.

— Parece um bando de fantasmas e mortos-vivos — falou Raul, tentando brincar com a situação.

Jamar não se importou com os tons dramáticos que o médium emprestou a seus comentários. Observou os seres se aproximando e notou que guardavam certa semelhança com humanos, embora parecessem muitíssimo desajustados e modificados em seu aspecto externo. As criaturas caminhavam arrastando-se penosamente sobre o solo lamacento da região. Outros, poucos, eram mais ágeis. Como eles suportavam ficar longe do sol e de qualquer tipo de luz? Jamar se pôs a imaginar que espécie de vida levavam aqueles indivíduos e o que fizeram para provocar o desmoronamento da estrutura perispiritual, tal qual se sucedia. Omar e Watab imediatamente sacaram as armas de eletricidade, prontos para se defender, quando Jamar pronunciou:

— Não! Pelo menos enquanto não sofrermos ataque dessas criaturas.

— Estão bem próximos de nós — afirmou Raul. — Será que já fomos descobertos por eles?

De repente, Watab gritou para todos:

— Cuidado, outros seres vêm pela direita e também por trás!

Jamar virou-se rapidamente e constatou que pelo menos 30 seres se aproximavam. Mais outros 10 vinham pela frente, caminhando tropegamente. O guardião ponderava bastante a respeito do comportamento daqueles seres. Esboçava-se em sua mente o entendimento da estratégia adotada pelas criaturas abissais, mas havia algo incoerente em sua suposta formação de ataque. Não sabia o que era, mas suspeitava. Os perseguidores vinham de todos os lados.

Jamar respirou profundamente e, no cenário escuro das regiões profundas do oceano, disse com veemência:

— Vamos! Já sei como agir. Forcemos uma passagem pelo meio, no lugar onde há mais espaço entre eles. Vejam ali — apontou à direita. — Certamente naquele ponto há menos seres reunidos, de modo que se forma uma abertura na linha de frente.

— Não tem outro jeito mesmo! — resmungou Raul.

— Por ora, não!

— Faremos conforme eu disse — tornou a falar Jamar. — Abriremos uma passagem entre eles em grande velocidade. Mas não utilizem as armas de eletricidade de maneira alguma. Antes de usá-las devemos nos certificar das intenções e da constituição desses indivíduos.

As ordens do guardião foram lacônicas e não deixaram margem para questionamento. Raul quis apresentar outra saída, entretanto Jamar não permitiu; foi enfático. Tomou Raul pela mão e zuniu rumo à brecha identificada, derrubando os seres exóticos que encontrava pela frente. Os demais da equipe o seguiam com igual determinação.

Depois de algum tempo, quando se encontravam em relativa segurança e Jamar verificou que Raul estava bem, puderam observar os seres estranhos mais detidamente. As criaturas davam a impressão de ser produto de algum pesadelo. Viam-se pernas e braços, no entanto eram desproporcionais em relação ao tronco. Jamar então tivera a certeza: eram o resultado de experiências nos laboratórios do submundo. As formas somente de longe pareciam humanas; porém, ao se chegar mais perto, notava-se que não havia harmonia na dimensão nem na aparência dos membros. Os seres ainda estavam inacabados, mas as expressões faciais denotavam intensa crueldade, jamais vista antes, naqueles moldes. Quando Jamar relatou à equipe o resultado de suas observações, Watab tomou a palavra e falou, dando uma estrondosa gargalhada:

— Se são seres criados num laboratório, então não precisamos ter nenhum escrúpulo moral quanto a eles! Afinal, não são seres *vivos*, no sentido exato do termo...

— Não é bem assim, não, Watab! — respondeu o chefe dos especialistas da noite, num tom mais sério. — Mesmo que sejam artificiais, simplesmente não podem sair por aí sem um componente vivo dentro de si.

— O que você quer dizer com a expressão *componente vivo*? Será que são híbridos?

— Sem dúvida! Os cientistas e os senhores da escuridão a quem servem ainda não detêm uma tecnologia tão avançada a ponto de dispensar componentes vivos em suas criações. Pode-se afiançar que há algo mais nesses seres.

Lembraram-se do que ocorrera com Julius uma noite antes, quando se apresentou com o ser artificial e seu simbionte, o ovóide.

Jamar não estava longe da verdade. As criaturas da escuridão não passavam de seres artificiais com um corpo mental degenerado em seu interior. Ovóides eram implantados como seus cérebros vivos. Ao que parecia, a produção em série dessas criaturas já começara e precisava ser detida imediatamente. Não eram seres vivos, no sentido exato do termo, e seus corpos eram um amálgama de elementos e substâncias do mundo oculto, forjado em algum laboratório das sombras.

Precisamente no instante em que Jamar fazia tais observações, os seres voltaram-se para a pequena expedição. Notaram que haviam sido enganados e vinham todos, agora em maior velocidade e mais determinados. Surgiam de todos os lados; eram centenas deles. Ao ver o que faziam, uma coisa ficou clara para Jamar: aquelas criaturas não seriam capazes de formar, sozinhas, um sistema de ataque como aquele. Alguém as estava guiando. Definitivamente, não estavam aptas a montar uma emboscada tão bem coordenada.

Seres aquáticos pareciam ter despertado para a vida na escuridão daquelas águas, agitando-se à medida que passávamos por perto. Alguns emitiam uma fosforescência que ameaçava iluminar a região astral correspondente àqueles sítios. Animais semelhantes a cobras rodopiavam em meio às águas gélidas do fundo do mar. Entrementes, foi somente graças à calma de Jamar e à sua experiência que o grupo de tarefeiros conseguiu se safar do ataque das criaturas artificiais. Caso houvessem travado uma luta com eles, certamente teriam sido derrotados, devido ao grande número de adversários. Talvez até aprisionados, pois seus corpos espirituais estavam adensados e submetidos às mesmas leis daquele universo astral. Mas Jamar soube conduzir muito bem o grupo. No máximo, o que fez de incomum foi abrir passagem com armas eletromagnéticas de choque, que obrigavam os seres decadentes a recuar.

Watab e Omar examinaram o local para onde se dirigiam e notaram que Raul estava um pouco cansado. Aquele ambiente, tanto em sua contraparte física quanto na astral, ostentava opulência no tocante às formas de vida, algo que surpreenderia o comum dos mortais. Milhares de libras de pressão agiam sobre a estrutura fisioastral dos perispíritos. Portanto, não era fácil enfrentar as regiões abissais sem experiência e sem proteção superior. Os senhores da escuridão sabiam disso. Sabiam que o lugar era de difícil acesso, inclusive para médiuns desdobrados. Essa é uma das razões pelas quais as inteligências sombrias elegeram as profundezas para desenvolver o sistema de laboratórios, num local onde a luz solar não alcança.

Além disso, a retina de seu corpo espiritual, acostumada à escuridão profunda, já não suportava as claridades do Sol. De mais a mais, onde se instalaria, no plano extrafísico do planeta, um contingente de bilhões de espíritos ainda em estado primitivo de evolução? Como não tirar proveito das regiões astrais correspondentes à subcrosta e às zonas abissais? Pois a vida, a vida extrafísica, reserva grandes surpresas e muita intensidade para quem se dispõe a explorá-la, e constitui-se num campo virgem de pesquisa para os chamados espiritualistas e espíritas. A maioria dos seres vivos do planeta acha-se em situação mental de completa apatia e insensibilidade ante as questões espirituais de ordem superior. Desconhece que, nas entranhas do globo, nas profundezas dos oceanos, em meio às rochas, à lava, no ar e sobre a terra, a vida se multiplica e o espírito povoa todas as dimensões desse sistema vivo chamado Terra.

Absorto em seus pensamentos, Jamar subitamente ouve um grito de Omar, o que fez o guardião abandonar seu raciocínio e voltar-se para o companheiro de jornada. Uma espécie de fenda se abria entre eles e a multidão de seres, que outra vez os ameaçava. Uma caverna surgiu de repente, como uma intervenção do Alto, uma medida do Plano Superior para melhorar um pouco a situação. Jamar não teve dúvidas quanto a isso. Assim que o buraco dimensional estabilizou-se, o guardião convidou Watab, Raul e Omar a adentrarem-no; não levou uma fração de segundo para tomar a decisão. Tão logo puseram os pés em seu interior, a fenda fechou-se atrás deles, abrindo-se novamente, mas para o lado oposto. Jamar resolveu aguardar alguns instantes dentro da caverna oceânica, para que o médium que os acompanhava pudesse se refazer. Juntos, todos fizeram uma prece, visando reforçar a conexão com as dimensões imortais e agradecer a ajuda providencial.

Num laboratório qualquer, num recanto do submundo e próximo a alguns controles, em uma região ignota das profundezas do solo oceânico, um homem acompanhado de seus colegas, e ainda assim solitário, um ser humano sem corpo físico observava tudo que acabara de ocorrer através de aparelhos de extrema precisão. Ficou pensativo diante dos acontecimentos que presenciara e resolveu, então, ser mais cauteloso. Os representantes dos senhores da escuridão estavam por toda parte, e, se quisesse chamar a atenção daqueles indivíduos que vinham em sua direção — interessantes, porém desconhecidos —, ele teria de fazer o papel de agente duplo, de modo a despistar os cientistas e demais inteligências que disputavam a política nas profundezas do abismo. O espírito solitário e seus colegas de laboratório meditavam, sobretudo porque passaram a nutrir certo respeito por aquela expedição, com base no que viram. Eram espiões, eram adversários dos senhores da escuridão, mas não atacavam. Seu método de ação era inusitado. Isso era suficiente para que o homem que sentia solidão, junto aos seus colegas de confinamento, tivesse despertada sua curiosidade e sentisse certa admiração.

Ocorreu algo inesperado. Mais de 50 seres artificiais ficaram sem dar resposta aos sinais que enviei, em radiofreqüência; além disso, o hipnotreinamento parecia não mais surtir efeito sobre eles. Somente podia inferir que já não possuía pleno controle, a partir da cúpula principal. Lancei impulsos de energia na direção dos seres artificiais. Em vão; não houve resposta. Perderam-se em meio ao tumulto. Talvez ainda não estivessem prontos para enfrentar os guardiões e o vivente, que rondavam sorrateiramente o laboratório. Fato é que os artificiais não voltaram... mas também havia a possibilidade de terem sumido no abismo. Procurei convencer-me de que não tinha nada a ver com isso. No entanto, não era bem assim. Apenas procurava uma desculpa para fugir ao confronto com os senhores da escuridão ou com seus representantes, os cientistas. No fundo, sabia que eu mesmo fora o responsável por liberar os artificiais da cúpula. Também fui eu quem dera a ordem de comando para que se dispersassem pelas regiões do abismo. Apenas procurava camuflar tudo.

As coisas se complicaram. Em meio às profundezas do submundo, onde quer que se localizasse a cúpula onde atuava, havia quatro representantes de um poder superior, que escaparam à vigilância dos senhores da escuridão. E eu era o supervisor daquele laboratório dos infernos. Aquelas pessoas estavam perigosamente próximas dos laboratórios principais. Segundo a visão oficial, eram inimigos que deveriam ser capturados para sofrer modificação e tortura pelos cientistas do abismo, com vistas a revelar eventuais informações secretas. Não alimentava nenhuma dúvida quanto a esse fato.

Ao lado de tudo isso, gradativamente surgiam em mim idéias diferentes, revolucionárias, que questionavam o regime de servidão ao qual me encontrava submetido. Não poderia deixar evidências em meu desfavor, um encalço sequer que denotasse minha desobediência aos lordes das trevas. Senão, poderiam cumprir sua ameaça contra meus familiares — os cientistas a serviço do sistema não teriam nenhuma hesitação em fazê-lo. Era necessário tomar alguma providência para deter os intrusos, de qualquer maneira. Ademais, não poderia interromper as experiências que estavam sendo feitas no laboratório principal, sob pena de levantar suspeita. Escolhi continuar demonstrando minha total lealdade aos donos do poder e seguir as instruções da conveniência. Aqueles invasores eram antagônicos ao sistema e deveriam ser detidos; eram inimigos dos ditadores do abismo. Teria de ser muito veloz em minhas ações e usar os seres artificiais que escaparam ao meu controle para perseguir os guardiões e o vivente, sem que os senhores do mal desconfiassem. Caso fossem exterminados pelos guardiões, seus restos não poderiam ser descobertos pelos cientistas. Jamais podiam supor que eu falhara ou que minha mente estava vacilante. Muito menos que me comportava como agente duplo.

Ao que tudo indicava, os tais guardiões tinham recursos que os tornavam capazes de enfrentar nossas investidas. Possuíam certas habilidades e, sobretudo, livraram-se dos artificiais com extrema destreza e elegância, sem causar baixas. Até parecia que guardavam certa consideração por aquelas aberrações da natureza.

Livrar-me dos guardiões era possível. Poderia utilizar-me de determinados recursos técnicos que havia no laboratório e, ainda assim, não ser descoberto. Aquele lugar estava situado entre fronteiras vibratórias dimensionais, portanto seria viável fazer todo o sistema oscilar entre as realidades etérica e extrafísica, o que tornaria a detecção por parte dos inimigos muitíssimo improvável. Os senhores da escuridão encontravam-se neste momento em reunião, a caminho de uma conferência secreta no abismo; nem imaginavam o que ocorria em seu reduto principal. Mas será que eu deveria usar os recursos técnicos disponíveis na fortaleza dos cientistas? Tinha minhas dúvidas também. A verdade é que, se havia um jeito de fazer frente ao poder opressor que me dominava, era entrar em contato com os seres que se aproximavam. Entretanto, caso ativasse os aparatos de segurança da base das sombras, nem mesmo eles poderiam mais localizá-la. E ficar prisioneiro ali implicava enfrentar mil perigos, pois a estrutura era conhecida como um laboratório; porém, em caso de ataque dos inimigos do poder, transformar-se-ia numa armadilha descomunal. Inclusive para mim representaria perigo.

Estava envolvido nessas indagações quando ouvi uma sirene gritando, disparada, em toda a estação. Era a hora de fazer as comutações de novos corpos ovóides — que, para mim, àquela época, eram apenas cérebros humanos — em seus corpos artificiais. Eu não sabia o significado de *seres ovóides*. Ainda não. Quando o alarme soou, fui arrancado de minhas reflexões. Foi aí que compreendi que eu poderia interferir nos acontecimentos de tal modo a não prejudicar os intrusos nem tampouco abdicar de manter-me no controle dos acontecimentos. Deveria agir com rapidez. Encontrava-me diante de uma oportunidade concreta de libertar-me daquela situação de constrangimento mental e emocional a que estava condenado. Era preciso tentar, era preciso agir. O que fazer? O mais sensato era interromper a conexão dos cérebros ou seres ovóides com seus respectivos cascões astrais. Um simples impulso de energia emitido do laboratório central seria suficiente para interferir nas ligações sutis e comutações entre os hospedeiros e os corpos artificiais. Não carecia paralisar o laboratório; bastava tornar imprestáveis os produtos ali desenvolvidos. Assim que desse a ordem, através de pulsos elétricos, os filamentos fluídicos dos ovóides deixariam de se fixar nas regiões correspondentes ao encéfalo. Como conseqüência, os cascões seriam imprestáveis, pois, sem a correta associação com os ovóides, não poderiam se movimentar nem ser úteis aos seus criadores.

Meu plano se esboçava de maneira elétrica em minha mente. Era possível.

Assim que Raul repousou seu corpo perispiritual desdobrado, a fim de restabelecer-se, Jamar recebeu uma comunicação telepática de Anton, o guardião superior:

"Jamar! Ângelo, Saldanha e eu estamos a caminho. Por favor, pense firmemente em sua localização, para que possamos ir até vocês."

Assim que o especialista da noite firmou o pensamento, os outros componentes da equipe se materializaram ao lado dele, como que aparecendo do nada.

Em linhas gerais, há basicamente duas maneiras de os espíritos se locomoverem na dimensão extrafísica. A primeira é percorrendo o caminho pretendido, consciente de cada passo, cada detalhe da caminhada. Esse é o processo adotado pelos seres de evolução mais acanhada, em virtude da falta de habilidade mental para vencer longas distâncias através do pensamento. Andam, verdadeiramente, ou se utilizam de veículos e equipamentos desenvolvidos para facilitar o transporte. Também as consciências extrafísicas em atividade nas esferas sombrias lançam mão desse recurso, devido à densidade das vibrações no território hostil onde trabalham, a qual dificulta bastante a transferência de seus corpos espirituais de forma imediata — o segundo método — rumo ao ponto aonde desejam chegar. Somado a esse fator, existe outro desafio para o deslocamento veloz dos corpos espirituais: trata-se do conhecimento prévio da região para onde se deseja projetar-se. Sem se ter ciência exata do *endereço*, bem como da topografia ou da geografia do ambiente extrafísico, corre-se o risco de a materialização ocorrer num destino totalmente indesejado, diferente do pretendido. Daí o valor do trabalho dos guardiões e das demais equipes socorristas que mapeiam todo o panorama extrafísico, cujo intuito também é facilitar o transporte instantâneo do psicossoma para certos lugares, conforme o planejamento.

Sendo assim, ao se desbravar determinada região inóspita do plano extrafísico, que não foi visitada, é crucial desenvolver investida proporcional à alta densidade de vibrações. A título de comparação, a situação se assemelha ao esforço físico desenvolvido pelos encarnados quando realizam algum serviço braçal. Por outro lado, assim que a área se torna conhecida e é mapeada, pode-se realizar a transferência dos corpos espirituais por via do pensamento, de acordo com a necessidade. Obviamente, essa maneira de se transportar é viável apenas mediante o conhecimento de certas leis do mundo oculto, obedecendo-se inclusive à densidade da respectiva dimensão. Nada acontece contrariando-se ou derrogando-se as leis vigentes nos diversos planos de existência.

— Jamar, estamos de volta com informações preciosas da central dos guardiões — falou Anton, enquanto me dirigia ao lugar onde estava Raul. — Levei nossas observações para avaliação dos técnicos e chegamos a uma conclusão preciosa, no que concerne ao método empregado pelos senhores do abismo. A hipnose profunda induzida pelos especialistas das sombras trabalha unicamente com as tendências e os desejos recalcados no corpo mental das pessoas vitimadas. Com esses conteúdos, eles compõem paisagens, imagens e toda uma impressão de realidade, de natureza onírica, na qual mergulha o ser perseguido.

— Sim, provavelmente isso é verdade, mas ainda não explica por que a equipe inteira de guardiões visualizou uma situação tão complexa se ela era apenas produto da manipulação mental dos especialistas das sombras.

— Não se esqueça, meu caro, de que trouxemos conosco Omar, o antigo sombra, e também Elliah, o cientista que um dia serviu sob o jugo dos magos negros.

— Humm! — fez Jamar, ao mesmo tempo em que se pôs a caminhar em direção a mim e Raul.

Depois de alguns minutos de reflexão, durante os quais Anton permaneceu calado, Jamar se expressou:

— Quer dizer, então, que o poder dos hipnos do abismo não transfere a mente das pessoas visadas para um mundo imaginário, nem forma imagens irreais, ou seja, que não existem?...

— Isso mesmo! Na verdade, os hipnos, seres especialistas em hipnose coletiva do abismo, simulam eventos e situações que suscitam emoções bem definidas nas mentes para onde dirigem suas sugestões. As reações e emoções dos alvos atingidos sempre refletem seus medos mais profundos e desejos mais recalcados.

— Portanto, é com base nesses modelos emocionais e traumas de determinada pessoa que conseguem criar o ambiente no qual pretendem vitimá-la.

— Certamente, meu amigo! Por aí você pode entender como Omar e Elliah, ao serem influenciados pelas crises, forneceram eles mesmos o modelo mental e os parâmetros às criações dos hipnos. O que vimos é o reflexo dos medos e recalques de ambos. Os hipnos possuem uma espécie de protótipo ou esboço da mente dos dois amigos e usam tal conhecimento para elaborar o contexto, o quadro que presenciamos. Acredito que, para alcançarem êxito em tamanha realização, necessitam de algum tipo de instrumento que torne sua força mental ainda mais robusta, uma ferramenta que dinamize o poder de criação de suas mentes enfermas.

— Vejo que você alimenta a esperança de encontrar no laboratório principal dos cientistas um aparato qualquer, que seja responsável pelo aumento da força mental desses especialistas em hipnose... Será que esse tipo de equipamento existe?

— Se não existir, deve haver algo tão medonho quanto ele, que cumpra semelhante função. É o que devemos investigar. Creio mesmo que estamos a caminho de uma descoberta que facilitará nosso trabalho nas regiões abismais.

De volta à central do laboratório, mirei as telas que mostravam o exterior e não acreditei no que meus olhos viam. Em vez dos quatro seres que os artificiais perseguiam, havia sete, ou seja, três a mais! Mas como eles chegaram até ali? Como entraram nesta zona dimensional? Não tinha explicação lógica para o que ocorria. Só podia imaginar uma coisa: tais pessoas detinham uma tecnologia muito mais adiantada do que aquela com a qual lidava, assim como um poder maior do que eu conhecia até então.

Nuvem de vapores era expelida dos enormes recipientes em que borbulhava a mistura de elementos grosseiros. Vírus, larvas e outras criações dos cientistas disputavam lugar em meio àquela massa viscosa, que se destinava à produção de criaturas artificiais. Em sua composição, entravam também fluidos insalubres e a matéria astral pútrida recolhida dos redutos de sofrimento, onde proliferavam enfermidades próprias daquela realidade extrafísica. Essa mistura purulenta seria acrescida ao caldo de matéria de descarte, da qual emergiriam os elementais artificiais em forma de vírus. E, assim, outros seres semelhantes a humanos eram preparados ali, nas entranhas da Terra, longe da ciência e do conhecimento de Deus — assim pensava eu, pelo menos até agora, até o aparecimento dos guardiões.

As criações pareciam não ter fim, eram formas horripilantes, monstruosas e que serviriam mais tarde aos propósitos hostis dos senhores do abismo. Ao olhar aquilo tudo, ameacei vomitar, mas a minha desgraça era tamanha que nem isso conseguia. Sentia como se devesse engolir tudo; sorver cada detalhe da situação. Era minha punição; talvez, minha autopunição.

Notei apavorado que mais seres artificiais saiam da fábrica de loucuras do abismo. No entanto, se me competia fazer as ligações dos cérebros ou ovóides nos corpos e não o fizera ainda, o resultado não poderia ser pior: eles saíam aos montes e depois caíam, amontoando-se uns sobre os outros. O projeto dos cientistas não corria de acordo com os planos; muita coisa se afastava rapidamente do esquema traçado por eles. E eu seria responsabilizado. Aos poucos, constatei que os artificiais, por não passarem de cascões astrais, desprovidos de cérebros condutores, não resistiam às imensas pressões no fundo do abismo. Logo se desmanchavam, explodindo. Não teria como explicar aquilo aos meus superiores, ou seja, como os equipamentos funcionavam sem que eu participasse do que ocorria.

Tentei compreender a enormidade da desgraça que acontecia naquele inferno no qual mergulhara, porém faltavam-me dados precisos para avaliar a situação. Dirigi-me novamente ao controle central e de lá me aventurei à sala proibida dos dominadores do abismo. Pensei um pouco antes de entrar. As portas eram feitas de um material até então desconhecido por mim. Tateei à procura de algum controle, alguma espécie de painel escondido na superfície da porta, mas nada. Parecia tudo liso. Movia-me apenas puro pavor, pois tomava a dianteira da situação sem saber ao certo o que fazia. Ignorei os amigos e companheiros de desdita. Em suma, agia mais por instinto do que por conhecimento de causa. Tateei uma vez mais até me sentir exausto com a situação, que não me levava a nada. Quando caí ao chão, imediatamente senti impulsos de pensamento no cérebro. Acho que ainda tinha um cérebro, pois pensava e sentia como há muito não ocorria. Os impulsos pareciam repetir a mesma coisa sem cessar; eram hipnóticos. Que estava por detrás daquelas portas tão protegidas e proibidas assim?

Enquanto me esforçava para compreender o influxo de idéias que me era sugerido, no setor de produção propriamente dito os seres artificiais estavam completamente desgovernados, e tudo ameaçava ruir. Era o caos. Estava acabado; eu e meus amigos. Seríamos castigados e culpados pelos cientistas. E minha família? Que seria dela? Não havia mais retorno, eu e meus companheiros precisávamos contar com a ajuda dos estranhos, sem demora. Contudo, as emissões mentais que vinham daquela outra sala, do lugar proibido, ameaçavam-me, queriam me deixar louco. Subitamente, um som diferente se fez ouvir dentro de minha mente. Eram sons, imagens e figuras que eu procurava relegar à camada mais profunda de mim mesmo, mas que emergiam de meu interior, compondo um quadro assustador tanto no interior quanto ao redor de mim. Quase sucumbia ante os impulsos irradiados daquele lugar de escravidão. Antes que desfalecesse, perdendo a consciência, resolvi gritar, gritar mentalmente e pedir socorro a quem quer que fosse, a qualquer poder maior que pudesse agir e me livrar da situação:

— Por Deus! — clamei, em minha agonia. — Por quem vocês são, me ajudem, estou perdendo o juízo, estou enlouquecendo...

Logo depois, veio o nada, o vazio. Minha mente mergulhou num torvelinho de miragens até diluir-se na escuridão da inconsciência.

NOUTRO LOCAL, Raul estava quase em transe, em estado de passividade mental quase completa. Tentava descontrair o pensamento relaxando, conforme sugestão de Jamar, o guardião da noite, para restabelecer-se.

De repente, em meio à conversa de Jamar e Anton, um sobressalto. O médium captara um impulso mental fraco, um pedido de socorro. Raul abriu os olhos abruptamente e começou a falar com uma entonação e um timbre diferentes. A voz que emitia não era sua, e sim de outro ser com o qual se ligara mentalmente:

— Por Deus! — gritou agoniado o médium. — Por quem vocês são, me ajudem, estou perdendo o juízo, estou enlouquecendo...

Tomei Raul nos braços, amparando-o, quando a atenção de todos se voltou para o fenômeno que ocorria. Era a mediunidade no plano extrafísico. Raul entrara em sintonia fina com o ser que estava na central do laboratório.

Anton sorriu ao perceber o que acontecia, enquanto Raul como que desmaiava em meus braços. Saldanha aproximou-se do médium e conectou-se à mente dele em poucos segundos. Tocou-lhe a fronte e nesse gesto permaneceu por alguns instantes, em silêncio. Jamar interrompeu nossos pensamentos e disse:

— Raul está em sintonia com alguém muito importante que nos pede socorro. Saldanha, como exímio magnetizador, estabeleceu ligação com Raul e vê através da mente dele.

Neste momento, Saldanha volta sua atenção para nós e anuncia, num misto de alegria e nervosismo:

— Consegui localizar o pedido de socorro. Vem de um dos laboratórios que estamos procurando. Ângelo — falou para mim. — Tome conta de Raul enquanto vamos até lá. E ameaçou sair, sendo detido por Jamar e Anton.

Entrementes, Raul voltou a si e falou eufórico:

— Nem pense em me deixar fora desta! Vou junto com vocês.

Anton ponderou, após ouvir a fala do médium:

— Você deve vir conosco, Raul, pois sabe como se conectar à mente do espírito que pediu socorro. Além do mais, caso ele não consiga nos registrar a presença, você atuará como médium, fazendo a ponte entre ele e nós. Quanto a avançar rumo ao laboratório, não se esqueça de que estamos adentrando território inimigo, meu caro Saldanha. Requer-se prudência. Chamaremos o contingente de guardiões a fim de não corrermos risco. Afinal, invadiremos círculos que até agora são dominados pelas forças do abismo. Jamais poderíamos menosprezar as regras de segurança energética, não somente por causa de Raul, médium que está sob nossa tutela, como também a nosso bem. Estamos sobremaneira materializados nesta dimensão e não devemos perder isso de vista em momento algum.

Um som difícil de definir foi ouvido por todos. Contudo, somente Raul sentiu em si o incômodo provocado por aquele ruído, vindo de todo lugar.

Ele era um vivente, e o acorde fazia parte de uma psicoarmadilha destinada a sensitivos que eventualmente se aventurassem por aquela região.

Em seguida, Raul sentiu o golpe de diversos pensamentos que dardejavam uma força hipnótica descomunal contra ele. Via pelos olhos da mente. O médium estava vibrante quando percebeu que a paisagem se modificava à sua volta e um novo mundo parecia se esboçar em torno. Sua respiração parecia entrecortada. Aquele mundo era um mundo de silêncio. Não havia pássaros, nem crianças, nem outro som qualquer, a não ser aquele que teimava em penetrar em sua mente. Raul quis chamar a atenção de algum dos guardiões, mas a paisagem se transformara novamente. Ele agora estava mergulhado num pesadelo no qual as formas e figuras eram de tamanho descomunal. Tudo parecia ser engolido por um buraco negro, e ele, Raul, parecia ter encontrado o mesmo destino que tudo à sua volta. Esboçou gritar por ajuda; no entanto, uma vez mais, tudo se alterou, e ele agora tinha a impressão de estar a caminho de um laboratório onde sua mente seria deteriorada por uma técnica avançada. Ele não podia fazer nada. Estava fadado a enlouquecer.

De repente, Raul lembrou-se de que estava nos domínios dos senhores da escuridão. Tentavam a todo o custo enlouquecê-lo, e cabia a ele resistir bravamente, com todas as forças de sua alma. Raul orou. Orou tão profundamente emocionado que as imagens e figuras criadas por uma mente diabólica pareciam fugir, esvair-se, dissolver-se e, por fim, desapareceram de vez. Raul estava deitado em meus braços enquanto Jamar colocava em torno do seu pescoço um dispositivo de segurança. O médium percebera a tempo a armadilha psíquica criada pelos donos dos laboratórios. Se não tivesse resistido, experimentaria verdadeira tortura psíquica e mental e, provavelmente, enlouqueceria. Respirava de maneira pausada, porém com visível dificuldade. Precisava agüentar mais um pouco, até que encontrássemos o ser cujos pensamentos nos levaram àquele lugar.

Uma voz insistia em querer penetrar nos pensamentos do médium; contudo, já refeito, ele percebia apenas frases pronunciadas com intenso vigor, embora não se deixasse influenciar por elas. Música inquietante preenchia o ambiente. Luzes de efeito estroboscópico acompanhavam o ritmo da música, numa clara tentativa de enviar impulsos hipnóticos. A voz antes ouvida se multiplicou em outras vozes; eram vozes inarticuladas, mentais, que também refletiam alguma preocupação, uma agitação, algo incômodo. De quem eram aquelas vozes? Ainda não sabíamos, mas estávamos muito perto de conhecer a verdade.

Encontrávamo-nos no interior da construção que se enraizava no solo fundo dos oceanos e era protegida por um cinturão de radioatividade própria dos elementos em ebulição no âmago do planeta. Era uma edificação impressionante. Não fossem os objetivos para os quais fora erguida, diria que era maravilhosa — terrivelmente maravilhosa.

Acordei de um pesadelo como nunca tivera em toda a minha vida. Quando recobrei a consciência, estava trancado, prisioneiro em minha própria sala de controle. Notei que meus pensamentos voltaram a percorrer a mesma trilha de antes. Lembrava-me da agonia que experimentava, sob o jugo dos cientistas, recordei-me com detalhes das experiências realizadas naquele recanto obscuro do planeta, assim como do sistema de poder dos magos negros, os senhores da escuridão. Entretanto, havia mais alguém ali, perto de mim. Permaneci imóvel por algum tempo, até recobrar o domínio sobre mim mesmo. Fingi que não percebia nada. E os meus colegas? Onde estavam os demais técnicos que me auxiliavam? Vi-os desmaiados logo à frente, como se tivessem sido vítimas das irradiações hipnóticas. Na verdade, eu temi; temia que os donos de todo aquele aparato científico estivessem de volta da sua conferência. Receava por mim e por meus familiares. Quando abri definitivamente os olhos, vi um homem em pé a meu lado. Moreno, olhos azuis, alto, cabelos longos e amarrados atrás. Seu corpo era esguio, elegante. Sorria com um sorriso de verdadeira alegria, como há muito não via. Não o conhecia, mas gostaria de ser seu amigo, de conhecê-lo. Inspirava-me confiança. Com certeza não fazia parte da equipe do Dr. Julius, o chefe dos cientistas daquele lugar. Será que ele era um dos adversários dos senhores da escuridão?

Levantei-me devagar, ainda me apoiando nas laterais do salão. O homem à minha frente trazia algo diferente de mim, em algum sentido, mas naquele momento eu não saberia dizer. Ele permanecia a sorrir, e agora seu sorriso me incomodava. Assim que pensei nisso, ele deixou de sorrir, como que a adivinhar meus pensamentos.

— Felicitações, meu amigo. Sou Raul! Eu e meus amigos viemos para libertar você e seus colegas — ele estendeu a mão espalmada num gesto de cumprimento que não retribuí, tão assustado estava.

Fiz tremendo esforço para me comunicar com ele, mas nada. Eu estava agitado, embora entendesse tudo o que me falava. Afinal, onde estavam seus outros amigos? Um pensamento começou a se esboçar dentro de mim. E meu terror aumentava a olhos vistos. Será que tomaram de assalto o laboratório? Que sucederia se os donos do lugar chegassem de surpresa?

Notei que o tal Raul dirigiu-se para onde estavam estirados meus colegas e passava as mãos sobre eles. Eram gestos incompreensíveis para mim; porém, surtiram efeito inesperado. Meus companheiros acordaram um a um, embora ainda bastante perdidos diante dos recentes acontecimentos. De todo modo, não ofereceram resistência.

O estranho de nome Raul falou:

— Somos representantes do Cordeiro e sabemos que foi você quem fez um pedido de socorro. Estamos aqui para interferir no projeto criminoso que está sendo patrocinado pelas forças da escuridão. Vocês devem vir conosco, pois meus amigos querem falar com vocês.

Saímos da sala cambaleantes, ao lado do tal Raul, como robôs, sem saber ao certo como nos comportar. Mas eu não conseguia resistir, nem meus colegas, os técnicos. O rapaz exercia uma força sobre mim, ainda que muito diferente daquela coerção mental que eu sentia antes, proveniente dos habitantes daquele laboratório. Era uma força moral, à qual não tinha condições de resistir; nem mesmo queria. Caminhava de forma lenta, vagarosa, trôpega, como se houvesse sido arrancado de um pesadelo e agora me encontrasse perdido, sem saber o que fazer. As palavras do sujeito chamado Raul denotavam transparência nas intenções, mas, e seus amigos? Quem eram eles?

Detivemo-nos no meio do salão principal, onde constatei que tudo voltara ao normal. Não havia mais a confusão de antes. Tudo retornara ao lugar; porém, havia muita gente ali. Não a gente que eu conhecia, não os cientistas com os quais lidava, nem os técnicos que foram seqüestrados junto comigo e obrigados a trabalhar ali, mas outra equipe. Eram sorridentes, alegres, e de suas palavras sobressaía um humor sóbrio, com uma veia de quase ironia, que combinava bem com a expressão facial de todos eles. Eram mais de 40 homens e mulheres que se movimentavam por entre os aparelhos do laboratório. Raul achegou-se a um deles e apresentou-me:

— Este é o amigo que pediu socorro. Eu o chamo de Lamarck. É o que entendi de seus pensamentos.

Pensamentos? Este sujeito então sabia ler meus

pensamentos?

— Olá, amigo, meu nome é Jamar, e sou um dos guardiões a serviço do Cordeiro. Este é nosso amigo Anton, e o outro com mania de escritor, que está rabiscando ali, é o Ângelo. Estamos juntos nesta empreitada.

Escutava tudo, mas não entendia o real significado das palavras. Estava algo confuso. Reuni minhas reservas de energia e então me voltei para os técnicos, que, como eu, almejavam ser libertados daquele sistema. Só então pude estabelecer uma comunicação mais estreita, embora ainda um pouco falha, pois carecia de algumas informações antes de me entregar àqueles seres tão especiais. Eles me cativavam pelo sorriso, leve e espontâneo.

Após algum tempo, um dos indivíduos que me foi apresentado pediu, gentilmente:

— Fale-nos a respeito do que ocorre neste laboratório, Lamarck. Queremos anotar tudo e acrescentar ao relatório que elaboramos para nossos superiores. Se desejar, poderá vir conosco, e lhe daremos todo o apoio de que precisar.

Atrevi-me a perguntar:

— E se não quiser acompanhá-los?

— Poderá fazer o que bem lhe aprouver, amigo. Você é livre; não o obrigaremos a nada.

Fui imediatamente convencido a contribuir, narrando tudo o que sabia. A coerção mental de antes já não perdurava. Algo se modificara em mim, para sempre. Embora ainda não soubesse o quê.

Descrevi cada pormenor das experiências levadas a efeito naquelas regiões obscuras, além de contar como fui raptado juntamente com meus colegas, que, a essa altura, submetiam-se a exames e à assistência dos visitantes. Falei de como fora coagido a trabalhar sob o regime dos cientistas e dos donos do poder. Minha especialidade era biologia molecular e dedicava-me também, mais recentemente, a estudar o cérebro humano. A partir de dado momento de minha infeliz existência, vi-me prisioneiro desse núcleo fechado de seres infernais. Entretanto, não possuía absolutamente nenhuma informação sobre como pretendiam lançar mão daqueles experimentos. Sabia apenas que o tal Fritz Haber era o chefe de uma rede de laboratórios, que detinha consigo e com um outro, denominado Dr. Julius, o resultado das pesquisas e atividades ali desenvolvidas. Isso era tudo. Relatei também a respeito da sala proibida, o local onde Raul me encontrou. Não tinha nada mais a dizer.

— Vamos! — conclamou, enfático, aquele que se identificou como Jamar, tão logo mencionei a sala de onde vinham os pulsos hipnóticos.

Eu mesmo os guiei. Levei-os sem medo algum, pois, agora, sentia-me mais seguro do que durante toda a minha existência. Tinha plena ciência do que fazia.

Teríamos de atravessar o pavilhão para alcançar a sala a que me referi. Para minha surpresa, fizemos o percurso em poucos minutos. Parecia que o tempo estava passando velozmente. Havia certa tensão no ar. Jamar e Anton assumiram a dianteira, deparando com a grande porta que nos separava do ambiente. O mais esguio, Raul, deu mostras de reconhecer determinadas freqüências de pensamento quando se deteve próximo ao salão proibido dos senhores da escuridão. Raul deu um passo atrás e falou, grave:

— Cuidado, Jamar e Anton. Estamos lidando com algo inédito; verdadeira aberração construída pelos dirigentes deste lugar.

— Percebe alguma coisa, Raul? Talvez algum tipo de pensamento...

— Acho que é o mesmo padrão mental que tentou me influenciar antes.

— Para trás! — Gritou Anton para os guardiões. — Watab, as baterias elétricas.

Logo a seguir, forte estrondo se fez ouvir quando as portas se abriram diante da descarga energética que partiu de determinada posição entre os guardiões.

Quando adentramos o recinto, tive uma sensação indescritível. Fechei os olhos, instintivamente. Quando os abri, quase tive uma vertigem. O que vi era algo descomunal e horripilante, sob todo aspecto. Várias esferas estavam ligadas entre si, e, dentro delas, havia uma espécie de massa gelatinosa, mergulhada numa substância viscosa. Eram mais de 50, todas com seu conteúdo monstruoso, composto por cérebros vivos — ou melhor, ovóides, no verdadeiro sentido. Seres que haviam perdido a forma humana agora boiavam no líquido contido nas esferas transparentes e conectavam-se uns aos outros por inúmeros filamentos. Os senhores da escuridão estavam preparando algo desmedido naquele cômodo secreto.

Os guardiões detiveram-se, contemplando o estranho ninho de almas desajustadas a serviço das sombras. Todos captamos um gênero específico de ondas de pensamento, que irradiavam daqueles corpos mentais degenerados e tentavam nos subjugar. No entanto, não surtiam o efeito pretendido. Modelos mentais, clichês, estruturas hiperfísicas de uma criação infeliz pareciam rodopiar em meio ao salão. Tudo estava em perfeita ordem por ali. Havia um extremo de limpeza em cada canto. Era um laboratório restrito, destinado a alguma coisa mais que simples experiências científicas. Os seres sem corpos, isto é, os ovóides, iniciaram certa agitação dentro dos recipientes em que estavam, mas não podiam fazer nada além disso. Eram parte de um ensaio sinistro e macabro, cujo objetivo era associar um ao outro por processos mecânicos, antinaturais.

Antes que nos déssemos conta, os seres implantados nos corpos artificiais, os híbridos, começaram a retornar ao laboratório. Recebiam o chamado da *inteligência coletiva artificial*, os ovóides da sala proibida. Assim eu denominei aquela associação de mentes. Os guardiões colocaram-se a postos e imediatamente fecharam o salão, evitando o assalto dos seres artificiais.

— Precisamos dar um jeito em tudo isso aqui — falou Jamar, — Você sabe algo mais a respeito dessas esferas com os ovóides dentro, Lamarck?

— Sei tanto quanto vocês! Nunca havia entrado aqui antes, mas confesso que os impulsos de pensamentos que recebo o tempo inteiro com efeito emanam dessas esferas com os pseudocérebros ou, como vocês os denominam, ovóides.

Interferindo na conversa, Raul aventurou-se a fazer um comentário:

— Deus! Este sujeito precisa urgentemente de umas aulas de espiritismo básico...

— Não espere dele tanto assim, meu rapaz! — falei para o médium. — Afinal, Lamarck é perito num campo muito específico da ciência e, ainda agora, não tem idéia do que lhe aconteceu. Acredito mesmo que pensa que está encarnado e foi vítima de um seqüestro.

— É, mas, para um cientista, ele está demorando muito até tirar as conclusões acertadas da situação. Já deveria ter raciocinado a respeito e deduzido por si só.

— Sim, porém não se esqueça de que ele ficou longo período sob o jugo hipnótico dos donos deste lugar. Recorda-se do que ocorreu com Omar e Elliah, ambos resgatados já há tempo razoável da cidadela das sombras?

Raul calou seus comentários ao notar o interesse de Jamar por mais detalhes acerca da situação:

— Bem, meus amigos — falou o guardião. — Temos de nos movimentar antes que os cientistas e o tal Fritz Haber retornem. Lamarck, você acha que pode dar algumas ordens para os seres artificiais que estão do lado de fora?

— Claro, principalmente se vocês me levarem à

central onde trabalhei até hoje. De lá, tenho acesso ao depósito de materiais radioativos utilizados na criação dos clones e posso emitir impulsos de comando para as mentes encerradas nos corpos artificiais.

Antes de Jamar dar instruções, o biólogo liberto continuou:

— Preciso dos técnicos que estão na outra sala. São meus amigos, e sei que me auxiliarão com boa vontade.

Olhando para Watab e para mim, Jamar pediu que transportássemos Lamarck ao núcleo de comando, onde ele trabalhara. Tomei o cientista pelo braço e concentrei-me. De um instante para o outro, dissolvemo-nos e transportamo-nos na velocidade do pensamento para a referida sala. Ele ficou abalado com a capacidade que Watab e eu demonstramos de transportar-nos através de um espaço dimensional superior.

— Não se espante tanto assim, meu caro! Muitos de nós possuímos habilidades que talvez lhe pareçam fantásticas; no entanto, brevemente terá mais esclarecimentos a respeito e verá que isso é algo perfeitamente natural. Quem sabe, com o tempo, você próprio não poderá fazer o mesmo?

— Vá, Lamarck — falou Watab. — Faça o que deve fazer.

— Sim, mas, por favor, chega de surpresas e não me interrompam, pois preciso me dedicar inteiramente ao que devo realizar. Enquanto estou ocupado com os instrumentos, tenham cuidado com os artificiais: aqueles que já receberam o implante dos cérebros de plasma ou ovóides são capazes de interpretar emoções; portanto, merecem cautela.

Lamarck tomou assento numa poltrona no centro do salão. Os demais técnicos movimentavam fervorosamente diversos instrumentos afixados às paredes. Minha impressão é que estavam sorridentes. Arriscaria mesmo afirmar que esta era a primeira vez, em todo o tempo no desempenho de suas funções, que realizavam uma tarefa com extrema boa vontade e satisfação. Quem sabe?

Vi quando ele passou os dedos sobre teclas, alavancas e painéis, ao que parece, emitindo uma ordem, cuja essência eu desconhecia, aos seres artificiais criados naquele laboratório. O equipamento da cúpula tinha a propriedade de reconhecer os impulsos gerados pelas mentes de Lamarck e dos demais técnicos, transformando-os em comandos elétricos, que eram captados pelas mentes hospedeiras, nos seres artificiais. Os impulsos eram codificados no processo de transmissão e, em seguida, convertidos em ordens quase hipnóticas, que os ovóides aprisionados nos seres artificiais eram forçados a atender.

Centenas de artificiais receberam o comando a partir da central que Lamarck supervisionava. Ele exerceu sem pudores a autoridade que detinha sobre os seres criados no laboratório. Os técnicos amigos de Lamarck encontravam-se visivelmente satisfeitos com o que faziam. Ao mesmo tempo, os ovóides no salão proibido inquietavam-se mais e mais. Um pensamento de preocupação despontou em Jamar e Anton, com relação ao estado das esferas energéticas com conteúdo ovóide.

Lamarck concluiu a operação praticamente desfalecido, em razão do esforço mental. Os outros seis técnicos igualmente pareciam sobrecarregados diante do empreendimento conjunto. O tempo urgia. O perigo de que os chefes dos laboratórios e o próprio Haber retornassem era real. Entretanto, Lamarck e seus colegas ainda nada sabiam acerca do que sucedera com o Dr. Julius.

Tão logo se encerrou aquela etapa das instruções aos artificiais, chegaram relatórios dos diversos departamentos de guardiões. Os híbridos haviam começado a explodir onde se encontravam, liberando o conteúdo aprisionado — os ovóides, que, na verdade, eram seres humanos com a configuração perispiritual degenerada. Eram criminosos mantidos sob cativeiro e manipulados por processo de hipnose profunda, num concerto infernal em que se alternavam magos negros e seus comparsas, os cientistas, além dos inúmeros indivíduos escravizados. Os seres artificiais também receberam de Lamarck um comando de desintegração e, ao liberarem os simbiontes ovóides, reduziram-se apenas a uma massa gelatinosa, que escorria e se derretia no solo astral. Foi um espetáculo terrível de se ver.

Contudo, ainda restava a Lamarck uma providência a tomar: era necessário impedir que a linha de produção das criaturas da escuridão voltasse a funcionar. Enquanto ele mergulhava numa espécie de transe, concentrando a atenção nos equipamentos eletrônicos criados pelos cientistas das sombras, seus amigos também agiam. Destruíram por completo os registros e planos de construção dos seres artificiais, que constavam do banco de dados da cúpula principal. Como conseqüência imediata, foram desarmados os circuitos internos de segurança da cadeia de cúpulas, bem como o próprio sistema de armazenamento dos cientistas do abismo. Fritz Haber recebera novo golpe, jamais esperado.

De volta ao salão proibido dos cientistas, havia intensa movimentação no local. Os ovóides pareciam ter enlouquecido. Ficou patente que ali estava o cerne de toda a estrutura de poder dos cientistas e magos negros. Empregavam a força hipnótica daqueles ovóides no intuito de ampliar seu potencial de indução mental, de tal sorte que a engenhoca mórbida garantisse o controle sobre os cientistas prisioneiros, os seres híbridos e os ditos escravos, isto é, os cavernícolas e reptilóides recrutados para as tarefas externas. Mantinham-se, sem exceção, sob irrestrita submissão, através de impulsos de natureza hipnótica. Aquele invento, que utilizava espíritos sujeitos à escravidão mental, era uma aberração criada pelos seres das sombras a fim de dominar outros seres humanos, encarnados ou desencarnados. Decerto, uma das invenções mais cruéis, truculentas e odiosas de que já ouvira falar.

Os ovóides estavam nervosos, e, à medida que o líquido no interior dos recipientes borbulhava, as comutações elétricas e orgânicas começaram a se desarticular. Os inúmeros filamentos — que outrora corresponderam ao cordão de ouro de seus corpos mentais — até então estavam interligados uns aos outros; entretanto, naquele momento, desfaziam-se as conexões entre si. As esferas energéticas arrebentavam e vertiam seu conteúdo no solo do laboratório, completamente exauridas de recurso mental.

— Ao que tudo indica, esta associação de ovóides ou de mentes criminosas deixou de existir. Sozinhos e por conta própria, os pseudocérebros ou ovóides não conseguem muita coisa. Vamos recolhê-los, juntamente com os demais, que estavam presos aos corpos artificiais, e levá-los conosco para o internamento numa clínica do Mundo Maior.

— E quanto aos corpos artificiais que foram dissolvidos? — expressei minha dúvida para Anton. — Até onde entendo, sobraram traços de uma matéria criada nos laboratórios. Esses restos ficarão dispersos por aí?

— De modo algum, Ângelo. Já dei ordens para que os guardiões recolham o subproduto da desagregação dos artificiais a fim de enterrá-lo no solo astral, no fundo do oceano.

— Enterrar? Isso soa como se fosse um sepultamento, realizado nesta dimensão...

— Exatamente, vamos *enterrar* os restos dos artificiais. Mas não para lhes oferecer um funeral... É que, em sua constituição, trazem componentes que um dia pertenceram a estruturas perispirituais, posteriormente descartadas em virtude do processo de ovoidização. Não podemos permitir que tais elementos sejam reaproveitados por cientistas, nem tampouco por outros sistemas de poder do abismo. O solo astral guarda propriedades interessantes. Entre elas, a que possibilita dissipar, com grande eficácia, estruturas forjadas na dimensão extrafísica, fazendo com que a matéria constituinte desses despojos seja devolvida à natureza por processo de dissolução. Ademais, sob a superfície astral, a crosta terrena absorve os resíduos tóxicos impregnados àquela substância, e assim não poderão ser utilizados por vampiros de energia nem outros seres das sombras.

Calei-me, pensativo diante das explicações do guardião. Entrementes, Saldanha incumbiu-se pessoalmente de recolher a grande quantidade de ovóides que havia no local, secundado por alguns guardiões. Ele tinha interesse em aprofundar-se nos estudos dessa estranha associação de mentes diabólicas. Quando notou que eu estava olhando e admirando sua atitude, Saldanha voltou-se para mim e disse:

— Sabe, Ângelo, somente agora vejo quão especializadas se tornaram as sombras nos métodos de obsessão. Parece que seus agentes não ficaram parados nem um momento sequer; muito pelo contrário, aproveitaram o conhecimento adquirido para aprimorar os métodos de ataque à humanidade.

— Pois é, amigo Saldanha. Por isso mesmo, vale

apreciar o pensamento do benfeitor Joseph Gleber no que tange à urgente necessidade de aperfeiçoar a metodologia de combate aos processos enfermiços de obsessão. Atualizar ferramentas, conhecimentos e recursos empregados por nós, senão nos veremos a combater um incêndio com copos d'água.

O enorme laboratório foi reorganizado, agora sem as esferas energéticas, que explodiram e liberaram de si os ovóides. Jamar selou a porta principal do ambiente onde antes estavam os seres em associação mental, de maneira que nem mesmo os cientistas, donos do lugar, pudessem entrar. Acessariam apenas as demais dependências dos pavilhões. Anton e Watab, juntamente com Omar, descobriram que, ao ser rompida a estranha associação de mentes ovóides, desfizeram-se também os efeitos pós-hipnóticos, tanto em Omar quanto em Elliah, o ex-cientista das trevas. Ambos estavam livres da influência perniciosa exercida pelos hipnos da escuridão. Possivelmente, os dois haviam sido submetidos ali, naquele laboratório, aos intricados processos de persuasão mental e hipnose profunda. Ao serem suspensas as ligações entre as mentes ovóides, o poder criminoso ruiu, e aqueles que estavam sob seu jugo ganharam liberdade em relação à radiação de loucura e aos efeitos nocivos, que os acometiam com certa regularidade.

Ainda restava algo a ser solucionado, no entanto. Os donos do local voltariam; ao encontrar tudo modificado, como se comportariam? Jamar enviou uma equipe de guardiões à base central, localizada no Plano Superior, com os resultados da descoberta. Instalamos alguns microaparelhos, resultado do desenvolvimento da nanotecnologia sideral, entre os equipamentos dos cientistas. A partir daquele instante, estavam mapeadas a localização e a ação de todos eles. Chegou a hora de nos retirarmos, na companhia do novo amigo, Lamarck, e de seus colegas, os seis técnicos, tão valiosos para a desarticulação do esquema sombrio. Aguardaríamos a chegada dos cientistas para um eventual confronto, conforme prevíamos. Orientações viriam da central dos guardiões; porém, desde já, deveríamos nos preparar para a retaliação.

Nova indagação se esboçava em meus pensamentos, o que me levou a procurar Anton:

— Este laboratório será destruído, assim como todo o seu aparato tecnológico?

— Não sei, Ângelo. Sinceramente, não sei. Esperamos uma definição dos Imortais que nos dirigem. Pessoalmente, acredito que seria um desperdício destruí-los todos. Tendo em vista o processo de reurbanização extrafísica, acho que poderíamos reaproveitar esse laboratório e transferi-lo para uma dimensão superior, um pouco mais próximo da superfície, a fim de utilizá-lo como base de apoio em desenvolvimento de pesquisas, por exemplo. Enfim, são apenas cogitações. Dependemos totalmente da reação dos cientistas, que se consideram donos do poder. Precisamos agora esclarecer a Lamarck e seus amigos a natureza do nosso trabalho e fazê-lo compreender que está desencarnado, tanto quanto seus familiares. Quem sabe poderemos realizar um encontro entre ele, os filhos e a esposa? Aguardemos novas instruções do Alto.

Saímos do laboratório principal dos cientistas e magos e demandamos outros sítios, na expectativa das reações dos seres abismais. Com certeza, não encarariam com tranqüilidade o fato inconteste de que seus projetos falharam mais uma vez.

Enquanto as ações se desenrolavam conosco, Irmina Loyola trazia novas observações de outro laboratório integrante do sistema hexagonal de poder.

10

Novas observações

APÓS AS experiências no laboratório dos cientistas das sombras, pedimos a Jamar que consentisse uma reunião com o ser extrafísico que supervisionara a base. Lamarck era uma pessoa muito arredia; no entanto, diante da oportunidade de nos dar maiores explicações, não hesitou. Antes, porém, Anton prudentemente decidiu submeter o antigo responsável por aquele reduto da ciência inumana à terapia magnética, liberando-o das velhas imantações a seus dominadores e fortalecendo-o para a nova etapa que se esboçava no horizonte. Mais tarde, seria conduzido às dimensões superiores, a fim de reorganizar a mente e as emoções e proceder à avaliação de sua vida. Por ora, poderia acrescentar muito à nossa equipe.

Os guardiões e nós três — Saldanha, Raul e eu — congregamo-nos no ambiente interno do aeróbus. Na verdade, não era um lugar com espaço suficiente para todos os guardiões se reunirem, por isso a grande maioria ali se encontrava, enquanto os demais ficaram em outras dependências do veículo astral, acompanhando tudo por aparatos audiovisuais.

Lamarck se posicionou numa tribuna improvisada, ladeado por Anton e Jamar, que o encorajavam. A julgar pela aparência, ele ainda se sentia incomodado pelo fato de haver integrado uma equipe de cientistas que favorecia, ou melhor, fomentava crimes contra a humanidade. Todavia, de agora em diante, estava firmemente resolvido a trabalhar em prol da causa do Cristo, isto é, da política humanitária e de não-violência.

Após dar abertura à reunião inesperada, Anton concedeu a palavra aos guardiões, para que pudessem expressar suas dúvidas. Lamarck dava mostras de ficar mais confortável à medida que os chefes dos guardiões fizeram as apresentações e esclareceram os motivos daquele encontro. Afinal, muitas dúvidas pairavam depois da investida contra a base das sombras. Esperávamos por alguns apontamentos que nos facilitassem os estudos e a compreensão geral. Watab foi o primeiro a se manifestar:

—Vimos, sob a grande cúpula, uma configuração de seres no mínimo diferente de tudo aquilo que já havíamos presenciado. Gostaria de saber qual o objetivo de seus antigos dominadores, os senhores da escuridão e os cientistas, quando construíram aquele laboratório e, mais ainda, qual a finalidade dos ovóides interconectados num sistema fechado, como o que encontramos?

A pergunta aliava vários aspectos das experiências que vivenciamos; entretanto, Lamarck parecia bastante seguro ao responder:

— Os ovóides mantidos em cativeiro e submetidos a experimentos científicos do astral são capturados pelos seres que vocês encontraram anteriormente, como já devem saber, aqueles com aparência de réptil. Na verdade, são seres humanos numa fase de perda progressiva da forma perispiritual, conforme dizem vocês. Essa casta é dirigida remotamente a partir da cúpula, através de implantes em sua estrutura extrafísica. Como tais seres não usufruem de raciocínio pleno, devido à degeneração das faculdades intelectivas que os acomete, os cientistas os convertem em escravos ou, uma pequena parcela, em cobaias. Em meu estágio naquelas regiões, deparei também com outros seres de aspecto semelhante, porém haviam chegado àquele quadro não por um processo natural de ovoidização, mas por imposição de técnicas de hipnose profunda, ou seja, perderam a forma humana em virtude da indução mental de experientes magnetizadores. Esses indivíduos vagam pela paisagem astral à procura daqueles que adquiriram a conformação ovóide e os levam aos laboratórios e viveiros do submundo, a fim de se prestarem às experiências com cientistas e magos da escuridão.

"Os ovóides são igualmente hipnotizados, para

que certos conhecimentos arquivados em sua memória extracerebral sejam extraídos e reaproveitados pelos cientistas. Eu classificaria essa ação dos dominadores do abismo como uma espécie de roubo da memória arquivada no corpo mental, por meio de intensa hipnose, na qual os conhecimentos emergem por força do magnetismo aplicado. A inspeção dos ovóides, separando os que podem ser considerados 'arquivos vivos' e, assim, usados nos laboratórios da mente, é realizada diariamente com ajuda de hipnos especialistas. Como podem ver, não basta ser ovóide. Durante a seleção, eles preferem aqueles em cujo conteúdo mental, a despeito da eventual apatia ou demência, são detectados altos índices de atividade intelectual e de brutalidade, agressividade e crueldade. Os mais experientes, cuja mente ainda está de posse da razão — ou seja, ainda não se perderam mentalmente nos intricados mecanismos do monoideísmo —, foram os escolhidos para a associação de ovóides que vocês encontraram na sala secreta."

Considero que a quantidade de informação que Lamarck nos proporcionou somente com essa resposta já seria campo suficiente para longos debates; no entanto, não poderíamos nos furtar à oportunidade de mais esclarecimentos quanto à atuação dos cientistas e magos da escuridão. Outro guardião apresentou sua pergunta após breve pausa, necessária para absorver o conteúdo transmitido:

— Como se pode entender o processo de exploração do conhecimento dos ovóides para proveito dos cientistas?

Uma vez mais, Lamarck respondeu, dando agora ênfase distinta a cada frase, de maneira que pudéssemos fixar os pormenores:

— Vocês não ignoram que todo ser humano traz impressa na memória a síntese de suas vivências, de seus estudos; em suma, de todo o conhecimento apreendido ao longo dos milênios. Grande número de seres que perdeu a conformação humana vem de um passado recuado no tempo, quando arquivou preciosos conhecimentos, muitos dos quais escassos nos dias atuais. Por alguma contingência, a partir de determinado ponto esse saber foi direcionado de modo antagônico à ética e à moral. Persistindo nesse comportamento por séculos, colocaram-se em tamanha oposição à lei do progresso que, lentamente, regrediram a formas subumanas, até, finalmente, perderem o aspecto natural, em caráter duradouro, transformando-se naquilo que vocês denominam ovóides. Mesmo nessa condição, é importante ressaltar, seus conhecimentos não foram extraviados. Apenas a *forma* regrediu e, com ela, os veículos de expressão do espírito; entretanto, não involuíram, no sentido das aquisições intelectuais. Os conteúdos, embora estejam latentes no estado ovóide, e em certa medida comprometidos, podem ser acessados por magnetizadores habilidosos, que, de fato, sabem utilizar muito do que está arquivado nesses pseudocérebros, como eu os chamo, sobretudo oferecendo-os aos vilões do abismo. Eu diria que essa associação de mentes ovóides se comporta como um computador biológico-mental, de grande proporção e potência.

Desta vez fui eu que apresentei minhas dúvidas, baseado na explicação de Lamarck:

— No que envolve qualquer gênero de computador ou equipamento de informática, conforme existe na dimensão física e também na nossa, sua função se resume, em linhas gerais, a resolver problemas apresentados ou simplesmente processar e arquivar dados. No caso a que você se refere, de que maneira opera o sistema de associação mental de ovóides que encontramos, tendo em vista que atingiram o ápice da degeneração da forma?

— Citei apenas algumas das atribuições que os cientistas dão aos seres capturados, muito embora não tenha conhecimento irrestrito do trabalho e de todas as fases a que são submetidos. Contudo, posso assegurar que muitos problemas foram apresentados aos chamados pseudocérebros para que pudessem solucioná-los para os cientistas. Planejamentos de ataque e de guerra entre as nações do mundo, por exemplo, em diversas ocasiões foram programados a partir da associação de mentes que vocês encontraram. Os planos de geoestratégia, mesmo relativos às disputas entre rivais do abismo, são levados aos ovóides mais especializados para se desenvolverem em favor de seus senhores.

"O *cérebro artificial* é uma experiência recente na história do abismo. Pode ser definido como a união de vários seres ovóides numa espécie de redoma energética, com vistas à elaboração dos ataques às obras da civilização, entre outros objetivos funestos. Apenas sei que não foi fácil para os cientistas e os senhores da escuridão realizar a medonha associação de mentes criminosas e sujeitá-las a seu comando hipnótico. Há um fato curioso, que merece destaque. Alguns ovóides, ao perceber que não tinham condições de retomar o aspecto humano, porém guardavam relativa capacidade de raciocinar, ofereceram-se livremente para o serviço em prol dos senhores do abismo, já que sustentavam ódio profundo e infundado contra a humanidade, por saberem que seu tempo já se esgotara. Entregaram-se, pois, a uma vingança de proporções globais, viabilizada pela invenção das sombras.

"Como tive acesso restrito a esse sistema de planejamento dos cientistas, não posso dizer muito mais a respeito."

Raul entrou na conversa e perguntou, bastante curioso:

— Você conhece algo mais sobre os ovóides? Algo que ainda ignoramos, talvez? Procurarei ser mais específico. Quando o encontrei perto da porta que conduzia ao salão confidencial, você parecia desmaiado. Será que, em algum momento, entrou lá e descobriu algo a respeito dos planos dos cientistas?

— Sinceramente, não compreendo se o que houve comigo foi um choque pela intensidade das ondas de pensamento que vieram em minha direção ou se uma tentativa das mentes interligadas de sobrepujar minhas faculdades. Entretanto, conheço, sim, alguma coisa, que pude ouvir entre uma e outra conversa, porém na época não pude relacionar à existência daqueles seres em cativeiro. Hoje posso muito bem estabelecer a conexão daqueles rumores com o que encontramos no laboratório e no salão proibido dos cientistas.

"Uma das experiências realizadas naquele laboratório era o enxerto de ovóides em outros seres, que sei hoje estarem encarnados, com o objetivo de interferir em idéias e desviar planos cármicos. Quando ouvi de Haber, o cientista que dominava aquele complexo, a respeito dos chamados planos cármicos, que supostamente deveriam passar a sofrer influência dos seres implantados, confesso que nada entendi. Na verdade, nem sabia, àquela época, que havia morrido, tampouco tinha informações acerca de carma ou fatos semelhantes. Mas sei agora de muitas coisas que antes não sabia.

"Conheci também algo sobre o que Haber estava pesquisando sob o nome de 'pensamentos compartilhados' entre corpos mentais de freqüências semelhantes. Nesse caso, os ovóides eram acoplados à aura de encarnados com determinadas tarefas no mundo, relativamente expressivas, tais como políticos e expoentes da ciência, da medicina e outros mais. Pensamentos desgovernados dos ovóides passavam a se infiltrar na mente do indivíduo ou hospedeiro e influenciar suas decisões e interpretações de certos fatos da vida. Comumente, ele empregava ovóides viciados em sexo e hipnotizados por ele e seus magnetizadores, a fim de modificar a trajetória de vida de algumas pessoas visadas.

"Além disso, ouvi a respeito de experiências

que, em breve, seriam realizadas com a introdução de ovóides em encarnados a fim de transmitir vírus e outras doenças, tais como câncer e semelhantes. Os pseudocérebros seriam contaminados com elementos da dimensão onde nos encontramos, em adição a outros desenvolvidos em laboratório, no intuito de, mais tarde, serem transplantados em pessoas do mundo político ou outras de grande expressão, que pudessem colocar em risco os planos dos cientistas."

As histórias de Lamarck eram fascinantes — e amedrontadoras, ao mesmo tempo — mas nós tínhamos sede de conhecimento. Ciente disso, prosseguiu:

— No decurso do trabalho a que me dedicava, escutei certa vez de Haber, em conversa com Dr. Julius, que planejava algo ainda mais aterrorizante. O chefe dos cientistas sabia que o sistema de ovóides só funcionava enquanto estavam interligados entre si, porque, isoladamente, não conseguem efeitos tão relevantes nem detêm condições de raciocinar com uma freqüência normal de pensamentos. Contudo, sob influência hipnótica e em associação, podem superar a loucura de suas mentes e atuar como indutores mentais ou magnetizadores, sugestionando outros indivíduos. Desse modo, representantes do poder no mundo, desdobrados em corpo mental e conduzidos à fortaleza dos cientistas, renderam-se ao controle louco dos ovóides e dos especialistas da mente. Basta uma única exposição semanal à intricada cadeia de seres em desequilíbrio, durante o desdobramento, para que o corpo mental se adultere, e o indivíduo em foco se torne parceiro das idéias de espectros e cientistas.

"Vi muitos expoentes religiosos, tanto do movimento carismático quanto do pentecostal; deparei com médiuns e dirigentes espíritas e espiritualistas, além de escritores, atores e formadores de opinião — todos mentalmente convertidos em agentes dos cientistas das trevas. Em diversas ocasiões, assisti à visita de governantes em desdobramento, como acabam de me explicar, dirigindo-se ao laboratório, onde seriam persuadidos mentalmente. Entendo agora que permaneciam longamente no salão proibido, submetidos como cobaias aos testes e às experiências.

"Quanto a mim, nada podia fazer, pois que eu mesmo tinha a percepção ofuscada em virtude de todo o contexto, embora gradualmente me libertasse da ilusão que constrange a maioria, até que, enfim, vocês chegaram, concedendo-me a liberdade maior."

Diante das respostas de Lamarck, pudemos perceber que, sob qualquer ângulo, as obsessões têm-se afigurado algo muito mais complexo do que temos visto nas abordagens realizadas pelos amigos espíritas, de modo geral. Suas explicações tornaram patentes as estratégias cada vez mais ousadas e inventivas que os seres da escuridão elaboram contra todos que representam o progresso do mundo.

Diante dessa realidade é que indaguei, agora a Jamar, a respeito de muitas pessoas que se julgavam atacadas por cientistas e magos negros. É mais freqüente, a cada dia, ouvirmos que alguém se acha vítima de um iniciado ou de alguma maquinação de agentes do mal. Jamar, trocando olhares com Anton, como que esperando por essa pergunta, respondeu-nos de boa vontade:

— Como viram, o trabalho dos cientistas que se colocam a serviço das sombras não é simples, muito menos fácil, nem para si próprios. Requer-se um investimento consistente de sua parte para conseguirem realizar as experiências ditas científicas. O mesmo pode ser dito a respeito dos magos negros, que encontram obstáculos consideráveis a transpor a fim de materializar o produto de suas investidas no mundo. Não obstante, notamos que, de uma hora para outra, parece ter entrado na moda ser alvo dos especialistas do abismo, tamanho o número de pessoas encarnadas que se imaginam vítimas da legítima magia negra — que não deve ser confundida com feitiçaria —, de implantes parasitas e outros artefatos da tecnologia astral. Como se pode depreender de tudo o que vimos até aqui, esses espíritos não contam com recursos ilimitados à sua disposição, de maneira a realizar investidas dessa natureza e de tal magnitude como se fossem trivialidades. Ora, trata-se de operações que exigem elevado grau de perícia e método rigoroso, o que torna no mínimo improvável acometerem qualquer cidadão. As inteligências sombrias preocupam-se em combater quem representa algum perigo para suas idéias e empreendimentos. Portanto, esse tipo de obsessão geralmente visa atingir aqueles que oferecem contribuição concreta e valorosa à humanidade; na maior parte dos casos, são pessoas públicas ou que estão em evidência. Quando alguém avalia ser objeto do ataque de magos negros e cientistas das sombras, vale perguntar-se primeiro, antes de dar vazão a suposições: que estou produzindo de efetivamente relevante em favor do progresso social e do mundo, de sorte que tenha despertado a atenção dessa classe de indivíduos? Será que eles empregariam seu precioso tempo e seus melhores esforços em prejuízo de quem não ameaça suas conquistas e pretensões?

Tomando a palavra Anton continuou:

— Sinceramente acredito que, entre aqueles que pensam ser alvo desses iniciados das trevas, há muita gente desnorteada, a maior parcela reclamando urgentemente intervenção terapêutica de qualidade, tanto de cunho psicoterápico como psiquiátrico. Quantos há que se autodestruíram ao longo de décadas — para nos atermos apenas à atual encarnação — por meio de escolhas equivocadas, atitudes irresponsáveis e comportamentos prejudiciais à saúde física, energética e emocional, daninhos não só a si e ao próprio corpo como ao próximo e aos familiares? Quantos há que adotam postura permissiva e buscam justificativas inúteis para ações que denigrem o ser humano e a integridade do caráter, desmotivando-se a tecer uma vida saudável, pautada por ideais generosos e projetos humanitários? Não se dedicaram ao trabalho enobrecedor, que envolve a alma, e agora não têm coragem de assumir a própria negligência e o desleixo para com os dons confiados a si pela Inteligência Suprema, o que os leva a procurar nos obsessores dos mais diversos matizes a origem de sua infelicidade. Isso não passa de terceirização de culpa, manobra tão comum quanto frívola e inócua. Quem verdadeiramente quer ajuda e está apto a recebê-la, encontra-se, antes de mais nada, aberto à mudança, cujo gatilho essencial é mirar-se no espelho, sobriamente, disposto a reconhecer suas falhas.

As palavras de Anton encerraram a conversa com Lamarck de forma interessante. Ganháramos muitos elementos para futuras pesquisas. Ainda restavam em mim diversas indagações, embora creia que individualmente devesse estudar, não abusando dos demais com dúvidas passíveis de serem resolvidas mediante o mínimo de esforço e aplicação. Além do mais, discutiríamos sobre essa temática em outras oportunidades, pois não a havíamos esgotado, tampouco a curiosidade, em apenas uma breve exposição. Mas não sem antes pesquisar a respeito, buscar respostas com o próprio esforço e chegar a conclusões com originalidade, baseadas nas reflexões pessoais.

Aproveitando o período de tempo de que ainda dispúnhamos, pleiteamos a Jamar a possibilidade de obter mais informações acerca dos processos de hipnose no plano extrafísico. Após consultar Anton, o guardião da noite chamou Saldanha para saciar nossas dúvidas, já que ele fora exímio magnetizador das sombras no passado, bem como hábil hipnotizador, a serviço dos dragões. Na ocasião,

Saldanha tornou-se grande conhecedor do assunto, até o momento em que redirecionou o pensamento e a maneira de agir, a fim de atuar sob os auspícios das forças imortais. Naturalmente, o saber não foi desprezado, apenas ganhou novas perspectivas e aplicações.

O aeróbus contava com um compartimento para reunião, onde estavam todos muito bem acomodados. Saldanha assumiu a devida posição, aguardando pelas perguntas, que objetivavam a troca de experiências. À frente, ao lado de Saldanha, havia um equipamento de projeção holográfica, que facilitava a formação de quadros que refletissem o pensamento veiculado.

Raul, empolgado com o esclarecimento em torno de uma matéria que lhe é predileta, adiantou-se:

— Desculpe tomar a dianteira, Saldanha, porém adoraria que você falasse um pouco a respeito da hipnose realizada na esfera extrafísica. Como funciona esse tipo de influência séria que alguns seres exercem sobre outros, nesse contexto?

Esboçando um sorriso tranqüilo, Saldanha principiou, ligeiramente tímido:

— Se modificarmos a palavra *hipnose*, que suscita preconceitos variados, podemos entender essa habilidade simplesmente como a capacidade de exercer influência de natureza mental e comportamental utilizando-se magnetismo. São experiências que vão da sugestão ao domínio mental, e cujas técnicas estão diretamente relacionadas à resposta dada pelo sistema nervoso e pela mente da pessoa que a ela se submete. O mesmo se dá com o espírito errante, cujo psicossoma é extremamente moldável aos estímulos do manipulador.

Estimulado pelo diálogo entre Raul e Saldanha, atrevi-me a perguntar, sobretudo para forçar nosso interlocutor a uma atitude de maior descontração:

— Mas qualquer pessoa ou espírito pode ser hipnotizado? Não existe aí certa desinformação sobre o tema?

A mudança de Saldanha foi imediata. Notei um leve sinal que me fez, indicando que me havia compreendido o gesto, talvez sugerindo que, como excelente magnetizador que é, obrigatoriamente tem aguçada a percepção dos fluidos.

— Com certeza, Ângelo, há muita desinformação — disse ele. — Principalmente no que concerne à esfera de ação do espírito desencarnado. Os espiritualistas não ignoram a prática do hipnotismo nas regiões inferiores, no entanto ainda não se aprofundaram na dinâmica de seu funcionamento. Com freqüência, supõem que só é utilizada por espíritos do mal. Porém, quando se substitui o nome *hipnose* por *indução magnética*, pode-se entender que a técnica é empregada também nas esferas superiores. Nesse caso, há um compromisso ético por parte dos magnetizadores, que trabalham os conteúdos mentais com finalidades terapêuticas. No primeiro grupo, dos seres das sombras, ocorre maior ou menor constrangimento mental e emocional da vítima, o que geralmente leva o corpo perispiritual a restringir-se, mediante a ascendência de um psiquismo desajustado.

"Todavia, é bom esclarecer que os hipnotizadores trabalham, fundamentalmente, com as crenças pessoais daqueles que se submetem ao processo. Por exemplo: para impor a licantropia, como presenciamos nas incubadoras, é necessária a preexistência de um sentimento de culpa que traga em si aquele viés, ou seja, que dê margem para esse gênero de autopunição. E é essencial que o operador seja hábil em detectar a predisposição do consulente — nesse caso, da vítima —, investigando: que espécie de emoção ele traz? Ah! Esse tem 'vocação' para ser transformado num lobo, ou numa cobra, conforme o caso.

"Em segundo lugar, o bom resultado de toda técnica de influenciação mental depende da capacidade de persuasão daquele que a efetua, bem como da clareza para expressar aquilo que deseja incutir no outro, assegurando-se de adotar uma linguagem adequada ao interlocutor, a qual lhe deve ser inteiramente familiar e compreendida. A força de vontade do magnetizador é preponderante, tanto quanto o nível de vigor que empresta ao comando hipnótico, que denota o grau de determinação do pensamento. No caso das sombras, o método requer que o ser subjugado se sinta massacrado, aniquilado em suas aspirações, de modo a ceder totalmente ao impulso mental. Entre os Imortais, há que se contar com nítida autoridade moral e convicção impressa nas palavras, que sobressaiam indubitavelmente na ordem hipnótica."

Watab resolveu participar da entrevista com Saldanha e deu sua contribuição ao perguntar:

— Então, a vontade e a participação daquele que é influenciado não são importantes?

— Conforme asseverei, em todo processo de magnetismo, em suas diversas técnicas, as crenças pessoais merecem especial atenção do magnetizador. Não se pode exercer influência sobre alguém sem que sejam pesquisados suas crenças, seus comportamentos e, acima de tudo — quando se trata de hipnose por parte de seres sombrios — culpas, recalques e demais conteúdos traumáticos.

"Podemos notar que a profundidade do método hipnótico dependerá do mapa mental extraído do espírito a ser influenciado, traçado e modelado pelo hipnotizador. O autor da hipnose é apenas um guia em todo o processo; ele simplesmente investe seu conhecimento de maneira a conduzir a pessoa em meio a processos mentais e emocionais que transcorrem dentro de si mesma. Reitero: sempre partindo de crenças, pessoais ou induzidas, que a vítima traz arraigadas."

— Com base nas duas últimas respostas — retomou o guardião de aspecto africano — é correto inferir que os métodos empregados diferem significativamente entre si, caso sejam utilizados pelos espíritos que trabalham pelo bem ou pelos agentes do mal?

— Sim — concordou Saldanha, após alguns segundos de reflexão. — Ao considerarmos particularmente os seres do abismo, vemos que costumam explorar os traumas de suas vítimas e abusar da técnica que dominam muito bem, trabalhando crenças individuais ou coletivas com notável destreza. Apresentam para a mente subjugada raciocínios, pensamentos e idéias que reforçam suas piores convicções, arquivadas nas mais recônditas camadas da consciência. Através desse método, conseguem resposta mental que propicia a entrega plena de suas vítimas, fazendo ceder qualquer resistência. Vale assinalar que os magnetizadores, além da habilidade em perceber as palavras, pensamentos e sentimentos das vítimas, com muita freqüência manipulam os conteúdos de natureza emocional. Despertam intensa torrente emocional naqueles que desejam cooptar ou submeter, pois, assim procedendo, fortalecem a vontade e a certeza da vítima de que o caminho sugerido é o melhor. Sabem que as emoções fervilhantes em geral falam mais alto nas mentes fracas e volúveis do que as simples palavras. Portanto, eis um poderoso aliado no processo de indução entre os desencarnados, explorado largamente pelos detentores do poder nas regiões inferiores.

Agora foi o antigo sombra quem se deixou fisgar pelo assunto. Omar auxiliava em nossas tarefas após ficar um bom tempo dentro do aeróbus juntamente com Elliah, o cientista. Tendo se liberado do jugo hipnótico dos magos negros, indagou com bastante interesse:

— Existe alguma diferença entre a hipnose empregada pelos estudiosos encarnados, em consultório, e o método usado pelos seres do abismo? Pergunto porque sofri a ação de especialistas na área.

Saldanha, mais e mais descontraído, respondeu com ênfase em cada frase:

— O método varia muito, principalmente porque os seres da esfera extrafísica têm à disposição enorme variedade de informações adquiridas e catalogadas, conforme as possibilidades e os instrumentos da dimensão em que se encontram. Podem recorrer a lembranças de sua iniciação do passado tão-somente acessando os arquivos mentais de seus corpos parafísicos. Vasculham os templos antigos e seus registros astrais, dedicando-se ao estudo com mais desenvoltura, assim como à experimentação e à prática, em grau bem maior e com mais liberdade que os encarnados. Não lidam com os atropelos do cotidiano nem têm seus serviços como fonte de renda, tal qual ocorre com os especialistas da hipnose ainda encarnados. Trabalham simplesmente para satisfazer aos objetivos estipulados, segundo a esfera de ação em que atuam.

"Qualquer método empregado pelos hábeis magnetizadores das regiões sombrias é facilitado pelo fato de os corpos espirituais dos sujeitos estarem definitivamente desligados dos antigos corpos físicos. Por esse motivo, as vítimas do processo hipnótico não contam com a oposição representada pelo cérebro físico, que amortece as vibrações originadas numa ação extra-sensorial e extrafísica. Além disso, os desencarnados são mais sensíveis à manipulação, tanto por não terem a mente distraída pelas contingências da vida social de encarnados quanto porque o cérebro perispiritual é mais maleável, e os conteúdos da mente, mais acessíveis."

Demonstrando acentuada curiosidade, Watab tomou logo a iniciativa da próxima pergunta:

— De acordo com as explicações, podemos entender que é mais difícil para os magnetizadores influenciar os encarnados que os habitantes da dimensão extrafísica?

— Somente até certo ponto. Apesar do que foi dito antes, o fato de o espírito estar de posse de um corpo físico oferece relativamente pouca resistência à força mental dos magnetizadores. Isso porque, normalmente, os magos do pensamento preferem as ocasiões em que seus alvos se encontram desdobrados, distantes da influência do corpo somático. Projetados na dimensão astral, os indivíduos recebem mais facilmente as sugestões e os fluidos canalizados pelos técnicos em hipnotismo. Ao retornarem ao corpo físico, depois do sono aparentemente tranqüilo, o teatro da vida social conduz-se segundo os interesses dos magnetizadores, reforçando emocionalmente a indução recebida nas bases das sombras. Nesse caso, o ser intrafísico costuma ter a mente ainda mais gravemente nublada, já que o peso do cérebro físico dificulta o acesso à realidade superior, em virtude da capacidade desse órgão de reduzir e amortecer as vibrações.

Raul quase forçou a situação, conduzindo o pensamento de Saldanha para a resposta que esperava à sua questão:

— Mesmo para o encarnado, a força mental do magnetizador é forte a ponto de não poder se libertar do domínio externo?

Saldanha já conhecia a habilidade de Raul e, de maneira a manifestar seu encorajamento ao estudo de matéria tão fascinante, prontamente respondeu:

— Em todo caso de magnetização no qual se exerce domínio mental sobre a vítima, a libertação só é possível com auxílio exterior. Como a mente responde rapidamente aos estímulos do agente indutor do processo, ela entra num estado alterado de funcionalidade que a deixa muito suscetível. A força empregada para desativar o intento nefasto deve ser proporcional à de quem constrangeu mental e emocionalmente o sujeito.

"Uma vez que os legítimos técnicos das sombras ou hipnos são muito hábeis no exercício de sua atividade, é preciso abalar a confiança do próprio magnetizador em si mesmo a fim de afrouxar os laços que o prendem mentalmente a sua vítima. Mas não se enganem: isso não é nada fácil."

Desta vez foi Elliah quem tomou a palavra para formular um questionamento:

— Quando uma pessoa é submetida à ação de um mago ou especialista das sombras, estando ou não de posse do corpo físico, o estado hipnótico se estabelece imediatamente?

— De forma nenhuma — respondeu Saldanha enfático. — Em muitos casos, o *sujeito* — como é chamado o candidato à hipnose — entra em estado de passividade mental de modo lento e gradual, de acordo com o método de indução escolhido pelo magnetizador. Existem situações nas quais, aparentemente, a pessoa passou abruptamente da lucidez natural à passividade mental, o que leva a crer que adentrou, de súbito, no estágio de influenciação. Isso não ocorre. Casos assim sugerem que o indivíduo já vinha sendo preparado antes do desfecho da ação mental invasiva, que representa apenas a culminância do processo. Na verdade, a ocorrência do transe hipnótico é a conclusão do trabalho com os conteúdos traumáticos do sujeito, programados para aflorar naquele instante por um mecanismo qualquer.

"Ao lado de tudo isso, temos de considerar outros métodos desenvolvidos pela técnica astral. Na atualidade, temos notícia de que há sistemas mecânicos associados à força mental do agente condutor do método hipnótico. Cientistas da dimensão extrafísica desenvolveram especial metodologia para a indução magnética, combinando aparelhos e pensamento, ciência e magia. Naquele que é vítima da indução, trabalham com determinadas freqüências sonoras que atingem a mente num nível mais profundo e aliam a isso um jogo de luzes especiais, de efeito estroboscópico ou equivalente. Na fonte do processo, ampliam a força irradiadora da mente através de aparatos tecnológicos de efeitos mecânicos e automáticos, que multiplicam exponencialmente a potência e o raio de ação. Esses métodos, denominados *paramecânicos*, são em geral muito eficazes e causam grande perturbação à mente que está à mercê de sua influência. As matrizes do pensamento comprometem-se por muito tempo, reclamando, invariavelmente, longo processo de recuperação."

Novamente tomei a palavra para externar uma dúvida que não queria calar:

— Considerando o fato de que todos podem sofrer os efeitos da influência espiritual, pergunto: qualquer espírito pode influenciar outro com a hipnose?

Saldanha, compreensivo com nossa curiosidade de principiante em matéria de hipnose, respondeu-me enquanto eram projetadas em torno dele, num holograma tridimensional, as imagens que traduziam suas palavras e seus pensamentos:

— No processo convencional de influência entre desencarnados e encarnados, ou entre os próprios desencarnados, podemos dizer que não há o emprego de uma técnica específica. A técnica hipnótica ou magnética só é reconhecida como tal quando o método é empregado com conhecimento dos meandros e das particularidades do pensamento. No dia-a-dia do ser humano em contato com o mundo extrafísico, o que há mesmo é sintonia vibratória estabelecida em razão de interesses, tendências e desejos comuns ao processo obsessivo, mas que não pode, tão-somente por isso, ser classificada como hipnotismo.

Ainda não satisfeito com a resposta, persisti:

— E com relação aos efeitos pós-hipnóticos? Como entender uma sugestão hipnótica que possa ser obedecida pelo sujeito após longo tempo?

— Esse é um aspecto que merece estudo mais pormenorizado de nossa parte — Saldanha demonstrava perfeito conhecimento e segurança nos temas abordados. — Ainda estamos tateando o campo mental superior, distantes de possuir os títulos de elevação que nos capacitem a exercer atividade mais amplas no que se refere à mente. No entanto, as observações até aqui nos permitem afirmar com segurança: a grande maioria dos seres da escuridão que emprega o método da sugestão pós-hipnótica de longo prazo é composta de seres que ostentam séculos e milênios de experiência no trato com a técnica magnética. E mais: sabem exatamente o que estão fazendo, e fazem o que fazem com plena ciência de que seu trabalho é antiético e amoral. Portanto, não buscam se esconder por trás de justificativas infundadas, que lhes encubram o crime hediondo de atentar contra a integridade do espírito humano.

"Na maior parte das vezes, a sugestão pós-hipnótica vem acompanhada de ordens inflexíveis de degeneração mental. O indivíduo que sofre impositivos dessa ordem localiza-se na zona de influência do que chamamos onda de loucura, profundamente traumática.

"Sob qualquer ângulo que se examine, o estado de excitação mental a que é induzida a vítima da sugestão pós-hipnótica é algo muitíssimo invasivo, que atua mental e emocionalmente com o objetivo de desequilibrar e desestruturar os modelos organizadores do pensamento e do raciocínio. O sujeito perde a capacidade de raciocinar de maneira lógica, e tem afetada indefinidamente sua capacidade reflexiva. Um procedimento assim só é levado a efeito por entidades malévolas, que não preservam nem mesmo a capacidade mnemônica de seu alvo, pois até a memória do cérebro perispiritual é profundamente afetada."

Raul parecia ter a mente excitadíssima, anotando tudo. Levantou a mão direita e inquiriu sem delongas:

— Você poderia nos dar algum elemento de comparação para entendermos melhor a situação da mente desencarnada frente a uma sugestão pós-hipnótica de relativa intensidade?

Parando por alguns momentos, Saldanha concatenou algumas associações, enquanto as imagens se desenhavam no mecanismo de projeção holográfica:

— Imaginemos um computador feito de plasma, isto é, da matéria do plano etérico. Os dados são armazenados em uma estrutura da dimensão sutil, e não em meios magnéticos, tais como *chips* ou discos rígidos, tampouco em mídias digitais. Imaginemos mais, considerando que existe um espaço entre as dimensões física e etérica a que denominamos de *virtual*. Nessa seção interdimensional, transitam as informações virtuais criadas pelos encarnados, que compõem uma espécie de realidade alternativa. Quando o sujeito entra num estado sugestivo pós-hipnótico, ele perde a faculdade de distinguir imagens e estímulos do plano etérico, estabelecendo conexão com os elementos virtuais do espaço interdimensional. Como conseqüência, a realidade objetiva é assolada por dados da realidade virtual, ocasionando confusão dos sentidos e infiltração na memória extracerebral, de tal intensidade que a vítima perde a sanidade mental. Encontra-se imersa num oceano de informações e figuras que o cérebro físico não está preparado para administrar.

"Na hipótese de a vítima se encontrar entre os habitantes da esfera extrafísica, a situação torna-se ainda mais grave. Projetado em condição análoga, o espírito assiste à alteração considerável das matrizes da memória do cérebro perispiritual pela realidade virtual. Os efeitos são sobremaneira drásticos, e somente no plano extrafísico superior é possível desfazer os entrelaçamentos energéticos fortalecidos e induzidos pelas sugestões pós-hipnóticas de grande intensidade."

Não sei se Raul entendeu bem a comparação, mas parecia satisfeito com a resposta. Outro guardião tomou a palavra e perguntou:

— O sujeito pode ser induzido a ter ilusões visuais independentemente de haver sido submetido à hipnose?

— A experiência de produzir a ilusão dos sentidos — respondeu o amigo, com sentido interesse —, tanto sons quanto imagens, dependerá do grau de firmeza e disciplina mental do agente hipnotizador. Conforme ele atue sobre os clichês já existentes na mente a ser influenciada, a resposta sensorial se faz presente de modo progressivo. O sujeito passa a ver e ouvir exatamente aquilo que lhe é sugerido pelo agente magnetizador. No entanto, o nível de robustez e densidade das imagens estará diretamente associado ao poder emissor e à capacidade de impor o pensamento àquele que se submete ao controle hipnótico.

O assunto estava cada vez mais interessante. Todos pareciam absorvidos pelo pensamento de Saldanha e pelos hologramas, tão reais que pareciam envolver-nos por todos os lados. Watab, tomando novamente a palavra, continuou com as perguntas:

— Poderia nos fornecer maiores esclarecimentos sobre os seres hipnotizados com vistas à perda da forma perispiritual?

— Pois bem, meus amigos. Watab faz menção a algo muito interessante. Como sabem, fui um dos magnetizadores especializados em *multitransformação* — tal era o nome que dávamos naquela época à indução do espírito para adotar configurações diferentes da humana. Posso afiançar-lhes que o descarte do aspecto humano, de maneira completa, dá-se exclusivamente através do retrocesso natural, não induzido. Seres como aqueles que observamos nas regiões mais densas deixaram de envergar o psicossoma normal somente devido ao grau exacerbado de violência e crueldade a que se entregaram, numa espécie de monoideísmo, entre outras possibilidades de desencadear o processo, como explicaram em detalhes Anton e Jamar, em nossa conversa quando próximos às embarcações-bioma. Para considerar tais possibilidades, é sempre válido lembrar a extrema plasticidade do corpo perispiritual.

"No processo hipnótico, é diferente. A partir da influência de uma mente adestrada, é possível distorcer a compleição parafísica do perispírito, de tal maneira que o ser assume aparências diversas, segundo lhe sejam sugeridas por hábil manipulador. Durante a degradação 'espontânea', existe um processo auto-hipnótico; por outro lado, na indução através da hipnose levada a efeito por agentes ou mecanismos externos, há uma degeneração do feitio humano em aspectos animais.

"Investiga-se a mente da vítima à procura de um registro qualquer de uma imagem animalesca primitiva, simbolicamente identificada com o grau e o gênero de culpa do indivíduo. A partir da matriz existente, o hipnotizador conduz vorazmente o processo sugestivo, produzindo a transformação morfológica do organismo perispiritual. No entanto, sempre é a mente da vítima que opera a transformação. O agente apenas alimenta as sugestões e guia o processo, com vontade firme e, muitas vezes, irresistível. Fundado invariavelmente na culpa e no remorso é que o fenômeno da zoantropia e da licantropia é levado a termo.

"Nas regiões inferiores, operam verdadeiros tribunais inquisitoriais, para onde são direcionados os espíritos aprisionados por maltas de obsessores, que logo os submetem a elaborado projeto de hipnose profunda. Sempre usando os elementos de desarmonia íntima e as emoções profundamente desequilibradas, o magnetizador sombrio impõe sua vontade, que é imediatamente obedecida pela vítima indefesa e culpada. O perispírito, plástico e moldável, reflete a conformação externa de acordo com o clichê fornecido pelo pensamento desorganizado. O remorso e a autopunição entram numa espécie de simbiose emocional, compondo o quadro desolador que o especialista em hipnose aproveita para induzir o ser infeliz a esse estado."

Com o amplo conteúdo das respostas de Saldanha, tínhamos preciosos e infindáveis elementos para nossos estudos. Nossa mente não comportava muito mais do que Saldanha havia nos concedido até ali. Concedendo breve pausa para que pudéssemos assimilar o conhecimento, o amigo nos deixou. Para fixação, reunimo-nos em grupos a fim de discutir o material que tínhamos coletado nas respostas aos questionamentos. Contudo, precisávamos de tempo para diluir todo o conteúdo que nos fora transmitido.

Enquanto isso, Raul deveria ser reconduzido ao corpo físico para mais um dia de atividades na Crosta. Nós permaneceríamos estudando, pois nossas atividades exigiam mais e mais especialização, o que só se consegue com estudo persistente e dedicação incondicional.

Durante o período no aeróbus, outro acontecimento de graves conseqüências definiria nossa atuação nos próximos momentos do grande conflito que se esboçava. Afinal, estávamos numa guerra espiritual de sérias implicações. Recebemos dos guardiões localizados na base principal, no satélite lunar, um alerta para conservarmos a atenção a certos lances que estavam prestes a se desenrolar. Jamar e Anton resolveram adaptar o planejamento das atividades de acordo com os novos elementos trazidos do Alto. Deveríamos ficar a postos, pois os seres da escuridão preparavam um ataque a certos agentes do Plano Superior entre os encarnados. Rumávamos para as montanhas das Minas Gerais. Ali, entre as serras do sudeste brasileiro, encontravam-se encarnados dois elementos de ligação com o Mundo Maior, e mais além, no Triângulo Mineiro, outro agente desempenhava suas tarefas abnegadas sob a supervisão de benfeitores. Deveríamos partir imediatamente, com o intuito de providenciar recursos para a defesa de nossos emissários na dimensão física.

11

Senhores da guerra

A REUNIÃO DOS seres sombrios se passou em local inusitado para humanos encarnados, correspondente vibratoriamente às profundezas do oceano. As regiões abissais eram ignoradas e temidas por muitos médiuns desdobrados, e ali, num ponto previamente indicado pelos detentores do poder na dimensão inferior do mundo, ocorria o estranho conluio.

Infiltrado entre os seres do abismo, um dos representantes do Cordeiro inteirava-se de tudo o que era combinado entre as inteligências extrafísicas daquele ambiente ignoto. Nosso agente duplo ouvia, via e anotava furtivamente aquilo que presenciava. Afinal, fora antes um dos servidores das legiões luciferinas e atuou sob o jugo dos dragões. Desempenhava agora papel perigoso, porém estava devidamente credenciado pelos dirigentes da equipe dos guardiões superiores. Foi o próprio Anton que interferiu junto aos orientadores evolutivos a fim de que Elliah pudesse realizar o trabalho de informação para deixar-nos atentos ao que ocorria naquelas profundezas. O antigo cientista ainda trazia no corpo espiritual as marcas da agonia, devido aos resquícios da atitude invasiva dos senhores da escuridão. Fora influenciado hipnoticamente e, só depois de se livrar das ondas de radiação que causavam loucura, pôde recobrar plenamente suas faculdades. Ofereceu-se pessoalmente para a tarefa.

Entrementes, Raul voltara ao corpo físico para desempenhar suas funções no cotidiano, assim como na casa espírita onde trabalhava.

Seres comprometidos com os ideais do Cristo, com a política do Reino, tinham os olhares voltados para os lances do combate que se afigurava no horizonte. Desceram dois representantes das dimensões imortais para ficar de prontidão na casa espírita que em breve seria alvejada pelos seres das trevas — ao menos segundo seu planejamento. O objetivo das sombras era exercer uma influência sutil naquele abrigo da luz, a fim de abortar o plano dos Imortais de divulgar as estratégias e os métodos dos seres da escuridão. No entanto, a mera presença dos emissários do Alto os fez retroceder no ataque. Desejavam sobejamente interferir nas ações dos dirigentes de duas instituições que, de alguma maneira, haviam contribuído para que a estrutura e a organização das sombras fosse descoberta. Os pilares do governo do submundo haviam sido sensivelmente abalados, o que causara enormes baixas entre suas trincheiras. Muitos de seus antigos servidores simplesmente mudaram de visão e passaram a defender os preceitos do Cordeiro. Era preciso deter a avalanche de informações que vinha ganhando campo e repercussão a partir daquele centro de idéias.

Dois guardiões superiores de avantajada estatura desceram pelo topo da pirâmide energética que formava a construção espiritual daquela casa espírita. Refulgindo numa aura dourada e azul, ambos se colocaram em suas devidas posições, após abrirem caminho para outra equipe de guardiões, seus subordinados, que envolviam o ambiente espiritual do recanto abençoado.

Um deles parecia preocupado com os médiuns da instituição, principalmente com determinado parceiro de atividades, que atuava como ponte entre as dimensões de forma mais intensa e contínua. Pareciam ambos segurar algum tipo de espada reluzente, que brandiam no ar por onde passassem. Da ponta da espada saíam raios elétricos que desfaziam as criações mentais enfermiças ainda restantes no ambiente. Os demais guardiões os respeitavam profundamente. Entre eles, eram tidos como seres de uma categoria superior, embora vinculados ao trabalho dos guardiões. Por todos os lados, a movimentação era incessante e, ao mesmo tempo, organizada e disciplinada. Havia uma aura de intenso magnetismo envolvendo aqueles representantes do Mundo Maior.

Nas profundezas abissais, outros seres estavam reunidos naquele exato momento.

Pelotões armados, compostos por soldados do plano astral inferior, da subcrosta e do abismo — os sombras e espectros chegavam um a um para a assembléia de planejamento dos representantes da escuridão.

Um dos seres de aparência mais repelente e sem representatividade naquele burburinho de almas desajustadas falou, algo agitado:

— Merloc! — grasnou o ser extrafísico, gesticulando nervosamente para um de seus superiores imediatos. — Que você faz por aqui?

Merloc manteve o braço estendido, como que delimitando o campo de ação do insignificante companheiro.

— Recebi o chamado de um espectro e creio que, assim como você, esse membro da polícia negra deseja que participemos do evento que estão promovendo.

Uma sombra viva parecia cobrir a atmosfera circundante. Sujeitos envergando capas negras, trazendo a cabeça coberta com capuz, rodopiaram no espaço próximo à esfera abissal. Assustado, o ser raquítico procurou compreender a situação:

— Você sabe o que é aquilo? — perguntou ao sentinela das sombras.

— Com certeza, um dos seres infernais. Um demônio, no verdadeiro sentido da palavra. Parece um dos senhores da escuridão ou alguém de grande poderio entre os chefes maiores.

— Oh, sim, Mcrloc — falou a estranha criatura, para logo depois modificar o rumo da conversa, buscando influenciar seu interlocutor. — Creio que ambos estamos metidos nessa disputa espiritual até o pescoço. Tenho certas apreensões com relação ao povo do Cordeiro, pois eu mesmo já usei um dos sensitivos daquele campo de trabalho, numa de suas reuniões. Ouça-me, ainda é tempo. Vamos primeiro nos certificar dos detalhes da conversa que os dirigentes querem ter conosco. Os guardiões têm lá suas artimanhas. Temo por nós dois.

— Você está sugerindo que não devemos lutar nesta batalha? É isso mesmo que ouvi?

— Sim! Creio que não devemos lutar, Merloc. Pelo menos, devemos esperar mais antes de comprometer-nos.

Merloc tinha certeza absoluta de que o ser inferior estava enganado. Segurou firmemente à frente do peito a infeliz criatura e, olhando-a com todo o magnetismo que possuía, falou resoluto e quase gritando:

— Fui chamado pelos espectros e aqui estou para lutar. Minha vida foi feita de lutas, estratégias e artimanhas. Tudo com um único objetivo: servir aos dragões. Hoje sirvo aos meus senhores. Eu lutarei!

— É claro que compreendo, Merloc. Desejava apenas que aguardasse um pouco. Creio que deveríamos ter mais cautela ao lidarmos com os guardiões. Só isso!

— Então você deve estar envolvido com esses desgraçados! Está porventura traindo seus senhores? Está servindo a outro sistema de poder?

O ser quase indefeso se sentiu acuado naquele momento. Quase revelava a origem de seu temor. Mas Merloc, furioso, não esperou a resposta. Com uma expressão de raiva duramente contida, saiu bufando, irritado com o ser que ele desprezava.

Anoitecia. Naquele momento, entre o entardecer e a chegada da noite, a casa espírita envolta num manto de energias sutis irradiava suave brilho, que mais parecia o reflexo da luz do luar, que emoldurava aquele entreposto dos Imortais. Como pano de fundo, as cintilações de um poderoso campo de forças envolviam o ambiente no entorno. Dentro da construção, na dimensão física, um dos servidores encarnados se apressava em arrumar alguns registros de psicografia, que levara para o ambiente da casa espírita a fim de organizar seu material de trabalho. Cachorros estavam agitados lá fora, e se ouvia o burburinho de pessoas reunidas comemorando a vitória de algum time campeão, disputando os poucos lugares de um bar em frente.

Invisíveis aos olhos mortais dos encarnados, dois espíritos, que exerciam um a função de guarda e outro, de técnico em energias, entraram no ambiente da instituição. Furtivos e quase totalmente despercebidos, moviam-se como o vento. Ao verem o trabalhador e médium dentro do salão, um deles examinou bem o rapaz que exercia o papel de ponte entre os dois mundos.

— É ele? — perguntou ao outro espírito que o acompanhava.

— Sim — respondeu Walter. — Ele recebeu uma incumbência dos espíritos que nos dirigem. Respondeu ao chamado dos Imortais e, com outros companheiros que se dedicam diretamente ao livro espírita, está em permanente atividade. Trabalham em sintonia com a proposta do Espírito Verdade. Não é ninguém especial, mas o ideal que representa é o mesmo que nos une nesta tarefa. Seu trabalho é bem simples; porém, como uma prece de gratidão, eleva-se seu pensamento até outras dimensões, e, quando recebe alguma convocação espiritual, esforça-se para corresponder a ela.

— Mas este lugar não parece tão representativo, a ponto de oferecer perigo às legiões do abismo. Não entendo por que este reduto tão singelo pode oferecer resistência ou significativa ameaça aos ditadores da escuridão. Por que fui chamado a trabalhar aqui? Em geral, sou convocado a tarefas mais expressivas no combate às forças das trevas.

Sem responder ao companheiro, mas somente endereçando-lhe um olhar de repreensão, Walter o conduziu a outro ambiente da construção; de suas paredes, na dimensão extrafísica, exsudavam elementos preciosos para a qualidade das tarefas ali realizadas.

— Vamos, vamos, não fique aí parado com seus pensamentos irrequietos.

Passaram como uma brisa perto do médium, que estava absorvido na atividade, percebendo apenas as vibrações da presença de ambos, como se fosse um suave murmúrio de um vento sobre as águas. Com sua estrutura extracorpórea, semimaterial, os dois espíritos cruzaram as paredes da edificação, como se não constituíssem nenhum obstáculo aos seus corpos de estrutura molecular superior. No novo ambiente, na contraparte extrafísica, encontraram a equipe inteira da guarnição espiritual que servia naquele local. Era enorme contingente de guardiões. Muitos deles estavam assentados nas cadeiras do auditório extrafísico, trabalhando em planos e mapas mentais; alguns mais estavam organizados como sentinelas espirituais e examinavam, com seus equipamentos sutis, a qualidade dos fluidos ambientes; outros ainda operavam baterias de defesa energética, reativando o campo de defesa que assegurava a imunidade espiritual e energética daquelas instalações, para a proteção dos trabalhadores. Todos trajavam vestes luminosas. O impacto dos átomos astrais emanados de suas auras sobre a atmosfera física fazia com que parecessem iluminados ou irradiando luminosidade de suas vestimentas.

O técnico em energias ficou muito impressionado com a postura dos guardiões que encontrara no interior da casa. Também se deixou envolver pelo sentimento de reverência que todos tinham pelo ambiente. Desempenhavam sua tarefa com um respeito dificilmente compreendido pelos humanos encarnados. O templo da casa espírita era verdadeiramente um posto avançado dos guardiões e reduto dos Imortais; um farol que irradiava luz e conhecimento para diversas regiões do país, mediante os livros ali psicografados.

— Então são estes os poderosos guardiões? São os guerreiros espirituais que defendem as bases do bem?

— Sim, meu caro! Na verdade, estamos no auge de uma batalha espiritual, e muitos representantes da mensagem do Espírito Verdade nem de longe pressentem a urgência da hora em que vivem. Pensam estar ligados a trabalhos tão-somente de recuperação das almas transviadas ou a tarefas de assistencialismo. Poucos, muito poucos sabem que estamos em meio a uma guerra que se passa nos bastidores da história humana. E estes são guardiões, que defendem os ideais dos Imortais e preservam as obras do bem em todo o mundo. Não protegem apenas organizações espíritas; muito pelo contrário. Estão a serviço do Cristo ou Cordeiro, o orientador evolutivo da humanidade; por isso mesmo, comprometem-se com toda idéia que fomente o progresso no mundo, independentemente de rótulos filosóficos ou religiosos.

Os trabalhadores, guardiões da imortalidade, invisíveis aos desatentos olhos humanos, organizavam-se conforme sua especialidade. Reuniam-se com o intuito de elaborar planos de defesa e estratégias de combate às investidas das trevas. Ao percorrer o olhar pela platéia dos espíritos sentinelas, o especialista convidado por Walter julgou relembrar-se de alguns que conhecera em outros tempos, talvez em outras vidas.

Logo após, foi cumprimentado por Jamar, um dos oficiais do exército dos guardiões.

— Bem-vindo, amigos, que bom que responderam ao chamado. Esteja à vontade, Walter, pois, se bem o sei, você está no ambiente que lhe é próprio.

O perito em energias da dimensão superior aproximou-se do oficial maior dos guardiões, que ocupava um posto semelhante ao de capitão de um exército. Jamar era verdadeiramente um especialista da noite, responsável por coordenar uma falange talhada para enfrentar magos negros. Usufruía de uma posição de destaque; alguns espíritos comentavam que já havia sido visto demandando dimensões superiores, inclusive com acesso irrestrito à central dos guardiões, algo ainda inacessível à maioria. Outro ser de grande magnetismo impressionou os convidados. Um espírito de cabelos de fogo, moreno bronzeado, de olhos verdes como as águas do mar. Tinha ar de autoridade e inquebrantável firmeza e era muitíssimo respeitado entre todos os guardiões. Jamar aproximou-se do guardião superior e abraçou-o longamente. Era Zura, o chefe da Legião de Maria.

— Estamos na defesa juntos, outra vez — disse-lhe Jamar, enquanto lembranças vieram à tona em sua mente, dos tempos em que freqüentara a escola dos guardiões no plano extrafísico. Foram 40 anos de dedicação, estudos e aprendizado. Anos esses em que teve como mestre o hábil estrategista e profundo conhecedor da geografia astral, Zura. Mais tarde, participara de tarefas de reurbanização extrafísica na companhia desse elevado guardião, representante de Maria de Nazaré nas regiões inferiores. Lado a lado trabalharam por mais de 10 anos ininterruptos, reconstruindo a paisagem astral em locais ermos, antes utilizados como bases das sombras. Jamar devia muito a Zura, o capitão dos exércitos do Oriente.

— É um prazer vê-lo por aqui, meu caro Jamar. Deus salve sua força! Desejo que sejamos vitoriosos em mais uma batalha.

Walter, observando os dois enredados nas lembranças saudosas, disse, interferindo na conversa dos amigos:

— Fomos chamados para uma batalha espiritual de graves proporções.

— Ainda bem que vocês não se deixam levar por

idéias românticas a respeito da vida espiritual. Precisamos de pessoas que se coloquem como representantes da política divina — falou um dos guardiões para Walter.

Jamar tentou perceber mais profundamente as irradiações do pensamento de Zura. Sentia profunda confiança e respeito pelo amigo oriental. Comprometido com as propostas e os ideais representados pelo Espírito Verdade, era alguém de indiscutível competência e reconhecido mérito, não somente pela delegação de autoridade que lhe fora confiada a serviço de Maria de Nazaré, mas devido às suas realizações e à dedicação incondicional aos princípios evolutivos do planeta. Embora a autoridade moral e a graduação de chefe dos guardiões orientais, Zura apresentava certa preocupação no olhar, que não passou despercebida a Jamar. Todos podiam captar do ambiente espiritual uma atmosfera de preocupação e um quê de gravidade — aliás, deveras palpável, como uma presença, uma entidade viva envolvendo a todos. A egrégora ali percebida era o prelúdio de algo incomum, de algum evento de suma importância, que causava profundo incômodo.

Os presentes mantinham-se alertas e recebiam boletins periódicos, dando-lhes plena ciência das informações obtidas pelo agente duplo infiltrado nas fileiras das sombras.

— Zura, você tem conhecimento acerca do chefe de legião que capitaneia os exércitos do abismo? — perguntou Jamar.

O legionário de Maria respondeu à pergunta de forma direta; entretanto, a resposta fez vir à tona lembranças difíceis na mente do guardião:

— Grigori, o mago! É um estrategista e chefe de uma das legiões dos dragões.

Nesse momento, tornou-se patente que os demais guardiões estavam de orelha em pé, atentos à conversa, muito embora procurassem despistar o fato ao demonstrar envolvimento com o trabalho, pois se notou repentino burburinho, de ponta a ponta. O mago citado era embaixador de uma política contrária aos destinos evolutivos do mundo. Vez ou outra, colocara-se a serviço dos dragões, conforme os objetivos favorecessem a si próprio e a seu sistema de domínio mental.

Walter chegou a pensar que alguém descontrairia o ambiente, com alguma observação que dissipasse a aura de preocupação que se apoderara de vários guardiões, mas nada. Permaneciam graves.

Todos se inquietavam com os médiuns e trabalhadores envolvidos na grande disputa, pois as reações e atitudes dos encarnados a serviço da verdade determinariam largamente o possível desfecho, isto é, se os guardiões encontrariam respaldo ou não, a fim de decidir a situação. A participação dos especialistas de dimensões superiores invariavelmente se apóia nas respostas dos encarnados que se colocaram como seus parceiros. Caso algum dos trabalhadores encarnados responsáveis falhasse na atitude e no desempenho da tarefa que lhe fora confiada, abriria uma brecha na estrutura energética, com prejuízo da ação dos guardiões.

O chefe de uma das legiões do submundo havia servido aos propósitos de sua política impiedosa em diversas batalhas. Por trás das cenas no palco da política mundana, ele era o elemento manipulador de bom número de indivíduos, detentores tanto do poder secular quanto do religioso. Reis, papas, soberanos de várias raças e culturas foram confiados ao temível poderio mental desse chefe de legião ao longo de suas encarnações, assim como no período entre vidas, ou seja, na erraticidade. Implacável, conquistava a muitos, abatia eventuais adversários e, após a morte, arrastava-os todos a seus domínios. Jamar o conhecia pessoalmente, e Zura já travara com ele verdadeira guerra espiritual ao defender mandatários da política de um dos países da América do Sul. Jamar se lembrava com pesar da confusão estabelecida nas hostes inimigas. Um enfrentamento corpo a corpo entre os guardiões, de um lado, e, de outro, sob o comando de Grigori, os sombras e os sinistros oficiais da guarda particular dos dragões, os espectros. Antigo iniciado de templos dos impérios persa e caldeu, Grigori Rasputin sabia fazer-se respeitado e temido entre as facções rivais que disputam o mando entre os habitantes do abismo. Especializara-se em tortura mental e emocional, no combate aberto que é travado nos bastidores da política e das relações internacionais. O mal parecia ser a sua aura. Uma fuligem mental o acompanhava e a força de seu pensamento era disciplinada por uma vontade inquebrantável dedicada ao vergonhoso e corrupto regime dos senhores do poder nas regiões inferiores e à causa infeliz dos mestres da escuridão.

— Sei que você está bem informado, venerável Zura — falou o perito que acompanhava Walter. — É do conhecimento de todos que Grigori Rasputin é um dos mais temidos magos negros que serve à oposição e está sempre envolvido na luta pelo comando no submundo. Será que ele se dedicaria a questões particulares, cujo efeito não seja tão representativo em âmbito internacional, foco predileto desse iniciado das trevas? Quero dizer, esta casa espírita é um refúgio muito simples e pequeno e aparentemente não há nada aqui que a distinga de qualquer outra de natureza equivalente. Não vejo que vantagem os estrategistas das sombras obteriam no ataque a esta instituição; sua atuação por aqui talvez seja dispensável, segundo os planos e a ótica de dragões e magos negros.

Zura movimentou-se em meio aos guardiões, sempre acompanhado por Jamar. Após olhar para cima, devassando o mundo invisível aos homens com o olhar de lucidez espiritual, vendo mais além daquela dimensão e das questões apresentadas pelo manipulador de energias, respondeu:

— Sinceramente, não posso afirmar se o próprio Grigori virá pessoalmente a esta célula do Plano Superior, contudo sei que está diretamente envolvido com o que ocorre aqui, neste refúgio dos Imortais. Sem dúvida, é ele quem lidera certa elite do submundo que está ligada ao que ocorre neste centro de irradiação do pensamento. O Mundo Superior nos chamou para o trabalho de defesa, e aqui estamos para isto. Que assim seja.

"Quanto à importância deste reduto de forças superiores, não se engane, filho — continuou Zura. — Aqui são elaborados pensamentos e raciocínios, e muitos dos planos dos Imortais são, a partir daqui, difundidos; nesta base simples, e ao mesmo tempo importante, os planos das trevas são desvendados, e seus representantes, desmascarados. É realmente algo muito simples o que ocorre aqui..."

Zura tentou ser um pouco irônico para amenizar a situação.

Os trabalhadores e médiuns daquela casa espírita estavam sendo sustentados por uma equipe de orientadores evolutivos. Durante o sono, seriam desdobrados para receber orientação sobre o grande conflito, que atingia o auge. A oração e o trabalho formariam a defesa energética do ambiente espiritual, a qual era reforçada pelas baterias de eletricidade operadas pelos guardiões especialistas. Através da prece, o médium que estava no ambiente organizando seu trabalho de psicografia ajudou a desvanecer o resquício de preocupação dos sentinelas, enquanto os guardiões superiores, Jamar e Zura, conversavam a respeito do próximo lance do combate espiritual.

O ESPÍRITO das trevas desvencilhou-se do manto escuro, que o envolvia à semelhança das asas de um morcego gigantesco, e arrastou-se para o mais fundo que pôde nas regiões abissais. Passou por antigos pavilhões, hoje desfeitos, em meio às águas salgadas daquelas paragens que não vêem a luz do Sol. Embrenhou-se entre setores representativos do poder do abismo. Afundou como chumbo entre os elementos constituintes de consultórios de psicologia, psiquiatria e medicina que se estruturavam na matéria daquela dimensão, todos a serviço dos dragões e magos negros. Naquele lúgubre ambiente que representava um posto avançado dos espíritos desterrados, sentia-se a atmosfera opressiva. As algas marinhas, elementos que deveriam aparentar uma beleza especial, ali pareciam répteis amontoados. Seres esguios e sombrios serpenteavam ao sabor de ondas que absorviam e concentravam os fluidos impuros daqueles que andavam e estagiavam nas entranhas do submundo. Tais criaturas preferiam a escuridão, pois que a retina espiritual de seus corpos semimateriais já não mais podia suportar as claridades irradiadas pelo Sol nem as vibrações de cores que refletissem alegria e bem-estar. Há vários milênios muitos daqueles espíritos estavam acorrentados às vibrações ínferas do abismo. No entanto, Belial, a criatura das profundezas que escorregava por entre os escombros e as construções daquele panorama de trevas, sabia que um evento muito importante estava ocorrendo. Havia mais escuridão do que de costume. Era uma escuridão espiritual, astral, e não apenas física — embora quase palpável. Quem sabe os demais representantes da sinistra organização dos dragões já não estavam ali?

Esgueirou-se quase deslizando por entre os monturos de rochas e plantas subaquáticas. Seu destino era o Hall dos Poderosos, uma espécie de centro de convenções gigantesco, estruturado naquele horizonte soturno. Um portão de proporções avantajadas parecia demarcar os limites daquele local. Belial atravessou-o com dificuldade, embora seus associados e subordinados precisassem abri-lo para passar. O clima do lugar era sufocante e, por causa das energias densas, assemelhava-se a um turbilhão de maldade concentrado numa arena de extrema materialidade. Um buraco negro no fundo dos oceanos. Uma negritude jamais sonhada por simples mortais. A aura de maldade dos donos do poder parecia ser uma coisa viva, uma presença que permeava cada peça do mobiliário ignóbil, cada parede, em todas as rochas do abismo. A escuridão parecia haver absorvido os fluidos dos espíritos do mal e assentava-se ali como uma entidade viva. Era algo descomunal, real, quase palpável e sobrepujava qualquer imaginação doentia. O negrume aterrador era quase um ser vivo, regurgitando densidade. Clichês mentais impregnavam o escuro e o tornavam tão intensamente hediondo como se se movimentasse. Outras criaturas, hierarquicamente inferiores, mas perigosamente inteligentes, arrastavam-se pelo solo abissal.

Compareciam muitos dos consorciados e colegas de falange de Belial. Eram seres antigos, que experimentaram um passado em comum. Entrelaçados em várias vidas, sua união nestas circunstâncias refletia uma preocupação em comum, e não a interação de mentes com convicções afins. Aliás, eram muitos grupos e facções ali representados, todos disputando a ascendência em âmbito global e o controle sobre a massa de infelizes que subjugavam. Não obstante, em momentos de conferências como aquela, as diferenças eram postas de lado, fazendo com que parecessem solidários a olhos despreparados. Mas a união ocorria apenas com o propósito político de defesa de seus interesses comuns.

Olhos chamejantes, de um vermelho vivo, brilhante, espreitavam da escuridão ao redor; porém, todos ali se reconheciam. Os olhares acostumados com o negror do ambiente eram percebidos e capazes de perceber os detalhes. Sob a mira de olhos mortais, aquela agremiação de entidades sombrias se afiguraria horripilante e grotesca por vários motivos. Entre eles, a degeneração da forma humana, comum a muitos ali presentes, e as modificações sensíveis e marcantes na fisiologia do corpo semimaterial. Um amálgama de cores desconhecidas pelos viventes, que irradiavam abaixo da freqüência do infravermelho, tentava romper a escuridão num estranho fenômeno, cuja origem, era seguro afirmar, estava associada ao estado moral dos seres do abismo. Alguns deles, naturalmente amigos do orgulhoso Belial, apresentavam conformação perispiritual nada parecida com a humana. Resistiam há milênios à reencarnação, de modo tal que as portas haviam se fechado, já que rejeitaram sistematicamente as oportunidades anteriores. Deviam aguardar um momento distante, em que estariam sob o jugo da lei suprema. De mais a mais, preferiam relegar esse fato às regiões profundas da consciência, se é que tinham uma.

Vapores ora esverdeados, ora negros como fuligem subiam do solo molhado, lamacento e nauseabundo do abismo. Serpenteavam ondulações de fluidos fétidos, que eram absorvidos sofregamente pelos representantes da política dos dragões e magos negros. O ar que respiravam na atmosfera extrafísica daquele ambiente cheirava a uma mistura de amoníaco e enxofre, talvez provenientes de algum depósito de gases localizado no fundo dos oceanos. Conversava entre si a estranha e sinistra platéia. Mas não eram palavras comuns aos ouvidos dos mortais. Eram atemorizantes grunhidos, algo inumano, um rumorejar de sons quase incompreensíveis, talvez o que sobrevivera de uma língua antiga, soterrada entre as cinzas do tempo. De toda maneira, compreendiam-se entre si.

Belial sabia muito bem que era odiado por muitos ali, que o consideravam um insignificante, reles ante a hierarquia dos emissários do poder. Porém, assumira uma posição que o resguardava da avareza e da sede de poder dos demais. Era sua política particular. Afinal, aprendera a obter muitas vantagens entre os seres infernais. Orgulhosos, os soberanos das diversas legiões de espíritos do mal estavam ali se exaltando ante seus pares. Qualquer um que se afigurasse em ameaça a seu braço impiedoso seria massacrado e levado cativo entre os mais ignóbeis, na servidão. Não toleravam nenhuma ameaça ao seu posto e à suposta autoridade.

Belial foi aos poucos diminuindo a velocidade com que se arrastava entre a assembléia dos diabólicos seres, escondendo suas intenções e pensamentos, que, na verdade, não poderiam ser percebidos ali, dada a densidade quase material. Aproximou-se furtivamente de três expoentes das falanges luciferinas. Os três seres pareciam fantasmas. Apresentavam estatura muito alta, aproximadamente 2,2m de altura e, ao mesmo tempo, possuíam silhueta magérrima, vampiresca. Dentes afiados e pontiagudos emoldurados por lábios finos denotavam a crueldade dos três chefes de falange, enquanto pareciam destilar o veneno da intriga e da calúnia, sua arma preferencial para inocular ódio nos governantes e líderes mundiais. Braços longilíneos almejavam conferir-lhes certa elegância, embora estivessem cobertos de profundas e pitorescas cicatrizes, talvez reminiscências de combates ferozes. Em seus braços e mãos esquálidas, pêlos grossos contornavam a aparência quase grotesca. Peritos em manipular chefes de governo da humanidade, tinham como objetivo de vida a difusão da calúnia, da raiva e do preconceito contra povos e nações. O corpo semimaterial daquelas figuras refletia a ferocidade de suas almas endividadas, corruptas e perigosas.

Belial parou bem diante dos três seres repugnantes e temidos e indagou-lhes:

— Estão aguardando o quê para a abertura da assembléia?

— Aguardamos o príncipe dos exércitos — respondeu um deles.

— Quer dizer que o chefe dos espectros virá aqui também? Como gostaria de poder conhecê-lo...

— Procure-o entre os ditadores do submundo, seu imprestável — falou outro espectro, rosnando para Belial.

A linguagem daqueles seres era completamente destituída de respeito e delicadeza, quando se dirigiam a seus inferiores. Polida ao tratar com alguém que representasse oposição a seus ideais; educada ou servil, quando se dirigiam aos superiores. Em cada sílaba, cada expressão e cada gesto, a linguagem apenas refletia as conveniências — e não a decência e o decoro. Era uma representação dos interesses e do jogo do poder.

Aquele ser em especial, com o qual conversou Belial, era um estrategista de guerras. Entretanto, neste momento mirava outro campo, outro alvo, para o qual o príncipe dos espectros o havia designado. Belial sentiu o ódio represado dentro dele, mas se esforçou por escondê-lo atrás de um sorriso amargo, disfarçando sua condição interior.

Um espírito ainda mais raso que Belial, na escala de poder dos dominantes, arrastou-se penosamente entre os fluidos grosseiros do ambiente e, trombando nos escombros e nas rochas do pavilhão, agarrou

Belial pelas mãos pestilentas e enrugadas. Arrastou--o da frente dos espectros, evitando que recebesse um bofetão do seu interlocutor orgulhoso.

— Qual a sua especialidade? Acaso é um ignorante da hierarquia de nosso reino?

— Especialidade? — zombou Belial, rindo de desprezo. — Sou responsável por um grupo de espíritos de grande inteligência. Mas, afinal, por que motivo me arrasta desta maneira, seu verme das profundezas?

Ignorando a pergunta de Belial, na tentativa de evitar reprimenda maior do que aquela que pretendeu evitar, continuou:

— É um chefe, então? Fale mais de sua legião...

— Legião? — desdenhou Belial, o representante de algum comando de criaturas do mal. — Respondo pela apatia espiritual e sou especialista em instilar nos encarnados modernos conceitos de psicologia, hipnose e manipulação das vibrações da palavra. Meus súditos obedecem meu comando e fazem com que certas pessoas lá em cima, no mundo, esqueçam-se, ou melhor, distraiam-se dos compromissos assumidos antes de reencarnar.

— Coitado! — tornou a criatura inferior. — Então vocês têm muito trabalho e não descansam jamais...

— Sim, mas só o executamos mediante contrato. Somos especialistas na arte do engodo e do disfarce. E você, criatura nojenta, por que está aqui? — perguntou Belial. — Que faz de tão importante que mereça vir a estes domínios?

— Eu? Sou representante de um bando de marginais do plano astral. Desordeiros, boêmios, seres irrecuperáveis, do ponto de vista social e espiritual, que vagam pelo ambiente da Terra. Gente de baixo escalão. Trabalho com traficantes de drogas e entorpecentes nas metrópoles dos homens. Sou isso! Um tipo de demônio da ilusão, a vender ilusões e fantasias na morada dos homens.

— Ah! — pronunciou Belial com desprezo, ignorando o ser, que julgava indesejável e detestável.

Belial retomou o cortejo entre os representantes do poder no mundo inferior. Encontrou antigos aliados. Espíritos tarimbados na arte da calúnia e da fofoca. Outros de atuação mais relevante, especialistas em intrigas políticas entre religiosos; outros ainda, versados nos ensinamentos religiosos das escolas do Oriente. Mais além, divisou espíritos ligados a pretensiosos espiritualistas, que eram exímios manipuladores da escuridão e conheciam cada ensinamento, cada livro, cada fonte de ensino dos supostos representantes da verdade — eloqüência e retórica a serviço da distorção e da deturpação das verdades imorredouras.

Alguns pareciam vampiros, devido ao hábito arraigado de roubar energias de suas vítimas. Desfiguraram tanto seus organismos semimateriais que, se os humanos os vissem, certamente se lembrariam de películas de terror. Aliás, os diretores, produtores e roteiristas desses filmes, em geral, ao dormir, penetram paisagens que lhes franqueiam livre acesso a tal contexto. Os seres com aspecto de vampiro dedicavam-se a trabalhar os conteúdos do medo e da dor arquivados na memória de suas vítimas e consorciados. Outros, ainda mais temidos, eram os especialistas em manipular a palavra, os psicólogos a serviço das sombras. Convenciam qualquer um com a lábia e o inteligente jogo de palavras, conseguindo envolver a pessoa visada em artimanhas mentais e estranhos conceitos que a nada levavam. Porém, assim procediam à destruição de qualquer idéia e filosofia.

Depois de passar sorrateiramente entre outros tantos seres que trabalhavam em prol dos donos do poder, Belial finalmente avistou o príncipe das legiões de espectros. Era o próprio Apophis — assim esse espírito preferiu se chamar e se tornar conhecido. O nome indicava quanto era tirânico e como defendia os próprios interesses acima de qualquer situação. Apophis, o destruidor. Transformara seu nome numa lenda viva entre os perversos do umbral inferior. Emprestava a si mesmo uma feição de arrogância e egoísmo; em suma, era uma criatura temida e respeitada entre os chefes de legiões. Por isso, era considerado príncipe. Os seres hediondos e criminosos adoravam nomes pomposos e títulos que afagassem sua soberba. Apophis era, naquela assembléia, o mais disputado nas conversas dos diversos grupos. Era habilidoso em perceber os pensamentos e emoções da corja que lhe era subordinada, mas igualmente odiado em altíssimo nível, pois todos se mordiam para ocupar a posição que invejavam. Recuavam apenas diante da sua crueldade, que intimidava a todos. Estava nesse momento em conferência com alguns magos negros e estrategistas, dos quais recebia documentos provando que sua organização fora exposta pelos representantes do Cordeiro. Era a cópia de um livro publicado entre os mortais da superfície, que desmascarava a estrutura de poder do abismo. Havia também outros livros entre os documentos, que abordavam os conteúdos emocionais e sentimentos mais profundos dos seguidores do Cordeiro. Estas obras pareciam complementar o livro anterior, fortalecendo as forças da oposição, ou seja, os repugnantes representantes dos Imortais. Os magos negros e alguns cientistas reclamavam de Apophis atitude urgente, uma vez que as demais organizações do abismo poderiam sofrer golpe semelhante. Escancarar sua estrutura de poder e métodos de agir era uma ousadia que não podia ser permitida, pois equivaleria a decretar a sua derrocada.

Apophis era o soberano entre os presentes, mas entre eles estavam seus rivais mais poderosos e temidos dentre os chefes de legiões. Alguns estavam dispostos a usurpar o poder do príncipe dos espectros à menor oportunidade.

Estava em curso uma disputa acirrada pela conquista dos territórios mundiais, correspondentes a regiões do plano extrafísico e seus habitantes. A classe de espíritos sombrios não se integra a um ideal que os distinga espiritualmente uns dos outros, tampouco obedece a uma única direção, que congregue as forças do mal. Muitas ramificações de poder e lideranças das trevas são inimigas, que digladiam tenazmente entre si. Como exemplo, podem-se citar os espíritos comandados pelo mago Khomeini, altamente especializados e responsáveis pela política de terrorismo extrafísico, que tem por baliza minar os partidos tradicionalmente consagrados ao mando e à autoridade nefasta. Reúnem-

-se aos demais exclusivamente quando são convocados em caráter nominal pelos dragões. Essa comunidade de seres das regiões ínferas não respeita nenhuma hierarquia dos chamados ditadores, nem mesmo na subcrosta ou no abismo. Ainda assim, reconhecem não ter cacife para opor-se a uma ordem direta dos ditadores, embora jamais os tenham visto, apenas sentido sua força em represálias contra o poderio que exercem. Não fosse esse fator, trabalhariam sempre sozinhos na defesa de interesses próprios. Quanto às características de seu comportamento e seu sistema, tratam os humanos encarnados e seres de sua dimensão que não integram sua comunidade nem compatilham de sua mentalidade como simples animais ou como marionetes. Investem contra as pessoas e organizações de certos países, causando reações criminosas e insanas, que formam um verdadeiro quadro de horror e de crimes hediondos, dificilmente compreendidos pelos estudiosos das ciências sociais.

Apophis sabia muito bem com quem estava lidando; sentia-se cobrado todo o tempo, por desenvolver uma política de guerra contra os representantes do sistema crístico. Em razão disso fora obrigado a convocar a assembléia do abismo, embora ele próprio não gostasse de se envolver com os religiosos e espiritualistas. Mas sentia-se ameaçado em suas trincheiras. Teria de organizar um ataque para responder à situação e satisfazer os representantes diversos da escuridão.

O orgulhoso príncipe do submundo, imponente, envolvia-se num manto que fora estrategicamente colocado atrás de si e acima de sua cabeça. Pareciam asas gigantes, que lhe conferiam um ar de superioridade. Além disso, as energias irradiadas de seu corpo semimaterial formavam estruturas que também lembravam asas, o que emprestava à ilusão ares de realidade, para o assombro dos convencionais. A figura de Apophis remetia evidentemente à lenda dos anjos caídos, especialmente por haver uma crença entre aquelas criaturas repugnantes de que ele era de fato um anjo decaído. Nisso não estavam longe da verdade. Modificado o nome, a verdadeira identidade sobressairia. Mas não ali nem naquele momento. Por ora, era o bastante manter o fausto e a lenda em torno de si. Essa era uma estratégia do príncipe das legiões.

Aquele era um tirano diferente. Não confiava jamais em seus subordinados. Altamente inclemente e temido, suspeitava de tudo e de todos. Confiava apenas em si, enquanto tinha os inferiores em hierarquia na conta de ralé — "espíritos imundos", como se referia a eles.

Foi assim que um desses espíritos imundos, de nome Belial, aproximou-se do chefe supremo das legiões. Audaciosamente, interrompeu a pequena conferência do príncipe com os senhores da escuridão. Ousou corromper o sistema reinante.

— Senhor — falou Belial, quase humilde —, preciso que me ouça.

Apophis, o chefe dos espectros, voltou-se lentamente, mirando aquele demônio que se intrometera em sua conversa. Seu olhar quase fulminou Belial, que se retorcia no chão, como um réptil.

— Como se atreve, miserável? Com que arrogância me dirige a palavra, seu monstro das trevas?

— Senhor, eu...

Todos olhavam apreensivos, ora para Belial, ora para o príncipe das falanges do mal. E, como que conhecendo os pensamentos de seus subordinados, o chefe supremo das legiões voltou-se para os senhores da escuridão e disse, aproveitando o momento para aumentar a força da lenda a respeito de si mesmo:

— Como sou um ser superior e já convivi com o próprio Criador, ainda resta em mim algo sublime, o que me faz temido entre os maus e respeitado pelos bons.

Retornando para o insignificante Belial, rosnou

palavras incompreensíveis para os humanos encarnados. Expressando-se num resquício de uma língua morta e numa mistura de grunhidos que redundava em um sistema de comunicação exótico, dificilmente inscrito nos catálogos e enciclopédias terrenas:

— Réptil das regiões inferiores, fale, antes que eu despedace seu pseudocorpo com minha espada fulminante.

— Senhor, vejo que os demais que lhe pediram esta conferência estão equivocados. Estão tentando insurgir-se contra os filhos do Cordeiro, senhor.

— Você tem o disparate de dizer que o chefe entre os chefes de legião está enganado? Como ousa, miserável da escuridão?

— Os médiuns que foram visitados e atacados pelos especialistas estão conseguindo se reagrupar, senhor. E os dois outros com quem estão lidando aprenderam nossa estratégia. Tentei levar meus subordinados para realizar uma investida contra eles e fui repreendido; tive de fugir. São mais perigosos do que imaginamos.

— Então você, criatura peçonhenta, atreve-se a dirigir a palavra a mim e, como se não bastasse, tenta em seguida dissuadir-me dos planos originais de nossa organização? Mil vezes miserável seja você! Acaso tem medo daqueles fanáticos do fenômeno, os espíritas?

A gargalhada foi geral. Antes que Belial pudesse se recompor, recebeu um abano das asas chamejantes do príncipe dos exércitos, passando ao largo da multidão de seres abissais como um relâmpago e espatifando-se mais além.

O manto de Apophis, que lembrava asas, era feito da mesma matéria do plano inferior ao qual estavam circunscritos. Portanto, considerando os corpos semimateriais que serviam como veículo de manifestação daqueles seres, seu traje era perfeitamente sentido como um objeto tangível e concreto, constituído de massa. Belial recebeu o impacto das asas fictícias como uma pancada ou um golpe desfechado contra si. Seu corpo semimaterial ressentiu-se, e dor lancinante percorreu seu perispírito grosseiro, feito choque elétrico de altíssima voltagem.

O príncipe caminhou a passos lentos, encenando um teatro diante de seus súditos desleais, porém temerosos, e pôs-se diante do espírito imundo de nome Belial. Este, tremendo e ainda sentindo a ressonância do golpe recebido, choramingou:

— Por quem é, meu príncipe, não me golpeie de novo, por favor, sou um servo de sua vontade, mas ouça-me...

Alto, imponente, o chefe dos exércitos olhou

firmemente nos olhos de Belial. Irradiando brutal magnetismo, extravasou sua força mental num último gesto e gritou um grito não escutado, silencioso, mental, terrivelmente diabólico:

— Criatura miserável, desprezível, recolha-se à sua insignificância.

Sem falar, mas com o imperativo de seu olhar fulgurante, ordenou à mente de Belial:

— Você não é humano, é um animal. É uma fera, uma besta dos infernos!

A princípio, o infeliz Belial ficou como que petrificado diante do olhar assombroso do príncipe das legiões. Após uns poucos segundos, seu corpo astral começou a se modificar. Contorcia-se a gemer, sentindo dores horríveis e tremendo intensamente, como numa crise epiléptica. Eram espasmos violentos, progressivos. Espumava, expelindo fluidos grosseiros pela boca deformada. A forma semimaterial daquele ser passava por uma grande metamorfose na frente de todos os presentes. E aquele que se dizia o chefe supremo dos espectros não tirava dele o olhar lancinante. Belial exalava um odor pútrido, como se os fluidos já densos se adensassem e deteriorassem ainda mais. Debatia-se, bufava, perdia gradativamente a consciência. Postas de pus desprendiam-se do seu corpo semiespiritual, e a aparência quase humana moldava-se na máscara de um animal que lembrava uma criatura pré-histórica. O ser humanóide parecia despojar-se dos últimos resquícios de sua humanidade, e, em meio à gosma que lhe caía do corpo degenerado e à baba negra que lhe escorria da bocarra em transformação, surgia algo muitíssimo similar a um tigre de dentes de sabre. Porém, era um felino deformado, de pêlo negro e olhos muito maiores do que o normal. Em meio à mutação surgiu a dor. Uma dor inenarrável e somente conhecida em toda a sua extensão por quem experimentava a ação invasiva de uma hipnose profunda.

Chiando e grasnando, a criatura em que se transformou Belial saiu da presença de todos, sufocando-se em meio aos fluidos densos e à atmosfera infecta que pesou mais ainda ao redor de todos. Voltou os olhos aprisionados naquele semicorpo, cheios de lágrimas e desespero, para o chefe das falanges do mal. Seu ódio também atingira o ápice.

Silêncio constrangedor tomou conta dos representantes da política do abismo. Até mesmo os senhores da escuridão se calaram diante da demonstração do poderio mental e cruel daquele príncipe da escuridão.

De repente, irrompeu do alto, vindo talvez

de algum recanto obscuro do umbral, nas regiões mais próximas à superfície, algo que fumegava, caindo como raio aos pés do invejado e temido chefe das trevas.

Como um terremoto que sacudia e abria brechas nas profundezas abissais, o mundo foi sacudido, enquanto um fumo subiu do fundo do poço formado, causando violento impacto e abalando aquele antro de espíritos imundos. Quem estava próximo ao local sentiu o impacto da matéria astral, num fenômeno conhecido como repercussão vibratória.

Cambaleante, Apophis dirigiu-se para mais perto ainda do epicentro do estranho fenômeno. Era um de seus subordinados. Depois da ocorrência, novo burburinho voltou a tomar conta da medonha assembléia. Apophis levantou a mão direita num gesto conhecido entre os poderosos das trevas, sustando a avalanche de emoções que irrompia naquele ambiente e ameaçava perder o controle.

Do buraco criado a partir do fenômeno ocorrido na dimensão abissal, emergiu lentamente um ser em meio aos vapores de metano e amoníaco. Era um dos emissários dos espectros, espião e informante, que ficara abalado com certas coisas que vira, com a mente alterada pelos acontecimentos que presenciara.

O príncipe das legiões ajudou a criatura semimaterial a se erguer por entre a fumaça e perguntou-lhe, quase curioso:

— Fale, repugnante! Que houve para que caísse dessa maneira aos pés de seu príncipe?

Tremendo, o espírito do mal falou, ainda com nítida dificuldade:

— Meu senhor e príncipe, eu encontrei... — e, novamente, quase desmaiou, completamente exaurido.

— Encontrou o quê, demônio das trevas? Diga, antes que eu acabe com você, como fiz com o infeliz que se insurgiu contra mim.

— Eu vi, encontrei... um dos representantes... Vi um dos Imortais — e desesperado, praticamente sem ar, prostrou-se, quase sem sentidos, aos pés de Apophis, o destruidor.

Imediatamente, antes que o príncipe pudesse falar qualquer coisa, um de seus generais aproximou-se velozmente, como um morcego a emitir sons incompreensíveis:

— Ele é um dos nossos enviados, senhor. Eu mesmo o incumbi de ficar de plantão entre os representantes do Cordeiro. Estava apenas observando nas proximidades da casa espírita onde trabalha um dos médiuns que gerou todo o tumulto em nossos círculos. Também ordenei que ficasse de olho em dois outros médiuns, cujo trabalho representativo igualmente poderá ameaçar-nos.

O príncipe das legiões calou-se diante da informação e ergueu-se no ar, naturalmente não por força própria, pois aqueles seres não tinham capacidade de levitar estando imersos em fluidos tão densos quanto os daquela dimensão. A fuligem astral era sobremodo materializada para que qualquer espírito infecto pudesse vencer as forças da natureza que os retinham no local mais profundo da escuridão do abismo. Somente na superfície, onde havia menos densidade nas moléculas na região extrafísica, poderiam ensaiar algo semelhante a um vôo rasteiro. O que todos ali ignoravam é que Apophis trazia encoberto em seu manto pegajoso um equipamento desenvolvido nos laboratórios do submundo pelos cientistas, seus comparsas. Sua subida causou mais tumulto ainda e, ao mesmo tempo, reverência, entre os assustados membros das forças tenebrosas.

Retornando, numa espécie de malabarismo esdrúxulo e de profundo mau gosto, o chefe das falanges do submundo pousou lentamente, causando celeuma em seus assessores. Pairou próximo ao ser que antes se arremessara a seus pés e perguntou, impassível:

— Porventura não vemos os guardiões quase sempre em nossas regiões? Acaso esses intrometidos não interferem constantemente em nossa política?

— Mas eu não vi somente os guardiões, senhor. Vi pessoalmente um dos Imortais! Ele era como anjo, resplandecente, perigoso. Não suportei fixar meus olhos nele por muito tempo... suportei apenas um segundo. Por sua vez, os guardiões pareciam emissários do Juízo. Nunca os vi antes revestidos de corpos tão resplandecentes. Pareciam relâmpagos congelados no tempo.

"Senhor, o ser que vi era realmente um Imortal. Havia vários viventes trabalhando com eles, aqueles que se chamam médiuns. Davam a impressão de conhecer tudo a nosso respeito. Espreitava e os ouvia, pensando que não tinham detectado minha localização, quando fui surpreendido por eles. Sabiam a meu respeito o tempo todo, e foi então que vi."

— Viu o quê, criatura pestilenta?

— Julius, o Dr. Julius, o chefe do laboratório foi capturado, juntamente com o protótipo do artificial...

O murmúrio foi total. Prontamente, Haber, o chefe de legião e imediato superior de Julius, que representava os cientistas do abismo, achegou-se a Apophis e pediu permissão para retornar ao laboratório e verificar a procedência da informação. Haber encontrava-se completamente tresloucado, raivoso, e sua aura parecia dissolver-se entre o vermelho e o amarelo mortiço, tamanha a avalanche de emoções que irrompiam de seu interior. Era um golpe inesperado, desferido contra seu mais nobre pupilo. Se fosse verídica a informação, estaria perdido: o projeto, que era seu maior trunfo, e um dos seus mais inteligentes assessores estariam nas mãos dos odiosos guardiões. Teria de tomar uma decisão imediata contra os filhos do Cordeiro, dando uma cartada definitiva. O laboratório sob sua direção não podia em hipótese alguma ser descoberto, pois importantes experiências estavam sendo ali concretizadas — e elas eram únicas. Dificilmente poderiam ser reproduzidas.

O cientista-chefe, Fritz Haber, parecia um monstro das profundezas, seu corpo semimaterial refletindo as energias e emoções descontroladas que transbordavam de seu âmago. Como que estendendo tentáculos invisíveis, dos quais saíam fagulhas rebrilhando na escuridão do abismo, com uma aura de tal densidade, como uma fuligem quase palpável, o magnânimo Apophis berrou de ódio, derramando sobre Haber toda a sua ira, envolvendo-o em algo semelhante a brumas de um pântano das regiões inferiores. Infestado de seus fluidos nocivos, Apophis deu permissão para Haber retornar ao laboratório, um dos principais de seu reduto, onde desenvolvia a ciência do inferno. Quando o cientista abriu passagem entre os magos e chefes de legião, elementos viscosos e corrosivos da atmosfera astral alastravam-se e irradiavam sobre a platéia de almas perdidas, e aquela dimensão intra-humana da paisagem subcrustal revolveu-se nas manifestações de desespero duramente contidas.

Reverberando para os lados, a aura de Apophis assumiu um aspecto de asas de morcego, abrindo-se infernalmente num leque, para depois imprimir, nos fluidos opressores que envolviam a assembléia infecta, a marca de sua prepotência e seu orgulho. Por onde passou o destemperado espírito de Haber, abatido e aturdido pelo provável fracasso de seus planos, havia um relampejar de cores dificilmente conhecidas, de freqüência baixíssima, reflexo de seu ódio, pois que era ameaçada sua posição de líder da ciência transviada.

Após despachar Haber, o imponente Apophis voltou-se para o infeliz ser das profundezas, lançado ao chão feito meteoro:

— E como se livrou dos Imortais, lacaio?

— Os guardiões... Jamar, o general guerreiro, disse-me que eu retornasse e anunciasse a todos que nossos planos foram por água abaixo e que nossa política fracassou.

— São uns fracos esses filhos e representantes do Cordeiro. Muito fracos e autoconfiantes. Caso representassem mesmo algum perigo para nossa organização, por certo o teriam feito prisioneiro — Apophis não tinha certeza do que dizia, mas tinha uma aparência a zelar perante os ouvidos atentos da turba.

Interferindo na conversa, um dos generais da legião das trevas acrescentou:

— Um espírito tão fraco e medroso como você — dirigiu-se ao ser prostrado — por certo não ofereceria resistência alguma ao menor dos filhos do Cordeiro.

O príncipe Apophis emendou:

— Por certo! Este é realmente um dos espíritos desordeiros, mais parece um quiumba, um desgraçado que foge de qualquer miserável da oposição.

Gargalhadas ressoaram entre os componentes daquela assembléia, mas eram gargalhadas de puro desespero. E, voltando-se para sua platéia de seres infelizes, o príncipe dos exércitos falou, levantando o braço direito ao alto:

— Porventura não podemos enfrentar os guardiões e seus dirigentes? Duvidam do meu poder? Sou o maioral das trevas, e ninguém, nenhuma força no submundo é maior do que eu! — Neste momento, ele nem suspeitava de que sua verborragia teria um preço.

Aquela conferência havia sido convocada para determinar os próximos passos de uma investida contra os filhos do Cordeiro. No entanto, parece que as coisas estavam fugindo ao controle do pretensioso príncipe dos exércitos das sombras. Obcecado com a idéia de firmar sua autoridade diante de todos e de sufocar qualquer rebelião — que, afinal, era uma constante nos domínios das sombras —, Apophis não notou as emoções discordantes de seus súditos quase fiéis. Ignorando o espírito que chegara e tratando-o conforme tratara o infeliz Belial, desprezou também os olhares da multidão. Continuava afirmando-se o mais poderoso entre os seres da escuridão.

Paralelamente às palavras que o príncipe dirigia aos presentes, um dos generais de seu exército de especialistas falou, quase sussurrando, àquele que caíra aos pés do *destruidor* —significado do nome Apophis —, enquanto este rejubilava-se, gabando-se dos próprios feitos:

— Não se inquiete tanto, Molekai — falou o general. — Somos capazes de lidar com os infelizes que representam o Cordeiro. Podemos permanecer trabalhando às escondidas e cooptando mais súditos para nosso lado. Sem preocupações. Os dragões, com certeza, detêm poder irrevogável nas regiões inferiores, tanto que até os filhos do Cordeiro pedem licença aos lordes do mundo para adentrar em seu perímetro.

Molekai, o infeliz espírito que percorria a crosta como informante dos chefes de legião, retirou-se do ambiente a rastejar, pois não era digno de permanecer entre os convidados e convocados para a assembléia maldita após tão veemente demonstração de seu fracasso retumbante.

Enquanto isso, Haber voltou de sua inspeção nos laboratórios irascível, colérico, irreconhecível. O corpo perispiritual envergava sob o peso do ódio mortal que reprimia em seu íntimo. Fuligem espessa exsudava por todos os poros de sua roupagem fluídica ou semimaterial. Quem o visse naquele momento dificilmente reconheceria o antigo ganhador do Prêmio Nobel de química. A custo se conteve ao receber a notícia do ocorrido.

Algum tempo depois que Apophis permitiu a ida de Haber ao laboratório, e tão logo o cientista retornara ao Hall dos Poderosos, som ensurdecedor como que desabou sobre a associação miserável de ínferas criaturas. Fogo e fumaça pareciam formar o quadro desolador de uma assembléia que ainda não iniciara. O pavor da multidão de seres luciferinos subiu a níveis indisfarçáveis. Os senhores da escuridão, contudo, permaneceram impassíveis. Representavam uma força que até mesmo os dragões respeitavam, pois eram os maiores aliados desses seres místicos. Maltas de obsessores, especialistas de todas as áreas — medicina, biologia, psicologia, política internacional e ciências sociais —; o universo de representantes das legiões opostas aos ideais do Cordeiro recebeu o impacto violento que os acometeu a todos. Entre eles, registrava-se a presença de Saddam, Stálin e outros expoentes da administração desumana, junto com geoestrategistas.

Naquele momento de desespero, uma tempestade parecia assolar aquele lugar nas águas mais profundas do oceano. Muitos espíritos, para quem o ambiente das regiões abissais não era familiar, se sentiam sufocados, perdendo o controle sobre si mesmos. Porém, Apophis permaneceu firme, embora ele próprio não soubesse dizer a procedência daquele fenômeno. Em meio a uma fuligem que remetia ao produto de uma chaminé de alguma indústria da Terra, surgiu uma figura imponente. Seria uma materialização? Talvez assim se pudesse dizer, não fosse o fato de que aquele que aparecia de forma tão escandalosa quanto perturbadora era acompanhado de súditos, espíritos grosseiros e com corpos quase materiais. A freqüência em que vibravam as células de seus corpos semimateriais era muito baixa. Não era uma materialização, mas um outro fenômeno — uma interferência dos dragões, quem sabe? —, um golpe nas pretensões do orgulhoso príncipe das profundezas. O que ocorria ali denotava a forma como se realizava a política interna dos ditadores do abismo. Ninguém estava a salvo em sua posição. Não havia lealdade nem fidelidade aos supostos comandantes. Tudo era pura representação e conveniência.

O ser horrendo que apareceu diante de todos parecia haver saído de um conto da Idade Média. Era metade homem, metade animal. E que animal! Ao olhar o ser monstruoso, qualquer um apreenderia o grau de animosidade, crueldade e força malévola que irradiava daquele que transformara o próprio envoltório semimaterial numa estampa emblemática da desumanidade e do orgulho em níveis estonteantes.

Chifres pontiagudos pareciam se erguer dos dois lados do crânio extravagante. Todos tremeram diante do espectro do mal, da figura lendária inspirada na fantasia e na imaginação fértil daqueles que ainda não haviam se encontrado com um dos genuínos dragões. Mas se deve dar a mão à palmatória: ele soubera causar impacto. Com a alegoria extraída do imaginário de diversos seres ali presentes, envergava no próprio corpo o *status* de maior titular da cupidez, da ferocidade e do poder disciplinador dos dragões. Pés semelhantes às patas de um caprino, o lendário ser refletia o medo de todos e impulsionava os pensamentos e emoções ao apogeu da apreensão e do desequilíbrio. Para os senhores da escuridão, porém, era claríssimo que tudo não passava de uma grande pantomima, com o intuito de impressionar a turba de especialistas do astral. Eles próprios, os magos negros e alguns generais dos exércitos de espectros, assim como Haber e outros seus consorciados, já conheciam quem era o espírito que chegara de forma tão espetacular, além de reconhecerem que nenhum ser se assemelhava à figura grotesca à frente de todos. Além deles, ninguém mais sabia da verdade. Resolveram ficar calados, embora profundamente impressionados e tementes pelo que viria após.

A criatura corpulenta rumou para perto do príncipe e, com voz trovejante, como se partisse de uma caverna das regiões infernais, declarou:

— Você, imponente príncipe das legiões, não treme diante do enviado?

Sem dar a Apophis tempo de responder, levantou-o com uma força incrivelmente violenta, com apenas uma das mãos, e o arremessou longe, no fundo do pavilhão que abrigava a massa de espíritos das trevas. O famigerado príncipe das profundezas bateu contra as rochas de matéria daquela dimensão, no lado oposto em que estivera antes, enquanto a multidão — inclusive os senhores da escuridão — recuou, assustada, horrorizada com a exótica aparição daquele ser aterrador e a intervenção na condução de Apophis. O monstro das profundezas olhava com seus olhos incendiários para a profusão de almas delinqüentes. Cabelos da cor de fogo pareciam ter vida própria e se agitavam sobre a cabeça estranha e animalesca. Ao que tudo indicava, a criatura das trevas corporificava em si e sintetizava todos os medos represados e adotados pelos espíritos das sombras.

Breve tempo se passou, e os ânimos se acalmaram pouco a pouco, enquanto a criatura inumana permanecia observando, em silêncio.

Depois de provocar tamanho impacto com sua aparição e o choque violento com que pôs fim à arrogância de Apophis, a criação das trevas falou, outra vez trovejante:

— Arrogante general Michaellus, parece que Apophis não sabia que eu sou o enviado dos dragões. Não suspeitava ser vigiado diretamente por mim. Vamos, general dos infernos, apresente-me aos convidados!

Balbuciando, o general Michaellus, um dos chefes de legião e da milícia de espectros, levantou-se tremendo, mas se esforçando por disfarçar a voz:

— Senhor — assim se dirigem os seres da escuridão aos seus superiores —, mas eu mesmo não sei quem és...

Um gesto repentino da criatura e Michaellus foi erguido até a altura de sua cabeça animalesca. Olhando nos olhos do general das legiões, o ser falou algumas palavras que somente Michaellus compreendeu. O imponente guerreiro foi colocado no chão e apresentou a criatura ao público, após exagerada reverência:

— Seres da escuridão... — principiou o chefe de legião e general dos exércitos dos dragões. — Este que vem aqui hoje de forma majestosa e imponente é um assessor direto dos temíveis dragões. Apresento-lhes Grigori Rasputin, o enviado dos soberanos.

Diante da gritaria dos guerreiros das trevas, o ser hediondo começou uma transformação na frente de todos. A forma que apareceu anteriormente foi se modificando, diminuindo. A face assumiu lentamente uma forma quase humana, mas assim mesmo cruel. O corpo contorcia-se em meio a fuligens de fluidos densos, revelando, diante de todos, o legítimo enviado dos donos do poder.

Grigori não era um espírito tão ameaçador em suas feições, que, no entanto, estavam longe de conter beleza. Não integrava a esquadra de dragões propriamente dita e, mesmo assim, era temido por seus feitos ao longo dos séculos, inclusive pelos demais magos das sombras. Era um espírito das profundezas, de aura negra, acostumado às intrigas políticas de todas as espécies. Sua pele tinha o aspecto ressecado como o couro de algum animal exótico. E soube exibir muito bem sua férula e fortalecer sua fama ao reagrupar as moléculas de seu corpo semimaterial, retomando a figura barbuda, esquálida e repugnante com que gostava de se apresentar.

Neste momento, Apophis, o príncipe que havia sido humilhado à frente de suas legiões, voltou-se violentamente contra a figura não menos imponente de Grigori:

— Com que arrogância você interfere nos negócios de seu príncipe? Em nome de que poder você enfrenta o magnífico Apophis?

Grigori ergue-se alguns centímetros no fundo do abismo e encara frente a frente o poderoso Apophis. Os olhares se cruzam. Desta vez, Grigori não poderia contar com o fator surpresa e, portanto, não dispunha mais do artifício anterior, que impressionou a todos. De início, teria de se contentar com a exibição de suas credenciais aos espíritos das regiões abissais:

— Venho em nome dos dragões, os soberanos do abismo.

Apontando os braços para o alto, envolvido em seu manto de escuridão, movimentou as mãos. O símbolo dos dragões — a suástica — apareceu acima de todos, desenhada em fogo vivo.

Apophis viu-se obrigado a ceder ao instinto grosseiro que o aconselhava a não enfrentar o poder supremo dos dragões, mas não sem se consumir em ira, internamente. Diante da multidão de espíritos que ele próprio convocara para a assembléia maldita, com o orgulho ferido e a sede de vingança atiçada, optou por ceder lugar a Grigori, sem falar nada, cabisbaixo. Os dragões não suportavam nem sequer a mais leve insinuação de poder total; como faziam questão de demonstrar, o domínio era prerrogativa deles. Grigori assumiu a posição perante a platéia de criaturas inferiores:

— Não é hora para demonstrações inúteis de força. Estamos em meio a uma batalha espiritual, e fui indicado pelos soberanos do abismo a fim de coordenar o ataque aos representantes da política divina, os odiosos seres que trouxeram à luz os esquemas das organizações do abismo. Porém, não quero trabalhar sozinho; proponho a Apophis e seus subordinados uma trégua seguida por uma aliança. Afinal, divididos não poderemos enfrentar os poderosos guardiões. Temos de permanecer unidos, e, para isso, trago diretamente dos chefes de legião mais próximos dos soberanos os esquemas de ataque que devemos seguir.

Burburinho foi ouvido entre os diversos representantes do império nas regiões inferiores. Um dos generais dos exércitos dos dragões, acompanhado pelos magos negros, aproximou-se de Grigori:

— Senhor — perguntou o general guerreiro —, como iniciaremos nosso ataque? Até agora não ficamos sabendo de nada a respeito das estratégias que deverão ser seguidas.

— É necessário ter cautela. Um dos senhores da escuridão colocou um de seus espias e competente magnetizador bem perto de um de nossos intérpretes, alguém que está causando um estrago violento nas fileiras dos seguidores do Cordeiro que atuam sob a égide do famigerado e hipócrita que se intitula Verdade. Foi inspirado àquele sujeito que fizesse um relatório, um dossiê, a respeito de dois dos elementos de ligação com o mundo dos Imortais. Tais médiuns, que foram alvo de sua ação, devem ser desacreditados, a fim de evitar que mais idéias comprometedoras possam vir à tona. Nosso intérprete não deve encontrar sérios obstáculos, pois a maioria dos modernos espíritas entrou a todo vapor na onda de intrigas e ficou perdida em meio aos acontecimentos. Usaremos ainda esse nosso veículo, que está incrustado entre os próprios adeptos, para defender a idéia de pureza, que tantos seguidores da mensagem do Cordeiro ainda apreciam. As próprias convicções e crenças pessoais que muitos alimentam serão nossas armas contra eles. Mas esse ainda não é o plano; é tão-somente o início. Desencadeamos as investidas, a fim de que o movimento dos espíritas possa perder-se sozinho, em meio a tantas intrigas, disputas políticas internas e desejo de aparecer. Enquanto isso, aproveitando-se da distração gerada, os senhores da escuridão penetrarão em redutos espíritas efetivamente comprometidos com as idéias odiosas do Cordeiro. Eles se passarão por mentores ou empossarão seres artificiais similares aos orientadores espíritas; inspirarão obras sociais e tudo o mais com o intuito de distrair a atenção para o que ocorre nos bastidores da vida oculta. Induziremos todos a mergulhar no religiosismo e deixar de lado os miseráveis conceitos de fraternidade, humanidade e humanização, perdendo-se definitivamente, sem embasamento, estudo nem conhecimento da própria doutrina que professam, repetindo exatamente os passos da igreja secular rumo à bancarrota espiritual ao longo dos últimos milênios.

— E quanto aos planos que foram colocados a descoberto? Como reagiremos em relação àqueles desgraçados que foram os responsáveis por desnudar nossa organização e nosso método?

Apophis aproximou-se agora, visivelmente interessado e quase esquecido do incidente com Grigori. Reconhecia que todo o poderio nas regiões inferiores estava sendo colocado em risco. Os ditadores do abismo se interessaram diretamente pelo que ocorria na superfície. Ele também, o grande Apophis, corria risco de perder definitivamente seu posto.

— Pretendemos realizar uma investida em algumas federações para não deixar que os livros que contêm elementos que nos comprometam sejam aceitos em seu códice. Trabalharemos com aqueles que são mais radicais e ortodoxos. Eles nos servem bem aos propósitos. Para esse serviço, os hipnos hão de utilizar sua persuasão e impregnar com mensagens a mente das pessoas certas, infiltradas no meio federativo. Nossos cientistas lançarão mão dos recursos que desenvolveram com os vibriões mentais, que serão implantados como simbiontes dos corpos etéricos e astrais de muitos dirigentes, que já estão sendo catalogados e mapeados.

"Vejam — mostrou Grigori aos chefes de legião. — Os estrategistas fizeram o mapa mental de várias pessoas ligadas ao movimento renovador. A tônica dos conteúdos trabalhados será, essencialmente, o medo de perder a pureza e o rememorar de atavismos referentes ao passado religioso, em que esses mesmos indivíduos se opuseram às idéias cristãs. O pavor de lidar com o dinheiro e os demais elementos 'impuros' e mundanos se voltará contra o próprio movimento, de modo que as casas espíritas estarão cada vez mais acabadas, sem os recursos financeiros para preservá-las, tampouco o amparo jurídico necessário à sua operação formal. Com o recrudescimento dos pudores em relação à atividade comercial, oriundos dos recalques do pretérito, dedicado à simonia. daremos um golpe de morte no livro espírita e nas obras que nos comprometem, deixando-os cada vez mais relegados a segundo plano, distantes das cogitações dos administradores. E o melhor: tudo através de estímulos à sua mania de humildade. Faremos com que deixem de dar a importância devida ao papel exercido pelo livro, e, assim, a ignorância vigorará, predominando sobre o povo, que se manterá imerso em fantasias religiosas.

"Os vibriões descarregarão nas auras de alguns dirigentes o ódio e as emoções fortes impregnadas em si próprios. As reuniões mediúnicas serão especialmente visadas; temos uma falange de especialistas voltados às questões do psiquismo, diretamente coordenada e formada por mim. Eu os treinei durante anos, e agora atuam em perfeita sintonia com certos sensitivos e dirigentes de reuniões mediúnicas. Sabem falar e proceder como mentores — ou sua caricatura —, de acordo com as expectativas que os médiuns alimentam. Falam mansinho, conhecem frases inteiras do Evangelho e portam-se convenientemente, conforme as exigências da ortodoxia. Será fácil influenciar esses pretensiosos missionários da Terceira Revelação.

"Influenciaremos também congressos e seminários, insuflando o espírito de competição, a fim de conquistar oradores mais pelos aplausos do que pela mensagem a veicular. Aliás, não é preciso fazer muito para alcançar tal intento, porque o conteúdo trabalhado nesses eventos freqüentemente apresenta baixa qualidade. Raras vezes consistente, não é o que salta aos olhos, sendo gradualmente substituído pelas brincadeiras dos palestrantes, pela importância exacerbada dada à apresentação pessoal e ao ibope, à capacidade de agradar ao público. É puro magnetismo desperdiçado em nome da doutrina que nem todos abraçam com convicção. Quer coisa melhor? No final das contas, inspiramos uma disputa que não os levará a nada."

Ante o esboço dos planos, que a rigor não traziam nenhuma novidade, Grigori continuou:

— Mas ainda não é esse o plano principal. Tudo isso já está em andamento, avançando mais e mais.

Dando um tempo para que os miseráveis seres das profundezas pudessem respirar o ar infectado de fluidos nocivos, prosseguiu com as explicações:

— Aquilo que mais nos orgulha são os planos dos chefes de falange quanto ao ataque aos poucos núcleos que nos comprometem a organização. Temos três núcleos em particular que merecerão portentosa investida de nossa parte. Um deles fica lá onde viveu o santo, no chamado Triângulo. Lá atacaremos mais tarde, depois de vencermos as forças dos guardiões instaladas na capital daquele estado. Travaremos uma guerra diferente, já que não surtirão efeito artimanhas como as utilizadas contra o restante do movimento de renovação das consciências. Precisamos marchar pesadamente. Para tanto, devemos destruir por completo a resistência mantida em torno da instituição de onde saíram as idéias perigosas para nosso sistema. Faremos o seguinte...

Grigori chamou para perto de si os mais legítimos representantes dos dragões, os magos negros. Aliciou a falange dos cientistas, aproveitando o desejo de retaliação de Haber, que soube canalizar seu ódio para os objetivos traçados. Convocou os generais dos espectros e sombras, da milícia negra do abismo, sem deixar de lado os estrategistas de guerras e formações de ataque. Deveriam desferir um golpe fulminante contra as três estruturas representadas pelas instituições que divulgavam idéias comprometedoras. Uma delas era representada por um médium que fazia um trabalho de grande expressão, retomando o aspecto humanitário e trabalhando as emoções e os sentimentos de dirigentes e trabalhadores espíritas. O outro médium trazia informações a respeito das estruturas de governo umbralinas, e o terceiro viajava agora pelo mundo, a fim de incentivar outros médiuns ao trabalho, cumprindo seu mandado com dignidade e altruísmo. Mas...

Longe dali, os guardiões preparavam-se para

receber os seres do abismo, que arquitetavam um confronto com a base das idéias evolutivas. Um facho de safirina luz vinha das dimensões superiores, jorrando em profusão sobre a estrutura piramidal da construção espiritual. Jamar, Anton e Zura discutiam os projetos de defesa energética da pequena casa, abrigo das forças superiores.

Vários médiuns desencarnados foram convocados para participar do evento que se desenrolava no invisível. Ana Bernardina, Martha Figner, Antusa, João Nunes, Maria Modesto, Peixotinho, Ambrósio e outros médiuns chegavam de todas as localidades e dimensões. Além deles, médiuns desdobrados, principalmente os visados no ataque energético, estavam naquele momento conversando com Joseph Gleber, José Grosso e Eurípedes Barsanulfo, juntamente com alguns guardiões especialistas na defesa energética do local. Tudo estava sendo preparado de forma a desarticular os planos dos representantes da política do abismo.

A tarde se esvaía em sombras, e os últimos raios do Sol reverberavam por entre as nuvens, abrindo passagem para o cortejo de estrelas que recebia a lua, que vinha iluminar a metrópole dos homens. Assim que o Sol se escondeu por completo e a Lua refletia sua luz esbranquiçada, Apophis, o destruidor, emergiu das entranhas da Terra, por onde passara depois de vir das regiões abissais. Com muito esforço, o príncipe deposto elevou-se à região mais alta da cidade e pousou em uma das montanhas que envolviam a capital, num dos prédios com arquitetura mais moderna. Resolveu esperar aí por seu rival e agora comandante da operação contra os odiosos filhos do Cordeiro. Arrastou-se pelas encostas e subiu engatinhando, com as unhas cravadas no edifício, até atingir o topo, de onde podia vislumbrar toda a região . Seu alvo seria uma das cidades da região metropolitana. Ali se daria a primeira investida contra a estrutura energética do pequeno abrigo no qual se reuniam pessoas em conexão com a política do Cordeiro e de onde irradiava a mensagem comprometedora das organizações sombrias e de sua estrutura de poder.

Ao longe, Apophis avistou sua horda de seguidores ou o que restava dela, já que o ardiloso Grigori, sob o beneplácito dos dominadores, havia ascendido ao poder, embora temporariamente, nas regiões inferiores. Grigori deveria comandar as investidas contra os mensageiros responsáveis pelas idéias que punham em risco a organização dos cientistas e a estrutura política dos povos do abismo. Mas ele, Apophis, estaria presente e prestaria aparente apoio ao miserável Rasputin, que usurpara seu posto e seu *status* diante da multidão de seres infernais. Depois viria o ataque energético aos outros dois enviados, médiuns que, também a serviço dos Imortais, representavam incômodo. O primeiro a ser atacado era o desgraçado que se entranhara nas organizações sombrias e depois levara a público os planos e estratégias, bem como o esquema político dos ditadores. O outro médium residia não muito longe de onde se encontrava Apophis naquele momento. Trabalhava intimamente ligado ao movimento dos supostos apologistas da verdade, a filosofia que consistia numa ameaça constante aos princípios adotados pelos soberanos das profundezas. Estava abordando questões ligadas às emoções e aos sentimentos de pessoas que, mais tarde, poderiam se transformar em nova fonte de perturbação para as organizações do submundo. Também pretendia resgatar a prática da humanização e da ética entre os embaixadores da política divina no meio dos homens. O trabalho de ambos os agentes dos Imortais eram complementares. O terceiro mensageiro, também encarnado, contra quem pretendiam investir pesadamente, morava na cidade onde antes residia o santo. Agora que o santo se fora, seria muito mais fácil dominar aquela região de religiosos mascarados — esse era o pensamento de Apophis, que auxiliava na ofensiva aos porta-vozes dos Imortais. Afinal, os mensageiros e os demais seguidores do Cordeiro não estavam tão unidos assim, de modo que pudessem constituir uma força defensiva contra as turbas do mal. Trabalhavam separados, e alguns núcleos estavam nos últimos estertores, tentando sobreviver aos diversos ataques internos, de seus próprios irmãos de ideal.

— São, afinal, inimigos íntimos — pronunciou Apophis, deixando o pensamento emergir de suas reflexões.

Não fossem as idéias difundidas por alguns baluartes do ideal que abraçavam, talvez passassem despercebidos pelos dominadores e ditadores do abismo.

O fator crucial nessa investida ao sistema que iriam atacar é que partira dali a ofensiva aos laboratórios dos principais aliados dos senhores da escuridão. A ação dos agentes dos guardiões nas regiões inferiores não poderia ficar sem retaliação por parte dos chefes de falange.

Apophis olhava a capital e desejava intimamente dominar por completo a paisagem à sua frente. Seu instinto dominador parecia se dirigir à metrópole e ansiava por constituir ali uma base de relevo para seu famigerado reinado. Ao longe, uma nuvem de vapores tóxicos se aproximava, demonstrando que os aliados do outrora invencível príncipe chegavam para encontrar seu chefe deposto. Eram agora poucos aliados, que aparentemente estavam a serviço de Grigori, mas que, no fundo, desenvolviam uma trama ardilosa para entregar o mago arrogante aos filhos do Cordeiro no último instante da batalha. Depois do golpe auxiliariam o príncipe deposto a retomar o poder absoluto entre a parcela da população de almas degeneradas do abismo. Apophis deu estrondosas gargalhadas quando se aproximou a comitiva de seres com suas auras a difundir uma negritude aterradora, quase uma entidade viva.

As mãos do soberbo príncipe das profundezas exibiam rugas e sulcos marcantes. Dedos extremamente alongados e unhas pontiagudas, muito maiores que o normal, lembravam garras despontando da pele ressequida. Pêlos grossos surgiam aqui e acolá sobre as mãos esquálidas. A conformação geral afigurava-se como a de um morcego, pois seu manto erguia-se entre os fluidos pesados da atmosfera que o rodeava, adquirindo o aspecto de duas asas negras. Sua aura reverberava irradiações de uma escuridão jamais imaginada pelos mortais comuns.

Apophis retardara o quanto pôde o retorno à vida física, pretendendo perpetuar seu domínio nas esferas da escuridão. Não queria envolver-se num manto de carne e correr o risco de que alguém mais astuto ou pretensioso do que ele tomasse de assalto a posição que julgava sua de direito. Quando divisou seus subordinados se aproximando da estrutura arquitetônica em forma de disco na qual se encontrava, esboçou uma reação típica dos dominadores do abismo. Ergueu as garras ao alto, empunhando o braço direito, e gritou, num momento de fúria e numa representação teatral para impressionar seus miseráveis seguidores. Num rompante, lançou no ar um desafio:

— Venham, guardiões dos Imortais! Que venham com suas utopias e seu idealismo. Estou pronto para enfrentá-los, seus desgraçados! As hordas do inferno estão à sua espera.

Bancando o valente, Apophis gostava de demonstrar uma grandeza que não possuía. Por detrás de toda essa pompa, havia imprudência — como ficara patente no fiasco da última exibição pública —, pois desconhecia em suas minúcias os planos e recursos dos guardiões, agentes da justiça divina.

Do leste, nuvem mais espessa de fluidos grosseiros se aproximava rapidamente. No meio da nuvem, bandos de espíritos de aura infecta precediam, numa comitiva demoníaca, o poderoso Grigori, o mago e estrategista das sombras. Uma corja de oficiais vinha disputando a vanguarda da legião de soldados da milícia negra, entre palavrões e estúpidas artimanhas, comuns aos seres da escuridão. Mais além, alguns magos e cientistas compartilhavam dos planos do poderoso Rasputin, pois desejavam a todo custo romper as barreiras magnéticas que protegiam o posto avançado dos Imortais. Usariam de armas poderosas, que, à semelhança de bazucas, lançariam sobre a base inimiga concentrados de fuligem retirada dos cistos purgatoriais, de extrema toxidade. As esferas de matéria extrafísica infecciosa deveriam aderir à estrutura astral que envolvia a casa espírita, como já fizeram em outras ocasiões, com outras instituições. Desse modo, o foco pútrido e nocivo corroeria toda a estrutura hiperfísica criada para resguardar a parte etérica da chamada célula de defesa dos agentes da oposição. Isso é o que esperavam. Vulneráveis os escudos, atacariam sem piedade, focando suas energias num ponto estratégico para forçar a destruição completa do campo de força que envolvia a casa espírita. Enquanto concentrassem o ataque no local previamente estudado e indicado pelos estrategistas, os projéteis de fluidos envenenados causariam sérios danos à construção astral do lugar. Após a ofensiva, outros especialistas, os magos e cientistas, deveriam buscar os médiuns em desdobramento e aprisioná-los, imantando-os aos equipamentos de energia trazidos das profundezas do abismo. Ficariam, a partir de então, à mercê dos técnicos das sombras.

Com a sua comitiva e seu séqüito de almas desterradas, Grigori aproximou-se do local onde estava o famigerado Apophis. Deveriam esperar um pouco mais até que os médiuns daquela casa estivessem dormindo, quando então deveriam ser capturados pelos senhores da guerra. Grigori não queria perder a batalha de forma alguma, embora o príncipe deposto, tomado de ansiedade, fizesse de tudo para empreender o ataque a qualquer momento. Porém, o comandante agora era outro, e Grigori Rasputin conhecia como a palma da mão algumas das táticas dos guardiões, além de não subestimar o poder representado pelos defensores das idéias do Cordeiro.

Num outro lugar, os guardiões estavam preparados. O grande momento chegara. Sabiam de pormenores dos planos das entidades sombrias, conhecidos na totalidade somente pelo próprio Grigori. O mago da escuridão não compartilhava todos os lances com seus subordinados. Somente no momento decisivo da batalha revelava os últimos e audaciosos detalhes. Porém, o agente duplo que descobrira o planejamento da legião de espíritos especialistas havia escaneado todo o projeto dos estrategistas, transmitindo-o em detalhes para Jamar e Anton.

Grigori também pretendia infectar o médium responsável pela divulgação da estrutura do abismo com uma injeção de bactérias e um tipo específico de vírus. O próprio Grigori lideraria a operação, com a ajuda de Haber e sua equipe. O rapaz que fazia ponte entre os dois lados da vida deveria perder o equilíbrio orgânico e a força moral. Desacreditado pelos próprios companheiros, abater-se-ia até atingir intenso processo depressivo. O corpo não resistiria, tampouco a mente. Após a morte do corpo físico seria recebido entre os comandantes das trevas e encaminhado aos tribunais inquisitoriais, comandados diretamente pelos senhores da escuridão e seus parceiros luciferinos. Aproveitariam a investida e trariam o outro médium, Antônio, em desdobramento, para o lado sombrio. Tramavam maquinações no intuito de trabalhar com ele exatamente no campo em que se envolvia, isto é, na área emocional, aproveitando medos e recalques, traumas que vez ou outra emergiam de seu inconsciente. Para se certificar do sucesso da empreitada, implantariam partículas de um corpo mental degenerado — um ovóide — em seu cérebro psicossomático. A partir daí, o pavor, o medo e o pânico do simbionte fariam surgir em sua memória aspectos traumáticos de existências passadas. Seria a derrocada do trabalho e do trabalhador. Era o perfeito desfecho, aniquilando o que restava do seu trabalho, desacreditando as obras trazidas a lume por seu intermédio.

Mas os guardiões se adiantaram. Sob o comando de agentes das esferas superiores, retiraram os dois médiuns do corpo e os conduziram ao posto avançado onde estavam estacionadas as sentinelas a serviço dos Imortais. Maria Modesto Cravo, Ernestina Godoy, José Grosso, Antusa, Zabeu, João Nunes, Ana Bernardina e Pai João de Angola foram convocados para a proteção exclusiva dos médiuns. Um a um, assim que adormeceram, os trabalhadores da casa espírita foram sendo levados para o ambiente extrafísico da casa onde trabalhavam. Não havia como romper o cinturão de defesa energética e espiritual criado pelos guardiões. Todavia, desse esquema nem Grigori nem Apophis poderiam saber.

Pai João de Aruanda, o espírito João Cobú, reuniu um colegiado de sábios pais-velhos, antigos iniciados, para assumir a frente de batalha. Enquanto isso, Zura confidenciava com Jamar e Anton:

— Temos de prever todos os lances do combate espiritual. Não estamos lidando com espíritos obsessores comuns. Todos estão irados devido ao investimento dos guardiões e dos agentes Raul e Irmina em suas bases no abismo.

Demonstrando seriedade muito maior do que de costume, Jamar declarou:

— Sabemos muito bem dos perigos que envolvem um ataque dessa proporção. Temos de aumentar a proteção em torno dos trabalhadores da casa e do amigo Antônio e sua família. Afinal, são nossos tutelados também.

— Já fomos comunicados pelo Alto — acrescentou Anton — a respeito dos recursos que serão utilizados nesta noite. Espíritos comprometidos diretamente com o ideal do Espírito Verdade nos auxiliarão. Não há como dialogar com os chefes de falange. Temos de agir em nome da justiça divina, já que ultrapassaram os limites da liberdade que lhes foi concedida.

Outros guardiões ouviam a conversa entre os poderosos representantes da justiça sideral. Um ar de preocupação pareceu querer anuviar as mentes dos especialistas e técnicos siderais. Tinham perfeita noção de quem eram seus oponentes; no entanto, dependiam também das reações dos médiuns que estavam defendendo, já que o trabalho é de parceria. Precisavam contar com o apoio e a integral confiança de seus tutelados, do contrário as defesas energéticas não seriam eficazes.

Ana Bernardina e Antusa sugeriram que os médiuns desdobrados ficassem em oração o quanto pudessem. Deveriam fortalecer sua conexão com o Alto e, quando a situação se tornasse crítica, começariam a cantar, lembrando os antigos cristãos nos circos romanos. O canto funcionaria como fonte de abastecimento para fortalecer as defesas energéticas individuais e da comunidade espiritual. João Nunes, espírito de extrema lucidez, juntamente com Joseph Gleber, conversava com os trabalhadores desdobrados. Quando iniciaram as preces, enquanto um cântico era entoado por alguns dos trabalhadores projetados na dimensão extrafísica, soou o alarme.

— Veja ao longe! — gritou a plenos pulmões o príncipe Apophis. — Os desgraçados estão orando. Veja a luz que começa a irradiar em torno do local.

— Avante! — pronunciou Grigori. — Não podemos permitir que os seguidores do Cordeiro entrem em conexão direta com os Imortais. Temos de atacar com urgência.

Grigori não imaginava que os médiuns visados pela ofensiva das trevas estivessem sob a proteção direta dos guardiões, arrebatados do corpo físico e acolhidos naquele lugar. Atacaria sem mais delongas.

Grasnando e uivando como um bando de animais exóticos, a turba de espíritos se dirigiu a uma das muitas cidades vizinhas à metrópole. Fluidos grosseiros explodiam no ar, como se fosse pólvora que queimasse e explodisse de repente, à medida que passavam aquelas criaturas. Magos negros se deslocavam em meio à fumaça, e seus mantos de escuridão emitiam um som semelhante ao que ressoa na revoada de morcegos. Cientistas e soldados de antigas batalhas, espectros, sombras e demais criaturas sombrias cobriam o rosto com formações de densa energia. Queriam evitar um confronto ótico com as irradiações das preces e dos cânticos que ecoavam a partir da casa de oração. Efeitos policrômicos reverberavam na atmosfera psíquica do ambiente astral, contrastando com os fluidos grosseiros e a aura infecciosa dos habitantes do abismo que guerreavam contra as hostes do bem. Ao ver a corja de espíritos sombrios, recordei-me das palavras de Paulo de Tarso: "Pois não temos de lutar contra a carne e o sangue, e, sim, contra os principados, contra as potestades, contra os poderes deste mundo tenebroso, contra as forças espirituais da maldade nas regiões celestes" (Efésios 6:12).

Chegavam de todos os lugares as estranhas e desfiguradas entidades. A aura dos representantes do abismo parecia uma entidade que vivia e lançava seus tentáculos pelos caminhos por onde passava. Agigantava-se o número dos enviados do poder das regiões inferiores da Terra. À frente da horda de especialistas, misturados com espíritos de hierarquia inferior, Grigori e Apophis vinham sobre as vespas, estranhas máquinas desenvolvidas pela técnica do umbral, nos laboratórios do abismo. Como garras e reverberando entre as cores negra e vermelho carmim, sua aura se assemelhava à descarga de energia numa atmosfera primitiva. Com braços ou tentáculos que se esvaíam, parecia alcançar outros seres que comungavam do mesmo sistema de vida e valores. Avistaram o campo de força envolvendo a construção espiritual. Cintilavam à luz do luar as energias eletromagnéticas mantidas pelas vibrações dos trabalhadores dos dois lados da vida e pelas baterias de eletricidade instaladas pelos guardiões. Canalizadas e armazenadas pelos Imortais, energias oriundas do vento solar pareciam descer sobre o topo da forma piramidal da construção extrafísica. Grigori e Apophis nunca viram nada semelhante em suas investidas ao longo dos séculos.

— Será que os tais servidores do Cordeiro estão tão protegidos assim, como sugere a aparência deste lugar? — perguntavam-se entre si os dois seres que personificavam a política dos ditadores do abismo.

A falange composta por pais-velhos, guardiões e outros espíritos desconhecidos pelos dois comandantes das trevas estava de prontidão dentro dos limites do campo de proteção. Mais além, os médiuns desdobrados dedicavam-se a permanente oração.

Grigori deu o sinal, pois não queria que a conexão com os Imortais fosse intensificada. Não previra uma coisa muito simples: que os guardiões estariam com os trabalhadores e médiuns, ao seu lado no plano extrafísico. Teria de atacar agora. Mas já não tinha certeza da vitória.

Quando a ordem foi dada, imaginando um confronto aberto entre os guardiões e suas fileiras de soldados da escuridão, espectros e sombras, Grigori também não esperava o que ocorreu a partir de então.

Zura subiu, levitando em meio aos fluidos sutis, dentro do campo de proteção que envolvia a casa espírita, deixando um rastro luminoso atrás de si. Ergueu os braços ao alto, abriu as mãos e, quando as baixou lentamente, o campo de defesa foi desativado, deixando a casa espírita aparentemente desprotegida. Grigori vacilou por alguns segundos, estupefato diante da atitude inusitada dos guardiões. Então era assim que defendiam o patrimônio dos Imortais? Ou estavam capitulando diante da marcha das forças do abismo? Após esse breve hiato em seus pensamentos, as legiões de seres luciferinos adentraram os limites vibracionais da casa espírita. Imediatamente, Zura pairou sobre a construção espiritual e ergueu novamente os braços. Campos poderosíssimos foram erguidos em torno das hostes inimigas, e todos, inclusive Grigori, Apophis e Haber com seus especialistas, ficaram cativos.

Antes que esboçassem qualquer atitude defensiva ou ofensiva, iluminou-se por inteiro o ambiente espiritual, enquanto desciam do alto grupos de entidades iluminadas, envolvidas por uma música de procedência divina, como poucos espíritos, inclusive das hostes dos guardiões, já haviam presenciado. Orquestra invisível foi ouvida de repente, formando o pano de fundo para a coreografia sideral. A falange de seres da escuridão quedou-se diante da demonstração da arte superior.

Acuados pela beleza da imensidade, Grigori e

Apophis não conseguiam tirar os olhos dos seres sublimes que bailavam sobre a construção espiritual. Esperavam que os guardiões utilizassem armas de eletricidade e campos de contenção de altíssima potência, mas eram outros os recursos que os inventivos guardiões empregavam. Ao mesmo tempo, na película energética interna que envolvia a construção astral, apareceram imagens. Era uma das maravilhas da técnica sideral. O próprio campo de força era também uma espécie de tela etérica de grandes proporções. As imagens refletiam os sentimentos mais íntimos e de superior qualidade energética e espiritual dos espíritos perseguidores, dos senhores da guerra. Tais projeções eram na verdade reflexos do passado espiritual dos principais representantes da ciência do abismo. Cada um deles, Grigori, Apophis, Haber e outros do alto escalão da política do submundo, seus aliados, viam refletidos na projeção os momentos de felicidade, os sentimentos de amor ou os personagens que um dia participaram de suas vidas, mesmo em passado remoto. A maravilha da técnica tinha como objetivo fazer com que as tais entidades tivessem ao menos um lampejo dos sentimentos mais nobres que um dia experimentaram. E o efeito foi algo sobremodo inesperado.

Grigori e Apophis quedaram-se diante da manifestação da soberania dos guardiões e da sabedoria da política superior do Cordeiro. Sua memória espiritual foi estampada em todas as cores na tela do campo de forças estruturado em energias superiores. Enquanto isso, o coro de almas sublimes desfilava acompanhando o teatro das emoções, encenando uma coreografia de beleza inimaginável. De todas as maneiras, sob todos os ângulos, as entidades malévolas se sentiram abatidas. Os magos negros e muitos cientistas cobriram a retina espiritual de seus corpos semimateriais com seus mantos tecidos em matéria astral de intensa negritude, recusando-se de todas as formas a assistir ao quadro. No entanto, por mais que resistissem, não podiam ignorar as vibrações dulcíssimas da melodia sideral, que invadia as almas de todos ali, inclusive as suas. Urros e esgares, sons incompreensíveis de uma língua morta foram ouvidos e vistos revolucionando em torno dos seres procedentes das esferas de escuridão.

Quando os poderosos chefes da falange sinistra ameaçavam sair daquele estado alterado de consciência, quando ainda tateavam com o pensamento em meio à onda de emoções superiores despertadas pela coreografia divina, dois focos de luz foram avistados descendo do alto, num malabarismo inebriante, maravilhoso e de difícil descrição. Movimentavam-se em torno um do outro, como um par de cometas profusamente iluminados. Eram espíritos superiores em corpo mental, que desciam das regiões mais sublimes da atmosfera terrestre. Vieram adensando-se vibratoriamente, as duas almas redimidas, em compasso com os acordes da orquestra sideral e invisível. Envolveram Apophis e Grigori, retornando, com o fulgor de suas irradiações sublimes, às regiões impenetráveis da espiritualidade. Os dois, outrora poderosos representantes do abismo e de sua política, foram conduzidos pelos emissários do Alto, desfalecidos nos braços dos mensageiros divinos, a fim de prestar contas diante da suprema justiça, numa instância superior. Apophis e Grigori não suportaram tal exposição às emissões mentais das consciências superiores, e a aparente fortaleza psíquica de que se vangloriavam ruiu perante energias de tamanha superioridade moral. Dois dos mais lúcidos representantes do Espírito Verdade foram os mensageiros enviados para interferir nas pretensões dos povos do abismo.

A multidão de criaturas ficou estarrecida diante do ocorrido. Seus chefes mais poderosos foram arrebatados às regiões superiores. Ficou patente para todos que limites muito firmes foram estabelecidos pela sabedoria divina. Não poderiam impedir de modo algum o surto do progresso espiritual que vinha do Alto em direção à humanidade. Para os representantes da ditadura das trevas, havia se fixado uma linha, a qual não poderiam ultrapassar. As milícias de espectros, sombras e magos negros estavam estupefatas.

Alguns magos negros mais experientes tentaram assumir a direção do exército acéfalo, quando os pais-velhos entraram em ação. Antigos iniciados de templos do passado, os pretos-velhos sob a batuta de João Cobú iniciaram sua atuação com uma simplicidade jamais imaginada pelos magos. Pai João bateu no solo astral com sua bengala, estruturada em luz coagulada. Um a um, os anciãos, todos em perfeita sintonia, repetiram o gesto, formando uma cadência, um ritmo, produzindo um som especial que reverberava com poderosas emissões eletromagnéticas. A Terra pareceu se abrir quando uma fenda energética se revelou abaixo do local onde estavam os magos e os cientistas. Os magos negros, os mais temíveis de todos, bem como Haber e sua equipe da ciência do inferno, foram tragados pelo magnetismo primário do planeta, descendo vibratoriamente às regiões mais inferiores do mundo, onde é sua morada, sendo novamente exilados no submundo. A fenda energética se fechara em seguida.

Toda a força mental e a disciplina do pensamento dos senhores da escuridão foram impotentes contra a ação dos pais-velhos. Não poderiam interferir nas ações dos iniciados e antigos sacerdotes da ciência oculta. O peso vibratório de suas almas, aliado à ação corretiva empreendida pela equipe de João Cobú, fez com que tais entidades de aura maligna fossem arremessadas a sítios compatíveis com seu estado moral e o peso específico de seus corpos semimateriais. Para trás restaram alguns chefes de falange, os soldados da política umbralina e as hordas de entidades perversas, que, sem seus comandantes Grigori e Apophis, perambulavam, impotentes contra a sabedoria demonstrada pela ação dos guardiões superiores e seus parceiros, os pais-velhos.

Antes que a turba tivesse tempo de apresentar qualquer reação e se reagrupar, numa investida que em tudo seria impotente, Maria Modesto Cravo e Joseph Gleber levitaram. Com o fundo formado pelo coro de vozes e pela orquestra sideral, elevaram-se o mais alto possível sobre a turba de almas desequilibradas e em franco abatimento moral. Efeitos de luz eram projetados na tela etérica do campo de forças; ao mesmo tempo, os mensageiros assumiam a direção das tarefas, e o elevado benfeitor manifestou-se mentalmente. Não era uma voz articulada. O pensamento de Joseph atravessou as dimensões, rasgou os limites da natureza grosseira dos seus ouvintes e penetrou no âmago de suas almas. A horda de espíritos pôde perceber a voz mental, inarticulada, invadindo seus cérebros quase materiais num fenômeno somente conhecido entre as almas superiores:

— Vocês vieram aqui em nome de uma política falida, a fim de defender uma causa que já foi vencida pelo próprio Cordeiro de Deus, o mesmo Senhor e Mestre que todos respeitamos — principiou o amigo Joseph Gleber. — Não se aflijam por demais, pois estão livres para escolher o tipo de política que querem adotar a partir de agora. Não serão feitos prisioneiros de guerra nem servos ou escravos, como estão acostumados a ver entre os seus superiores hierárquicos nas regiões abissais. A política divina do "amai-vos uns aos outros" é bem mais ampla e generosa do que os parcos recursos de que dispõem em suas operações e ofensivas contra as obras da civilização. Presenciaram como a justiça soberana colocou termo aos abusos de seus comandantes e sabem muito bem como os maiorais do submundo estão acorrentados em cadeias eternas nas regiões inferiores e escuras do planeta. Nada, absolutamente nada irá impedir que o progresso espiritual chegue aos povos do mundo. Considerem este momento e retornem aos redutos de vocês com as impressões que receberam através das vibrações irradiadas pelos Imortais. Levem a notícia de uma política diferente e de um modo de vida muito superior àquele a que estão habituados. Pensem e reflitam a respeito de suas vidas e da oportunidade que está sendo dispensada a todos os espíritos vinculados ao planeta Terra.

"Não estão sozinhos! Onde estiverem e como estiverem, estaremos nós, os representantes da imortalidade, atentos aos seus clamores, às suas dores e às suas necessidades. Mas também representamos aquela justiça indefectível, a qual estabelece que cada um receba da vida o produto exato de seu investimento. Meus irmãos, estão livres para retornar ao seu sistema de vida, aos seus biomas e suas comunidades, mas não se esqueçam de que estaremos aqui, dispostos a recebê-los até quando a justiça soberana permitir, conduzindo-os aos braços do Pai de todos nós."

Na visão dos espíritos infelizes, Joseph parecia um anjo da justiça com sua aura iluminada, que ofuscava em todas as direções. Irradiações do pensamento organizado e harmonioso, de energias oriundas de dimensões sublimes, refletiam-se como asas em torno do Imortal.

Complementando a fala de Joseph Gleber, Maria Modesto encerrou:

— Levem aos seus soberanos a notícia de que o tempo que lhes resta é muito pouco e que o mundo já está em transformação. Em breve, os emissários da imortalidade intensificarão as reurbanizações extrafísicas em nível planetário e darão início à reacomodação dos espíritos ainda sintonizados com a política dos dragões, o que será algo inevitável. Os umbrais da Terra deverão ser e desde já estão sendo esvaziados para que as malocas purgatoriais cedam lugar a comunidades de referência e de qualidade espiritual. Aqueles de vocês que assim o desejarem serão recebidos pelos guardiões, que estão de prontidão para albergá-los e conduzi-los a novas oportunidades de realização superior.

Centenas de espíritos pertencentes às hordas dos espectros e sombras sentiram-se tocados e lançaram-se ao chão, clamando ajuda para a transição à nova forma de vida, segundo os postulados da política do Reino. Os chefes de falange e outros espíritos mais renitentes viram, já sem assombro, como os guardiões levantaram o campo de forças esférico que envolvia a construção espiritual da casa espírita, a fim de permitir o regresso aos antros e cavernas do submundo. Não sabiam ainda o que fazer, nem conheciam o sistema de vida superior do Cordeiro. Precisavam meditar. Outros mais estavam completamente estarrecidos diante da maneira como foram tratados e da liberdade que lhes fora concedida. O abatimento moral pela baixa dos dois soberanos do abismo, os de mais alto escalão que todos ali conheciam, refletiu-se em toda a horda. Não conseguiram esboçar qualquer reação e retornaram com as imagens e os acordes que ressoavam em suas mentes, levando aos redutos da escuridão a notícia e as lembranças de um sistema de vida diferente e superior. Suas almas não seriam jamais as mesmas, e decerto teriam muito em que pensar a partir desse momento.

O campo de forças se fechou sobre a instituição que abrigava os servidores do bem, e outro coro de vozes foi ouvido, agora dirigido aos trabalhadores encarnados, que, em desdobramento, reuniam-se na esfera extrafísica da casa espírita. Quando Joseph adentrou o recinto, Raul, Irmina e Antônio pareciam apreensivos, talvez ligeiramente tensos.

O Imortal envolveu-os em suas vibrações e, mirando nos olhos de todos os trabalhadores, consolou-os com suas palavras:

— Meus irmãos estão amparados pela bondade de Maria, que administra na Terra a misericórdia divina, e de nosso soberano Senhor, que é o orientador evolutivo do planeta. Contudo, é preciso dar ênfase à urgência da hora que vivemos, a qual exige total e incondicional adesão aos princípios do "amai-vos uns aos outros". É preciso desenvolver e fortalecer os sentimentos de fraternidade, de solidariedade, entre os agentes da política divina. Sem se manterem unidos, dificilmente poderão enfrentar as investidas das sombras e dos ditadores do abismo. Desse modo permaneceremos conectados mentalmente e em sintonia com as forças soberanas que patrocinam a evolução do planeta. Portando, meus irmãos, não fiquem temerosos quanto ao futuro. Como diz venerável companheiro da vida maior, "não estão sós aqueles que amam". Com os valores acumulados em suas almas, estejam sempre à disposição como instrumentos da Verdade e da evolução do pensamento superior. Mantenham-se informados, atualizados e capacitados para se manter afinados com os projetos superiores e os diretores evolutivos do mundo.

Os médiuns foram conduzidos por Saldanha, Omar, Jamar e Anton a outras atividades com os guardiões, recebendo na casa espírita expressivo número de espíritos, que deveriam, mais tarde, ser atendidos em reuniões mediúnicas de diversas outras casas. Molekai, Belial e outras criaturas das profundezas renderam-se à demonstração de beleza dos Imortais. Sintetizavam em si mesmos a derrota ao sistema dos opositores do progresso, colocando-se sob a proteção dos guardiões da noite.

No abismo, foram avistados raios de efeito fulminante procedentes da superfície, rasgando a escuridão extrafísica e cavando buracos no solo da subcrosta e das regiões abissais. Como meteoros, Haber e sua equipe, magos e iniciados dos senhores da escuridão, despencaram numa espécie de queda livre, rolando sobre o leito dos oceanos e em regiões próximas ao magma do planeta e outros antros do submundo. A poeira de antimatéria originada pelo fenômeno provocado pelos pais-velhos foi avistada de longe, enquanto espíritos demoníacos, revoltados com sua derrota, esboçavam um gesto de se levantar, diante daqueles seus subordinados que presenciaram seu fracasso retumbante. Haber urrava de ódio, porque, além de perder integrantes preciosos de sua equipe, vira como seus planos foram descobertos pelos guardiões. Os magos, envoltos nos mantos de matéria negra, ergueram-se no fundo do abismo tais quais morcegos, cujos olhos cintilantes de fogo pareciam reflexos das cinzas de almas falidas. Enfileirados de qualquer jeito, compuseram um cortejo de criaturas da noite que prosseguia silencioso, cada elo após outro, rumando para bases localizadas nas profundezas do abismo — ou para o que restara de algumas delas. O mal ainda não fora vencido em sua totalidade. Estava apenas escondido, temporariamente escondido sob os mantos negros, sombrios e insondáveis dos senhores da escuridão.

Mas a história não termina aqui...

POSFÁCIO

pelo espírito
Ângelo Inácio

PARA QUE O LEITOR entenda o formato dos livros da trilogia *O reino das sombras*, bem como de outras obras de minha autoria, é preciso saber mais a meu respeito, como espírito. Não me enquadro nas normas preestabelecidas por nenhum dogma ou doutrina. Sou *espírito* — e não espírito católico, espírito protestante, espírito umbandista ou espírito espírita. Apenas espírito. Em minha última encarnação não tive sequer noções de doutrina espírita. Ao desencarnar, continuei adotando o método que utilizava quando entre os chamados vivos. Como jornalista e escritor, entrevistei espíritos que tinham compreensão muito mais ampla e elaborada que a minha, tanto do cenário espiritualista e espírita quanto de ramos do saber nos quais me julgo incipiente ou ignorante. Como repórter do Além, pedi a contribuição de diversas almas abnegadas, de outros escritores, outras almas do outro mundo, como eu. Juntei tudo, reuni o conhecimento compartilhado por esses espíritos e apresentei as idéias num formato que os companheiros encarnados possam apreciar. Eis como escrevo meus livros do lado de cá da vida.

Com a prática, aprendi que o conteúdo da própria alma dos médiuns, que muitos espíritos acham indesejável, interfere no fenômeno da escrita. De minha parte, optei por não lutar contra a natureza, que dotou sensitivos e médiuns de vontade, do registro das memórias do tempo ou do chamado conteúdo anímico. Preferi imergir intencionalmente nas memórias do sensitivo e daí extrair aquilo que julgo útil e proveitoso para meu trabalho com o médium. É melhor assim do que contar com as surpresas de uma avalanche de informações que se contraponhem ao meu próprio pensamento. Não me importo se as idéias apresentadas sejam atribuídas à minha autoria; o antigo corpo físico já morreu, e com ele, pelo menos para mim, os direitos de produção intelectual. Meu trabalho é de parceria com os sensitivos com os quais trabalho. De maneira consciente, acesso as memórias e os registros de seu psicossoma e do corpo mental, adaptando-os ao meu estilo e àquilo que desejo escrever. Formo as frases, os pensamentos, os capítulos.

Quando encontro dificuldades em escrever determinados trechos através do sensitivo, convido outros escritores tão "fantasmas" quanto eu e peço-lhes ajuda. Também faço uso de textos extraídos dos registros *akáshicos*, ou seja, de memórias gravadas numa dimensão superior, cujos autores estejam ou não desencarnados. Conforme o grau de dificuldade encontrado no transe mediúnico, procuro editar o conteúdo, como um editor qualquer o faz entre os mortais. Modifico o texto a que chamamos de matriz astral e, de acordo com a possibilidade oferecida pela mente do médium, condenso, compilo e reescrevo, sempre com o objetivo de fazer jus ao que pretendo transmitir. Uma vez tudo pronto, resolvidos os obstáculos com o sensitivo, submeto o pensamento exposto por mim à apreciação de companheiros mais esclarecidos da dimensão onde me encontro. Somente aí é que dou por encerrada a redação da parte antes embaraçada.

Considerando tudo isso, tenho ainda algo a dizer especificamente sobre o conteúdo deste volume II da trilogia.

A proposta das excursões à subcrosta e ao abismo foi apresentada à nossa equipe pelo espírito Joseph Gleber. Para efetivá-las, recorremos a conselhos, ajuda e orientação de espíritos mais experientes, que desenvolveram gosto por trabalhar nesse ambiente ou por envolver-se com situações familiares a ele. Só um coração grande pode explicar tal fato. Generosamente, dispuseram-se a auxiliar na descida vibratória. Tivemos a participação intensiva de Ranieri, Júlio Verne e Dante Alighieri, que dedicaram seu tempo ministrando preciosos treinamentos com informações a respeito do mapeamento das zonas purgatoriais conhecidas como trevas ou abismo. Nessas aulas, o espírito João Cobú ou Pai João de Aruanda foi companhia silenciosa, preferindo a discrição durante todo o aprendizado sobre as regiões a serem visitadas. Escrevi o prefácio de *Senhores da escuridão* com a assessoria de outro espírito a quem devo muito em minhas peregrinações na busca pelo conhecimento. Usamos do referido processo com as matrizes astrais e, a partir delas, adaptamos a essência do que está contido tanto no prefácio quanto no último capítulo.

Enfatizo que a história é real, apesar de ter diversos nomes trocados para evitar identificações desagradáveis. Porém, ela não acabou nas páginas finais. A continuidade dos eventos relacionados em *Senhores da escuridão* depende sensivelmente das escolhas e de certas ações e reações dos personagens envolvidos no enredo; depende inclusive das pessoas que se apresentam como instrumentos a serviço da humanidade. Sofre influência do revisor e de suas reações ante os escritos; sua fé naquilo que revisa, seu envolvimento com a trama da história. Está sujeita ao editor e suas reações ante os ataques energéticos — percalços que fazem parte do caminho. Assim como recebe a colaboração das pessoas que apóiam vibratoriamente e tentam auxiliar, orando ou demonstrando afeto e gratidão. Em resumo, o resultado está atrelado a muita coisa, a muitas respostas pessoais e ao envolvimento de cada elemento, para que a história chegue a um termo.

É claro que, como em qualquer literatura mediúnica, não se pretende obter um relato pormenorizado e indiscutível do assunto abordado. Apresento aquilo que me foi possível, já que conto com um instrumento mediúnico em processo de aprendizado e, por isso mesmo, ainda não tão maleável como eu talvez preferisse — além, é claro, das oscilações comuns à dinâmica do transe.

Os relatos e alguns ensinamentos, deduções e comentários já foram percebidos por outros sensitivos, artistas, escritores e médiuns em momentos de desdobramento. No que concerne ao conteúdo doutrinário, aos conceitos e cenários, não posso dizer que o livro seja de minha autoria exclusiva. Sou apenas um dos espíritos responsáveis por levar esse conhecimento ao mundo, longe de ser o único. Autores evangélicos e espíritas, religiosos e profanos têm captado certos lances da paisagem e da estrutura de poder dos ditadores do abismo. Desdobrados em espírito, estabelecem sintonia com os elementos extrafísicos desse drama milenar, transcrevendo em seus livros e demais escritos o resultado do que vêem, ouvem ou apreendem por meio da intuição, naturalmente dando o tempero adequado ao sabor de sua ideologia ou vocabulário. Não pretendo ter exclusividade nesse tipo de literatura, nem na forma e nem no conteúdo.

Minha intenção é que os estudiosos das questões espirituais reflitam a respeito dos temas e das implicações dos acontecimentos que envolvem os personagens reais que desfilam nas páginas deste livro.

Fruto dessa parceria entre os dois lados da vida, *Senhores da escuridão* materializa-se em suas mãos de modo a lhe dar uma idéia pálida, porém verdadeira, a respeito dos bastidores da vida social e mundana.

Em virtude da dificuldade encontrada devido aos ataques energéticos direcionados ao médium, bem como de sua resistência em aceitar certos fatos que lhe apresentei, recorri constantemente ao desdobramento do sensitivo, a fim de mostrar-lhe os acontecimentos que ocorriam em outra dimensão. Nesses momentos de desdobramento lúcido, tive maior acesso aos registros mentais arquivados em sua memória extracerebral, e isso facilitou o processo da escrita. De posse dos elementos anímicos, moldei-os conforme a necessidade e, em parceria, escrevi alguns dos capítulos de conteúdo mais denso ou intenso. Diversas paisagens e imagens estavam impressas na memória extracerebral do médium, já que ele vivenciou certos acontecimentos relacionados ao tema tanto no período entre vidas, durante a erraticidade, quanto nas projeções da consciência. Lancei mão desse recurso a fim de solucionar determinados empecilhos próprios ao transe mediúnico e com o objetivo maior de aprimorar o texto final. Espero ser compreendido.

ÂNGELO INÁCIO (ESPÍRITO)

Referências Bibliográficas

BÍBLIA de referência Thompson. Edição contemporânea de Almeida. São Paulo: Vida, 1995.

BÍBLIA de referência Thompson. Nova Versão Internacional. São Paulo: Vida, 1995.

DICIONÁRIO HOUAISS da Língua Portuguesa. Rio de Janeiro: Objetiva, 2009.

NOVO DICIONÁRIO eletrônico Aurélio (versão 6.0). 4ª ed. de *O novo dicionário Aurélio da Língua Portuguesa*, atualizada e revista conforme o Novo Acordo Ortográfico da Língua Portuguesa de 7 de maio de 2008. Curitiba: Positivo, 2009.

KARDEC, Allan. *O Evangelho segundo o espiritismo*. Tradução de Guillon Ribeiro. 120ª ed. Rio de Janeiro: FEB, 2002.

____. *O livro dos espíritos*. Tradução de Guillon Ribeiro. 1ª ed. esp. Rio de Janeiro: FEB, 2005.

____. *O livro dos médiuns ou guia dos médiuns e dos evocadores*. Tradução de Guillon Ribeiro. 1ª ed. esp. Rio de Janeiro: FEB, 2004.

____. *Revista espírita: jornal de estudos psicológicos*. Tradução de Evandro Noleto Bezerra. Rio de Janeiro: FEB, 2005. 12 v. (1858-1869).

PINHEIRO, Robson. Pelo espírito Ângelo Inácio. *Legião: um olhar sobre o reino das sombras.* 2ª ed. Contagem: Casa dos Espíritos, 2006. (O reino das sombras, v. 1.)

____. Pelo espírito Joseph Gleber. *Consciência: em mediunidade, você precisa saber o que está fazendo.* 2ª ed. rev. Contagem: Casa dos Espíritos, 2010.

____. Orientado pelos espíritos Joseph Gleber, André Luiz e José Grosso. *Energia: novas dimensões da bioenergética humana.* 2ª ed. rev. 5ª reimpr. Contagem: Casa dos Espíritos, 2013.

XAVIER, Francisco Cândido. Pelo espírito André Luiz. *Entre a Terra e o céu.* 2ª ed. esp. Rio de Janeiro: FEB, 2010.

____. Pelo espírito André Luiz. *Evolução em dois mundos.* 20ªed. Rio de Janeiro: FEB, 2002.

____. Pelo espírito André Luiz. *Libertação.* 1ª ed. esp. Rio de Janeiro: FEB, 2003.

____. Pelo espírito André Luiz. *Missionários da luz.* 3ª ed. esp. Rio de Janeiro: FEB, 2007.

Transcenda-se. Para o catálogo completo, acesse www.casadosespiritos.com

+ publicações

Tambores de Angola | *Coleção Segredos de Aruanda, vol. 1*
edição revista e ampliada | A origem histórica da umbanda e do espiritismo | Robson Pinheiro *pelo espírito Ângelo Inácio*

O trabalho redentor dos espíritos – índios, negros, soldados, médicos – e de médiuns que enfrentam o mal com determinação e coragem. Nesta edição revista e ampliada, 17 anos e quase 200 mil exemplares depois, Ângelo Inácio revela os desdobramentos dessa história em três capítulos inéditos, que guardam novas surpresas àqueles que se deixaram tocar pelas curimbas e pelos cânticos dos pais-velhos e dos caboclos.

ISBN: 978-85-99818-36-7 • ROMANCE MEDIÚNICO • 2015 • 256 PÁGS. • BROCHURA • 16 X 23CM

Aruanda | *Coleção Segredos de Aruanda, vol. 2*
Um romance espírita sobre pais-velhos, elementais e caboclos
Robson Pinheiro *pelo espírito Ângelo Inácio*

Por que as figuras do negro e do indígena – pretos-velhos e caboclos –, tão presentes na história brasileira, incitam controvérsia no meio espírita e espiritualista? Compreenda os acontecimentos que deram origem à umbanda, sob a ótica espírita. Conheça a jornada de espíritos superiores para mostrar, acima de tudo, que há uma só bandeira: a do amor e da fraternidade.

ISBN: 978-85-99818-11-4 • ROMANCE MEDIÚNICO • 2004 • 245 PÁGS. • BROCHURA • 16 X 23CM

Corpo fechado | *Coleção Segredos de Aruanda, vol. 3*
Robson Pinheiro *pelo espírito W. Voltz, orientado pelo espírito Ângelo Inácio*

Reza forte, espada-de-são-jorge, mandingas e patuás. Onde está a linha divisória entre verdade e fantasia? Campos de força determinam a segurança energética. Ou será a postura íntima? Diante de tantas indagações, crenças e superstições, o espírito Pai João devassa o universo interior dos filhos que o procuram, apresentando casos que mostram incoerências na busca por proteção espiritual.

ISBN: 978-85-87781-34-5 • ROMANCE MEDIÚNICO • 2009 • 303 PÁGS. • BROCHURA • 16 X 23CM

Legião | *Trilogia O Reino das Sombras, vol. 1*
Um olhar sobre o reino das sombras
Robson Pinheiro *pelo espírito Ângelo Inácio*

Veja de perto as atividades dos representantes das trevas, visitando as regiões subcrustais na companhia do autor espiritual. Sob o comando dos dragões, espíritos milenares e voltados para o mal, magos negros desenvolvem sua ativ dade febril, organizando investidas contra as obras da humanidade. Saiba como os enfrentam esses e outros personagens reais e ativos no mundo astral.

ISBN: 978-85-99818-19-0 • ROMANCE MEDIÚNICO • 2006 • 502 PÁGS. • BROCHURA • 14 X 21CM

Senhores da escuridão | *Trilogia O Reino das Sombras, vol. 2*
Robson Pinheiro *pelo espírito Ângelo Inácio*

Das profundezas extrafísicas, surge um sistema de vida que se opõe às obras da civilização e à política do Cordeiro. Cientistas das sombras querem promover o caos social e ecológico para, em meio às guerras e à poluição, criar condições de os senhores da escuridão emergirem da subcrosta e conduzirem o destino das nações. Os guardiões têm de impedi-los, mas não sem antes investigar sua estratégia.

ISBN: 978-85-87781-31-4 • ROMANCE MEDIÚNICO • 2008 • 676 PÁGS. • BROCHURA • 14 X 21CM

A marca da besta | *Trilogia O Reino das Sombras, vol. 3*
Robson Pinheiro *pelo espírito Ângelo Inácio*

Se você tem coragem, olhe ao redor: chegaram os tempos do fim. Não o famigerado fim do mundo, mas o fim de um tempo – para os dragões, para o império da maldade. E o início de outro, para construir a fraternidade e a ética. Um romance, um testemunho de fé, que revela a força dos guardiões, emissários do Cordeiro que detêm a propagação do mal. Quer se juntar a esse exército?

ISBN: 978-85-99818-08-4 • ROMANCE MEDIÚNICO • 2010 • 640 PÁGS. • BROCHURA • 14 X 21CM

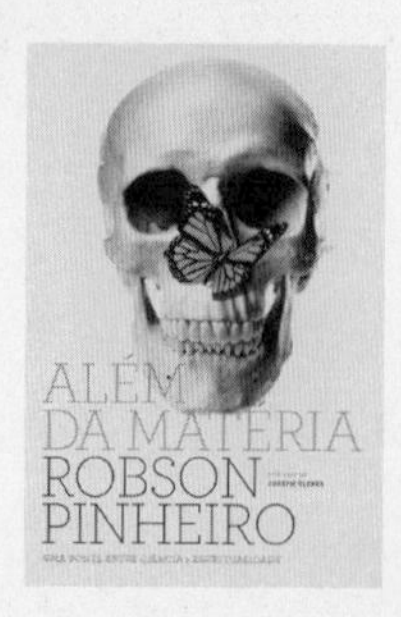

Além da matéria
Uma ponte entre ciência e espiritualidade
Robson Pinheiro *pelo espírito Joseph Gleber*

Exercitar a mente, alimentar a alma. *Além da matéria* é uma obra que une o conhecimento espírita à ciência contemporânea. Um tratado sobre a influência dos estados energéticos em seu bem-estar, que lhe trará maior entendimento sobre sua própria saúde. Físico nuclear e médico que viveu na Alemanha, o espírito Joseph Gleber apresenta mais uma fonte de autoconhecimento e reflexão.

ISBN: 978-85-99818-13-8 • SAÚDE E MEDIUNIDADE • 2003/2011 • 320 PÁGS. • BROCHURA • 16 X 23CM

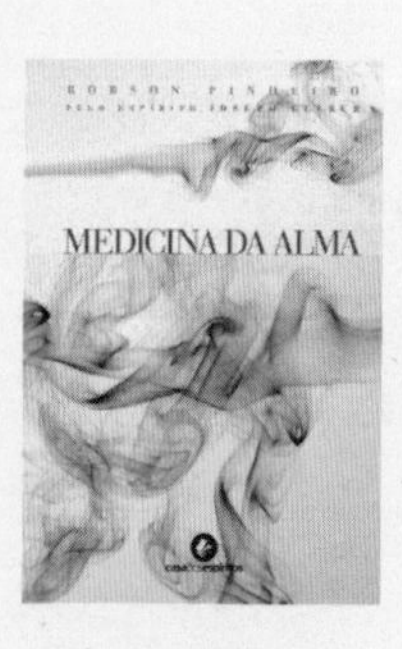

Medicina da alma
Saúde e medicina na visão espírita
Robson Pinheiro *pelo espírito Joseph Gleber*

Com a experiência de quem foi físico nuclear e médico, o espírito Joseph Gleber, desencarnado no Holocausto e hoje atuante no espiritismo brasileiro, disserta sobre a saúde segundo o paradigma holístico, enfocando o ser humano na sua integralidade. Edição revista e ampliada, totalmente em cores, com ilustrações inéditas, em comemoração aos 150 anos do espiritismo [1857-2007].

ISBN: 978-85-87781-25-3 • SAÚDE E MEDIUNIDADE • 1997 • 254 PÁGS. • CAPA DURA E EM CORES • 17 X 24CM

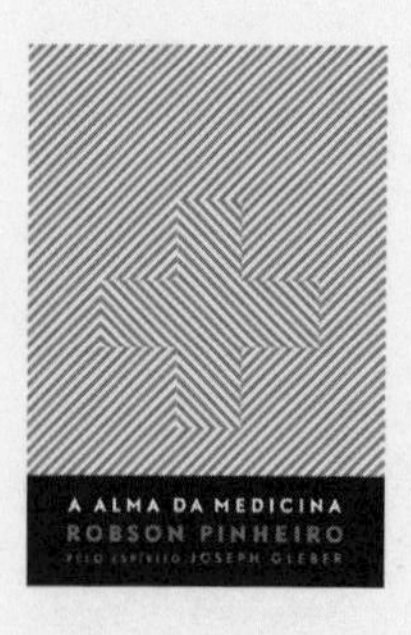

A alma da medicina
Robson Pinheiro *pelo espírito Joseph Gleber*

Com a autoridade de um físico nuclear que resolve aprender medicina apenas para se dedicar ao cuidado voluntário dos judeus pobres na Alemanha do conturbado período entre guerras, o espírito Joseph Gleber não deixa espaço para acomodação. Saúde e doença, vida e morte, compreensão e exigência, sensibilidade e firmeza são experiências humanas cujo significado clama por revisão.

ISBN: 978-85-99818-32-9 • SAÚDE E MEDIUNIDADE • 2014 • 416 PÁGS. • BROCHURA • 16 X 23CM

Consciência

Em mediunidade, você precisa saber o que está fazendo

Robson Pinheiro *pelo espírito Joseph Gleber*

Já pensou entrevistar um espírito a fim de saciar a sede de conhecimento sobre mediunidade? Nós pensamos. Mais do que saciar, Joseph Gleber instiga ao tratar de materialização, corpo mental, obsessões complexas e apometria, além de animismo – a influência da alma do médium na comunicação –, que é dos grandes tabus da atualidade.

ISBN: 978-85-99818-06-0 • SAÚDE E MEDIUNIDADE • 2007 • 288 PÁGS. • BROCHURA • 16 X 23CM

Energia

Novas dimensões da bioenergética humana

Robson Pinheiro *sob orientação dos espíritos Joseph Gleber, André Luiz e José Grosso*

Numa linguagem clara e direta, o médium Robson Pinheiro faz uso de sua experiência de mais de 25 anos como terapeuta holístico para ampliar a visão acerca da saúde plena, necessariamente associada ao conhecimento da realidade energética. Anexo com exercícios práticos de revitalização energética, ilustrados passo a passo.

ISBN: 978-85-99818-02-2 • SAÚDE E MEDIUNIDADE • 2008 • 238 PÁGS. • BROCHURA • 16 X 23CM

Apocalipse

Uma interpretação espírita das profecias

Robson Pinheiro *pelo espírito Estêvão*

O livro profético como você nunca viu. O significado das profecias contidas no livro mais temido e incompreendido do Novo Testamento, analisado de acordo com a ótica otimista que as lentes da doutrina espírita proporcionam. O autor desconstrói as imagens atemorizantes das metáforas bíblicas e as decodifica.

ISBN: 978-85-87781-16-1 • JESUS E O EVANGELHO • 1997 • 272 PÁGS. • BROCHURA • 16 X 23CM

A força eterna do amor

Robson Pinheiro *pelo espírito Teresa de Calcutá*

"O senhor não daria banho em um leproso nem por um milhão de dólares? Eu também não. Só por amor se pode dar banho em um leproso". Cidadã do mundo, grande missionária, Nobel da Paz, figura inspiradora e controvertida. Desconcertante, veraz, emocionante: esta é Teresa. Se você a conhece, vai gostar de saber o que pensa; se ainda não, prepare-se, pois vai se apaixonar. Pela vida.

ISBN: 978-85-87781-38-3 • AUTOCONHECIMENTO • 2009 • 318 PÁGS. • BROCHURA • 16 X 23CM

Pelas ruas de calcutá

Robson Pinheiro *pelo espírito Teresa de Calcutá*

"Não são palavras delicadas nem, tampouco, a repetição daquilo que você deseja ouvir. Falo para incomodar". E é assim, presumindo inteligência no leitor, mas também acomodação, que Teresa retoma o jeito contundente e controvertido e não poupa a prática cristã de ninguém, nem a dela. Duvido que você possa terminar a leitura de *Pelas ruas de Calcutá* e permanecer o mesmo.

ISBN: 978-85-99818-23-7 • AUTOCONHECIMENTO • 2012 • 368 PÁGS. • BROCHURA • 16 X 23CM

Mulheres do Evangelho

e outros personagens transformados pelo encontro com Jesus

Robson Pinheiro *pelo espírito Estêvão*

A saga daqueles que tiveram suas vidas transformadas pelo encontro com Jesus, contadas por quem viveu na Judeia dos tempos do Mestre. O espírito Estêvão revela detalhes de diversas histórias do Evangelho, narrando o antes, o depois e o que mais o texto bíblico omitiu a respeito da vida de personagens que cruzaram os caminhos do Rabi da Galileia.

ISBN: 978-85-87781-17-8 • JESUS E O EVANGELHO • 2005 • 208 PÁGS. • BROCHURA • 14 X 21CM

Os espíritos em minha vida
Robson Pinheiro *editado por Leonardo Möller*

Relacionar-se com os espíritos. Isso é mediunidade, muito mais do que simples fenômenos. A trajetória de um médium e sua sintonia com os Imortais. As histórias, as experiências e os espíritos na vida de Robson Pinheiro. Inclui CD: os espíritos falam na voz de Robson Pinheiro: Joseph Gleber, José Grosso, Palminha, Pai João de Aruanda, Zezinho e Exu Veludo.

ISBN: 978-85-87781-32-1 • MEMÓRIAS • 2008 • 380 PÁGS. • BROCHURA • 16 X 23CM

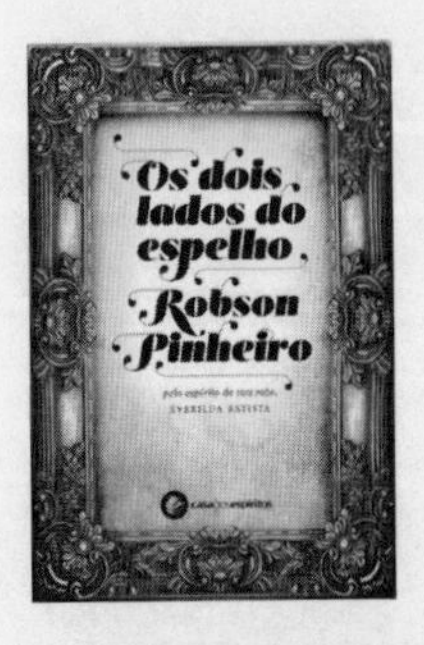

Os dois lados do espelho
Robson Pinheiro *pelo espírito de sua mãe Everilda Batista*

Às vezes, o contrário pode ser certo. Questione, duvide, reflita. Amplie a visão sobre a vida e sobre sua evolução espiritual. Aceite enganos, trabalhe fraquezas. Não desvie o olhar de si mesmo. Descubra seu verdadeiro reflexo, dos dois lados do espelho. Everilda Batista, pelas mãos de seu filho Robson Pinheiro. Lições da mãe e da mulher, do espírito e da serva do Senhor. Uma amiga, uma professora nos dá as mãos e nos convida a pensar.

ISBN: 978-85-99818-22-0 • AUTOCONHECIMENTO • 2004/2012 • 208 PÁGS. • BROCHURA • 16 X 23CM

Sob a luz do luar
Uma mãe numa jornada pelo mundo espiritual
Robson Pinheiro *pelo espírito de sua mãe Everilda Batista*

Um clássico reeditado, agora em nova edição revista. Assim como a Lua, Everilda Batista ilumina as noites em ajuda às almas necessitadas e em desalento. Participando de caravanas espirituais de auxílio, mostra que o aprendizado é contínuo, mesmo depois desta vida. Ensina que amar e servir são, em si, as maiores recompensas da alma. E que isso é a verdadeira evolução.

ISBN: 978-85-87781-35-2 • ROMANCE MEDIÚNICO • 1998 • 264 PÁGS. • BROCHURA • 14 X 21CM

O próximo minuto
Robson Pinheiro *pelo espírito Ângelo Inácio*

Um grito em favor da liberdade, um convite a rever valores, a assumir um ponto de vista diferente, sem preconceitos nem imposições, sobretudo em matéria de sexualidade. Este é um livro dirigido a todos os gêneros. Principalmente àqueles que estão preparados para ver espiritualidade em todo comportamento humano. É um livro escrito com coração, sensibilidade, respeito e cor. Com todas as cores do arco-íris.

ISBN: 978-85-99818-24-4 • ROMANCE MEDIÚNICO • 2012 • 473 PÁGS. • BROCHURA • 16 X 23CM

Crepúsculo dos deuses
Um romance histórico sobre a vinda dos habitantes de Capela para a Terra
Robson Pinheiro *pelo espírito Ângelo Inácio*

Extraterrestres em visita à Terra e a vida dos habitantes de Capela ontem e hoje. A origem dos dragões – espíritos milenares devotados ao mal –, que guarda ligação com acontecimentos que se perdem na eternidade. Um romance histórico que mistura cia, fbi, ações terroristas e lhe coloca frente a frente com o iminente êxodo planetário: o juízo já começou.

ISBN: 978-85-99818-09-1 • ROMANCE MEDIÚNICO • 2002 • 403 PÁGS. • BROCHURA • 16 X 23CM

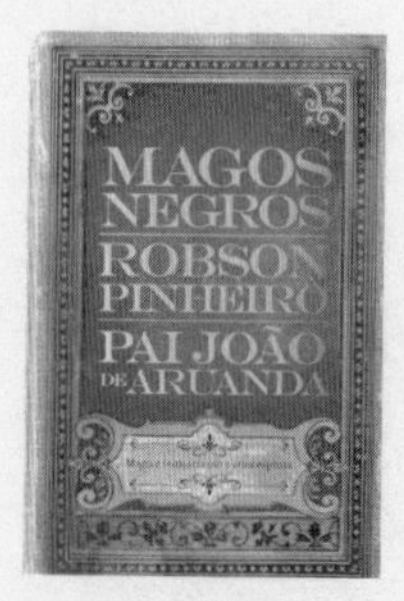

Magos negros
Magia e feitiçaria sob a ótica espírita
Robson Pinheiro *pelo espírito Pai João de Aruanda*

O Evangelho conta que Jesus amaldiçoou uma figueira, que dias depois secou até a raiz. Por qual razão a personificação do amor teria feito isso? Você acredita em feitiçaria? – eis a pergunta comum. Mas será a pergunta certa? Pai João de Aruanda, pai-velho, ex-escravo e líder de terreiro, desvenda os mistérios da feitiçaria e da magia negra, do ponto de vista espírita.

ISBN: 978-85-99818-10-7 • AUTOCONHECIMENTO • 2011 • 394 PÁGS. • CAPA DURA • 16 X 23CM

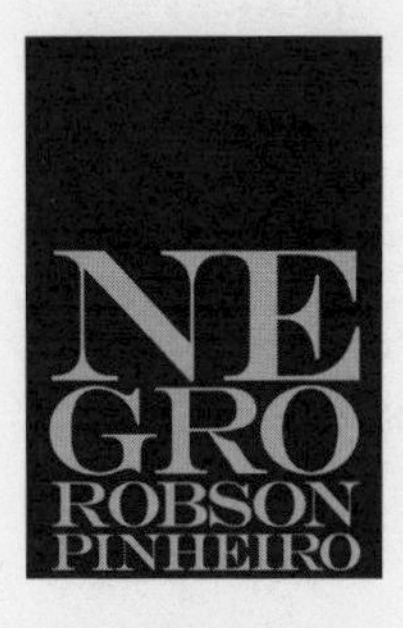

Negro

Robson Pinheiro *pelo espírito Pai João de Aruanda*

A mesma palavra para duas realidades diferentes. Negro. De um lado, a escuridão, a negação da luz e até o estigma racial. De outro, o gingado, o saber de um povo, a riqueza de uma cultura e a história de uma gente. Em Pai João, a sabedoria é negra, porque nascida do cativeiro; a alma é negra, porque humana – mistura de bem e mal. As palavras e as lições de um negro-velho, em branco e preto.

ISBN: 978-85-99818-14-5 • AUTOCONHECIMENTO • 2011 • 256 PÁGS. • CAPA DURA • 16 X 23CM

Sabedoria de preto-velho

Reflexões para a libertação da consciência

Robson Pinheiro *pelo espírito Pai João de Aruanda*

Ainda se escutam os tambores ecoando em sua alma; ainda se notam as marcas das correntes em seus punhos. Sinais de sabedoria de quem soube aproveitar as lições do cativeiro e elevar-se nas asas da fé e da esperança. Pensamentos, estórias, cantigas e conselhos na palavra simples de um pai-velho. Experimente sabedoria, experimente Pai João de Aruanda.

ISBN: 978-85-99818-05-3 • AUTOCONHECIMENTO • 2003 • 187 PÁGS. • BROCHURA COM ACABAMENTO EM ACETATO • 16 X 23CM

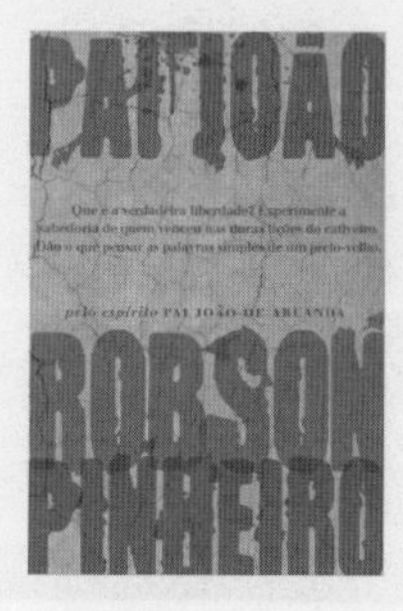

Pai João

Libertação do cativeiro da alma

Robson Pinheiro *pelo espírito Pai João de Aruanda*

Estamos preparados para abraçar o diferente? Qual a sua disposição real para escolher a companhia daquele que não comunga os mesmos ideais que você e com ele desenvolver uma relação proveitosa e pacífica? Se sente a necessidade de empreender tais mudanças, matricule-se na escola de Pai João. E venha aprender a verdadeira fraternidade. Dão o que pensar as palavras simples de um preto-velho.

ISBN: 978-85-87781-37-6 • AUTOCONHECIMENTO • 2005 • 256 PÁGS. • BROCHURA COM CAIXA • 16 X 23CM

Quietude
Robson Pinheiro *pelo espírito Alex Zarthú*

Faça as pazes com as próprias emoções.
Com essa proposta ao mesmo tempo tão singela e tão abrangente, Zarthú convida à quietude. Lutar com os fantasmas da alma não é tarefa simples, mas as armas a que nos orienta a recorrer são eficazes. Que tal fazer as pazes com a luta e aquietar-se?

ISBN: 978-85-99818-31-2 • AUTOCONHECIMENTO • 2014 • 192 PÁGS. • CAPA FLEXÍVEL • 17 x 24CM

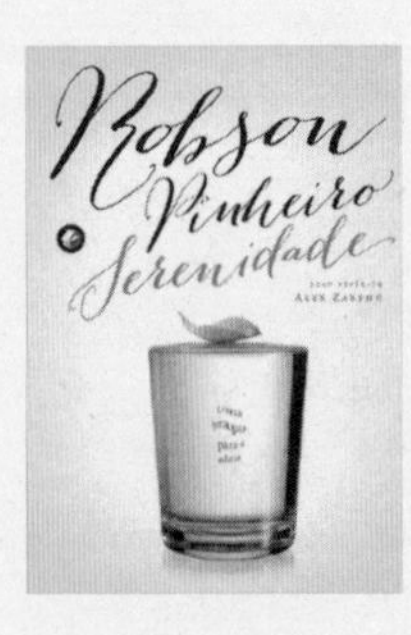

Serenidade
Robson Pinheiro *pelo espírito Alex Zarthú*

Já se disse que a elevação de um espírito se percebe no pouco que fala e no quanto diz. Se é assim, Zarthú é capaz de pôr em xeque nossa visão de mundo sem confrontá-la; consegue despertar a reflexão e a mudança em poucos e leves parágrafos, em uma ou duas páginas. Venha conquistar a serenidade.

ISBN: 978-85-99818-27-5 • AUTOCONHECIMENTO • 1999/2013 • 176 PÁGS. • BROCHURA • 17 x 24CM

Superando os desafios íntimos
A necessidade de transformação interior
Robson Pinheiro *pelo espírito Alex Zarthú*

No corre-corre das cidades, a angústia e a ansiedade tornaram-se tão comuns que parecem normais, como se fossem parte da vida humana na era da informação; quem sabe um preço a pagar pelas comodidades que os antigos não tinham? A serenidade e o equilíbrio das emoções são artigos de luxo, que pertencem ao passado. Essa é a realidade que temos de engolir? É hora de superar desafios íntimos.

ISBN: 978-85-87781-24-6 • AUTOCONHECIMENTO • 2000 • 200 PÁGS. • BROCHURA COM SOBRECAPA EM PAPEL VEGETAL COLORIDO • 14 X 21CM

Cidade dos espíritos | *Trilogia Os Filhos da Luz, vol.1*
Robson Pinheiro *pelo espírito Ângelo Inácio*

Onde habitam os Imortais, em que mundo vivem os guardiões da humanidade? É um sonho? Uma miragem? Não! É Aruanda, a cidade dos espíritos, onde orientadores evolutivos do mundo vivem, trabalham e, de lá, partem para amparar, socorrer, influenciando os destinos dos homens muito mais do que estes imaginam.

ISBN: 978-85-99818-25-1 • ROMANCE MEDIÚNICO • 2013 • 460 PÁGS. • BROCHURA • 16 X 23CM

Os guardiões | *Trilogia Os Filhos da Luz, vol.2*
Robson Pinheiro *pelo espírito Ângelo Inácio*

Se a justiça é a força que impede a propagação do mal, há de ter seus agentes. Quem são os guardiões? A quem é confiada a responsabilidade de representar a ordem e a disciplina, de batalhar pela paz? Cidades espirituais tornam-se escolas que preparam cidadãos espirituais. Os umbrais se esvaziam; decretou-se o fim da escuridão. E você, como porá em prática sua convicção em dias melhores?

ISBN: 978-85-99818-28-2 • ROMANCE MEDIÚNICO • 2013 • 474 PÁGS. • BROCHURA • 16 X 23CM

Os imortais | *Trilogia Os Filhos da Luz, vol.3*
Robson Pinheiro *pelo espírito Ângelo Inácio*

Os espíritos nada mais são que as almas dos homens que já morreram. Os Imortais ou espíritos superiores também já tiveram seus dias sobre a Terra, e a maioria deles ainda os terá. Portanto, são como irmãos maisvelhos, gente mais experiente, que desenvolveu mais sabedoria, sem deixar, por isso, de ser humana. Por que haveria, então, entre os espiritualistas tanta dificuldade em admitir esse lado humano? Por que a insistência em ver tais espíritos apenas como seres de luz, intocáveis, venerandos, angélicos, até, completamente descolados da realidade humana?

ISBN: 978-85-99818-29-9 • ROMANCE MEDIÚNICO • 2013 • 443 PÁGS. • BROCHURA • 16 X 23CM

Encontro com a vida

Robson Pinheiro *pelo espírito Ângelo Inácio*

"Todo erro, toda fuga é também uma procura." Apaixone-se por Joana, a personagem que percorre um caminho tortuoso na busca por si mesma. E quem disse que não há uma nova chance à espreita, à espera do primeiro passo? Uma narrativa de esperança e fé — fé no ser humano, fé na vida. Do fundo do poço, em meio à venda do próprio corpo e à dependência química, ressurge Joana. Fé, romance, ajuda do Além e muita perseverança são os ingredientes dessa jornada. Emocione-se... Encontre-se com Joana, com a vida.

ISBN: 978-85-99818-30-5 • ROMANCE MEDIÚNICO • 2001/2014 • 304 PÁGS. • BROCHURA • 16 X 23CM

Canção da esperança

a transformação de um jovem que viveu com aids

Robson Pinheiro *pelo espírito Franklim*

Contém entrevista e canções com o espírito Cazuza.

O diagnóstico: soropositivo. A aids que se instala, antes do coquetel e quando o preconceito estava no auge. A chegada ao plano espiritual e as descobertas da vida que prossegue. Conheça a transformação de um jovem que fez da dor, aprendizado; do obstáculo, superação. Uma trajetória cheia de coragem, que é uma lição comovente e um jato de ânimo em todos nós. Prefácio pelas mãos de Chico Xavier.

ISBN: 978-85-99818-33-6 • ROMANCE MEDIÚNICO • 1995/2002/2014 • 320 PÁGS. • BROCHURA • 16 x 23CM

Faz parte do meu show

A trajetória de um artista em busca de si mesmo

Robson Pinheiro *orientado pelo espírito Ângelo Inácio*

Um livro que fala de coragem, de arte, de música da alma, da alma do rock e do rock das almas. Deixe-se encantar por quem encantou multidões. Rebeldia somada a sexo, drogas e muito *rock'n'roll* identificam as pegadas de um artista que curtiu a vida do seu jeito: como podia e como sabia. Orientado pelo autor de *A marca da besta.*

ISBN: 978-85-99818-07-7 • ROMANCE MEDIÚNICO • 2004/2010 • 181 PÁGS. • BROCHURA • 14 X 21CM

O fim da escuridão | *Série Crônicas da Terra, vol.1*

Reurbanizações extrafísicas

Robson Pinheiro *pelo espírito Ângelo Inácio*

Os espíritos milenares que se opõem à política divina do Cordeiro – do *amai-vos uns aos outros* – enfrentam neste exato momento o fim de seu tempo na Terra. É o sinal de que o juízo se aproxima, com o desterro daquelas almas que não querem trabalhar por um mundo baseado na ética, no respeito e na fraternidade.

ISBN: 978-85-99818-21-3 • ROMANCE MEDIÚNICO • 2012 • 400 PÁGS. • BROCHURA • 16 X 23CM

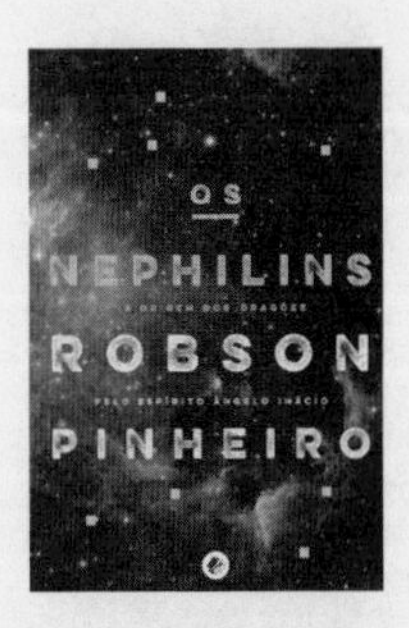

Os nephilins | *Série Crônicas da Terra, vol.2*

A origem dos dragões

Robson Pinheiro *pelo espírito Ângelo Inácio*

Receberam os humanoides a contribuição de astronautas exilados em nossa mocidade planetária, como alegam alguns pesquisadores? Podem não ser Enki e Enlil apenas deuses sumérios, mas personagens históricos? Desse universo em que fatalmente se entrelaçam ficção e realidade, mito e fantasia, ciência e filosofia, emerge uma história que mergulha nos grandes mistérios.

ISBN: 978-85-99818-34-3 • ROMANCE MEDIÚNICO • 2014 • 480 PÁGS. • BROCHURA • 16 X 23CM

O Agênere | *Série Crônicas da Terra, vol.3*

Robson Pinheiro *pelo espírito Ângelo Inácio*

Há uma grande batalha em curso. Sabemos que não será sem esforço o parto da nova Terra, da humanidade mais ciente de suas responsabilidades, da bíblica Jerusalém. A grande pergunta: com quantos soldados e guardiões do eterno bem podem contar os espíritos do Senhor, que defendem os valores e as obras da civilização?

ISBN: 978-85-99818-35-0 • ROMANCE MEDIÚNICO • 2015 • 384 PÁGS. • BROCHURA • 16 X 23CM

Os abduzidos | *Série Crônicas da Terra, vol. 4*
Robson Pinheiro *pelo espírito Ângelo Inácio*

A vida extraterrestre provoca um misto de fascínio e temor. Sugere explicações a avanços impressionantes, mas também é fonte de ameaças concretas. Em paralelo, Jesus e a abdução de seus emissários próximos, todos concorrendo para criar uma só civilização: a humanidade.

ISBN: 978-85-99818-37-4 • ROMANCE MEDIÚNICO • 2015 • 464 PÁGS. • BROCHURA • 16 X 23CM

Você com você
Marcos Leão *pelo espírito Calunga*

Palavras dinâmicas, que orientam sem pressionar, que incitam à mudança sem engessar nem condenar, que iluminam sem cegar. Deixam o gosto de uma boa conversa entre amigos, um bate-papo recheado de humor e cheiro de coisa nova no ar. Calunga é sinônimo de irreverência, originalidade e descontração.

ISBN: 978-85-99818-20-6 • AUTOAJUDA • 2011 • 176 PÁGS. • CAPA FLEXÍVEL • 16 X 23CM

Trilogia O reino das sombras | *Edição definitiva*
Robson Pinheiro *pelo espírito Ângelo Inácio*

As sombras exercem certo fascínio, retratado no universo da ficção pela beleza e juventude eterna dos vampiros, por exemplo. Mas e na vida real? Conheça a saga dos guardiões, agentes da justiça que representam a administração planetária. Edição de luxo acondicionada em lata especial. Acompanha entrevista com Robson Pinheiro, em cd inédito, sobre a trilogia que já vendeu 200 mil exemplares.

ISBN: 978-85-99818-15-2 • ROMANCE MEDIÚNICO • 2011 • LATA COM *LEGIÃO, SENHORES DA ESCURIDÃO, A MARCA DA BESTA* **E CD CONTENDO ENTREVISTA COM O AUTOR**

Faça seu cadastro

Faça seu cadastro e fique por dentro da Casa dos Espíritos. Você será informado sobre últimos lançamentos, promoções e eventos da Editora, acompanhará a agenda dos autores e muito mais.

Basta preencher este formulário e enviá-lo por fax ou correio. Se preferir, acesse www.casadosespiritos.com e cadastre-se em nosso site ou mande um e-mail para editora@casadosespiritos.com.

Aproveite este espaço para sugerir, dar toques e apontar caminhos. Vale até reclamar – ou fazer um elogio! Sua contribuição será ouvida com a atenção que merece.

Nome ____

Logradouro ______________________ nº ______ compl.: ______

Bairro ______________________ Cidade ______________

Estado __________ cep ______________ País ______________

Tel. ( ) ______________________ Nascimento ____/____/______

E-mail ____

Qual livro você acabou de ler?

____

____

E qual avaliação faz dele?

☐ Excelente ☐ Muito bom ☐ Bom ☐ Regular ☐ Ruim

Por quê?

____

____

Você é espírita? ☐ Sim ☐ Não

Frequenta alguma instituição? ☐ Sim ☐ Não

Se quiser cadastrá-la, anote aqui os dados da instituição:

Nome ______________________________________

Logradouro ________________ nº ______ compl.: ________

Bairro ________________ Cidade ________________

Estado ________ cep ____________ País ____________

Tel. ( ) ______________________________________

E-mail ______________________________________

Se quiser fazer mais comentários,
escreva-nos: editora@casadosespiritos.com

Rua Floriano Peixoto, 438 | Contagem | MG | 32140-580 | Brasil
Tel./Fax (31) 3304 8300 | editora@casadosespiritos.com
www.casadosespiritos.com

Responsabilidade Social

A Casa dos Espíritos nasceu, na verdade, como um braço da Sociedade Espírita Everilda Batista, instituição beneficente situada em Contagem, MG. Alicerçada nos fundamentos da doutrina espírita, expostos nos livros de Allan Kardec, a Casa de Everilda sempre teve seu foco na divulgação das ideias espíritas, apresentando-as como caminho para libertar a consciência e promover o ser humano. Romper preconceitos e tabus, renovando e transformando a visão da vida: eis a missão que a cumpre com cursos de estudo do espiritismo, palestras, tratamentos espirituais e diversas atividades, todas gratuitas e voltadas para o amparo da comunidade. Eis também os princípios que definem a linha editorial da Casa dos Espíritos. É por isso que, para nós, responsabilidade social não é uma iniciativa isolada, mas um compromisso crucial, que está no DNA da empresa. Hoje, ambas instituições integram, juntamente com a Clínica Holística Joseph Gleber e a Aruanda de Pai João, o projeto denominado Universidade do Espírito de Minas Gerais — UniSpiritus —, voltado para a educação em bases espirituais *[www.everildabatista.org.br]*.

Quem enfrentará o mal
a fim de que a justiça prevaleça?
Os guardiões superiores
estão recrutando agentes.

Colegiado de Guardiões da Humanidade

por Robson Pinheiro

Fundado pelo médium, terapeuta e escritor espírita Robson Pinheiro no ano de 2011, o Colegiado de Guardiões da Humanidade é uma iniciativa do espírito Jamar, guardião planetário.

Com grupos atuantes em mais de 10 países, o Colegiado é uma instituição sem fins lucrativos, de caráter humanitário e sem vínculo político ou religioso, cujo objetivo é formar agentes capazes de colaborar com os espíritos que zelam pela justiça em nível planetário, tendo em vista a reurbanização extrafísica por que passa a Terra.

Conheça o Colegiado de Guardiões da Humanidade. Se quer servir mais e melhor à justiça, venha estudar e se preparar conosco.

Paz, justiça e fraternidade

www.guardioesdahumanidade.org